QUATRE JOURS AVANT NOËL

DU MÊME AUTEUR
AU CHERCHE MIDI

Onze jours, traduit de l'anglais (États-Unis) par Serge Halff
Code 10, traduit de l'anglais (États-Unis) par Gilles Morris-Dumoulin
- 30 °C, traduit de l'anglais (États-Unis) par Gilles Morris-Dumoulin
5 octobre, 23 h 33, traduit de l'anglais (États-Unis) par Gilles Morris-Dumoulin

DONALD HARSTAD

QUATRE JOURS AVANT NOËL

Traduit de l'anglais (États-Unis)
par Gilles Morris-Dumoulin

COLLECTION
AILLEURS

le
cherche
midi

Direction éditoriale : Arnaud Hofmarcher

Titre original : *A Long December*

23, rue du Cherche-Midi, 75006 Paris.
Vous pouvez consulter notre catalogue général et l'annonce
de nos prochaines parutions sur notre site Internet : cherche-midi.com

15 h 26

Les balles traversèrent la paroi vermoulue de la grange, nous recouvrant de poussière et de menus débris arrachés aux planches. Je m'aplatis au maximum contre la pierre calcaire matelassée de suie et je vis, du coin de l'œil, George se presser contre une poutre. Et puis j'entendis Hester, à ma droite, s'écrier : « Oh merde ! » Je pensai qu'il s'agissait là d'une simple réaction nerveuse, mais elle continua :

– Oh merde ! Merde ! Merde !

Hester n'est pas une grande timide, mais ce n'était pas le genre, non plus, à jurer sans motif. En me retournant vers elle, je vis qu'elle s'était un peu éloignée de son poste de guet, et se tenait assise par terre, adossée à la base du mur de fondation.

– Hester ! Qu'est-ce qui t'arrive ?

– J'en ai pris plein la gueule !

Elle avait la main droite plaquée contre son visage, et de l'autre, tentait de rengainer son revolver. Du sang coulait entre ses doigts. Tandis que George et moi rampions vers elle, sans relever la tête, elle répéta :

– Oh merde ! Merde !

– Laisse-moi jeter un œil.

À contrecœur, elle écarta sa main, et je pus voir le sang, la chair déchirée. Pas trop grave, à première vue, quoique difficile d'en juger, sous cet éclairage. Je déboutonnai mon manteau. Épongeai le sang, doucement, à l'aide de sa doublure moelleuse. C'était tout ce dont je disposais pour l'instant.

– Arrête !

Elle repoussa ma main.

– Désolé, juste une seconde, laisse-moi regarder.

– N'appuie pas.

– Oui, oui. Ne t'inquiète pas.

J'ôtai mes gants, fouillai sous mon chandail pour y attraper mes lunettes de lecture, dans la poche de ma chemise. Le temps de me les coller sur le pif, je renouvelai mon examen. Fiché dans sa joue droite et dépassant d'un bon centimètre, saillait un sale vieux morceau de clou rouillé et tordu, aussi gros qu'un crayon. Il s'était enfoncé de biais vers le coin de sa mâchoire.

– Je le vois. C'est un clou carré. Un morceau, tout au moins. Il s'est logé dans ta joue.

– N'y touche pas !

– Mais non, mais non.

Elle ajouta, une seconde plus tard :

– Je le sens avec ma langue.

Un ruisselet de sang souligna sa déclaration, franchit sa lèvre inférieure et coula sur sa parka.

– Ça va faire mal, prédit-elle en tremblant. Jusque dans la bouche. Oh merde !

Je constatai :

– Ça n'a pas l'air de trop vouloir saigner, mais crache. N'avale pas.

La voix de Sally parvint de derrière les vieilles trayeuses à vaches branlantes et rouillées.

– J'ai suivi des cours de secourisme. Que l'un de vous grimpe ici à ma place, et je vais voir ce que je peux faire.

George tapota gentiment le bras de la blessée.

– Ça va aller.

Puis, à l'adresse de Sally :

– OK, je te remplace. Je vais te passer mon matériel.

Hester hocha la tête, mais n'émit aucun commentaire alors qu'il crapahutait en rase-mottes, le nez contre le sol.

J'essayai de rassurer Hester.

– Il ne s'agit pas d'une balle.

Elle tremblait de plus en plus fort, sa respiration sanglotait dans sa gorge et son souffle haletant se condensait en nuages, au sein de l'air glacé. Histoire de nous protéger, elle et nous, d'une hyperventilation intempestive, j'insistai lourdement :

– C'est juste un morceau de vieux clou arraché par une balle. Ce n'est pas mortel, d'accord ? C'est rien de grave. Il n'y aura pas d'autre dégât qu'un petit trou.

Je compris qu'elle pouvait craindre d'être défigurée et j'ajoutai :

– Un tout petit trou, Hester. Essaie de respirer lentement...

Elle approuva, la voix incertaine :

– D'accord... Mais ça va faire mal... Je l'ai pris dans les dents... C'est engourdi par le choc, mais ça va faire mal... Oh merde !

Elle ne nous regardait pas, les yeux fixés sur le sol de béton, appliquée à ralentir et régulariser un souffle trop rapide.

Si ses dents étaient touchées, elle allait méchamment souffrir.

Sally apparut à son côté, sur le ventre.

– Du calme, Hester. Je vais m'occuper de toi. D'accord ?

– D'accord.

Ses mots se brouillaient. À cause de l'enflure provoquée par l'impact ?

Sally examina brièvement la blessure.

– Il me faudrait une sorte de compresse. Juste pour la protéger, si possible. Un peu d'eau pour irriguer la lésion, peut-être ? Et le médecin refera le pansement.

En entendant le mot « irriguer », j'avais sorti d'une des poches de ma parka une de mes bouteilles d'eau que je tendis à Sally. Tout notre véritable équipement de secours était resté dans les voitures, c'est-à-dire hors d'atteinte.

Je proposai :

– Mon tee-shirt. Je l'ai mis propre ce matin.

– Ça fera l'affaire, décida Sally.

Elle toucha l'épaule d'Hester.

– Tu vas avoir la plus grosse compresse du monde !

Hester eut une sorte de petit rire étouffé, alors que je passais mon chandail par-dessus ma tête.

– Ça commence à faire mal ? s'inquiéta Sally.

Hester secoua la tête.

– Mmmmmm.

Et récidiva, désireuse de se faire comprendre :

– En... gour... die.

Sa mâchoire enflait, c'était sûr.

– Attends, Carl. Tu peux remettre ta petite laine.

Suivi du son caractéristique d'une bande Velcro séparée de son support.

– Attrape. Ça fait partie de ma trousse de secours.

J'interceptai la trajectoire d'un sac de nylon bleu, orné d'une croix rouge sur fond blanc, que George m'envoyait.

– Prends mon cache-col, aussi. Il est chaud et maintiendra la compresse.

– Super ! s'exclama Sally en ouvrant le sac.

Il contenait plusieurs sachets diversement étiquetés. Fracture. Brûlure. Noyade.

– Blessures et hémorragies, annonça Sally, très professionnelle.

Elle ouvrit le sachet, en sortit une grosse compresse de gaze sous emballage stérile, un petit flacon de désinfectant et une minipaire de ciseaux.

– Formidable !

J'ajoutai à mi-voix :

– Je convoque une ambulance.

Ce serait ce qu'il faudrait de mieux à Hester dans l'immédiat, mais on ne pourrait pas la faire évacuer avant de recevoir d'importants renforts. Je raccordai le micro à mon talkie-walkie.

– Comm ? Ici, Trois. Dix-trente-trois.

Bien sûr, dix-trente-trois. On était en situation d'urgence, depuis que les premières balles nous avaient sifflé aux oreilles. Mais il fallait que j'insiste sur cette urgence, et le code dix ne prévoyait rien qui correspondît à « Encore plus urgent que lors du dernier appel ».

– Trois ? À l'écoute.

– OK. On a un agent au tapis. Dix-trente-trois nécessaire. À la vieille baraque des frères Dodd. D'urgence. Mais dis-leur de marquer le pas jusqu'à ce qu'on leur donne le feu vert.

– Dix-quatre, Trois. Je note : un agent au tapis.

Elle le répéta, en ces termes. Comme ça, tous ceux qui étaient autour d'elle auraient déjà entendu l'information sans qu'elle ait besoin de les en informer séparément.

– Dix-quatre. Avec un max de dix-soixante-dix-huit, en plus de l'ambulance. On est toujours coincés sur place, je répète, coincés sur place. Où en sont les renforts ?

– Dix-quatre pour le dix-cinquante-deux.

Je la voyais d'ici presser le bouton de communication avec le service d'ambulances de Maitland. Puis elle ajouta :

– Renforts en route.

Parfait pour l'ambulance, mais « renforts en route », sans autre précision, signifiait qu'ils n'étaient pas près d'arriver. Sans que je puisse en imaginer la raison, il semblait y avoir un problème avec les renforts. C'était tellement récurrent avec ce type d'intervention un peu trop compliquée. J'étais énervé, mais ce n'était pas la faute de notre service de communication. Je regrettais simplement que la coordinatrice n'ait pu me donner une heure d'arrivée estimée. Ça, c'était inquiétant.

– Dix-quatre. Signale aux unités intéressées qu'on est toujours sous le feu d'armes automatiques tirant de deux ou trois endroits différents. Répète, tu veux ? Armes automatiques tirant sous plusieurs angles.

– Dix-quatre, Trois.

Elle répéta le message, presque avec un sanglot dans la voix. Un sentiment que peut inspirer la certitude d'être sans pouvoir, face à une situation donnée.

– Peux-tu être plus précis, sur l'origine de ces tirs multiples ?

Je m'exhortai mentalement au calme.

– Je peux pas t'en dire plus. Ils étaient déjà sur place à notre arrivée.

Mon semblant de calme visait surtout à rassurer Hester. La dernière chose dont elle eût besoin, c'était de ressentir mes préoccupations personnelles.

– Surtout, ne pas envoyer l'ambulance avant qu'on les ait tous logés.

– Dix-quatre, Trois. Pas de feu vert avant l'arrivée des renforts.

Une consigne facile à suivre puisque c'était nous qui étions coincés, et pas le contraire.

– Je pense qu'on peut faire ça, Comm.

– V'là le connard qui revient à la charge.

Le « connard » appartenait au groupe qui nous tirait dessus, de temps à autre. Ce débile profond portait une casquette de base-ball aux couleurs des Yankees de New York et un sweat gris. À intervalles irréguliers, il jaillissait du hangar, plié en deux, pointait son AK-47 vers la grange ou le vieux poulailler, et lâchait, en deux ou trois secondes chrono, une rafale d'une trentaine de balles. Lors de sa première manifestation, George s'était écrié : « Visez-moi ce connard ! » On ne le désignait pas autrement, depuis lors.

Jusque-là, son arme au niveau de la hanche, sans rien viser de précis, il n'avait guère risqué de toucher l'un ou l'autre. Ce n'était pas faute d'avoir essayé, mais il sautait aux yeux que son but principal était de concentrer sur lui notre propre feu. D'où le second motif de le traiter de « connard ». Quelque chose, dans son inefficacité, disait qu'il ne tenait ce rôle que sous contrainte. Le bon côté de ses interventions, c'était qu'en opérant de cette façon, il nous apprenait que nos adversaires ne savaient pas exactement où nous étions retranchés.

– Je reviens dans une minute, Hester.

Le temps de regagner mon poste, en rampant, je pointai mon propre AR-15 à travers un trou pratiqué entre le vieux mur de fondation et les planches pourries de la grange. La hausse de ma mire dépassait tout juste le haut du trou, mais inutile de la régler. Le connard était à moins de cinquante mètres, avec ses deux tiers supérieurs en pleine vue. Difficile de le manquer, à cette distance.

Posément, j'ajustai le « New York » blanc de sa casquette bleue. Trop facile, en quelque sorte. Je murmurai, à l'adresse de George :

– Qu'est-ce que tu en dis ? Je le bute ?

Depuis la première rafale, dix minutes plus tôt, on n'avait pas encore rendu les coups. On ne l'avait pas fait pour qu'ils continuent à tirer très haut, vers le premier étage de la grange, alors qu'on s'était cantonnés sur le béton du rez-de-chaussée. Ils passaient tellement au-dessus de leurs cibles potentielles qu'on rechignait à leur révéler nos véritables positions. Leur puissance de feu était très supérieure à la nôtre. Mais la blessure, même fortuite, de cette pauvre Hester, était mauvais signe. Ils approchaient.

– Pas encore, me conseilla George. Attendons de voir ce qu'il va faire.

Le connard agitait son beau fusil d'assaut, en nous gueulant des insanités totalement incompréhensibles.

– Il est défoncé, George ! Pas possible autrement.

– Tu piges ce qu'il dit ?

– Non. Je ne reconnais même pas son charabia. Mais je doute fort qu'il veuille se rendre.

Brusquement, le connard rabaissa son flingue au niveau de sa hanche et nous ajusta, sans nous voir.

– À terre ! hurla George.

1

Mardi 18 décembre 2001 - 15 h 34

Je m'appelle Carl Houseman, et je suis shérif adjoint dans le comté de Nation, en Iowa. J'en suis également l'enquêteur en chef, titre que je dois autant à mon âge, cinquante-cinq piges, qu'à mes talents d'investigateur. C'est ce qui m'a valu d'être mêlé à plusieurs affaires intéressantes, dans une communauté de seulement vingt mille âmes, et c'est pourquoi je l'apprécie à sa juste valeur.

Ce jour clément de décembre 2001 marqua le début de l'hiver le plus doux que nous ayons connu dans la région, celui qu'on devait appeler, par la suite, « l'hiver sans hiver ». J'avais déjà effectué tous mes achats de Noël, mon dossier professionnel était pratiquement vierge, et pour la première fois depuis plus de vingt ans, j'envisageais de prendre quelques jours, à l'occasion des fêtes. Seul détail négatif, il se confirmait, de semaine en semaine, que nous n'aurions pas un Noël blanc.

Neige ou pas, j'étais au milieu de ma tranche habituelle midi-8 heures, et il semblait bien que la seconde moitié s'annonçait aussi calme que la première. En compagnie d'Hester Gorse, mon agente préférée de la Crim', je venais d'interviewer Clyde et Dirk Osterhaus, voleurs d'antiquités et nouveaux pensionnaires de la prison locale, sur une série de dix-sept cambriolages commis au cours des deux derniers mois, dans le comté de Nation. Leurs avocats étaient deux petits nouveaux à peine trentenaires. Encore plus jeunes que leurs défenseurs, les frères Osterhaus nous avaient facilité le boulot en avouant quatorze des dix-sept effractions homologuées. Pourquoi pas toutes alors qu'on les savait pertinemment auteurs de la série complète ? Était-ce une stratégie ? Une base de négociation ? Ni Hester ni moi ne pouvions en concevoir la finalité. Peut-être une simple question de principe ?

De toute façon, les avocats étaient repartis, les deux Osterhaus avaient regagné leur cellule et tentaient de persuader les autres prisonniers de regarder avec eux, à 19 heures, « La route des antiquités ». Il n'y avait qu'un poste de télé pour les trois cellules, et j'étais sûr que les Osterhaus parviendraient à imposer leur choix. La culture d'abord !

Hester et moi dégustions, au standard, un café bien gagné, en discutant avec Sally Wells, la responsable de la coordination, afin de savoir si elle devait emmener sa nièce voir *Harry Potter* ou *Le Seigneur des anneaux* en sortant du travail. Le téléphone sonna et nous interrompit. Sally en accusa réception d'un simple « Ici le bureau du shérif du comté de Nation » qui me renseigna sur la nature de l'appel. S'il s'était agi d'une urgence, elle aurait dit : « Ici le 911, quel est votre problème ? » Je me redétendais et reprenais ma tasse fumante lorsqu'elle mit la ligne sur haut-parleur.

En jaillit, péremptoire :

– ... ferez bien de nous envoyer le shérif dare-dare. Y a ce macchabée qu'ils ont laissé sur la route, à côté de notre boîte aux lettres...

– Votre nom et votre adresse, je vous prie.

– Moi, c'est Jacob Heinman. Avec mon frère, on est au « Creux aux grenouilles », vous voyez, à environ deux petites bornes après chez Dodd.

– Je préviens l'ambulance, trancha calmement notre coordinatrice-vedette. Continuez à parler, je vous écoute en même temps...

– Pas b'soin d'ambulance, ma petite dame, rétorqua, non moins calmement, Jacob Heinman. Je les ai vus le descendre en direct, avec mon frangin. On est remontés chez nous. Il est toujours allongé tel qu'ils l'ont laissé. Pas de danger qu'y soit encore vivant, avec ce qui reste de sa tronche !

Même dans les régions à forte population où ils ont deux ou trois cents homicides par an, je me demande si ce genre de coup de fil déclenche toujours chez eux la même poussée d'adrénaline. Pour nous, avec deux ou trois meurtres dans l'année, la réaction demeure inchangée. Dès la première réplique, Hester et moi étions déjà debout. En sortant, je lançai à Sally :

– C'est reparti pour un tour. Renforts aussitôt que possible.

J'aurais pu m'en dispenser. Sally connaît son boulot et nous enverrait, le plus vite possible, tout ce qu'elle pourrait ratisser autour d'elle. Mais bien que Sally soit la meilleure, ce genre de rappel fait partie de la routine.

Les deux frères Heinman étaient connus, à la ronde, sous le nom des « fils Heinman ». Célibataires endurcis, cette notion de « fils » ne les empêchait pas d'avoir dépassé, l'un et l'autre, l'âge respectable de quatre-vingts ans. Ils avaient tout vu, tout vécu. Et rien ne pouvait les arracher à leur placidité légendaire. Pas même un feu sous leurs fesses, ou apparemment, pas même le meurtre, sous leurs yeux, d'un inconnu laissé sur le carreau, à deux doigts de leur ferme.

En bouclant ma ceinture et lançant le moteur de ma voiture patrouille banalisée, j'entendais Sally parler à la radio et décrire, à quelqu'un de la brigade routière, l'itinéraire à suivre pour nous rejoindre sur le site. Le « Creux aux grenouilles » était un lieu-dit situé sur un tronçon de route étroite d'environ quatre kilomètres qui serpentait à travers une vallée desservant tout juste deux ou trois fermes.

En dehors du facteur et du laitier, je doutais que quiconque empruntât jamais cette route la journée, et la nuit encore moins, sinon quelques jeunots en quête de solitude pour flirter en buvant de la bière. Sally devait avoir une idée approximative de sa position géographique, mais compte tenu du fait qu'il y a plus de deux mille fermes dans le comté de Nation, nous y envoyer des territoriaux demeurait un problème. Hester, au volant de sa propre voiture, ne pouvait savoir où elle allait, et n'avait d'autre ressource que de me suivre. Son numéro de code était I-388, et j'attendis, pour décrocher mon micro, la fin de l'échange laborieux entre Sally et les gens de la Routière.

– Trois et I-388 sont dix-soixante-seize.

Ce qui, tant pour la clarté du futur rapport que pour toute autre raison pratique, signifiait qu'on roulait vers l'endroit désigné. On a toujours besoin, *a posteriori*, d'une chronologie exacte des événements en cours.

– Qui doit nous rejoindre ?

– 216 est au nord, par rapport à vous. Je lui indique les directions à prendre.

Aucune trace de stress dans la voix de Sally, mais je pouvais sentir sa concentration.

– J'ai confirmé qu'il y avait au moins deux suspects sur place, je répète, deux suspects.

Deux, c'est-à-dire, pour un esprit légèrement parano, deux au minimum. Nous, on serait trois. Hester, 216 et moi. 216 était un sergent de la Routière nommé Gary Beckman, transféré chez nous depuis six ou sept mois. Quarante ans et plein d'espoir en l'avenir.

–Je vais lui indiquer sa route.

C'était le moins que je puisse faire pour alléger Sally et lui permettre de se consacrer tout entière à la convocation de l'ambulance et à l'information du shérif.

–216, ici Trois, du comté de Nation. Préciser dix-vingt, SVP.

Pour l'amener à bon port, il fallait que je sache exactement où il était. Sans risquer de me retrouver sur son chemin, dans l'intervalle.

–Salut, Trois. Je suis à sept bornes au sud de Maitland, sur la nationale 14.

Je percevais clairement le bruit de son moteur et le hululement de sa sirène. Il était dans la bonne direction. Je piquai vers le sud, avec Hester en remorque. Beckman était plus proche du but qu'on ne l'était nous-mêmes.

–Dix-quatre, 216. On sort tout juste de Maitland. Tourne à droite après la grande ferme laitière aux trois silos bleus, puis encore à droite et suis la route qui serpente à travers la vallée. La ferme où tu vas est la deuxième sur la droite.

–Dix-quatre, Trois.

Sa sirène faisait un foin d'enfer en fond sonore. La mienne faisait pareil sous mon capot, celle d'Hester dans mon sillage. J'augmentai le volume de ma radio.

–OK, le... sujet gît sur la route.

Je ne tenais pas à ce que la voiture de tête passe sur le corps de la victime.

–Et Comm confirme la présence d'au moins deux suspects.

–Compris.

J'espérais bien. Après avoir raccroché, j'entendis Sally parler au shérif, Lamar Ridgeway, dont le numéro de code était le 1. En entendant leur conversation, j'en déduisis qu'il était environ à vingt kilomètres au nord de mon emplacement. Le temps qu'il traverse le département avec son pick-up, il ne pourrait pas rouler plus vite que 80 kilomètres/heure. Ce qui amenait une question.

Je rappelai Sally.

–Comm ? Ici, Trois.

– Trois. J'écoute.
– Suspects toujours sur place ?
– Négatif. L'auteur de l'appel précise que les suspects ont quitté la scène. Dans la direction du sud par rapport à lui. Pas de description du véhicule qu'il a entendu s'éloigner, mais pas pu apercevoir, en raison de la courbe de la route, vue de chez lui.
Formidable !
– Transmets ce que tu sais à la police de Battenberg.
La petite ville de Battenberg était environ à dix kilomètres au sud de la ferme des fils Heinman, et l'officier de service devrait donc voir arriver les suspects par le nord. En supposant, bien sûr, qu'ils n'aient pas changé d'avis à mi-course.
– J'ai déjà Battenberg au téléphone.
La voix de Sally trahissait un léger agacement. Je décidai donc, prudemment, de ne plus lui dire comment faire son boulot. Il nous avait fallu trois minutes pour arriver au groupe des trois silos bleus. Je freinai sec pour virer à droite. Je m'y étais attendu parce que je connaissais la route, mais ce n'était pas le cas d'Hester qui dut freiner encore plus sec pour ne pas finir dans mon coffre arrière.
– Tu ne te sers jamais de tes clignotants ?
– Dix-quatre, I-388. Je suis désolé.
L'hiver était toujours aussi doux, sans aucune trace de neige nulle part. Rien que du gravier sec. Avec la poussière soulevée par 216, c'était presque aussi traître que la neige et la glace. Une des raisons pour lesquelles je ne voulais pas l'avoir devant moi. Quant à Hester, avec deux voitures devant elle, elle avait intérêt à tenir sa distance.
– 216 est dix-vingt-trois, annonça calmement la voix du sergent Beckman, à la radio.
Après une courte pause, il ajouta :
– RAS sur place.
En d'autres termes : rien ne bougeait sur le lieu du crime. Enfin une bonne nouvelle. Toujours important de savoir comment sortir des véhicules. Hester et moi avions immédiatement coupé nos sirènes.

Je faillis manquer le dernier virage à cause de la poussière. On débouchait au sommet d'une montée, et d'après les traces de freinage inscrites sur le sol, 216 l'avait presque loupé, lui aussi. Le nuage de poussière y était particulièrement épais, et quand il s'éclaircit, au bout d'une petite minute ou deux, je franchissais la crête du chemin et découvrais, droit devant moi, la voiture de 216, parquée à moins de cinquante mètres, gyrophare en marche.

Excellente initiative pour protéger le site mis en cause. Personne n'irait le doubler sur un chemin de cinq mètres de large avec le ravin d'un côté et un profond fossé de l'autre. Je me rangeai sur le bord du fossé et guettai l'apparition d'Hester dans mon rétroviseur.

– Tu vas jusqu'en haut. Je me gare en travers de la chaussée pour que personne ne nous rentre dedans.

Je reculai avec précaution jusqu'au virage afin que les personnes montant la colline puissent apercevoir mon gyrophare avant même de tourner. Ce n'était pas le moment de se faire renverser par l'ambulance. Ni par le shérif.

– Comm ? Trois et I-388 sont dix-vingt-trois.

Je raccrochai le micro, attrapai mon talkie-walkie et sortis de ma voiture.

La réponse de Sally précéda d'une fraction de seconde le claquement de ma portière. J'avais oublié de réduire le volume de ma radio monté à fond à cause des sirènes. Je baissai le son, bouclai ma caisse et marchai vers le lieu du crime. En général, on laisse tourner le moteur, pour que la radio ne vide pas la batterie.

La ferme des Heinman s'élevait en contrebas de la route, à environ cinquante mètres à ma gauche. À ma droite, s'étendait une pente boisée qui grimpait jusqu'à près de cent mètres au-dessus du niveau de la chaussée. Un chemin d'accès montait depuis la ferme, parmi des érables dénudés, jusqu'à la boîte aux lettres plantée au bord de la route.

Entre arbres et route, se dressait une clôture de treillage largement envahie par les mauvaises herbes et les plantes folles. Installée, selon moi, pour abriter les Heinman des détritus de la route. Un vieux tracteur Ford des années cinquante achevait de se décomposer, à deux pas de la boîte aux lettres en métal galvanisé, juchée sur un plateau de bois. Ce vieux tracteur était déjà là, vingt-cinq ans plus tôt, lors de ma première visite. Sa masse déglinguée, ses pneus pourris, faisaient partie intégrante du paysage.

216 avait engagé la conversation avec les Heinman. Ils se tenaient près de la boîte aux lettres, en avant de nos véhicules. En m'approchant, je découvris progressivement un corps qui

gisait devant la voiture du sergent Beckman. Couché sur le flanc gauche, dans le sens de la route, avec les pieds en léger contrebas. Les notes de mon futur rapport s'inscrivaient d'elles-mêmes dans ma tête, à mesure que je m'en approchais. Chemise de flanelle d'un bleu délavé, pantalon de jean, une seule tennis... et les mains liées derrière le dos par du ruban plastique de couleur jaune.

Sacré nom d'un chien ! Ces rubans étaient connus, dans le jargon de la police, sous le nom de « bracelets élastiques » et on les utilisait à chaque fois que nous étions à court de menottes. Ils fonctionnaient comme des isolants électriques. Une fois en place, il ne restait qu'à les couper. Impossible de les ôter autrement. On était en présence d'une exécution.

Deux pas de plus et j'aperçus la tête. Plus exactement, les restes de la tête. On entend souvent l'expression « brûler la cervelle », mais je crois qu'on en voit rarement la représentation concrète.

Hester et 216 me rejoignirent près du cadavre.

– B'jour, Carl, dit le territorial 216.

– B'jour, Gary. Content de te voir.

– Tu as remarqué les menottes ?

– Sûr. Et la chaussure manquante. Et la tête idem, ou le peu qu'il en reste.

À peu près rien au-dessus des oreilles, bien qu'en l'absence de la calotte crânienne, il demeurât pas mal de peau repliée en lambeaux, dans la cavité dévoilée. Une oreille, rattachée à la tempe par un bout de peau, semblait parfaitement intacte. Ce genre de tableau garde toujours quelque chose d'irréel. C'est ce qui permet de ne pas virer complètement dingue.

– Oh ouais, répéta Gary. Le peu qu'il en reste, c'est le mot qui convient. Je crains même d'avoir stoppé un peu tard, à mon arrivée, et de recouvrir une partie du gâchis. Je ne l'ai même pas vu avant d'avoir stoppé.

– Pas grave.

Sa voiture était à moins de cinq mètres du crâne scalpé, moteur toujours en marche. On lui demanderait de la reculer quand les gars du labo débarqueraient.

Hester intervint :

– Tu ne perds pas d'huile, j'espère ?

Il parut légèrement offensé.

– Bien sûr que non.

Elle souriait.

– C'est juste pour vérifier. Je n'aimerais pas avoir à examiner des débris pleins d'huile. Boucle aussi ton dégivreur. Ce sera plus facile si tout n'est pas recouvert d'humidité condensée.

– D'accord. Si on bavardait un peu avec les vieux garçons, en attendant ? Je pense qu'ils ont pas mal de choses intéressantes à nous dire.

– Dans trois secondes, Gary. Dis-leur qu'on arrive.

Aux côtés d'Hester, je me penchai brièvement sur l'ensemble du site. Vous n'avez généralement qu'une seule chance de voir la scène dans son état d'origine et j'ai appris, par expérience, à saisir un maximum de choses si cette opportunité m'est donnée. Cela aide quand on doit, plus tard, reconstituer la scène. C'est un son qui distingua tout d'abord cette scène des centaines d'autres qu'il m'avait été donné d'étudier dans le passé. Les Heinman possédaient plusieurs engins métalliques destinés à la nourriture des cochons près de la route. Ils ressemblaient à d'énormes champignons d'acier, et chaque fois qu'un cochon avait faim, il lui suffisait d'introduire son groin dans le mécanisme. Quand il l'en ressortait, la nourriture apparaissait, jusqu'à ce qu'un couvercle à ressort se rabattît avec un claquement caractéristique. Deux ou trois claquements, en fait. Un gros et deux plus petits, très rapprochés. Durant tout notre examen sur la scène du crime, le vacarme de la machine fit partie du fond sonore.

Les corps humains paraissent toujours plus petits morts que vivants. J'ignore pourquoi. Je le sais, voilà tout. Celui-là ne faisait pas exception, et pas seulement parce qu'il lui manquait la moitié de la tête. Même avec les jambes étendues, il ne dépassait guère le mètre soixante. C'était réfrigérant de voir ce cadavre mutilé et de se dire qu'il avait existé, moins d'une heure plus tôt, en tant qu'être vivant. Je le contemplai un long moment, afin de m'imprégner de cette idée. Parfois, c'est une bonne chose à faire, parfois cela ne l'est pas. Mais si on ne le fait pas, on le regrette par la suite. Je cherchai aussi, du regard, sa deuxième tennis mais ne la trouvai pas.

– Difficile d'être plus mort, non ?

– Toi, ironisa Hester, tu devrais être détective !

– Tu crois qu'il était à genoux, quand ils l'ont flingué ?

Elle considéra sérieusement le problème.

– Avec ce que recouvre la voiture de Gary, je pense que les morceaux seraient allés plus loin, s'ils l'avaient flingué quand il était debout. Il faut bien sûr calculer les angles, mais je dirais qu'il devait être à genoux, jusqu'à preuve du contraire.

– À genoux, avec les mains liées. Attaché et tué. Qu'il ait été à genoux ne change rien. Nous pouvons, je crois, parler d'une exécution pleinement préméditée.

Les menottes en plastique éliminaient toute possibilité de meurtre non prémédité. Je me cuirassai pour ce qui allait suivre.

– Allons voir ce que nos témoins ont à nous raconter.

On rejoignit les deux vieux debout près de leur boîte aux lettres.

– Je suis le shérif adjoint Carl Houseman, dis-je, ne sachant pas s'ils me reconnaissaient, et vous connaissez déjà l'agent Gorse.

– Sûr. Z'étiez dans le coup du bus des écoles, non ? demanda celui que je pris pour Jacob.

Il faisait allusion à un accident de la route remontant à une bonne quinzaine d'années au cours duquel leur vieille Dodge avait été heurtée par un bus de ramassage scolaire. Ils s'étaient arrêtés pour discuter entre eux, au beau milieu de cette même route, juste au sortir de la courbe. Le bus les avait découverts trop tard. Ce ne fut qu'une collision sans gravité, mais le chauffeur du bus avait piqué une sacrée colère, et je m'étais vu contraint de leur coller une amende.

– Oui, c'était bien moi.

– Vous avez un peu grossi, commenta Jacob.

Je louchai vers Hester, qui avait quelque peine à garder son sérieux.

– Oui. Alors, que s'est-il passé, Jacob ? Qu'avez-vous vu ?

– Ben, je montais mettre une lettre dans la boîte, et Norris nourrissait les vaches quand il y a eu tout ce bordel, sur la route.

Il désignait l'endroit, juste avant la courbe.

– Je me suis dit à moi-même, qu'est-ce que c'est que ce bordel, sur la route ? Et puis, ce jeune mec s'est amené en cavalant comme un dingue, et j'ai trouvé qu'il courait bizarrement. Et puis j'ai vu qu'il avait les mains derrière le dos, comme s'il faisait du patin à glace, et je me suis dit que ça devait pas être facile de courir comme ça.

– Je me serais dit pareil.

J'avais déjà des tas de questions en tête, mais il valait mieux le laisser aller jusqu'au bout. Interrompre un témoin lancé équivaut à le faire taire trop rapidement.

– On aurait dit qu'il avait une jambe plus courte que l'autre, et puis j'ai vu qu'il avait qu'une tennis. Deux autres le coursaient, et allaient le rattraper, et l'un des deux portait un fusil de chasse.

Il reprit haleine.

– J'ai plongé à plat ventre. J'étais à Anzio, moi. Quand je vois quelqu'un charger dans ma direction avec un flingue, j'hésite pas, je plonge à plat ventre.

Il sourit, presque timidement.

– L'instinct, on appelle ça.

– Je ferais la même chose, et je n'ai pas fait la guerre.

Je suis toujours surpris d'entendre les vétérans de la Seconde Guerre mondiale rappeler aussi souvent leurs expériences des années quarante.

– J'ai fait ni une ni deux, j'ai roulé derrière le tracteur, mais j'ai continué à regarder ce qui se passait. Le type au fusil a gueulé quelque chose que j'ai pas pigé, et le fuyard a comme qui dirait voulu tourner la tête, et c'est là qu'il s'est cassé la gueule, patatras !

Revivant la scène :

– Il pouvait pas se relever, à cause de ses mains attachées. Ils lui sont tombés dessus comme deux sacs de briques.

– Ensuite ?

– Il gueulait, mais je pigeais que dalle. Sans doute dans une autre langue.

– Une idée de laquelle ?

Je pensais pouvoir le canaliser, à ce stade.

– Je sais pas. Une autre langue, quoi. Peut-être de l'espagnol. Ou de l'italien, mais pas un seul mot que je connaissais. Un en anglais, tout de même. « Enculé », c'était.

Non sans un sursaut tardif :

– Scusez, m'dame !

– N'y pensez même pas ! le rassura Hester. Aucun nom propre ou quelque chose comme ça ?

Jacob secoua la tête.

– Rien. Ils avaient l'air vachement furax, vous savez. Et celui qui était par terre, je crois bien qu'il chialait. Et puis ils l'ont mis à genoux et celui qui tenait le fusil lui a collé le canon dans le creux de la nuque, et pan ! Une chose terrible. Le pauvre mec est allé voler dans la poussière. Comme si un camion lui était rentré dedans, à tout berzingue.

–Bonne comparaison.

–Les deux autres ont relevé la tête et regardé autour d'eux, vite fait. Je crois qu'ils ont aperçu la grange et la maison, pour la première fois. Comme s'ils n'avaient pas réalisé, jusque-là.

Jacob sortit ses mains des poches de sa salopette crasseuse pour désigner le chat présent dans la cour de la grange.

–Vous avez déjà remarqué comment un chat fixe sa proie ? Rien ne lui échappe, mais il s'en fout. Y a que la souris qui compte, et c'est exactement comme ça que les choses se sont passées. Les deux types ont fait demi-tour et ont descendu la route en courant jusqu'à disparaître.

Sa mission accomplie, Jacob remit ses mains dans ses poches.

–Vous croyez qu'ils vous ont vus ? murmura Hester.

–Sûr qu'ils ne nous ont pas vus, mon frangin et moi. Leur regard est passé juste au-dessus de moi.

Je décidai, pour la seconde fois, de l'écouter jusqu'au bout avant de revenir sur les événements.

–Et vous avez fait quoi, Jacob ?

–Ben, je me suis pas relevé tout de suite, ça c'est sûr. J'ai reculé en vitesse, mais sans faire de boucan. Juste au cas où ils s'amèneraient, vous voyez ?

Après une courte pause, pour le suspense :

–Et puis j'ai entendu une voiture démarrer, de l'autre côté de la courbe, et j'ai pensé que c'étaient eux. Mais j'ai pas couru de risque. Je me suis engouffré dans la grange, et c'est de là qu'on a téléphoné.

–Exactement, souligna enfin Norris. C'est exactement comme ça que tout s'est passé.

–Et c'est là qu'on a décroché le flingue, nous aussi.

Jacob désigna un vieux calibre douze posé contre un poteau, derrière la boîte aux lettres. Je ne l'avais pas remarqué, parmi les plantes grimpantes.

–On s'est dit que ça valait mieux, précisa Norris. Parce qu'on sait jamais...

Compte tenu des récents événements, je n'allais pas le contredire. D'ailleurs, Jacob expliquait, fièrement :

–Norris, lui, il était à Guadalcanal. Dans les commandos.

–Ah ! Toujours utile d'avoir un marine ou deux sous la main. Vous n'avez reconnu aucun des trois, je suppose ?

C'était peu probable, mais on peut toujours espérer.

– Non, j'ai reconnu personne. Je crois que le mort devait être mexicain, mais j'en suis pas sûr. Un des deux autres aussi, mais il semblait un peu différent, je sais pas trop comment dire.

J'essayai de l'aider, sans lui dicter sa réponse :

– L'homme au fusil ? Celui qui l'a buté ?

– Ouais.

– Quel genre de teint ?

– Ben... foncé. Pas vraiment blanc, quoi. Comme quelqu'un de très bronzé.

– Et ses cheveux ?

– Bruns. Peut-être même noirs. Foncés, en tout cas.

Il poursuivit, alors que je commençais à prendre des notes :

– Que portait-il ?

– Froc noir. Ou bleu marine. Un pull foncé. Peut-être un tee-shirt sans inscription. Plutôt un sweat. Ou bien une veste très foncée.

– OK, Jacob.

– Ah ! et des tennis noires, aussi. Ou peut-être juste des chaussures noires. Sûrement pas des tennis, à la réflexion.

– Âge ?

– Je sais jamais avec les Mexicains. Pas avant qu'ils aient pris de la bouteille. Comme moi. À cause des rides, vous voyez ? Mais pas tout jeune non plus. Pas un gosse, quoi.

J'inscrivis « ADULTE » sur mon calepin.

– Et l'autre ? Le Blanc ?

– Ben, pour tout dire, je l'ai pas tellement regardé. Je surveillais le porteur du flingue.

– C'est compréhensible, dit Hester.

– Mais à vue de nez, je dirais vingt-cinq ans ou quelque chose dans ces eaux-là.

– Qu'est-ce qui vous le fait dire, Jacob ?

– L'impression que j'en ai gardée. Il paraissait jeune, mais c'était pas un gamin, j'en suis sûr. Mais je vais vous dire un truc : il était aussi effrayé que moi.

Une réponse parfaitement raisonnable. Inutile de lui demander comment il avait su que cet autre type avait la trouille. Ce qu'il me fallait, c'était d'abord un signalement aussi détaillé que possible. La description des marques de la peur pouvait attendre. Je l'interrogerais peut-être là-dessus, mais plus tard. La patience est très importante dans mon boulot.

– Vous pouvez me le décrire, son allure générale ?

– Grand. Nettement plus que l'homme au fusil. Et très pâle. Blond, peut-être, mais pas facile à voir sous sa casquette de base-ball. Veste verte. Et c'est à peu près tout.

– La casquette de base-ball ?

– Une pub de la Graineterie Forrest, à Battenberg. Ed Forrest les distribue à tous ceux qui achètent ses graines. Jaune avec son nom en vert, vous voyez ?

Hester ne voyait pas. Moi si. Une affaire locale, semblait-il.

– On peut revenir à leur âge ? suggéra Hester.

Jacob eut un gros soupir.

– Tout le monde me semble tellement jeune, à côté de moi. Mais je dirais que pas un des trois n'avait plus de trente ans. Peut-être moins. Désolé, m'dame, je peux pas faire mieux.

– C'est déjà très bien.

– Une vraie horreur. Faire un truc pareil. Ce pauvre type attaché. Sans lui laisser la moindre chance.

Une sirène apparut au loin. Sans doute Lamar. Je sortis mon talkie-walkie de ma poche, m'excusai auprès de Jacob et m'éloignai de deux pas en réglant mon micro.

– Ici, Trois. C'est toi, Un ?

– Dix-quatre. Où est-ce au juste ?

– Ralentis avant le virage. On bloque complètement la route. Rapplique en douceur.

Le shérif Lamar était bien connu pour sa conduite sportive. Même sur gravillon.

– Dix-quatre.

Vingt-cinq ans qu'on bossait ensemble, Lamar et moi. Il n'allait pas aimer ça du tout. Rien ne lui plaisait davantage que la paix et le silence sur son territoire.

– Notre pauvre shérif va être très malheureux, dis-je à Hester.

– Ça c'est sûr !

Hester le connaissait aussi très bien.

Elle baissa les yeux vers le corps.

– Tu penses à ce que je pense ?

– À la drogue ?

– Exact.

– Ça ressemble, effectivement, à ce que les médias qualifieraient « d'exécution sommaire ».

La voix de Gary Beckman, sergent de la brigade routière, nous fit sursauter tous les deux :

– Même chose pour moi !

Il s'était rapproché pendant que je parlais à la radio. Et cru bon d'ajouter :

– J'en suis parfaitement sûr.

Il dit ça avec toute l'assurance de quelqu'un qui n'avait jamais eu à s'occuper d'affaires de drogue. En ma qualité d'enquêteur chargé du dossier, pas question de se fixer sur la filière stupéfiants avant d'en avoir la moindre preuve matérielle. J'avais beau me creuser la cervelle en quête d'un suspect tout mâché, je ne voyais personne. On avait des producteurs de métamphétamine, dans le comté, et des cultivateurs de marijuana d'une excellente qualité, mais pas de concurrence armée entre les dealers locaux. Du moins à ma connaissance.

Bien sûr, un tel conflit pouvait éclater du jour au lendemain, mais rien, pour le moment, ne pointait dans cette direction.

J'exprimai mon opinion d'un haussement d'épaules résigné.

– Tout ce que je sais, à ce stade, c'est que l'homme sans tête a dû agacer quelqu'un. Gravement. Tu veux aller voir à l'entrée du virage s'il y a des traces du véhicule des agresseurs ?

– Comme si c'était fait !

– Prends des mesures et des photos, s'il y a lieu, et tiens-moi au courant, d'accord ?

Gary affichait un grand sourire. Il avait reçu la formation spéciale des experts ès accidents de la route avant même de toucher ses galons de sergent. Si quelqu'un savait interpréter, mesurer et photographier les traces de pneus, c'était bien le sergent Gary Beckman.

– Tu veux des moulages en plâtre ? J'adore faire des moulages en plâtre.

– Laisse plutôt ça aux gars du labo, lui conseilla Hester. Mais si tu repères de quoi mouler, appelle-moi aux premières photos. Pour la suite du dossier, lors de l'audience.

– D'ac.

Gary n'avait pas eu un grand rôle à jouer, jusque-là, et brûlait de nous démontrer ses qualités acquises.

– Et aussi, ajouta Hester, je serais ravie si tu pouvais trouver le pistolet traînant quelque part, tu vois ? Ou au moins une douille, rien que pour nous faire plaisir.

Gary ne put s'empêcher de rigoler.

– Je vais voir ce que je peux faire. Tu n'es pas trop exigeante.

À l'arrivée de Lamar, je lui brossai un petit topo des premières constatations, avant de retourner vers ma voiture pour le laisser bavarder avec Hester et les « fils Heinman ». Je sortis de mon coffre le grand sac de nylon de mon appareil photo, afin de m'assurer que tout mon matériel était là. Certains officiers l'empruntaient parfois, quand j'étais en vacances, et ne remplaçaient pas toujours ce qu'ils utilisaient. En particulier les films de 35 millimètres. Mais rien ne manquait à l'appel, ni mon appareil de 35, ni mon objectif-zoom, ni mes bobines de 35, dix en tout, ni mon petit trépied portatif. Tout cela m'appartenait car le service ne fournissait pas l'équipement photo. Le sac recelait également des cookies, une barre chocolatée et des gants de latex. Enfin, j'attrapai le ruban de plastique jaune qui sert à délimiter et protéger la zone du crime, et l'enfournai dans mon sac. Avant de refermer mon coffre, je pris aussi mon blouson sur le siège arrière. Il ne ferait pas chaud, dans le secteur, après le coucher du soleil. Alors que je fermais la porte, il me vint à l'idée d'appeler le bureau sur mon portable. Il avait fallu se bagarrer des années avant d'obtenir l'autorisation de l'emmener en patrouille. À nos frais, comme de juste, et défense de donner des coups de fil personnels durant les heures de service. La haute hiérarchie ne tolérait pas qu'on puisse s'occuper d'autre chose. Mais on avait quand même remporté une petite victoire. Pourtant, assez rapidement, on avait constaté qu'ils étaient parfaitement inutiles lors des interventions les plus difficiles. Les pires carambolages se produisaient généralement au bas de longues descentes ou au sortir de méchants virages, et l'on se retrouvait souvent sur des crimes dans des bâtiments à charpente métallique : deux circonstances peu favorables à la transmission par relais. Je regardai mon écran en tapant le numéro, mais l'icône m'indiquait, précisément, que le plus proche n'était pas accessible. J'essayai quand même. Rien. J'essayai de nouveau en rejoignant Lamar. Sans plus de succès. Le shérif m'observait, et je savais qu'il avait remarqué mon fiasco. J'en entendrais parler tôt ou tard, et me promettais de lui répondre que les relais ne tarderaient pas à se multiplier, dans notre coin.

– Un sacré fourbi, dit-il après s'être excusé auprès des Heinman.

– Ouais, pas beau à voir.

– Aucune idée sur l'auteur ?

– Pas encore. C'est trop tôt.

J'exhibai le ruban plastique jaune et noir.

– On entoure le corps ?

Notre ruban disait « Limite fixée par le shérif. Défense de passer ». Et je savais que Lamar le préférait au ruban habituel simplement marqué « Police ». À chacun ses prérogatives.

– Sûr. Allons-y.

On tendit le ruban entre la boîte aux lettres des Heinman, deux arbres au nord et au sud et un poteau de clôture.

Ça représentait une bonne longueur de ruban. Je connaissais la radinerie de Lamar dans ce domaine, et m'efforçai de le consoler en disant :

– Ça en jettera sur les photos.

Je tenais à la main le mètre enrouleur.

– Tu veux faire ça pendant que je prends les photos ?

Nous devions toujours mettre une échelle à chacune des photos.

– Passe-moi ton mètre.

Pendant que je fixais le flash à ma caméra de 35, Lamar s'agenouilla à deux pas du cadavre, en tirant le mètre métallique hors de son étui chromé. Je me hâtai de préciser :

– Il est tout neuf. Fais gaffe de ne pas te couper, si le ressort le rabat.

– Tu vas tout prendre au flash ? répondit Lamar en ignorant ma mise en garde.

Il était incapable d'admettre ses erreurs, même une fois commises, et encore moins au préalable.

– Oui, le soleil commence à descendre. Ce sera plus sûr.

Je regardai dans le viseur et fis le point.

– Et veille que je ne sois pas sur ces putains de photos.

Un détail qui l'obligerait à venir témoigner à l'audience, devant la cour.

– Eh merde, Lamar. Tu sais bien que je prendrais même pas ton ombre.

Je flashai onze photos de la scène du crime, sous des angles différents, avec chacun de mes appareils, puis je passai aux gros plans du corps. Lamar avait confiance, mais changeait tout de même de place entre les clichés. Bondissant en canard et prenant grand soin d'éviter de piétiner les empreintes de pas éventuelles. Il est peu vraisemblable de trouver des traces sur une route de gravier, mais on ne sait jamais.

J'utilisai mon appareil numérique afin de pouvoir examiner une partie des photos sur mon ordinateur en rentrant au bureau. Les 35 millimètres seraient pour la cour qui n'acceptait pas les clichés numériques, trop faciles à truquer.

Ayant terminé de prendre ses notes auprès des Heinman, Hester nous rejoignit. On se repencha, à trois, sur le cadavre, afin d'évaluer les dégâts. Ceux-ci étaient, selon l'expression chère aux coroners, considérables.

Le tir à bout portant décrit par Jacob Heinman ne faisait aucun doute. On ne distinguait ni entrée ni sortie de la décharge. Rien qu'une brèche en U, entre les oreilles. Tout le sommet du crâne s'était envolé, et avec lui, pour autant que nous puissions en juger sans déplacer le corps, la quasi-totalité de la figure.

– Seigneur Dieu ! soupira Lamar.

Je pris le dernier cliché de la bobine et rechargeai une pellicule.

– Ouais. Reste pas grand-chose !

– Où tout ça est allé ?

– Une partie sous la voiture de Gary. Il n'a pas pu s'arrêter avant de réaliser qu'il était juste dessus. On a jugé préférable de tout laisser en l'état jusqu'à l'arrivée des gars du labo. J'espère qu'on va trouver assez de dents, là-bas dessous, pour parvenir à une identification.

Je terminai de recharger l'appareil et pris trois photos sous la voiture. J'apercevais des morceaux et du sang, mais pas de deuxième tennis.

– On aura au moins ses empreintes digitales, grogna Lamar.

– Oui. Et peut-être des tatouages ou des taches de naissance.

Je me redressai en m'époussetant les genoux, du plat de la main. On peut toujours compter sur la poussière.

– C'est sûr qu'on peut pas parler de la couleur de ses yeux. À moins qu'on retrouve la moitié d'un œil.

– En tout cas, il n'a pas souffert.

– Le crâne a juste été pulvérisé en une fraction de seconde.

Je crus entendre une sirène approcher.

– L'ambulance ?

– Probablement. Vous avez appelé le labo, tous les deux ?

– Je les ai prévenus, dit Hester. Pas encore eu de leurs nouvelles.

– Je vais m'en assurer, décida Lamar. La radio est plus fiable que ces téléphones.

Vrai. Mais beaucoup moins discrète. En marchant vers sa voiture, Lamar nous lança, par-dessus son épaule :

– Vous pensez à la dope ?

– On penche de ce côté. Mais c'est encore trop tôt.

Gary nous appelait, de l'entrée du virage.

– Hé, l'un d'entre vous peut venir ?

Je levai les yeux de mon appareil.

– Qu'y a-t-il, Gary ?

– Venez voir par ici. Je crois que j'ai des traces de pneus. Un demi-tour sur place, pour repartir.

Je le rejoignis, Hester sur les talons. Je vérifiai dans le fossé à ma droite si la tennis noire ne s'y trouvait pas. Rien. Pas de deuxième chausson dans le fossé. Mais au niveau du virage, les traces relevées par Gary montraient très clairement l'histoire de l'ultime manœuvre, avant le départ. Deux raies parallèles dans le gravier de la chaussée, et la moitié d'un pneu dans la terre du bas-côté.

Je les photographiai, à tout hasard.

– Alors ? Qu'est-ce que tu en dis ?

– Traction avant, d'après les traces. Venus du sud, ont fait demi-tour pour repartir dans le même sens.

Gary semblait très content de lui. J'examinai les traces en me demandant si j'aurais été aussi prompt à les lire. Mais maintenant qu'il les avait interprétées, cela paraissait évident.

– Il n'a pas pu tourner en une seule fois, donc il a reculé vers la gauche, fait demi-tour, puis il a avancé en contrebraquant le volant, et c'est au moment où il a appuyé sur l'accélérateur qu'il a fait ces sillons.

Je me souvins que Lamar avait gardé le ruban, je posai donc mon stylo le long de la voie et pris une photo de ce qui semblait être une demi-largeur de sillon, bien visible dans la poussière des bas-côtés.

Hester voulut savoir :

– Tu penses qu'on peut en faire des moulages ?

– Sûrement. À condition de vaporiser un peu d'eau pour abattre la poussière. J'ai un grand couvercle de carton dans mon coffre. Je vais m'en servir pour protéger le tout jusqu'à l'arrivée du labo.

Le son de la sirène enflait rapidement. Je proposai :

– Tâchons de stopper l'ambulance avant qu'elle n'efface ces traces.

15 h 37

Le connard vida la moitié d'un nouveau chargeur. Les balles se répartirent en éventail dans la poussière, à quelques mètres de la grange. Puis il releva légèrement son canon et l'autre moitié du chargeur s'échelonna en arc de cercle dans les planches de notre piètre refuge, beaucoup plus près du mur de fondation. L'air fut rempli d'un épais nuage de fragments, de bois et de poussière. Le conseil de George était venu un peu tard, mais je parvins à plonger juste avant que les balles commencent à fuser. Les tirs les plus proches passèrent à moins de deux mètres de moi, un peu sur ma gauche. Beaucoup trop près pour quelqu'un d'aussi lent à réagir. Je demeurai blotti contre la pierre calcaire, un bon moment après l'arrêt de la fusillade, la tête baissée pour abriter mes yeux de la pluie de saletés volantes. Je rampai ensuite vers les impacts et risquai un œil à travers un des trous. Le connard n'était plus en vue. Il avait dû retourner dans le hangar.

– Tout va bien ? s'inquiéta George.

Nous répondîmes tous plus ou moins affirmativement.

Et j'ajoutai :

– La prochaine fois, on tire les premiers.

– Et comment ! jura George.

Je n'en menais pas très large. Au point d'exprimer l'évidence :

– À chaque fois, ils redisparaissent dans ce maudit hangar.

Je rapprochai mon œil d'un des trous, histoire d'élargir un peu mon champ visuel. Un peu plus près, je ne serais plus du tout à couvert, et ce n'était pas ce que je souhaitais.

– Peut-être qu'on a seulement l'impression qu'ils se dissimulent là-bas dedans. En fait, ils peuvent être n'importe où. Et se rapprocher de plus en plus.

Il nous fallait une meilleure vue d'ensemble. Malheureusement, c'était impossible, de ce rez-de-chaussée.

– Et si je grimpais, suggéra Sally qui s'occupait d'Hester. Je verrais tout, de là-haut. Et je suis petite. Difficile de me repérer.

– Pas avec ta crinière rousse, contra George. Moi, je vais grimper.

Avec quinze bons centimètres et autant de kilos de plus que George, je ne pouvais que dire :

– Vas-y. Je te couvre du bas de l'escalier.

Il fut bien plus rapide que moi. Les marches menant au premier étage s'élevaient à trois mètres de nous, juste en face des portes ouvertes de la grange, donc de nos tireurs. George allait devoir courir jusque-là, sur plusieurs mètres à découvert, avant de pouvoir se hisser là-haut.

– Je sais pas comment tu vas me couvrir, Carl. Les lieux ne s'y prêtent guère.

Il n'avait fait que traduire en mots ce que je pensais tout bas. Avec ces portes béantes, il serait sous le feu du hangar.

Je pointai l'index vers le ciel.

– Pourquoi je grimperais pas le premier ? Jusqu'à mi-hauteur. Et tu me dépasserais en vitesse. J'arroserais vers le bas pendant que tu gagnerais le premier.

Il était sceptique.

– Tu crois vraiment que...

– Fais-moi confiance. Règlement ou pas, je tire sur tout ce qui bouge. Et même sur ce qui ne bouge pas.

Le règlement en question était simple. Nous n'avions pas le droit de tirer sans voir notre cible. Une cible que nous devions d'abord identifier afin de certifier qu'elle constituait une menace mortelle. Toute personne embusquée dans un vieux hangar agricole ne correspondait donc pas aux prescriptions.

George s'abstint d'exprimer son accord sur mon intention, le règlement du FBI était encore plus strict que le mien.

– Tu as plus d'un chargeur pour cet engin ? demanda-t-il en désignant mon AR-15.

– Trois. Sans compter celui qui est dedans. À peu près cent huit tirs. Je n'en mets jamais plus de vingt-sept ou vingt-huit dans un chargeur de trente. Ça soulage les ressorts.

– Garde-les pour plus tard. Si seulement ces foutues portes de grange n'étaient pas toujours ouvertes...

Il remplit ses poumons d'air frais, et quand il les vida, l'air exhalé forma un nuage blanc, sur fond de soleil.

– OK, allons-y.
– Tu as un talkie-walkie ?
– Oui, mais ça ne marchera pas.
Les Feds[1] communiquaient sur une fréquence différente de la nôtre.
– Sally, prête-lui le tien.
Elle accepta sans enthousiasme, sa fonction première étant d'assurer la coordination entre les divers éléments. Sans son outil, elle se sentirait désarmée.
Je rectifiai précipitamment :
– Compris, George va prendre le mien. Comme ça, c'est toi qu'il aura à l'autre bout des ondes, et pas moi.
– Mieux comme ça, approuva Sally. Je vais surveiller le côté gauche. Je pourrai tirer, moi aussi ?
– Non.
Je secouai la tête.
– Seulement moi. Pas de tirs du rez-de-chaussée jusqu'à nouvel ordre.
Sally acquiesça, tapota le bras d'Hester et se posta près d'une fenêtre cassée.
– Prêt, Carl ?
Je m'approchai de l'escalier.
– Tu attends mon signal.
– OK.
Je préparai mon élan pour gagner la trappe ouverte au-dessus de nous, avec mon flingue en position de tir rapide. Je m'assurai, d'un coup d'œil, que George pourrait largement me doubler en vol. À vue de nez, c'était tout bon.
– En avant !
Quand il me dépassa, je braquai mon flingue vers le vieux hangar. George s'envola littéralement à travers la trappe, et disparut à l'étage. Tout se passa si vite que je me trouvai en bonne position pour couvrir le déplacement de quelqu'un qui n'était plus là.
Je redégringolai au rez-de-chaussée. Rien n'avait bougé dans mon champ de vision. Pas un coup de feu n'avait été tiré. Ou ils n'avaient rien vu, ou ils avaient été pris de vitesse. Un bon point pour nous.

---

1. Agents fédéraux.

Hester et Sally ne m'avaient pas quitté de l'œil. Je jubilai :

– C'est un drôle de rapide !

Sally porta son talkie à sa bouche.

– George, tu m'entends ?

Silence et récidive :

– George, tu me reçois ?

Pas de réponse. Je pestai entre mes dents :

– Pourtant, je suis sûr qu'il est allumé ! Je venais juste de parler à la radio.

– Sur Infos ou sur Ops ?

Bonne question. Sur le canal Opérations, Ops en abrégé, on pouvait parler de talkie à talkie ou de talkie à voiture. Sur le canal Informations ou Infos, on ne pouvait parler qu'au bureau, pas aux voitures ou aux talkies.

– Je ne m'en souviens pas. Eh merde !

À Sally :

– Veille au grain. Je ne vais pas voir grand-chose, de là-haut.

– D'accord.

Je me retournai vers l'escalier. La trappe était à quatre bons mètres au-dessus de ma tête, encombrée de paille et de foin sec.

– George ! George, tu m'entends ?

Silence. Prudemment, je hissai ma grande carcasse en rasant la paroi. S'il y avait quelqu'un, dans le hangar d'en face, avec le flingue épaulé, je ne voulais pas attirer l'attention en me déplaçant trop vite, dans la pénombre croissante. Je compris que je pourrais passer une demi-heure à essayer d'attirer son attention et me décidai à crier une bonne fois pour toutes.

– HÉ GEORGE ! HÉ GEORGE !

Deux secondes plus tard, son visage s'encadra dans l'ouverture carrée.

– Tu dois être sur Infos. Le deuxième bouton. Reviens sur le canal Un. Un pour Ops.

Il acquiesça d'un signe de tête. Je me retournai vers la porte béante, juste à temps pour voir un type cavaler vers la gauche, et beuglai :

– Gaffe à gauche !

Avant de regagner le rez-de-chaussée en catastrophe. Je n'avais même pas eu le temps de voir ce qu'il portait.

Sally m'observait, intriguée. Je lui dis ce que je venais de voir et précisai :

– Vachement près de nous, sur la gauche. Moins de dix mètres.

Elle relaya le renseignement à George, sans élever la voix, pendant que je me déplaçais doucement vers la gauche.

– Il est là, quelque part.

J'aurais aimé pouvoir en dire plus à George, une couleur de fringue, par exemple, pour l'aider à distinguer le coureur, mais je n'avais fait que l'entrevoir.

– Il est hors champ, pour George, déclara Sally.

Elle avait raison. Le type devait être si près de la grange qu'il faudrait que George, là-haut, se penche à l'extérieur pour le découvrir.

Je poussai jusqu'au mur du versant sud. Il comportait deux petites fenêtres à environ un mètre du sol. Les seuls carreaux encore en place étaient noirs de crasse. Il serait quasiment impossible de voir quoi que ce soit à travers. Si le gars voulait jeter un œil de l'extérieur, il lui faudrait risquer le coup par l'encadrement d'une des vitres manquantes.

Soit ça, ou alors longer le bâtiment jusqu'au versant est et atteindre la porte de derrière. La vieille porte était tellement disjointe que le soleil déclinant l'encadrait de toutes parts. Mais à leur place, j'essaierais d'abord de voir ce qui se passait à l'intérieur. J'avais réépaulé mon fusil et visais les fenêtres cassées en essayant de garder la porte de derrière dans la limite de mon champ de vision, si je faisais une erreur.

Je dis à Sally de réserver toute son attention au hangar d'en face. Hester émit une sorte d'onomatopée inarticulée, et je pivotai vers elle. Elle avait dégainé son arme de service et la pointait vers la porte.

– Je m'en occupe, parvint-elle à articuler.

– D'accord.

Ce n'était pas le moment de lui dire à quel point j'étais impressionné.

Je m'approchai doucement des petites fenêtres, m'attendant à voir une grenade ou une bombe ou je ne sais trop quoi voler à l'intérieur. Je n'étais plus qu'à un mètre ou deux d'une des fenêtres quand apparurent dans son cadre une casquette de base-ball et une bouche grande ouverte qui vociférait quelque chose comme :

– Crève, salope !

Puis le tout redisparut, sans me laisser le temps de lui en coller une.

Il avait dû s'amener à quatre pattes, par la droite de la fenêtre cassée. D'instinct, je tirai quatre balles à cet endroit, à travers les planches, en espérant l'envoyer en enfer.

Grave erreur ! La décharge de l'AR-15, dans l'espace confiné de la grange, me valut une autre avalanche de poussière, de brins de paille et autres saloperies. Quant au vacarme des détonations en lieu clos, il m'assourdit complètement. À peine si j'entendais, venus de l'extérieur, les hurlements qui s'affaiblissaient de plus en plus, et finirent par se taire.

Sally se brossait les cheveux d'une main en parlant dans son talkie-walkie tenu de l'autre. Elle me foudroya du regard. Hester, de son côté, maintenait sa compresse avec son épaule tout en se brossant les cheveux, elle aussi, et s'efforçait de garder son flingue pointé vers la porte de derrière.

J'étais sûr d'avoir tué quelqu'un. C'était un sentiment bizarre, pas spécialement joyeux.

– George, articula Sally, dit qu'il voit ton bonhomme, à présent. Il file vers le hangar, mais tu as dû le blesser. Au bras, peut-être.

Bon Dieu ! Le sentiment bizarre me quitta immédiatement, remplacé par la frustration de ne pas l'avoir tué vraiment. Intéressant, non ? Au temps pour la fameuse fibre humanitaire.

Sally enchaînait, ironique :

– George dit que c'était bien le connard. Et qu'il a perdu sa casquette en route.

On était sûrs, au moins, qu'il avait quitté le voisinage de la grange.

– Demande-lui s'il en voit d'autres se balader alentour.

– Inutile de crier comme ça !

Je ne m'en étais pas rendu compte. La conséquence évidente de la détonation.

– Je l'ai eu, marmonnait Hester, sur un ton presque enjoué.

Je me dirigeai vers elle, en continuant à pointer mon fusil vers la porte. Elle me montrait quelque chose, au creux de sa paume. Le clou brisé qu'elle avait fini par extraire de sa blessure, et qui avait dû lui faire un mal de chien. Mais elle en était divinement heureuse.

Elle montra l'objet à Sally, qui transmit la nouvelle à George. Puis enchaîna :

– Il dit de lui refaire une compresse de gaze... et qu'il n'y a plus personne en vue.

– Parfait !

Sally me regardait droit dans les yeux.

–Je peux pas croire que tout ça nous arrive, non, je peux pas y croire.

– Du calme. Moi non plus, je ne peux pas y croire. Et j'en sais beaucoup plus long que toi.

– Qu'est-ce qu'on fait ?

– On attend les renforts. C'est le mieux que je puisse faire.

Retour à la case départ. Ne vous méprenez pas. Parfois, c'est la meilleure chose à faire.

2

Mardi 18 décembre 2001 - 16 h 07

Je regardai l'ambulance bleue et blanche rouler vers nous, tous feux en action, la sirène muette maintenant qu'ils nous avaient aperçus. J'espérais qu'ils ne se fâcheraient pas en constatant que notre unique sujet n'avait plus besoin d'eux. Il est nécessaire de les appeler automatiquement car on ne peut pas courir le risque d'un diagnostic amateur décidant, trop tôt, de la mort d'un patient sans connaissance. Rien de plus dangereux, du point de vue légal, que de se fier à la parole d'un amateur au point de s'abstenir d'appeler les secours, et d'attendre le médecin légiste. J'apprécie beaucoup les médecins légistes, mais leur pourcentage de vies sauvées ne monte pas très haut. L'ambulance ralentit jusqu'à s'arrêter et le conducteur passa sa tête par la fenêtre.

– Quelque chose pour nous, Carl ?

C'était Red Schmitt, chauffeur volontaire et auxiliaire médical d'urgence. Il tenait, dans le monde réel, le magasin de vêtements de son vieil oncle. On se connaissait depuis des années.

– Salut, Red. On n'a qu'un mort à vous offrir. Un vrai, sans erreur possible. Un peu plus haut, au sortir du virage, mais il faut que tu t'arrêtes ici, à cause des traces de pneus.

– Pas de problème.

Le temps de bloquer son frein à main et d'ouvrir sa portière, en laissant tourner son moteur, il atterrit dans le gravier à côté de moi. Red avait derrière lui une longue expérience.

– Qu'est-ce qu'il s'est passé ? Un tracteur ?

– Rien d'aussi simple. Suivez le guide.

On remonta la pente, Hester et moi en tête, et le trio de l'ambulance sur les talons. J'avais l'impression de mener un défilé.

– Pourquoi t'es allé aussi loin ? me demanda Hester.

– À la recherche de l'autre chaussure de tennis. J'ai déjà vérifié l'autre côté en descendant.

J'entendis Red parler derrière moi et lui demandai :

– Qu'y a-t-il, Red ?

– C'est pas un des fils Heinman ?

Il avait l'air très inquiet.

– Non. Ils sont seulement témoins.

Je stoppai le cortège à plusieurs mètres du cadavre, sur le côté gauche de la route.

– Vous pouvez jeter un premier coup d'œil. D'assez près pour vous assurer qu'il est bien mort.

L'une des membres de l'équipe s'appelait Terri Biederman. La bonne trentaine, dont plusieurs années de service à bord de cette ambulance. Je ne l'avais pas revue depuis 1995, lors de son transfert à Milwaukie. Elle en était revenue auxiliaire médicale. Une chic fille.

– Carl Houseman. Toujours sur la brèche, hein ?

– Comme tu le vois, Terri. Et toi ?

– Rien qui sorte du quotidien.

Jamais un mot de trop. On l'aimait tous à cause de ça. La troisième, Meg Hastings, approchait de la quarantaine. Elle était vendeuse dans le civil, au service d'un grand magasin à succursales multiples.

– Moi, ça va, Carl. Aucune doléance.

Terri lui tira la langue.

Il est déconseillé de laisser le personnel d'une ambulance examiner un corps de trop près. Ils l'évitèrent. Une seule empreinte mal placée, et ce serait le témoignage obligatoire devant la cour. Ils étaient volontaires et il aurait été injuste de leur faire perdre davantage de leur temps en les faisant assister à l'audience, parce qu'un avocat tatillon leur chercherait des poux dans la tête. Ils observèrent, d'une distance d'un mètre ou deux, le cadavre étêté, ou presque, et n'hésitèrent pas une seconde à le déclarer mort, au-delà du dernier doute.

Ils décidèrent, aussi, d'attendre le médecin légiste dont on nous annonçait l'arrivée. Il pourrait avoir besoin de déplacer le corps et c'est eux qui s'en chargeraient. Les auxiliaires médicaux adoraient suivre le travail du médecin légiste. En attendant, ils écoutèrent les Heinman répéter leur histoire, comme ils la répéteraient encore bien des fois, au bistrot. Je fis signe aux trois ambulanciers de m'accorder leur attention.

– Oui, Carl ?

– Vous avez croisé des voitures en montant jusqu'ici ?

– Naturellement, dit Terri.

– Combien ?

– Trois ou quatre, au moins, se remémora Red Schmitt. Terri était devant aussi. Peut-être qu'elle en a compté un peu plus.

– Je dirais sept ou huit, trancha-t-elle, catégorique. Tu veux parler de la voiture du ou des tueurs ?

– À tout hasard. Nous, on n'en a croisé aucune en montant du nord. Mais ils avaient le choix entre plusieurs chemins de gravillon avant d'atteindre la route asphaltée de Battenberg.

L'ambulance était venue de Battenberg.

– Quelqu'un a-t-il au moins alerté le flic de Battenberg ? intervint Terri.

Son ton sarcastique sous-entendait tout le bien qu'elle pensait de la police de Battenberg.

– Je pense qu'il est sur le coup, affirmai-je sans certitude mais un peu agacé par le ton de Terri.

– On n'a aucune info sur une traversée de la ville, dans ce sens, à cette heure-là.

Je commençais à me demander si le flic de Battenberg avait été aussi bien réveillé que je le prétendais, mais l'honneur de toute la police était en jeu, et je me dépêchai de passer à autre chose.

– Vous avez identifié les personnes que vous avez croisées en voiture ?

– Hank Granger. Qui devait rentrer chez lui, après sa tournée. C'est le seul que j'ai reconnu.

Hank Granger était notre facteur rural. Dans sa belle voiture jaune aux armes des postes US, il ne passait pas inaperçu. Il connaissait toutes les voitures croisées pendant son service. Un autre témoin possible. Pas à négliger.

Je réintégrai ma voiture et contactai Sally par radio.

– Trois ? À l'écoute.

Sa voix était rassurante.

– Oui, Comm. Dix-vingt et un Henry Granger, à Battenberg. Vois s'il pourra me recevoir dans une petite heure.

– Dix-quatre, Trois.

– Avant que tu ne l'appelles, aucune communication de Quarante ?

Quarante était le numéro de code de l'unique voiture patrouille de Battenberg.

– Négatif, Trois. Je l'ai appelé chez lui, et il m'a fait dire qu'il nous rappellerait, s'il avait la moindre info.

Elle l'avait donc appelé à son domicile. C'était suffisant.

Battenberg n'était qu'à une dizaine de kilomètres de la ferme des Heinman. Aisément accessible par radio, de ma propre voiture.

– Dix-quatre, Comm. Je l'appelle directement.

À cette heure, il devait être dans sa voiture.

Je l'appelai plusieurs fois sur deux fréquences. Aucune réponse. Les forces policières de Battenberg se composaient de deux officiers, dont un chef. Du moins, ils avaient été deux, jusqu'à l'attaque du 11 Septembre contre le World Trade Center. Il se trouvait, malheureusement, que l'un des deux était toujours réserviste de l'Air Force, et son rappel avait laissé seul Norm Vincent, le chef local. Il assurait les trois-huit, tant bien que mal, avec l'aide d'un auxiliaire recruté sur le tas. Pas beaucoup de place pour le sommeil et la relaxation, mais son cas n'était pas unique.

– Comm ? Toujours pas de réponse de Quarante ?

J'essayais de n'y mettre aucune nuance critique, mais Sally aurait dû confirmer son contact par radio, après son appel téléphonique.

Elle débita le sempiternel dix-quatre, et me rappela une minute plus tard.

– Il s'est rendormi, Trois. Il te rappelle tout de suite.

Elle avait l'air écœurée. Autant d'elle-même que de lui, sans doute.

– Ça va, Comm.

Je laissai tomber le code, c'était moins formaliste et plus amical.

– Mais pendant que je te tiens, tu as une heure d'arrivée estimée, pour le labo ?

– Ils sont en route. À mon dernier contact avec eux, ils comptaient vous rejoindre en trois quarts d'heure, et ça fait exactement dix-neuf minutes.

Pas vingt ou encore une vingtaine : dix-neuf. C'était sa façon de me dire qu'elle était sur le coup, solide au poste. Cela signifiait aussi qu'ils allaient arriver incessamment.

– Superbe, Comm. Et le légiste ?

Nous espérions qu'il arriverait avant la nuit parce qu'on n'avait pas sur place de quoi éclairer suffisamment la scène pour lui permettre de faire son boulot dans de bonnes conditions. S'il arrivait trop tard, il faudrait déplacer les pompiers de

Battenberg, avec tout l'équipement nécessaire. Ça ferait beaucoup de monde sur les lieux et multiplierait les risques d'effacer quelque indice essentiel.

–Le légiste, riposta Sally, est le docteur Zimmer. Parti de la clinique de Maitland à 17h01.

Elle se décontractait peu à peu, mais je savais qu'elle se reprochait encore d'avoir loupé le coche avec Battenberg.

–Dix-quatre, Comm.

Je faillis ajouter «Merci!» mais elle aurait pu se dire, et moi avec, que je faisais preuve de condescendance.

J'allai retrouver le gros de la troupe alors que les talkies-walkies fonctionnaient à plein tube. J'étais sûr qu'ils étaient déjà tous au courant de la sieste à répétition du gars de Battenberg. Je ne me trompais pas.

–Rendormi, c'est ça? ricanait Terri.

–Oui.

Elle secoua la tête.

–Bon, et vous n'avez pas reconnu d'autres voitures, entre-temps?

–Non. C'est qui, celle-là?

Terri désignait Hester, qui se fit un plaisir de lui répondre elle-même:

–Hester Gorse, de la Crim'.

Elles se serrèrent la main, sans arrière-pensées.

–Une agente fédérale, commenta Terri. Moi, c'est Terri Biederman. Formée à Milwaukie, mais native d'ici. Auxiliaire médicale.

Je demandai à Lamar s'il avait suivi ma conversation avec Sally, au sujet de Norm Vincent.

–Ouais. Cette espèce de propre à rien...

Il prononçait «proparien», en un seul mot. Sans trop de virulence, malgré tout.

–Je lui ai dit plusieurs fois qu'il devrait arrêter de se crisper sur son budget et engager une ou deux personnes.

–Je vais voir avec lui, il peut peut-être quand même nous aider.

–C'était pas comme ça avant, mais de toute façon, on va bien devoir bosser avec lui.

Je ne plaçais pas Norman Vincent aussi bas dans la hiérarchie que mon shérif lui-même. On allait *tous* devoir travailler ensemble.

L'équipe du labo et le docteur Henry Zimmer arrivèrent en même temps. Ils s'étaient perdus en route, et rencontrés quand ceux du labo avaient arrêté le toubib pour lui demander leur chemin. Le légiste en rigolait encore.

À partir de là, l'événement tourna à la réunion de famille. Henry et moi étions de vieux amis. Hester et lui avaient déjà travaillé ensemble plus d'une fois, et se retrouvèrent avec plaisir. Comme tous nos légistes ruraux, Henry était médecin généraliste et possédait une large clientèle. Médecin traitant des fils Heinman, il échangea avec eux des salutations cordiales. Étant aussi mon médecin traitant, il me salua d'un « Toujours des cookies dans ton sac à photo ? » qui lui valut une livraison immédiate, en main propre.

Hester nous présenta le tandem du labo, un jeune du nom de Bob Ulrich et son aîné Dave Franks. Une fois les présentations terminées, elle se tourna vers le corps de la victime.

– Bon, allons-y.

On avait tous découvert, au fil des ans, qu'il valait mieux ne pas trop se mêler des constatations de ces messieurs les techniciens. Il valait mieux les laisser opérer, fût-ce dans le désordre, que d'essayer de les influencer par nos propres conclusions hâtives. On œuvrait de conserve, mais séparément, pour ainsi dire. Toutefois, après le déplacement de la voiture de Gary, on reforma une seule et grande équipe.

Gary recula très lentement. Stoppa au signal convenu, au bout de cinq mètres à peine.

– Vous devriez appeler tout de suite une dépanneuse, lui dit le chef du labo. On va avoir besoin de vos pneus.

– Quoi ? s'étrangla Gary.

– Ils ont écrasé des... indices. Il y a peut-être des petits morceaux qui y ont adhéré.

– Là, vous me faites marcher, non ?

– Je suppose que vous allez devoir en demander l'autorisation ? appuya Dave Franks, impassible.

Effectivement. Les pneus avaient ramassé du sang et des esquilles d'os. Le labo allait probablement exiger les quatre, et Gary était complètement écœuré. Non seulement il allait lui falloir la permission d'en haut, mais une voiture de dépannage et quatre pneus de rechange. D'où grave problème budgétaire et répercussions probables sur son statut professionnel. Alors qu'il avait fait preuve de bonne volonté en stoppant très près du cadavre, avec la louable intention de protéger les indices.

– Ne t'en fais pas, lui susurra Lamar. On va te signer un reçu pour tes pneus, et tu les récupéreras dans... oh, trois-quatre ans au plus tard, pas vrai, Carl ?

– Au grand maximum.

Gary n'avait toujours pas envie de rire.

– Visez un peu ça, s'extasia Lamar. Où sont-ils allés pêcher cet équipement ?

Il désignait le trépied mis en place par le labo, avec générateur portable et projos halogènes. Les débris épars baignaient dans une lumière exceptionnelle.

– Waouh, c'est cool.

– Ces halogènes pourraient faire reculer quelqu'un, rouspéta Lamar en se déplaçant pour observer de plus près la scène maintenant illuminée.

Le champ d'épandage, pour l'appeler par son nom, était en forme d'éventail, avec sa base partant du cadavre. Il y avait pas mal de sang répandu, bien sûr, mais réparti en un crachin rougeâtre par la déflagration, gouttes inégales plutôt que flaque classique. Un peu comme une œuvre tachiste.

Il y avait aussi deux fragments osseux, relativement importants, avec peau et chevelure restées en place. Ils nous seraient utiles. Les cheveux étaient noirs ou châtain foncé. Bons éléments pour l'identification future. Plus deux ou trois morceaux d'os provenant probablement du maxillaire. Quelques dents étaient restées à leur place, et d'autres avaient été sciées net par la force du coup. Ils pourraient peut-être sauver quatre dents intactes de la mâchoire supérieure qu'un dentiste pourrait alors rapprocher de celles d'un de ses patients. Pas de tissu cervical, à part un spécimen de dix sur sept centimètres, à la limite extérieure du tableau.

– Celui-là est allé plus loin, constata le jeune Bob, parce qu'il était plus lourd que les autres morceaux.

– Bonne observation, confirma Hester.

On savait ça tous les deux. C'était une simple question de balistique élémentaire.

– C'est bien de la cervelle, souligna docteur Zimmer. Probablement chassée par les gaz éjectés. Le cerveau se partage tout naturellement en sections, sous le choc d'un traumatisme.

–J'ai ici quelques dents et morceaux éparpillés. Ils sont toujours en assez bon état, au moins le haut, dit Dave, le plus âgé du labo.

–Encore un bout de mandibule, annonça Bob Ulrich en montrant une petite masse grise tachée de sang.

Je le contredis gentiment.

–Pas du tout ! C'est le rembourrage plastique de la cartouche. Jaillie du canon avec la chevrotine.

Une autre bonne trouvaille, dans la mesure où elle nous permettrait de déterminer le calibre du fusil.

Puis on trouva la moitié d'un globe oculaire. Presque toute la rétine.

–On dirait qu'il avait les yeux marron, ajouta Bob.

–Un des deux, en tout cas.

Simple essai d'humour de ma part, pour détendre l'atmosphère.

On recula de quelques pas afin de considérer l'ensemble de la scène.

–Super ! À condition d'aimer les puzzles.

–Où il manquerait des pièces, compléta Hester. Mais c'est tout de même un point de départ.

Il manquait en effet de nombreuses pièces. Quelques cheveux, quelques dents, la couleur d'un œil, c'était maigre. Restaient les empreintes digitales, à condition qu'elles figurent déjà dans quelque système de référence. D'ici là, on établirait un portrait approximatif, et on verrait ce que ça donnerait. Je souhaitais qu'il fût de la région. Sinon, on ne serait pas sortis de l'auberge, avec entre les mains les restes de n'importe qui, originaire de n'importe où.

Lamar et moi, on enfila des gants de latex pour aider Henry à retourner le corps afin de toucher l'abdomen et de pouvoir prendre la température du défunt.

La disparition du visage était encore plus pénible une fois retourné. Ce qui me gênait le plus avec les cadavres, c'était le visage. Aucun problème ici en l'occurrence.

–Eh merde, soupira le toubib, pourtant aguerri. Tu parles d'un truc !

Je remarquai la chaîne qui pendait au cou du malheureux. Une chaîne à bon marché, vue de ma hauteur, mais toujours mieux que rien.

–Encore un peu de chaleur là-dedans, murmura Henry en palpant l'abdomen. Laisse-moi vérifier ses poches.

– Attention aux aiguilles, lui recommanda Hester.

– J'y pense.

Les poches du jean recelaient un dollar et deux pièces de dix cents.

– C'est tout. Ni portefeuille ni porte-monnaie.

Non sans un sourire à l'adresse d'Hester :

– Ni seringue !

Légiste officiel du comté, Henry autorisa le transfert à l'hôpital de Maitland, afin que les restes du corps puissent faire l'objet d'une expertise médico-légale.

– Est-ce que l'un de vous veut assister à l'autopsie ?

– Oui, dit Hester. Si vous nous prévenez à temps.

– Manquerai pas. La cause de la mort ne devrait pas être trop difficile à déterminer.

– Mon Dieu, je l'espère, dit Hester.

Elle se retourna vers Lamar.

– Vous pouvez affecter quelqu'un à la garde du corps, jusqu'à l'autopsie ?

– Sans aucun problème.

– Parfait. Ou j'y assisterai, ou Carl s'y collera. Et Bob, veillez à prendre les empreintes spéciales. Cela signifie que vous devez aller à l'hôpital car on a laissé les menottes jusqu'à ce que l'autopsiste les coupe.

L'aîné des techniciens du labo donna son accord, sans trop d'empressement. Les empreintes spéciales étaient des « empreintes digitales » qui incluaient toute la main, jusqu'à l'amorce du poignet. Ainsi, même si la personne identifiée n'avait laissé qu'une empreinte partielle de sa paume, on pouvait au moins obtenir une comparaison. C'était aussi utilisé dans les cas d'identification normale, étant donné ici que notre victime n'avait plus de visage.

– Et recours à l'AFIS dès que possible, ajouta Hester.

AFIS était l'acronyme d'*Automated Fingerprint Identification System*[1]. Sa base informatique englobait celles de la police d'État, du FBI, des administrations locales et de certaines organisations indépendantes. Dès qu'une série d'empreintes figurait quelque part, l'AFIS la récupérait et le CCH[2] *(Computerized Automatic Crime History System)* était en mesure d'identifier la personne et

1. Système d'identification automatisé des empreintes digitales.
2. Système d'histoire criminelle informatisée.

de sortir son dossier criminel en quelques secondes. Un merveilleux système. Ils utilisaient également un scanner portable mais l'État d'Iowa n'avait pas encore décidé d'en doter nos labos. Il fallait donc revenir au vieux procédé du tampon encreur, et transmettre le résultat à une console régionale. Tout de même une forte amélioration sur l'ancien système consistant à déceler d'abord un suspect, puis à soumettre les données recueillies à tous les sommiers disponibles. Ces anciennes méthodes de recherche rendaient quasiment impossible l'obtention d'une identification valable à partir des seules empreintes, en raison de l'énorme main-d'œuvre nécessaire à l'exploitation des milliers et des milliers de documents enregistrés.

– Si seulement, déplorait Bob Ulrich, ça nous était arrivé dans quelques années. D'ici là, les laboratoires de l'Iowa se seraient sûrement mis à la page.

Son discours tenait du délire poétique. Le progrès pourrait déjà consister à réunir sous le même toit le labo de la Crim', un labo sanitaire de l'université de l'Iowa, un labo de médecin légiste et les laboratoires du ministère de l'Agriculture. Pas comme aujourd'hui où les éléments devaient passer par plusieurs labos et où le simple transfert d'un labo à l'autre pouvait prendre des heures et des heures. Bob avait raison, cela aurait été vraiment bien.

À ce stade de l'investigation, la procédure standard consistait à s'en remettre aux labos de la Crim' pour dresser l'inventaire des premières constatations. C'était la voie la plus rapide, et ils le feraient encore mieux si on n'intervenait pas. Je me réfugiai donc dans ma voiture pour conférer avec Hester à l'abri de toute oreille superflue.

– S'il s'agit de trafic de drogues ou de guerre de gangs, la suite ne devrait pas tarder. Ce genre d'exécution contient un message. Si c'est vraiment ça, on devrait en entendre parler avant peu.

– Oui, si l'affaire est locale. Mais si le message est destiné à des mecs de Cincinnati, ça risque de traîner vachement en longueur.

Hester entrait une note dans son agenda électronique. Encore un truc qui me manquerait avant peu.

– C'est pratique, ce bidule ?

– Et comment !

Elle referma le couvercle.

– Transmission immédiate à mon PC. Mais achète un rechargeable. Pas à piles. Trop d'emmerdes.

Elle le glissa dans une poche de son pantalon.

– Tu as eu vent d'une affaire de dope dans le secteur ?

– Pas spécialement. Harlem et Feinberg s'occupent des achats de métamphétamine, mais pas plus fort que d'habitude.

– Et pourtant, ça ressemble à une affaire de came, tu trouves pas ?

– Oui.

– Je suis pas encore vraiment convaincu pourtant. Pareil pour toi ?

– Non plus. Mais je reste ouverte à toutes les suppositions.

On décida de faire un saut jusqu'à Battenberg, histoire de bavarder un brin avec Hank Granger, le facteur rural qui avait croisé l'ambulance. Il n'aurait peut-être pas grand-chose à nous dire, mais c'était un point de départ qui en valait un autre.

– Est-ce que tu réalises, Hester, que depuis le temps qu'on bosse ensemble, c'est la première fois que tu te trouves dans nos bureaux, juste au bon moment pour avoir l'appel ?

– Et c'est assez excitant ! J'adore conduire dans d'épais nuages de poussière !

– Oh ? Toutes mes excuses.

– T'inquiète. Je te revaudrai ça.

À ce moment-là, Jacob Heinman arriva vers vous.

– Hé, Carl !

– Jacob ! Tu te souviens d'un détail ?

– Pas exactement.

Avec ce sourire timide qui faisait son charme :

– Mais Norris et moi, on veut que tu saches... cette amende lors de l'accident.

– Eh bien ?

– On t'en a jamais voulu. Tu faisais ton boulot.

– Merci. C'est gentil de votre part.

– C'était le car des gosses qui était dans son tort. Mais tu as fait ce que tu devais faire, à l'époque.

– J'essaie toujours de réagir dans le bon sens.

J'étais sincèrement touché. J'éclairai la lanterne d'Hester, alors que Jacob rejoignait Lamar. Je lui racontai l'accident et la déposition.

– Il a raison. Comment as-tu pu filer une contredanse à cet amour de vieux grand-père ?

– Ça va, n'en rajoute pas...

Elle me traita de vieux ronchon.

15 h 48

Il était grand temps que je revoie ma copie.

Maintenant que ceux qui nous canardaient étaient sûrs de nous avoir coincés dans la grange, notre problème se présentait différemment, sinon sous un jour plus favorable. Nos deux issues étaient sous le feu du hangar et du poulailler, d'où nos agresseurs pouvaient nous tirer comme des lapins. Toute la distance de la grange à la route aurait été facilement couverte par quelqu'un posté au niveau du vieux silo de béton. La porte ouverte de la grange faisait directement face au hangar. Quiconque tenterait de sortir par là aurait un grand risque de se faire tirer dessus avant même de pouvoir sortir de cette fichue grange. L'autre porte, la vieille encadrée de soleil, permettrait peut-être à un ou deux d'entre nous d'évacuer les lieux sans être vus. À supposer, du moins, que toutes les forces adverses fussent concentrées dans le hangar et le poulailler. Autant de chances de se faire descendre par-devant que par-derrière. Même avec l'optimisme chevillé au corps, deux ou trois mètres à découvert sur la droite, douze sur la gauche, représentaient un double marathon dur à négocier sous le feu de l'ennemi.

Et bien sûr, s'ils avaient posté quelqu'un près du vieux silo, ce qui était fort probable, ils pouvaient couvrir la deuxième porte depuis leur point de départ.

Donc, on ne pouvait pas sortir. Obstacle numéro un.

En constatant qu'on ne pouvait plus partir, d'autres problèmes se présentèrent à nous, comme surgis de nulle part. Notre champ de vision ne valait pas cher. Même George, de là-haut, ne pouvait surveiller qu'une partie du terrain de la ferme. D'accord, on disposait d'une vue imprenable sur le vieux hangar, mais on ne voyait qu'un tiers du poulailler et pas du tout l'ancien silo. On ne pourrait donc pas savoir si celui-ci était occupé tant que l'un de nous n'aurait pas tenté l'aventure. Obstacle numéro deux.

On ne se résignerait pas, non plus, à sacrifier quelqu'un pour « attirer leur feu ». Contrairement à ce qui se passe parfois au cinéma, on ne tirerait pas à la courte paille pour savoir qui jouerait ce rôle. On était condamnés à rester sur place jusqu'à ce qu'il se passe l'une de ces deux choses :

Premièrement, solution espérée, les renforts arriveraient et nous sortiraient de la merde. D'avance, merci, petit Jésus ! Et si cette branche de l'alternative manquait à l'appel, deuxièmement : peut-être nos agresseurs allaient-ils prendre une initiative qui nous obligerait à tenter une sortie. Le pire des scénarios, croyez-moi. On ne savait pas combien ils étaient, mais sûrement assez pour nous barrer toutes les voies de retraite.

J'étais sûr qu'ils disposaient d'une large supériorité numérique. Obstacle numéro trois.

Et couronnant le tout, leur puissance de feu évidente. Jusque-là, on avait essuyé le tir de ce qui ressemblait fort à un AK-47 ou quelque chose de ce calibre. Des gros calibres donc, et toujours en automatique. Pas de rationnement de munitions chez ces messieurs. Leurs balles de 7,62 millimètres perceraient nos gilets de Kevlar, même ceux qui étaient munis de plaques de céramique à l'endroit du poitrail.

De notre côté, on avait mon AR-15, le fusil de Sally et quatre armes de poing. On avait donc une puissance de feu bien inférieure à la leur, et, mon AR-15 mis à part, une portée assez faible.

Seule compensation, on n'avait, jusque-là, aucun blessé qui ne puisse pas courir. Si les choses en venaient à ce point, deux sur quatre d'entre nous franchiraient peut-être les cent mètres ou presque qui nous séparaient de la route. Nos problèmes n'en seraient pas résolus pour autant puisque nos voitures étaient parquées chez les Heinman, à deux bons kilomètres de la grange. Nous n'avions donc nulle part où aller même si nous parvenions à sortir du hangar. En outre, je n'ai jamais été champion de course à pied, et avec mes cinquante-cinq ans, mon mètre quatre-vingt-huit et mes cent vingt-cinq kilos, j'étais à peu près sûr d'être leur meilleure cible. Obstacle numéro cinq.

Et j'étais sûr d'en avoir oublié encore un ou deux. Mais cinq, c'était déjà un chiffre.

Je n'étais pas seul à faire les comptes, et le moral des troupes n'était pas au beau fixe.

Sally, bonne âme, proposa :

– Qui veut un morceau de barre chocolatée ?

Le jour commença à baisser. Cela signifiait que ce n'était qu'une question de temps avant qu'il ne fasse trop froid. J'avais jeté un œil à la météo, avant le départ et ils nous prédisaient un thermomètre au-dessous de zéro. La nuit promettait d'être longue.

Le talkie-walkie de Sally émit quelques craquements préliminaires. Je ne pigeai pas le message, mais elle me rejoignit en vitesse et me tendit le micro.

– Quarante au bout des ondes. Il dit qu'il aperçoit la grange et croit pouvoir monter jusqu'à nous.

Quarante, c'était Norm Vincent, le chef de Battenberg.

– C'est pas possible ! Ici, Trois, Quarante.

– Vas-y. Je t'écoute.

– N'essaie pas de monter jusqu'ici. Tu ne passerais pas les anciennes fondations.

– Je peux m'amener jusqu'au bout en voiture. Je ne vois personne.

– Mais eux, ils te verront. Et ils ont plusieurs AK-47 je crois.

Après un court silence :

– L'ambulance est là aussi. Ça n'a pas l'air trop grave.

– Reste où tu es, Quarante. Attends les renforts.

– Mais vous avez un blessé ?

– Dix-quatre. Sa vie n'est pas en danger.

Je regardai Hester, qui leva un pouce vers le ciel.

– Ne bouge pas, Quarante. Pas avant que je te dise de grimper.

Il accusa réception du message sans grande conviction.

Je rendis le micro à Sally et marchai, plié en deux, jusqu'à la porte de derrière. À travers les fentes, je distinguais la voiture patrouille de Norm et la partie supérieure de l'ambulance.

– Sally, confirme-leur de se tenir tranquilles pour l'instant.

Je revins vers la paroi percée de trous. Nous ne devions pas perdre de vue nos suspects.

À l'approche du couchant, les rayons du soleil m'empêchaient de bien distinguer le hangar à ma gauche. La poussière en suspension, à l'intérieur comme à l'extérieur de la grange, n'améliorait pas, non plus, la visibilité. S'ils avaient l'intention de bouger, c'était maintenant.

– Sally, essaie de contacter George. Notre visibilité va être quasiment nulle jusqu'à ce que le soleil soit couché derrière la colline. Peut-être peut-il voir un peu mieux que nous.

Le coucher du soleil annonçait une nuit dégagée. Or un ciel sans nuage signifiait qu'il allait faire froid. Jusque-là, on peut dire qu'on avait eu chaud. Je voyais ma respiration dans la lumière déclinante.

– Haut les cœurs, ironisa Sally. Je te passe Lamar.

Elle me tendit le micro.

– Tu es là, Trois ?

C'était bon d'entendre cette voix.

– Dix-quatre, Un. Vivant et combattant.

– Tout le monde va bien, Trois ?

– Pas tout à fait. I-388 a été frappée par un morceau au visage.

– Dix-trente-trois ? Tu veux qu'on rapplique ?

– Négatif, Un.

Je me penchai vers Hester.

– Comment tu te sens ?

Tout juste si je pigeai sa réponse :

– Pas de problème.

– Allô, Un ? Il faudra qu'on la sorte d'ici, mais pas d'urgence. Encore trop de lumière. Attendons la nuit.

– Dix-quatre. J'ai une douzaine de gars des commandos en dix-soixante-seize qui devraient arriver dans moins de dix minutes.

Ça, c'était la meilleure nouvelle. J'espérais qu'ils seraient équipés de M-16. Puis Lamar ajouta :

– Pas encore en place. Juste alertés.

Nettement moins bon. Le troupier standard de la Routière ne portait rien de plus que son fusil et une arme de poing. Les fusils, surtout sur des distances de plusieurs centaines de mètres, seraient probablement surclassés par les AK-47 de nos adversaires.

– Dix-quatre, Un. Ces mecs ont au moins un AK. Dix-quatre là-dessus ?

– Dix-quatre.

Lamar n'était pas expert en balistique, mais il en savait long sur les munitions de 7,62 millimètres. C'était une balle de ce calibre, tirée par un forcené barricadé dans une ferme, qui l'avait touché à la cheville, en 1996.

Depuis, il marchait avec difficulté, et rarement sans souffrir. Encore avait-il eu de la chance d'avoir pu conserver son pied.

– Vous en êtes où au juste, Trois ?

La bonne question. Nos adversaires n'avaient sans doute pas les moyens d'écouter nos échanges radio. Mais je ne voulais pas en courir le risque. Je levai les yeux vers Sally, figée à l'autre bout du fil de son micro.

– Tu penses qu'on peut lui répondre ?

– J'aimerais bien sortir d'ici.

Ce n'était pas ce que je lui demandais. Mais ils ne nous sauveraient pas s'ils se trompaient de bâtiment.

– On est dans la grange. Au rez-de-chaussée.

– Dix-quatre.

– Sauf George, qui est à l'étage. Il fait le guetteur.

– Dix-quatre.

Une sirène approchait, côté Lamar. Les gars de la brigade routière arrivaient sur les lieux.

– On pense que la plupart des suspects sont dans le hangar. En face de la grange.

– Le toit métallique ?

– Tout juste. Pour autant qu'on puisse le dire. Voilà plus de cinq minutes qu'ils n'ont pas bougé.

– OK, Carl. Je te rappelle dans cinq autres minutes.

– Dix-quatre. Content que tu sois là, shérif.

Sally appela George. Lui non plus n'avait observé aucun mouvement durant les dernières minutes. Il verrait mieux le hangar dès qu'il aurait pu dégager les balles de foin compressé empilées le long des murs. Il avait été incapable de s'approcher du mur du fond, les mottes étant entassées jusqu'à hauteur de plafond, côté façade.

Je repris, avec Sally, la surveillance du vieux hangar au toit métallique. Il y avait assez de trous, maintenant, pour qu'on puisse varier les angles de vision.

– Tu crois qu'ils sont partis ?

– Pas impossible.

Mais je ne le pensais pas. Ils devaient plutôt préparer quelque nouvelle vacherie.

Dix minutes après les cinq annoncées, Lamar se remanifesta. Sally se rapprocha de moi pour me repasser le micro. Je le refusai d'un signe.

– Réponds-lui. Je crois que je vois bouger quelque chose.

– Allez-y, shérif. Trois est à portée d'oreille.

– On a des gens de l'autre côté de la vallée et sur la colline, au-dessus de la ferme. Les renforts arrivent.

– Parfait.

Ça voulait dire que la zone était entourée et que les issues étaient bouclées. Mais j'étais sûr, à présent, que quelqu'un bougeait à notre gauche, derrière un écran de treillage recouvert de plantes folles.

– Trois a dit « Parfait », relaya Sally.

– Dis-lui de préparer ses troupes.

J'avais épaulé mon fusil. Sally transmit ma réponse, puis reprit son poste, à ma droite.

– Derrière le treillage garni de végétation. Juste derrière.

Je n'avais pas fini de parler qu'une silhouette bondissait en vue, lançait quelque chose et replongeait à couvert.

Je perçus le choc sourd, au-dessus de nos têtes, comme si l'homme nous avait lancé une grosse pierre.

– Il nous a balancé une pierre ? s'étonna Sally.

Et la « pierre » explosa.

3

Mardi 18 décembre 2001 - 18 h 11

Dès que Lamar eut rallié assez de monde pour sécuriser le théâtre du crime, je poussai avec Hester jusqu'à Battenberg. On emprunta la route touristique, pour éviter de rouler sur le site où les gars du labo étaient en train de travailler. Ou selon les mots de Lamar, pour ne pas écrabouiller un peu plus les pièces à conviction.

Conséquence de l'itinéraire choisi, les dix kilomètres qui nous séparaient de Battenberg se convertirent en vingt-cinq. Cela me laissa le temps de réfléchir, et j'en avais besoin. Notre premier objectif était d'entendre Hank Granger, le postier. L'opération de moulage en cours, derrière nous, permettrait peut-être d'identifier la voiture des assassins. Peut-être. Malgré tout, c'était une chose d'identifier une voiture, et une autre d'identifier ses occupants. Je comptais sur Granger pour nous en dire un peu plus, au moins sur le nombre de passagers. En supposant qu'il ait remarqué cette voiture.

Après ça, on aurait une petite conversation avec Norm, le chef et représentant unique de la police de Battenberg. Il m'était sympathique et cela nous aurait aidés s'il s'était réveillé assez tôt pour avoir une petite idée des voitures ayant traversé sa ville, en provenance du nord. Il pourrait aussi peut-être avoir une idée sur l'identité des suspects.

Battenberg, vers la fin des années quatre-vingt, avait été une agglomération d'environ cinq cents âmes, fonctionnant à peu près en circuit fermé, et soucieuse de réagir gracieusement à la dépopulation qui frappait les zones rurales. C'est alors qu'ils avaient eu un coup de veine. L'usine de conditionnement de viande locale avait non seulement changé de mains, mais connu un nouveau développement. Rachetée par une famille juive, elle s'était lancée dans les produits kasher, puis avait trouvé d'importants débouchés sur la côte Est. Excellente stratégie de leur part. N'ayant pas eu à créer cette usine de toutes pièces, ils avaient pu produire à meilleur marché, transporter au plus bas prix avant d'avoir leur propre moyen d'acheminement, et maintenir une qualité constante d'un bout à l'autre de l'opération. Un véritable coup de maître. Questionné sur les raisons qui leur avaient fait choisir l'Iowa, l'un des patrons s'était écrié : « Il n'y avait aucune autre usine disponible dans le New Jersey ! »

Après que l'usine eut été remise à neuf et qu'elle eut commencé à tourner rond, les conditions de vie avaient profondément évolué à Battenberg, et généralement pour le mieux. Grâce à l'absence de syndicats et au recrutement d'une main-d'œuvre aux exigences modestes, l'entreprise était devenue, en peu de temps, l'une des communautés multiculturelles les plus actives des États-Unis. Beaucoup d'Espagnols, à l'origine. Et du jour au lendemain, pour ainsi dire, la langue hispanique avait acquis droit de cité dans les magasins de la ville. Avec le nombre de rabbins requis par la nature kasher des produits, s'y était adjoint le yiddish. On disait même, pas uniquement en guise de plaisanterie, que Battenberg possédait plus de rabbins au kilomètre carré que n'importe quelle autre ville d'Amérique du Nord.

En quinze ans, la population avait plus que doublé. Suite à l'éclatement de l'URSS, des juifs russes avaient débarqué, mais aussi des Géorgiens, des Ukrainiens et autres représentants des groupes ethniques d'Europe de l'Est. Puis, la nouvelle se propageant, des Guatémaltèques, des Colombiens et autres représentants d'Amérique du Sud et d'Amérique centrale étaient arrivés. Plus quelques Israéliens pour faire bon poids. Une récente statistique avait recensé dix-huit langues différentes sur le territoire de Battenberg.

Une telle évolution n'allait pas sans malaise, et durant quelque temps, il y avait eu du tirage entre ethnies. Voire des heurts, mais sans graves conséquences. Plusieurs coups de feu tirés d'une voiture, au passage, avaient créé une certaine effervescence. On s'était aperçu, alors, que la plupart des immigrés hispaniques étaient des clandestins. Quand on rechercha des témoins, on n'en trouva pas. La crainte de l'expulsion les avait dispersés dans la nature. L'usine avait même dû fermer quelques jours, jusqu'à ce qu'il soit suffisamment clair que les services de l'Immigration et de la Naturalisation n'étaient pas dans le coup. Les esprits s'étaient apaisés, l'origine de la fusillade avait été attribuée à une histoire de drogue. Le coupable identifié, appréhendé, jugé et incarcéré. Il n'avait pourtant jamais rien révélé de ses motivations.

On avait institué des cours intensifs d'espagnol avant de s'apercevoir que l'espagnol mexicain usité à travers la ville était totalement inintelligible aux gens du Honduras ou du Guatemala. Mais l'essentiel était que l'on pût lire leurs droits aux petits délinquants, dans notre espagnol approximatif, avant de leur refiler une brochure de la même clarté relative. Russes, Centre-Européens et Thaïs étaient livrés à eux-mêmes jusqu'à ce qu'on leur trouve des interprètes. Aucun problème avec le yiddish. Tous les Juifs résidents parlaient couramment la langue anglaise, avec plus ou moins d'accent.

Ce n'était vraiment pas que nous refusions de nous adapter, le problème venait davantage de la restriction de nos budgets. On avait déjà bien du mal à renouveler nos pneus, alors avec quoi financer des cours de langues ? Surtout que le système des trois-huit compliquait encore l'affaire : un professeur devait enseigner à trois classes de trois ou quatre officiers chacune. Une classe à 7 heures pour l'équipe de nuit sortant du travail, une à 13 heures pour l'équipe de jour, et une à 18 h 30 pour l'équipe de soirée. Ce fut très lourd pour le professeur d'université qui faisait ça en plus de son travail, ça absorba la totalité de notre budget annuel de l'« éducation continue », et à la fin, nous n'étions pas beaucoup plus avancés qu'au début.

Tout cela faisait de Battenberg une ville intéressante où exercer le métier de flic. Fascinante, même, vue sous certains angles. Plus d'une fois, le chef Norm avait menacé de démissionner pour entrer au service des Nations unies. Ce fut un bon sujet de conversation, et nous avions même été jusqu'à nous cotiser pour offrir à Norm un beau béret bleu pâle aux couleurs de l'ONU. Je crois que j'étais capable de comprendre sa frustration.

Pour revenir au dossier en cours, Jacob Heinman avait dit que l'un des meurtriers parlait espagnol. Magnifique ! Ou bien quelque chose qui sonnait un peu comme de l'italien. Et que l'autre, à la peau très blanche, ressemblait plutôt à un Norvégien. Ouais. D'accord. Dans ce contexte, il pouvait s'agir de n'importe qui. Pas beaucoup d'infos pour avancer.

Une fois de plus, obtenir des indications ne serait pas de la tarte. Difficile, mais pas impossible.

Alors que nous étions garés devant chez Hank Granger, facteur des postes, j'en profitai pour passer un coup de fil à Hector Gonzalès, un ouvrier de vingt-deux ans dont j'avais fait la connaissance, l'année passée.

– *Bueno ?*

– Salut, Hector, ici Houseman.

– Oh non.

– Oh si. C'est bien moi.

Hector m'était sympathique, mais je le rendais nerveux.

– Pas maintenant, mec, je peux pas te parler maintenant.

Notre première rencontre avait été mouvementée : j'avais dû séparer ce jeune Latino et l'un de ses congénères en pleine bagarre. Hector défendait alors sa sœur Selena dérouillée par son petit jules en raison de son refus de lui prêter ses économies. Soit une soixantaine de dollars planqués dans le placard de la cuisine. Une rixe très animée dont les deux combattants étaient sortis avec de jolis coquards et autres menus dégâts corporels. Ainsi, du reste, que la sœur d'Hector.

Le flic unique de Battenberg et moi-même les avions embarqués tous les trois, pour perturbation de l'ordre public. Ils nous engueulaient à qui mieux mieux en espagnol, et on ne pouvait dire, dans ces conditions, qui avait fait quoi. Ne parlant pas un mot d'anglais, même quand ils s'adressaient à nous, nous en déduisîmes qu'ils étaient clandestins. En les fouillant avant de les embarquer, j'avais trouvé dans la poche d'Hector un petit sac de ce que nous appelions par euphémisme une « substance végétale odoriférante ».

Après une explication orageuse et être arrivés au poste, il s'était avéré que le frère et la sœur parlaient un anglais très correct. Tous les deux étaient nés et avaient grandi à Los Angeles. Le petit ami ne parlait pas du tout anglais, et Hector et Selena finirent par lui servir d'interprètes.

Je m'étais demandé si nous n'aurions pas besoin d'une traduction un peu moins partiale, mais cela m'avait amusé de voir comment Selena aurait géré la situation. Pendant qu'on attendait un véritable interprète, j'avais convié Hector à venir voir, dans les toilettes, la « substance végétale » disparaître sous le flot purificateur de la chasse d'eau. Je lui dis que j'avais beaucoup apprécié son attitude chevaleresque à l'égard de sa sœur, et que j'étais tout prêt à passer l'éponge sur l'ensemble de l'épisode. Inutile d'ajouter, au menu délit de « tapage diurne », celui, beaucoup plus grave, de détention d'un petit sac de marie-jeanne. Il me demanda pourquoi je lui faisais une telle proposition, et je lui dis qu'il n'était pas dans mon intérêt de le faire payer pour un si petit délit. Je pouvais néanmoins toujours le faire, s'il le préférait. Il me remercia, et dans un moment de faiblesse, dit que s'il pouvait, un jour, me rendre quelques petits services... Je n'en attendais pas moins. C'est comme ça qu'on se fabrique de bons indicateurs.

– Maintenant, je sais que tu es capable d'écouter, Hector. Alors, écoute.

– Allez-y, soupira-t-il.

– Un homme a été tué, voilà deux-trois heures. Pas très loin de Battenberg. D'une décharge de fusil de chasse en pleine tête. Il semble qu'il soit d'origine espagnole. Compris jusque-là ?

Bref silence. Suivi de :

– Ouais, mec.

– On ignore son identité, Hector. Il ne restait presque rien de son visage. Ça va toujours ?

– Eh merde, je suis pas au courant, mec.

Son accent ressortait, sitôt qu'il s'énervait.

– Personne ne t'accuse, Hector. Tout ce que je te demande, c'est de me passer un coup de fil, si tu apprends quelque chose. OK ?

Nouvelle pause, puis :

– OK, mec. Tu peux compter sur moi.

– Je t'en remercie d'avance.

– Pas de problème.

Je rattrapai Hester alors qu'elle frappait à la porte de Granger.

La plupart des facteurs ruraux connaissent leur tournée sur le bout du doigt, et Granger ne faisait pas exception. Il n'avait rien remarqué d'inhabituel sur la route de retour de Battenberg, néanmoins. Rien. Pas une petite chose.

Mais rien ne sert de courir. Il nous proposa un café, que j'acceptai. Hester avait l'air un peu inquiète de s'attarder, mais j'avais vraiment besoin d'une tasse de café.

C'est donc la tasse au poing, assis à la table de son salon, qu'il nous dit enfin quelque chose d'intéressant :

– Tu vois, Carl, près de chez Dodd, après le creux... il y avait une Subaru couleur crème parquée derrière la grange. Elle n'était plus là quand je suis repassé, mais c'était la première fois que je la voyais. Sais pas si ça peut t'être utile...

– Vers quelle heure ?

Je connaissais bien la vieille baraque du père Dodd. Abandonnée depuis longtemps, ceux qui exploitaient la ferme utilisaient encore les hangars et autres dépendances. Les pompiers avaient brûlé la maison, cinq ans auparavant, pour entraîner leurs piquets d'incendie.

– Oh, c'était après le déjeuner. J'attaque toujours le nord de ma tournée après mon sandwich de midi, alors il pouvait être 1 heure, 1 h 10...

La ponctualité est une des constantes de nos facteurs ruraux. S'il disait 1 h 10, on pouvait être sûr de l'heure à cinq minutes près.

– Vide, la Subaru ?

– Non. Pas vu qui, mais trois ou quatre types. Ils se dirigeaient vers un des hangars, ou vers la grange. Je suis passé trop vite pour en voir plus, mais c'était bien là qu'ils allaient.

Une bonne info. Et il restait du café.

– Vous devriez demander à Elmo Hazlett, le laitier. Lui aussi, il prend cette route.

– Merci.

Granger s'esclaffa.

– Il roupille la plupart du temps. À moins qu'il ne leur soit passé dessus, il ne les a sans doute même pas remarqués.

De retour à ma voiture, j'appelai le bureau par radio. Rien de neuf. Les troupiers de la Routière aidaient de leur mieux l'équipe du labo, et Norm Vincent nous attendait dans son bureau.

Il se répandit en excuses. Le chef de Battenberg était un type bien, mais écrasé par ses horaires impossibles. Il n'avait rien vu, rien entendu. La rumeur s'était répandue, en ville, d'un meurtre commis quelque part au nord de la ville. Rien d'étonnant, étant donné qu'il y avait une douzaine de personnes branchées sur les ondes de la police. Mais aucun des « indics » locaux ne s'était manifesté. Norm, d'ailleurs, n'était pas un flic ordinaire, et je soupçonnais ses informateurs d'être surtout des gosses de l'école ravis de jouer aux flics et qui devaient le mener en bateau, plus souvent qu'à son tour. Mais il essayait, et j'étais sûr qu'il essayait encore plus depuis qu'il s'était endormi durant notre intervention de cet après-midi. On ne lui révéla qu'un détail : la nature exacte de la méthode employée. Mieux valait qu'il sache à qui il aurait affaire, si jamais il débusquait un coupable possible.

– « Bon Dieu ! » fut son seul commentaire.

– On vous en dira plus, ajouta Hester, quand on aura touché les premiers rapports.
– Oui, merci.
– Jusque-là, Norm, ouvre simplement l'œil et l'oreille. Mais ne tente rien sans assistance.
– Je suis pas dingue.
– Nous non plus. Pas d'initiatives dangereuses, avec un ou deux flics. Ces mecs-là ne rigolent pas. Des tueurs de la pire espèce.
– Pigé, Carl, je ferai pas de zèle.
– Inutile de s'exposer gratuitement. Tu crois qu'on peut trouver Elmo Hazlett chez lui, à cette heure ?
– S'il ne pionce pas déjà...
Normal. Elmo démarrait ses livraisons de lait frais, chaque jour, sur le coup de 3 heures du matin. Pas question de le déranger maintenant. Ça ne servirait qu'à nous le mettre à dos, sans aucune assurance qu'il ait pu voir quelque chose. Voilà le genre de petites décisions qu'il importe de prendre, en espérant que c'est la bonne.
– Tu es debout jusqu'à 3 ou 4 heures ? je demandai à Norm.
– Ouais.
– Si tu vois Elmo, dis-lui qu'on aimerait lui parler. À l'heure qui lui conviendra. Demain dans la journée.
La ruine calcinée de la ferme du père Dodd était sinistre. Coincée entre deux collines, elle était perpétuellement battue par les sifflements du vent qui s'engouffrait dans les arbres nus. On stoppa à la vieille boîte aux lettres, en quête d'empreintes de pneus récentes, dans la poussière floconneuse. Il y en avait une, bien distincte, d'environ cinq centimètres de long, à l'endroit où quelqu'un était arrivé par l'ancien chemin carrossable, et reparti vers le nord. Vers la scène du crime.
On prit des photos et on appela l'équipe du labo pour qu'ils viennent faire un moulage. Bob Ulrich nous rejoignit, en compagnie d'un réserviste qu'on appelait le vieux Knockle. Il avait au moins soixante-dix ans, mais pétait le feu et connaissait son bled comme sa poche.
Après leur avoir montré la trace, on prit ma voiture pour aller jeter un œil vers les dépendances. Un seul véhicule risquait de détruire moins de traces que deux voitures.
Il y avait là quatre vieux bâtiments en bois, presque en ruines, sur la gauche du trou béant qui avait été la résidence du

père Dodd. De l'autre côté, se dressait un ancien silo de béton ceinturé de fer rouillé, à intervalles d'un mètre cinquante. Couronné par un dôme de métal oxydé rappelant celui d'un observatoire. À quatre ou cinq mètres de là, s'étendait la plateforme d'un moulin à vent disparu. Il faisait très noir, à présent, surtout au fond de cette vallée, et l'on ne pouvait progresser que la torche électrique au poing, dans la lueur de mes phares et de mes projos.

La peinture écaillée de ces bâtiments annexes avait été rouge, jadis. Les planchers offraient cet aspect granuleux, presque incolore, du vieux bois exposé depuis longtemps aux intempéries. On pénétra prudemment dans chacun d'eux, torche braquée, faisant attention à ne pas piétiner un quelconque indice. Et c'est évidemment dans le quatrième et dernier bâtiment qu'on toucha le jackpot.

– Par ici, Houseman. Regarde là-bas dans le coin gauche.

Hester pointait un endroit avec sa torche.

– Oh merde ! La chaussure manquante.

Je retournai chercher mon appareil photo dans le coffre, pris un plan d'ensemble du bâtiment, puis je revins à l'intérieur et pris six clichés de la chaussure de tennis noire posée sur le côté, le lacet toujours noué.

– Ne nous approchons pas davantage, et laissons faire le labo, suggéra Hester.

– Pas d'objection.

– Rallume ta lampe. Ce n'est pas une tache de sang, là, juste à côté ?

Près de la chaussure, reposait une vieille caisse à outils. À sa base, il y avait une flaque aux trois quarts asséchée qui ressemblait effectivement beaucoup à du sang.

Je recommençai à griller de la pellicule, et Hester préconisa :

– Essaie en lumière rasante. On dirait que la boîte a été essuyée, et le plancher autour.

Le faisceau braqué, à angle aigu par rapport au plancher, révéla les coups de serpillière.

Je pris quatre photos en utilisant la lumière émise par la torche. Il faisait sombre, mais je parvins à réaliser les clichés.

– On dirait que quelqu'un s'est assis sur cette caisse.

– Tout à fait. Et par là, j'ai même deux empreintes de semelle.

Je posai ma torche sur le sol, et d'autres empreintes jaillirent dans la « lumière rasante ».

– Il y en a plusieurs ! jubila Hester.

– Très intéressant.

– Encore du boulot pour les techniciens. Je crois qu'on s'est déniché quelques indices de plus, non ?

On s'assit dans ma voiture pour attendre Bob qui était en train de terminer ses moulages de pneu.

– Pourquoi diable cette tennis se trouve ici ?

– Sais pas, Carl.

Elle souriait.

– Je ne suis là qu'en observatrice, c'est donc à toi de deviner en premier.

– D'accord... alors commençons par le plus simple. Que penses-tu du fait qu'ils l'aient amené ici pour le tuer, et qu'il leur ait échappé ?

– Possible. Quelle distance y a-t-il jusqu'à la scène du crime ? Un petit kilomètre ?

– Ou un peu plus.

– Une longue distance pour courir, non ?

Elle avait ressorti son calepin électronique et prenait des notes.

– Surtout avec un seul pied chaussé, et les mains liées derrière le dos.

Je désignai son écran de cinq centimètres sur cinq.

– Note aussi que selon moi, c'était le plus improbable.

– Donc, il a perdu une de ses tennis dans ce local, mais n'a pas pu s'enfuir en courant ? Je pense que c'est ça.

– Continue.

– D'accord. Ils se sont bagarrés, ici, tu crois pas ?

– OK. Si je me sentais sur le point d'être exécuté, je me bagarrerais aussi.

Elle se concentrait sur les données du problème.

– Ils ont voulu le mettre dans la voiture pour l'amener ailleurs, et il a tenté de s'enfuir.

– Avec les mains liées ? À moins qu'il ne l'ait laissé monter à l'arrière tout seul. Et pas si la voiture était en train de rouler. Nous n'avons trouvé aucune trace d'écorchures sur ses vêtements.

– Ils l'ont emmené en haut de la route pour le tuer. Il était assis à l'arrière, ils se sont arrêtés. Quand ils l'ont sorti de la voiture, il a tenté de s'échapper.

Plausible. Hester continuait de réfléchir avec moi. Je continuai :

– Si, tu as raison, il aurait pourtant été vachement plus facile de le tuer ici, mais ils l'ont emmené ailleurs pour l'exécuter.

Ils voulaient éviter qu'on établisse un lien entre lui et cet endroit, OK ?

– J'y pensais, Carl. Tout ce qu'il nous reste à trouver, c'est pourquoi ? Et pourquoi, l'ayant éliminé ailleurs, ils ne se sont pas éloignés davantage.

La très bonne question. Hélas sans réponse concevable. Quand on se heurte à une telle impasse, le mieux est de revenir en arrière, et d'essayer de voir ce qu'on peut en tirer.

– Eh bien, voyons déjà ce que nous pouvons affirmer. Premièrement, disons que la région ne leur est pas vraiment familière. Le facteur est passé par ici, et il a aperçu trois ou quatre personnes à l'endroit où nous sommes. Ils peuvent l'avoir vu, eux aussi. Et c'est ce qui les a décidés à s'en aller ailleurs.

– Non, répondit-elle d'un ton catégorique.

– Pourquoi ?

– Trop de temps écoulé, entre ici et l'exécution. Mais je crois qu'on est sur le bon chemin en admettant qu'ils n'ont pas voulu s'attarder ici.

– Donc ça signifie que la décision de le tuer, étant donné le moment où ça a été fait, a aussi été prise parce qu'ils ne voulaient pas que le corps soit découvert dans la ferme. On peut déjà dire ça. Donc, ça signifie... Mais en fait, qu'est-ce qui pourrait nous permettre d'établir un lien avec ici, à part le témoignage du postier ?

Je poussai un profond soupir.

– Et pour y répondre, j'imagine, tu as l'intention d'explorer immédiatement le voisinage dans le noir... ou je me trompe ?

– J'ai surtout l'intention de persister jusqu'à ce que tu te paies un cookie... à condition que tu m'en offres un aussi, naturellement.

Je terminai les cookies de mon sac à photos. Un peu réconfortés, on sortit de la voiture et on fit le tour des bâtiments.

Dans une telle zone rurale, et surtout entre deux collines élevées, règne une obscurité dense. Il y avait bien une forte ampoule extérieure, mais tellement brouillée par la crasse qu'au lieu de les dissiper, elle multipliait les ombres.

– Pourquoi est-elle encore là, alors que personne n'occupe plus ces bâtiments ?

– Une façon comme une autre d'en éloigner les vandales et les gamins.

– Ça ne fait que rendre le noir plus noir encore. C'est sinistre.

Les cailloux et la végétation folle autour des hangars et de la grange limitaient notre champ d'action, mais on fit le maximum, torche au poing, pour explorer le secteur. Sans rien trouver de significatif.

Bob avait terminé ses moulages et nous rejoignit à grands pas élargis par la déclivité du terrain. On lui désigna la tennis. Il dit qu'il devait examiner tout l'espace alentour, mais qu'il attendrait le jour pour s'y remettre. On lui soumit notre hypothèse des suspects ne souhaitant pas relier cet endroit au cadavre pour une quelconque raison, et sa réaction fit écho à la nôtre :

– Pourquoi ?

– On n'en sait rien, confessa Hester. Tu en trouveras peut-être la raison demain matin, au retour du soleil.

Bob arborait un large sourire.

– Et ça me rapportera ?

Je n'hésitai pas une seconde.

– Un bon déjeuner.

Il désigna le hangar le plus proche.

– À ce prix-là, je vous exhume le cadavre de Jack l'Éventreur.

Notre présence ne s'imposait plus sur le terrain. Du moins jusqu'à réception de quelque info nouvelle. On chargea les réservistes de protéger la zone, en particulier pendant que les gars du labo se paieraient un petit somme.

Il ne me restait plus qu'à faire un bref saut de puce au bureau et à commencer l'ébauche de mon rapport préliminaire pour retarder encore mon propre rendez-vous avec une bonne nuit de sommeil. Avant de repartir sur le sentier de la guerre.

Tel eût été mon emploi du temps, dans les quelques heures à venir, si les médias n'en avaient, d'ores et déjà, disposé autrement.

4

Mardi 18 décembre 2001 - 21 heures

Les locaux occupés par le shérif du comté de Nation, prison comprise, étaient juchés en hauteur, à la lisière de la ville de Maitland. Son parking dominait d'une demi-douzaine de mètres la route qui permettait d'y parvenir. Voilà pourquoi je ne découvris la présence des médias qu'en apercevant le gros véhicule à quatre roues motrices porteur d'énormes placards KNUG-TV, de part et d'autre de sa carrosserie. Deuxième signe encore plus inquiétant : la voiture de Lamar, discrètement parquée derrière le bâtiment. Il était donc présent, mais toujours aussi peu enclin à se montrer aux journalistes. Notre shérif détestait les médias, et je savais qui, dans un cas semblable, devait assumer la fonction de porte-parole. Ce que j'ignorais encore, c'était comment il m'en donnerait l'ordre, vu tout le boulot qu'il me restait à faire.

En pénétrant dans le bureau principal, j'aperçus les trois reporters et leur cameraman et j'entendis la voix qui claironnait :

– Voilà l'homme que je vous ai conseillé d'attendre. Posez-lui toutes vos questions. S'il peut y répondre, il le fera. Il est chargé du dossier, et il vient de la scène du crime.

Agrémenté d'un cordial « Salut, Carl ! ». Puis, alors que j'atteignais le comptoir :

– Content que tu sois rentré si tôt.

Je pouvais deviner, à l'expression de son visage, qu'il en avait soupé de ces gens-là pour le reste de l'année. Je souris et me retournai vers Hester mais constatai qu'elle avait disparu. Elle s'était probablement éclipsée dans la salle de communication. J'étais tout seul comme un grand, face à la meute.

– Salut, patron.

– Je vous le livre, mes amis.

Et cet hypocrite de Lamar disparut dans son bureau, là-bas derrière. Il ne courait pas, mais c'était tout juste.

J'évitais au maximum, depuis toujours, le contact des médias. Surtout parce que je craignais une fois lancé, de me laisser aller à trop en dire. Particulièrement aux téléreporters. Non que je sois trop bavard, mais dès que je parle de mon boulot, je m'emballe.

– Détective Houseman ? Judy Mercer, de la KNUG, j'aimerais vous poser quelques questions, gazouilla la jeune et jolie présentatrice que je voyais sur le petit écran, presque tous les soirs.

– Bill Nylam, de la KYYQ.

– Handy, de la KKNN.

Ce serait peut-être moins long si je les emmenais à l'extérieur, où la température descendait à vue d'œil.

– Sortons là-bas devant, et je répondrai à toutes vos questions.

Une fois en haut des marches du perron, je me souvins que les caméras de notre propre secteur diffusaient les images dans la salle de communication. Avec le son. Comme si les médias n'étaient pas assez mauvais comme ça, mes propres collègues étaient maintenant en train de m'enregistrer. Quelque chose à montrer pour la fête de Noël...

Le cameraman dressa son trépied, caméras en place, et me flanqua dans les yeux le plein feu de ses projecteurs. Je protestai faiblement :

– Hé, vous avez besoin de me filmer ?

Judy Mercer riposta la première :

– Vous avez remarqué, détective, que nous ne faisons pas de la radio. Nous devons vraiment montrer quelque chose.

Elle marqua une pause avant de reprendre :

– À moins que vous ne préfériez nous conduire sur les lieux ? Et que nous nous contentions d'enregistrer vos commentaires.

La garce savait très bien que je ne pouvais pas faire ça.

– OK, tâchez d'éviter de prendre les reflets sur mon début de calvitie. Et ne m'appelez pas détective. Je suis enquêteur.

Ils me posèrent toutes les questions standard avant de démarrer le visuel. Au cas où j'y prendrais goût, je suppose, et coûterais trop cher en pellicule ?

– Il nous faut, spécifia Barbara Handy, de la KKNN, au moins quinze secondes de direct avec vous, face à la caméra. On fera le parking et la prison, pour le décor, et on intégrera notre propre texte.

– Parfait, si vous êtes prêts, on y va.
– Ça tourne, annonça Judy Mercer. Enquêteur Houseman, pouvez-vous nous donner une idée de ce qui s'est passé aujourd'hui ?
Je me concentrai une demi-seconde.
– Nous avons reçu un coup de téléphone nous informant qu'un corps gisait sur la route, dans la zone sud de notre comté. Le correspondant a précisé que la victime était décédée. Tuée par balle.
– Qu'avez-vous découvert sur place ?
– En premier lieu, l'exactitude de l'information. La victime était bien morte, et la blessure suggérait la décharge d'un fusil de chasse.
Suggérait ! L'euphémisme du siècle.
– Vous avez identifié la victime ?
– Je ne saurais vous répondre avant que sa famille ait été prévenue.
Ni ne pourrais prévenir la famille avant que la victime ne soit identifiée ! Mais ça, c'était la réponse à ne pas faire.
– Vous avez un ou plusieurs suspects ?
– Nous enquêtons. Je ne peux pas vous en dire davantage à ce stade de l'enquête.
– Il s'agit bien d'un meurtre ?
– Les résultats de l'autopsie ne seront pas connus avant vingt-quatre heures au moins.
– Je vous remercie.
C'était tout pour Judy Mercer. Puis on fit la même chose avec les deux autres. Tout ce qui leur importait, c'était que leur reportage passât correctement à l'antenne. Priorité à l'information. Les questions pointues viendraient plus tard. Je n'en souhaitais pas plus.
Ils filmèrent, pour l'ambiance, les cellules et les voitures patrouille rangées sur le parking. Je battis en retraite et allai directement vers le standard. J'y rejoignis Martha Bihouse, la coordinatrice de service, Sally, Hester et Lamar qui avaient suivi sur le moniteur les opérations prises en direct par la caméra de surveillance extérieure.
– Il reste du pop-corn ?
– Bon boulot, apprécia Lamar. Je savais que tu serais à la hauteur.
– Dommage pour les reflets sur ta tonsure, dit Sally.

– Et que ton nez ne s'allonge pas quand tu mens ! ajouta Hester.

Martha, qui était nouvelle, resta muette. Mais elle aussi s'amusait comme une petite folle à mes dépens.

En rejoignant mon bureau, j'enlevai ma veste en commençant à penser à mon rapport. Mais je composai d'abord le numéro de chez moi pour appeler Sue. C'était ma première télé, et je ne voulais pas que ma femme passât à côté de l'événement. Je remarquai, sans le vouloir, que ma montre affichait 22 h 26.

Les gens de la télé étaient de Cedar Rapids, Iowa City ou bien Waterloo. Cent vingt-cinq bornes dans toutes les directions. Déjà trop tard pour le JT de 22 heures.

Tant pis pour l'amour-propre. Je me grouillai de raccrocher, ressortis si vite sur le parking que je faillis heurter Judy Mercer.

– Désolé. Mais pouvez-vous me dire si je serai dans le prochain JT de ce soir ?

Elle rit de bon cœur.

– Ça, c'est pas possible ! Nous n'avons pas encore la connexion. Il faut d'abord qu'on rentre au studio pour établir la liaison. Nous vous l'enverrons, mais vous ne le verrez pas avant demain matin 6 heures.

– Oh ? Merci quand même.

Je regagnai mon bureau et téléphonai à Sue.

– Devine qui va passer à la télé.

– Toi ?

– Tu as deviné !

– En quel honneur ?

Intéressée, mais pas délirante de joie. Je lui dis qu'on avait un meurtre sur les bras, que je rentrerais tard et que j'étais le porte-parole du service. Sans oublier d'insister sur l'heure du JT matinal. Comme elle se levait toujours très tôt, en sa qualité d'enseignante, elle pourrait y jeter un œil.

– À part ça, tout va bien ?

– Sûr. Juste une affaire de meurtre. Sans forcené barricadé quelque part et sans poursuite infernale. On trouvera le coupable.

– Pas un de mes anciens élèves, j'espère.

Un parmi tous ceux à qui, depuis vingt ans, elle enseignait notre belle langue anglaise.

– En toute franchise, je n'en sais rien encore, chérie. Mais aucune raison de le supposer.

Elle promit de ne pas me rater le lendemain matin, puis ajouta qu'il y avait des macaronis au fromage à réchauffer, dans le frigo. Trente ans de mariage marque ce genre de petite attention.

– Pigé.

– Bonne nuit. Je me réjouis de te voir demain matin à la télé. Si j'avais des amies réveillées à cette heure, je les avertirais.

– C'est pas exactement le *prime time*, mais ça vaut mieux que rien.

– Tu as demandé une cassette ?

Je n'y avais pas pensé, mais je tâcherais de réparer l'oubli dès que possible le lendemain matin.

Je repassai par le standard alors que Martha essayait de faire trois choses en même temps : attirer mon attention, d'une main, et griffonner quelque chose, de l'autre, en maintenant le téléphone contre son oreille, à l'aide de son épaule.

– Oui, monsieur, un instant, je vous prie.

Elle mit son correspondant en attente afin de pouvoir m'informer :

– Quelqu'un pour toi qui dit connaître l'identité du mort, mais ne veut pas donner la sienne.

On était bien outillés, au standard, avec un total de six téléphones, deux réservés pour le 911, et quatre autres téléphones sur lesquels la standardiste pouvait nous passer nos appels. Avec en tout douze lignes, on ne risquait pas l'engorgement, à moins d'une catastrophe nationale.

Je dis à Martha de me passer son bonhomme sur le poste installé à l'extrémité de sa console, et décrochai vivement.

– Ici, Carl Houseman.

– C'est Rudy Cueva, haleta une voix étouffée.

Étouffée ou non, c'était tellement la voix d'Hector que je faillis l'appeler par son nom. Celui de Rudy Cueva ne me rappelait absolument rien.

– Qui est ce Rudy Cueva ?

– Chef d'équipe à l'usine. Un mec vachement fortiche.

– Quelle usine ?

Je le savais, mais si Hector voulait faire joujou, j'étais son homme.

– L'usine de barbaque, ici, à Battenberg.

– Comment savez-vous qu'il s'agit de lui ?

Celle-là, s'il y répondait, il aurait gagné le canard.

–Je viens de l'entendre dire par un des tueurs de l'abattoir. Il a dit que c'était Rudy.

Pas de panique. Tueurs était le terme consacré pour désigner les âmes sensibles qui abattaient les animaux de boucherie.

–Et lui, il a trouvé ça comment ?

–Ça, je peux pas te le dire, mec, et tu le sais aussi bien que moi.

Aucun doute sur l'identité d'Hector, mais s'il voulait rester anonyme, c'était son choix.

–Vous savez pourquoi il s'est fait buter ?

Son soupir me remplit l'oreille.

–Parce qu'il savait quelque chose, et ils voulaient pas le laisser parler.

La voix exprimait une exaspération croissante.

–Et c'est quoi, au juste ?

–Faut que j'y aille, mec.

Et plus rien sur la ligne.

–Il a raccroché. C'était un 911 ?

Martha haussa les épaules.

–Et comment ! Un téléphone portable, passé par un des deux relais de Battenberg.

Elle souriait en me tendant l'imprimé.

PROGRAMME : E9CONPRT CONTRÔLE IDENTITÉ : 2599 18-DEC-01 22 : 45 : 47
SAISIE TÉLÉPHONE : 22 : 45 : 16 ALI REQ : 22 : 45 : 19 PREMIER APPEL : 22 : 45 : 19
MF RCVE PRET : 22 : 45 : 16 ALI RECU : 22 : 45 : 23 RÉPONSE : 22 : 45 : 20
PANI RECU : 22 : 45 : 19 PILOTE RTE : 22 : 45 : 19 APPEL ÉMIS : 22 : 47 : 02
TEL : (563) 555-8290 CS : WRLS ECH : 515-319-563 PAS DESCRIPT.
PILOTE : 319-9132
NOM : US PORTABLE (XYPOINT) LOC : 5633807343
ADR : 1.16 MI SW BATTENBERG MONI
VILLE : 00054-0-198, PAYS IDENTITÉ : 90-00789
ESN : 00069 MAITLAND - - - WIFI BATTENBERG PD VÉRIFIÉ VÉRIFIÉ VÉRIFIÉ
DATE : 18/12/01 AAI : SDN : 101

On était encore dans la phase 1 pour les portables, ce qui signifiait qu'un jour, grâce à plusieurs tours, on pourrait déterminer tout de suite l'origine exacte de l'appel. Pour l'instant, la fiche donnait en direct le numéro du portable. Déjà merveilleux de la part du gouvernement, disaient les bons citoyens.

Je vérifiai sur mon agenda. C'était bien celui de mon copain Hector Gonzalez.

– OK, Martha, voilà une bonne occasion de justifier ton salaire. Lance une recherche de numéro de voiture concernant un certain Rudy Cueva, pas de second prénom et probablement le diminutif de Rodolphe, dans la tranche vingt-cinq-trente-cinq ans. Domicilié peut-être à Battenberg. C'est loin d'être une certitude. Vois ce que tu peux faire.

Hester me couvait d'un regard interrogateur. Je résumai :

– C'est l'indic dont je t'ai parlé. D'après lui, notre décapité s'appellerait Rudy Cueva.

– C'est parfait !

La recherche de numéro prit au moins deux secondes. Personne, en Iowa, ne possédait de carte grise ou de permis de conduire à ce nom. En fait, les quatre Cueva débusqués étaient des filles. On ne pouvait pas essayer l'Histoire criminelle informatisée avec un seul nom et sans date de naissance.

– Allons-y au bluff, conseilla Hester. Avec une date de naissance fictive en 1971. Ça peut marcher.

Ça avait réussi plus d'une fois dans le passé. Mais pas cette fois-ci.

Je prospectai l'annuaire du téléphone. Rien de surhumain, car celui de Battenberg faisait cinquante pages, services administratifs compris. Pas de Rudy Cueva. Pas de Cueva du tout. On consulta les annuaires nationaux. Toujours rien.

– Eh merde !

Le premier coup de pot du dossier. Du moins, je l'avais espéré. C'était pas encore perdu, mais là, on était dans un cul-de-sac pour le moment. J'étais tenté de rappeler Hector, mais s'il était au boulot, il y aurait du monde autour et j'étais sûr qu'il tenait à l'anonymat, pour quelque raison personnelle. Lui seul pouvait juger de l'opportunité d'appeler un flic sur son portable.

Après vérification avec la police de Battenberg, aucun Rudy Cueva ne fut trouvé sur la liste de la ville, mais Norm Vincent affirma que ce nom lui était familier. Nous vérifiâmes aussi dans le bureau de la mairie, mais on ne trouva pas non plus de raccord d'un Cueva au service local de l'eau du comté. Autre déception. Personne ne peut vivre sans eau.

– Notre indic' affirme qu'il bossait à l'usine. Mais pas question d'aller foutre le bordel en interrogeant le personnel de nuit. Si Cueva travaillait bien là et s'il avait une famille, quelqu'un va s'empresser d'appeler sa femme pour la mettre au courant.

– Alors, ne vaudrait-il pas mieux qu'on s'intéresse à ces personnes ?

Suggestion de Martha. Nouvelle, comme il me semble l'avoir signalé.

– Attendons d'être sûrs que c'est lui. Je rappelle mon informateur.

C'était malheureusement nécessaire. Et grave déception, après ça, de tomber sur une boîte vocale disant que le correspondant avait, ou bien éteint son portable, ou bien laissé l'appareil dans sa voiture et quitté le véhicule.

– Si c'est celui que je crois, il l'a éteint, il est au boulot, je ne vais pas aller l'y relancer, et... Et merde, après tout ! Passez-moi l'annuaire. J'appelle le taulier.

Liste rouge, bien sûr. Je démarrai avec le grand service d'urgence, habituellement réservé aux tornades et aux incendies, grimpai à l'échelle hiérarchique et finis par obtenir une dame assez mal réveillée du nom de Gloria Bennett, chef comptable. Le temps de la persuader que je ne faisais pas partie de l'administration fiscale, elle admit qu'il pouvait y avoir un Rudy Cueva dans leurs effectifs, mais elle ignorait son adresse et n'avait pas du tout l'intention de sauter à l'usine en pleine nuit pour vérifier s'ils disposaient ou non de cet enregistrement. Elle promit de me rappeler dès que possible, au cours de la matinée. Les droits du citoyen sont sacrés, dans notre beau pays.

Moins d'une minute plus tard, j'avais Carson Hilgenberg au bout du fil. Le nouveau procureur du comté. Un jeune sans expérience pénale qui désirait savoir s'il y avait réellement eu meurtre.

– Oh ça oui ! De première classe ! Sans la moindre équivoque.

Après un court silence :

– Vous voulez dire du premier degré ?

Je me retins de rigoler.

– Alors, un premier degré de première classe. Trouvé au milieu d'une route nationale avec les trois quarts de la tête en moins.

Le silence fut un peu plus long.

– Vraiment ?

– Toute l'allure d'une exécution sommaire, selon la formule consacrée.

– Oh ? On a alerté le procureur de l'État ?

– Pas encore. Pas avant une arrestation ou un suspect avéré. Et c'est à vous de le faire, non ?

– Quoi ?

– Le procureur d'État n'intervient que si le procureur local le lui demande.

– Oh ? Exact. Vous avez son numéro ?

C'était la meilleure de l'année, mais je parvins à endiguer un nouvel accès de rigolade.

– On vous le trouvera. Mais pour l'instant, on doit s'occuper d'un suspect.

– Vous ne tenez pas encore le coupable ?

– Fichtre non. Aucune idée de sa putain d'identité pour le moment.

Grossier, mais plus fort que moi. Il y a des limites à l'incompétence.

– Et que ferez-vous s'il vous faut un mandat d'arrêt ou quelque chose dans ce genre...

– ... on pensera à vous, Carson. En priorité.

– Aaaah ?

– On n'est pas trop novices en matière de formalités, je vous assure.

Inutile de complexer ce gosse au-delà du raisonnable. Même les virtuoses ont commencé par faire des gammes.

– Si vous le désirez, on vous emmènera, lors de l'arrestation.

– Je vous le ferai savoir, Carl.

Avec tant de conviction que c'en était touchant, et que je lui lâchai les bretelles.

– OK, votre présence n'est pas indispensable. On vous fera une cassette. Et vous aurez copie de tous les rapports. Une liaison intermittente, dont l'intérêt va monter au fil des heures.

– Merci beaucoup.

Il le pensait vraiment. Pas si tocard, après tout. Simplement très jeune et pas encore vraiment procureur.

– Souvenez-vous, Carson. Pas de communication à la presse sans pointer avec nous les dernières infos. La Crim' vous contactera sans doute dès demain.

–Je suis heureux que la brigade criminelle soit dans le coup.

Là encore, il le pensait vraiment. C'était presque une garantie que le bureau du procureur d'État le déchargerait du dossier, et de toute responsabilité pratique. Sous réserve du coup de téléphone obligatoire.

Sur cette note réconfortante, je rentrai chez moi. Laissant au standard la consigne de m'appeler s'il se passait quelque chose en rapport évident avec le dossier en cours. N'importe quoi sauf une nouvelle incursion des médias. Je ne souhaitais nullement faire une carrière à la télé.

16 h 12

Les murs de la grange absorbèrent largement la force de l'explosion. Mais pas au point d'annihiler l'onde de choc. Je n'entendis aucun débris percuter les parois, mais la trop forte pression projeta suffisamment de poussière et de brins de paille pour m'aveugler temporairement.

– Putain de merde ! jura Sally.

– Reste à plat ventre.

Au bout de quelques secondes, je risquai un œil au-dehors pour tenter de voir si le lanceur de grenade était toujours derrière son paravent de treillage et de plantes folles, en essayant de ne pas me faire exploser la tête, si possible.

Pas le temps de repérer quoi que ce soit avant de replonger au sol en demandant à Hester si tout allait bien de son côté. Elle me répondit oui dans un fort marmonnement qui m'aurait fait rire dans d'autres circonstances.

Je relevai la tête un peu plus longuement. Toujours rien. Puis, avec une telle soudaineté que j'en bondis sur place, quatre ou cinq silhouettes se dressèrent et se mirent à canarder la grange, avec un bel ensemble. Un sacré volume de mitraille qui déclencha, au-dessus de nous, une pluie décuplée de morceaux de bois et de balles blindées, sans oublier la poussière épaisse qui faillit presque m'étouffer.

Cette fois, cependant, je me redressai dès la cessation du barrage. J'avais le trouillomètre à zéro, mais je ne voulais pas leur donner une chance de nous approcher davantage.

C'était la première fois que je les voyais clairement. Quatre tireurs agenouillés côte à côte et tous occupés à recharger leurs engins. Une erreur de débutants qu'il ne fallait pas laisser passer.

Je les arrosai, à mon tour, aussi rapidement qu'il m'était possible de presser la détente. Sans doute parce que je les canardais à tout va, j'entendis à peine le fusil de Sally aboyer, deux fois de suite. Ainsi que d'autres détonations, quelque part.

Je lâchai vingt-huit balles avec au moins deux coups au but : les deux hommes du milieu avaient été violemment projetés en arrière et étaient couchés sur le dos comme des sacs de farine. Les deux autres disparurent, mais pas de la même façon que leurs copains. J'en avais manqué deux sur quatre.

Je remplaçai mon chargeur, à tâtons. Sans baisser les yeux, sous peine de perdre mon champ de tir.

– Tu as fait mouche ? questionna Sally, bizarrement essoufflée.

– Au moins un. Peut-être deux.

À mesure que la poussière se dissipait, j'apercevais un pied coincé dans un trou du treillage. Immobile.

– Et toi ?

– Je sais pas, dit-elle d'une voix tremblante.

Puis sa radio se déchaîna :

– *Trois ? Qu'est-ce que c'est que ce foutu bordel ?*

Facile de reconnaître la voix de Lamar.

J'allongeai la main pour m'emparer du micro.

– Un ? Ici, Trois.

– À l'écoute, Carl.

J'attendis une seconde ou deux. Le temps de récupérer, moi aussi, une voix normale, dans le grave. À aucun prix, je ne voulais faire encore grimper l'excitation générale.

– D'abord, ils nous ont balancé une grenade. Puis ils nous ont allumés, à quatre ou cinq, avec des AK. J'ai riposté, et j'en ai étalé au moins un.

– Pas de dégâts chez vous ?

Je constatai, en me retournant, que notre blessée se tenait tout contre le mur calcaire des fondations. Elle intercepta mon regard et me fit signe qu'elle tenait le coup.

– Ça va jusque-là. J'appelle George, là-haut.

Il devait s'imaginer qu'on l'avait oublié. Je l'attrapai sur la fréquence talkie à talkie.

– Ça va, George ?

– RAS. Et vous autres, en bas ?

– Aussi bien que ça peut aller. C'était une grenade, non ?

– J'ai vu le type la lancer. On en a dégommé deux, Carl. D'où je suis, je vois deux corps. Les autres sont rentrés dans le hangar.

– Bravo !

Les coups de feu supplémentaires avaient donc été l'œuvre de George, tirés de là-haut.

Deux morts. Je n'en avais reconnu aucun. Touchés alors qu'ils rechargeaient leurs armes. Je pris une grande inspiration. Techniquement, quand je les avais descendus, ils ne constituaient pas pour moi une menace immédiate. Quelque part en ville, un avocat se pourléchait les babines en fourbissant sa future plaidoirie.

– Je crois qu'il y en a encore deux de plus dans le hangar, reprit George. Ils filaient par là, au moment de l'explosion. C'est pour ça que je n'ai pas pu vous avertir.

Intéressant. Deux plus quatre ou cinq de plus. Je commençais à me demander d'où ils sortaient tous.

– Le crépuscule s'épaissit, George. Pourquoi tu redescendrais pas avec nous, qu'on puisse se réorganiser ?

J'avais surtout peur qu'ils se concentrent sur lui, maintenant qu'il avait révélé sa présence en les arrosant de son perchoir, mais ce n'était pas le genre de discussion à balader sur les ondes.

– Bonne idée, approuva George.

Un round pour nous.

5

Mercredi 19 décembre 2001 - 9 h 45

Je m'étais pieuté à plus de minuit et j'en étais sorti à 6 h 30, trop tard pour jouir de mon triomphe télévisuel. Sue était navrée. Comme je ne lui avais laissé aucun message, elle en avait déduit que je préférais dormir. Elle me dit que c'était « bien », mais qu'on m'avait vu à l'écran environ cinq secondes.

J'assistai, vers 7 h 30, à son départ pour l'école. Une chose qui n'arrivait pas souvent, car je prenais mon service à midi et me levais rarement avant 10 heures. Puisque j'étais debout, je décidai d'appeler le bureau pour voir un peu ce qu'il se passait avant d'y aller vers 8 heures.

Lamar prit la communication, et m'ordonna de ne pas me ramener avant 11 heures. Il ajouta que ce n'était pas par souci de ma santé, mais pour que je ne m'enrichisse pas trop en accumulant des heures supplémentaires aux frais de la princesse. Je n'ai jamais tellement goûté son sens de l'humour.

J'appelai Hester sur son portable. Elle était déjà au bureau, avec les gars du labo qui avaient fini très tard et préféré coucher sur place que de rentrer de nuit à Des Moines, au risque de s'endormir au volant.

– Une seconde, grogna Hester.

Je l'entendais parler à quelqu'un, probablement à Sally. Puis, revenant en direct :

– Devine ce qu'ils ont dégoté dans le ravin, derrière les bâtiments abandonnés.

– Quatre autres cadavres ?

Je ne pouvais rien imaginer de pire.

– Ce ne serait rien.

Elle avait l'air de le penser vraiment.

– Le ravin est plein de récipients métalliques, Carl. Des bidons d'éther, vidés de leur contenu. Ou d'anhydride d'ammonium, pour certains des tonneaux en matière plastique. Et ça n'est pas tout. Des batteries au lithium éventrées. Plus des chiffons sales et tout un tas d'autres saloperies.

Après une pause, avec un sourire dans la voix :

– Et des douilles de 7,62 millimètres, fabriquées en Chine. Dans le fossé au-dessus du ravin. Des centaines de douilles. Qu'est-ce que tu dis de ça, Carl ?

Un labo de production de métamphétamine. Ou du moins la décharge correspondante. Et toutes ces douilles étaient dans la note. La plupart des fabricants de métamphétamine aimaient les armes, et les SKS chinois, copies de flingues soviétiques, étaient faciles à se procurer.

– Une usine de mét' ? Avec flingues à la clef ! Et tirs à la cible !

– Exactement !

– Les salopards. Est-ce qu'il y a encore un labo fonctionnel ?

– Rien qui marche encore. Mais qui a marché. J'ai appelé la DNE, ils ont mis la DEA sur le coup, et ils vont s'occuper du nettoyage, dès que ça pourra se faire.

La DNE *(Department of Narcotic Enforcement)* n'est autre que le service des stups de l'Iowa, et la DEA *(Drug Enforcement Administration)* est son équivalent fédéral. Ils allaient se rabattre sur la Protection de l'environnement, et les écoliers participeraient au déblaiement nécessaire. Les produits permettant de fabriquer de la métamphétamine étaient hautement toxiques pour le public, non seulement sur le plan local, mais en raison de la pollution potentielle des nappes phréatiques.

– Tu crois que c'est notre mobile ? La drogue ?

– Possible. En rapport, dans tous les cas. Tu veux une dernière bonne nouvelle ?

– Vas-y. Ne t'arrête pas en si bon chemin.

Lorsque l'équipe du labo avait relevé les « empreintes spéciales » de notre macchabée, ils les avaient confiées à un gars de la Routière, à 7 heures, avec mission de les transmettre au terminal de l'AFIS, à Cedar Rapids.

– Elles tournent, si j'ose dire, précisa Hester.

– Formidable !

– Ensuite, le laitier, Elmo Hazlett, c'est ça ?

– Exactement.

– On a pu le joindre. Il sera de retour chez lui vers midi.

– Parfait.

– Et ça fait trois bonnes nouvelles d'un coup, Houseman. Tu te sens assez fort pour en encaisser une quatrième ?

– Dis toujours.

– On attend la visite annoncée d'une jeune femme de Battenberg. Elle s'appelle Linda Moynihan. Son petit ami a disparu, et elle pense que c'est notre victime.

Je pus entendre du papier feuilleté, tout près de l'appareil.

– Elle est accompagnée de l'infirmière qui était là hier soir. Pardon, l'auxiliaire médicale d'urgence. Terri Biederman.

– OK.

Je trouvais cela étrange.

– Elle m'a expliqué qu'elles étaient de vieilles amies de collège.

– Heure d'arrivée estimée ?

– Bientôt. Elles ont quitté leur bled voilà un bon quart d'heure.

– Elle l'a nommé, ce petit ami ?

– Jesus Ramon Cueva. Surnommé Rudy.

Il ne me fallut pas plus de dix minutes pour rallier le bureau. Lamar consulta sa montre et feignit de calculer.

– Pile à l'heure !

– Ça va, Lamar, je n'ai qu'une heure d'avance. Mais je ne changerai mes pneus que dans dix mille kilomètres.

L'idée parut lui plaire.

Linda Moynihan, yeux bleus, cheveux noirs, paraissait toute petite, de l'autre côté de mon bureau, et profondément affectée. Elle portait un jean avec une veste rose délavée, et n'avait pas dû dormir de la nuit.

D'après elle, notre défunt s'appelait Jesus Ramon Cueva, trente et un ans. Elle ne l'avait pas revu depuis la veille au matin. La description des vêtements qu'il avait portés à ce moment-là collait avec ceux de la victime, à une exception près. Une veste de nylon matelassée, à boutons-pressions, qu'on n'avait pas retrouvée sur lui.

– Je comprends votre émotion, Linda, mais qu'est-ce qui vous fait croire qu'il s'agit de Ramon ? Aviez-vous des raisons de craindre pour sa sécurité ?

Elle secouait la tête, complètement déboussolée.

– Rien de précis. Mais plus je bavardais avec Terri, plus elle m'en disait et plus le pauvre garçon ressemblait à...

Dans un sanglot, après deux essais infructueux :

– ... Ramon.

– Doucement, lui conseilla Hester. Doucement.

– On a attendu toute la nuit, mais il n'est pas rentré. C'est là qu'on vous a téléphoné.

Debout derrière le fauteuil de Linda, Terri désignait de la tête la pièce voisine. Je pigeai au quart de tour.

– Hester, tu peux t'occuper de Linda pendant que je prends la déposition de Terri, à côté ?

Pendant qu'Hester prenait la déposition, je m'installai, avec l'auxiliaire médicale, dans le local qui relie le standard au bureau central. Un espace peu fréquenté, épargné par les caméras de contrôle. Difficile de trouver endroit plus privé, sinon le bureau personnel de Lamar, et il avait horreur qu'on en ferme la porte à clef.

– Alors, Terri, qu'est-ce que tu en penses ?

– Dix contre un que c'est lui.

– Pourquoi ?

– Toutes les raisons. Linda l'avait dans la peau, mais Rudy était une ordure. Il baisait tout ce qui lui tombait sous la main, il la traitait comme de la merde dès qu'il y avait du monde autour, et ne lui disait absolument rien de ce qu'il mijotait.

– Autrement dit ?

Sans conviction, parce que je savais, d'avance, que l'opinion de Terri mettrait Cueva plus bas que terre.

– Il bossait à l'usine, pas vrai ? Mais c'était une couverture.

– Pourquoi Rudy au lieu de Ramon ?

– Qui sait. Comme ça que tous ses copains l'appelaient. C'est important ?

– On ne sait jamais. Alors ? Dans quoi était-il impliqué pour se faire tuer ?

Terri n'en était pas sûre. Elle avait des certitudes mais aucune preuve. Elle et Linda étaient de grandes amies, mais leurs relations s'étaient espacées, après l'emménagement de Rudy chez sa maîtresse.

– Il la traitait comme une moins que rien, quand ses merdeux de copains étaient là. En leur absence, il savait se montrer un peu plus gentil. Mais devant eux, elle était son esclave. Ça me rendait malade.

– Linda ne se rebiffait jamais ?

–Dans la peau, je te dis. Jusqu'au trognon. Sa mère ne voulait pas que sa fille le fréquente. Elle crachait sur ce mariage mixte. Pas parce que Ramon était mexicain, mais parce qu'il était catholique et Linda protestante.

–Qui étaient les copains de Ramon ?

–Jamais su leurs noms. Je sais seulement qu'ils faisaient dans la drogue, Carl. Je le sais d'instinct.

–Trop tôt pour parler de preuves, mais tu n'en aurais pas une petite, pour me faire plaisir.

Il y eut un long silence.

–Non, je vois pas. Mais je sais que j'ai raison.

Inutile de discuter plus longtemps avec elle, pour deux raisons essentielles. Une, parce que c'était peut-être vrai. Je n'avais aucune preuve du contraire. Deux, parce qu'elle avait un tel caractère de cochon que si je la poussais trop fort, elle était fichue de les rechercher, ces preuves, toute seule comme une grande. Impossible de courir ce risque.

–Aujourd'hui, j'ai besoin de preuves. Eh non, je ne te le dirai pas si j'en avais déjà obtenu.

Un long soupir traduisit sa frustration évidente.

–Mais ne t'avise pas d'aller à la pêche. Trop dangereux. Et d'ici un jour ou deux, on sera fixés, de toute manière.

–Oui, bien sûr.

–Non, mais vraiment. Ça remontera à nous de toute façon.

–D'accord.

Le mot signifiait son contraire. J'appuyai donc lourdement :

–Tu te contentes juste d'aider Linda à surmonter son épreuve. J'aimerais que tu l'accompagnes quand on va lui montrer le corps. Elle en aura bien besoin et toi, tu l'as déjà vu.

Sur l'impulsion du moment. De quoi l'écarter, un jour ou deux, de son idée fixe au sujet de la drogue.

–Tu plaisantes, j'espère ?

–Non, pas du tout. Elle va vraiment avoir besoin d'une amie.

–Bon Dieu !

–Tu lui as déjà décrit la... blessure ?

–Sûrement pas !

–Il faut la préparer au choc. Ça, je peux m'en charger.

–Non, c'est à moi de le faire.

Mais elle avait perdu toute couleur et j'insistai, par prudence :

– Tu ne veux pas t'asseoir une minute ?

– Non, ça va aller. J'en ai vu d'autres, avec l'ambulance.

– Sois juste sûre qu'elle ait bien compris. Je sais que tu es capable de la préparer au choc, mais donne-lui une idée juste de ce qu'elle va voir.

L'identification du corps redevint un peu plus problématique lorsque, moins d'un quart d'heure plus tard, l'officier de l'AFIS appela de Cedar Rapids pour nous informer que nos empreintes ne figuraient nulle part. C'était un nommé Larry, que je connaissais depuis des années. Il m'expliqua qu'il n'y avait absolument aucun enregistrement de ces empreintes.

– Sûr et certain ?

– Eh bien, toutes les banques de données sont en panne et je n'ai pas encore eu la planète Mars en ligne.

– Très drôle, Larry.

– Sincèrement. Aucune trace de votre bonhomme nulle part.

– Et tu en conclus quoi ?

– Simplement que ses empreintes n'ont jamais été prises. Il y a des tas de gens dans ce cas-là.

– Merci pour la leçon.

– Mais n'abandonnez pas. Elles sont enregistrées, maintenant. Si elles sont recoupées quelque part, on pavoise !

– Tu te souviens qu'il est mort ?

Silence sur la ligne. Puis, dans un éclat de rire :

– T'es vraiment pas dans un bon jour, on dirait.

– Du respect, Larry. Tu as affaire à la nouvelle vedette de la télé.

– J'ai vu ça. Je ne savais pas qu'on t'avait promu shérif.

– Quoi ?

Larry, mort de rire, m'apprit qu'un des reporters m'avait bombardé « shérif Houseman ». Lamar allait beaucoup apprécier la nouvelle. Je me dépêchai de parler d'autre chose :

– Tu sais ce qu'on va faire ? Laisser couver pendant quelques semaines, au cas où quelqu'un se manifesterait.

Un vague espoir. Mais tout de même un espoir.

– Merci, Larry.

– Tu espères un Noël blanc ?

– Pas si la neige doit recouvrir des preuves cruciales. Ça a été comme ça toute la semaine.

Comme ce coup de fil n'arrangeait rien, on se rendit tous les quatre à l'hôpital de Maitland, Hester, Terri, Linda et moi. Le corps avait été placé dans le local commun de la morgue et de la salle d'autopsie. Une installation toute neuve financée par la région, car Maitland occupait le centre géographique de sept comtés. On avait rarement été aussi chanceux.

Le docteur Steven Peters, mon légiste préféré, venait tout juste d'arriver. Je fis les présentations et lui expliquai pourquoi on était si nombreux. Il ouvrit la porte de la morgue et entra avec Hester pour y procéder à « l'examen préliminaire » du cadavre. J'en conçus une vague curiosité, car c'était la première fois que je le voyais agir de cette manière. Il ressortit au bout d'un quart d'heure et nous invita, Terri, Linda et moi-même, à pénétrer dans la place.

Il régnait une température proche de zéro entre les carreaux blancs et l'acier inox, le tout scrupuleusement propre. La trousse du docteur Peters était ouverte sur ses instruments, ainsi que son coffret à spécimens, et son appareil photo reposait sur un comptoir, auprès du corps. Il gisait sur une table d'acier inox équipée d'une rigole périphérique qui débouchait sur un vaste évier, aux pieds du mort. De larges flaques d'eau argentée me disaient qu'il venait d'être lavé. Il découlait de cette constatation, tout au moins à mes yeux, que le docteur Peters avait photographié son sujet avant de le rendre plus présentable à l'intention de Linda. Ce qui expliquait cet « examen préliminaire ». Recouvert d'un simple drap blanc, le pauvre type, quel qu'il pût être, faisait déjà une forte impression. Le regard cherchait, automatiquement, ce relief qui d'habitude, marque l'emplacement de la tête. Et ne trouvait rien, sous le drap, que la masse réduite, anormale, du peu qui restait de la mandibule. Sinistre.

– On ne va pas découvrir la tête, annonça, fort à propos, le docteur Peters. Seulement la poitrine et plus bas. Avant de vous le montrer, aurait-il un détail physique caractéristique dont vous pourriez me parler ?

Au prix d'un très gros effort, Linda répondit :

– Un grain de beauté, sur le ventre, et un tatouage au bras droit qui dit « Nortino ».

– Nortino ? Nord ?

Mon espagnol ne valait pas cher.

– Plutôt « Nordique », je pense.

Linda commençait à trembler doucement.

– Qu'est-ce que ça signifie, « Nortino » ? je demandai.

– Je ne sais pas, me répondit-elle.

Le docteur Peters releva le drap. Il avait placé une serviette sur la région génitale et une autre sur le haut des épaules. Je vis le grain de beauté près du nombril. Linda poussa un cri aigu, s'assit par terre et éclata en sanglots.

Terri l'aida à se redresser, l'installa sur une chaise pliante, le dos au macabre spectacle. Le docteur Peters me désigna le bras droit. J'y déchiffrai « ... tino ».

Je revins à Linda qui frôlait la crise de nerfs et sanglotait bruyamment : cette sorte de sanglots déchirants presque impossibles à simuler. Je ne suis pas foncièrement cynique, mais il faut parfois savoir remarquer ce genre de détail. À mes yeux, l'identité de la victime ne faisait plus le moindre doute.

6

Mercredi 19 décembre 2001 - 10 h 51

Je repassai mentalement les faits en revue. Déterminer *comment* quelqu'un a été tué ne pose, en général, que peu de difficultés. La plupart des tueurs agissent en état d'excitation et avec précipitation. La méthode employée saute souvent aux yeux. C'était le cas ici. Et d'un.

Déterminer *où* le meurtre a eu lieu est parfois plus difficile, mais pas dans notre affaire. Là encore, aucun problème. Avec un témoin oculaire à la clef et les pièces anatomiques éparses, que demander de plus ? Et de deux.

L'identité de la victime est très importante, car elle peut révéler le *pourquoi* du meurtre. Et de trois.

Savoir *quand* la victime a été tuée peut également mener à la découverte de l'auteur du meurtre. Du gâteau, dans notre affaire, pour les mêmes raisons que dans l'élément numéro deux. Et de quatre.

À ce point, j'aurais juré qu'on épinglerait le coupable dans les vingt-quatre heures, et je me sentais d'excellente humeur.

La prochaine étape était maintenant l'autopsie. Hester était restée pendant que je rejoignais le bureau avec Terri et Linda éplorée pour obtenir quelques informations supplémentaires maintenant que l'identification de Jesus Ramon Cueva était confirmée. Nous avions juste besoin d'éléments complémentaires, comme la date et le lieu de naissance, l'adresse de la famille, ce genre d'infos. Et puis peut-être en profiter pour demander à propos, « pendant qu'on vous tient, vous ne sauriez pas par hasard qui aurait pu le tuer ? ».

Au bureau, Linda se souvint que Jesus Ramon Cueva, alias Rudy, était de Los Angeles. Ainsi que sa famille. Elle n'avait rencontré aucun de ses parents, mais connaissait l'adresse de sa mère. Et se rappelait également qu'il était né le 22 juillet 1970. Où, elle l'ignorait, mais probablement sur le territoire de LA.

–J'ai son bulletin de naissance à la maison. Et quelques-uns de ses papiers de travail.

Linda commençait à se réfugier dans cet état comateux qui survient parfois après un choc violent. J'en étais heureux, car ma position m'obligeait à soupçonner tout le monde, jusqu'à preuve du contraire. D'accord, un chagrin peut être simulé, mais il faut de grands comédiens pour jouer ce genre d'abattement. Et Linda semblait vraiment authentique.

–On en aura besoin. Et aussi de son numéro de Sécu.

–Bien sûr.

–Et d'une photo. Qu'on fera reproduire avant de vous la rendre.

Toujours plus facile de présenter une bonne photo à de futurs témoins qu'un signalement détaillé ou même un portrait-robot, si réussi soit-il. Je m'éclaircis la gorge avant de préciser :

–Récente, si possible.

–D'accord.

–À présent, Linda, on va chercher ensemble qui l'a tué, et pourquoi.

–Je ne sais pas. Je ne vois pas...

Incapable d'aller plus loin. Je n'aimais guère avoir à lui poser la question suivante :

–Vous avez des enfants, l'un ou l'autre ?

–Non.

–Je vous le demande parce que vous pouvez courir le même danger. Sérieusement, Linda. Vous ou certains de vos proches et même vos relations, pouvez être menacés sans le savoir...

–Franchement, Carl ! explosa Terri, incrédule.

–Tant qu'on ne saura pas qui l'a tué et pour quelle raison, nous devons présumer que ses proches sont également menacés. C'est la seule manière de procéder.

Visiblement, Terri ne marchait pas une seconde. Levant les yeux vers sa copine, Linda protesta :

–Il n'était pas dans la drogue. Je sais que tu en es persuadée, mais il n'était pas dans la drogue !

L'interpellée accusa le coup, et me fit face.

–Tu veux fouiller nos appartements ? Vas-y, si ça te chante. Ça nous est complètement égal.

– Si on allait simplement chercher son extrait de naissance et sa photo ? Je pourrais jeter juste un œil sur le reste de ses paperasses, mais je crois pas que ce soit vraiment nécessaire.

Je ne repousse jamais, de gaîté de cœur, une offre de perquisition à l'amiable. Mais elle ne se justifiait nullement, dans la situation présente.

– Si vous voulez...

– On n'a trouvé sur lui aucune pièce d'identité. Et pas de portefeuille.

– Pourtant, il en avait un sur lui. Toujours.

– Même hier ?

– Je ne l'ai pas vu l'empocher. Mais il n'est pas dans la maison. Je l'aurais vu.

Linda releva vers Terri des yeux embués de larmes.

– Il faut que je téléphone aux pompes funèbres. Il y a un tas de trucs à faire.

– On doit d'abord appeler sa mère, trancha Terri.

Elle avait raison. La mère était la seule parente proche dont nous avions connaissance. C'est parfois le problème quand on vit en couple. On a beau être la personne la plus proche de quelqu'un, cela ne donne pas pour autant le pouvoir d'intervenir sur les décisions légales.

Linda perdait pied de seconde en seconde.

– J'ai encore juste quelques petites questions, Linda. Avait-il des cartes de crédit ? Un permis de conduire ? Ce genre de chose ?

– Oui.

– Il nous faudra les numéros de ses cartes. Pour le cas où il y aurait eu, de ce côté-là, une escroquerie susceptible de mener à un meurtre.

– Oui. Oui, bien sûr.

Elle faisait ce qu'elle pouvait pour se contenir.

– Il vous faut sa permission, rappela Terri. Écrite.

– Simplement son accord verbal.

Je regardai Terri. Elle avait l'air satisfaite. Je n'avais vraiment pas besoin qu'elle se mêle trop de notre affaire.

– Où avait-il eu son permis de conduire, Linda ?

– En Iowa.

Une surprise dans la mesure où tous les détenteurs de permis de conduire délivrés à des Cueva étaient de sexe féminin.

– Depuis quand ?

– Depuis qu'on vivait ensemble, il y a cinq mois.
– Il avait un permis californien avant ça ?
– Non, il n'avait pas de permis avant, autant que je sache.
– Mais il conduisait quand même ? Avant d'obtenir son permis ?
– Oui.
– Où vous étiez-vous rencontrés ?
J'avais besoin d'établir un portrait plus précis de Cueva.
– À l'usine. Moi aussi, j'y travaillais.
– Cela remonte à combien de temps ?
– Environ six mois. C'était au début du mois d'août.
Je suis toujours aussi surpris par la rapidité avec laquelle certaines personnes s'installent rapidement en couple.
– Vous le connaissiez donc depuis un peu plus de six mois ?
Elle se remit à pleurer. Linda perdait de plus en plus pied. J'étais vraiment désolé pour elle. J'avais vraiment besoin qu'elle soit capable de se concentrer sur mes questions, mais vu son état, je demandai à Terri de la raccompagner chez elle, à Battenberg, où je les rejoindrais après le déjeuner.
– Je vais la ramener d'abord à l'hôpital, décida Terri. Ils vont lui donner quelque chose...
Linda approuva d'un signe. Je n'étais pas ravi à cette idée, mais Terri avait raison. Linda n'était pas suspecte, et même s'ils lui administraient un léger sédatif, sa lucidité en serait plutôt améliorée. Interroger un témoin sous médicament est sacrément casse-gueule, mais j'étais sûr que ça irait avec Linda.
Je déjeunai avec Hester et le docteur Peters au bureau. Ils s'étaient commandé des cheeseburgers, mais je suivais un régime sans graisse et me contentai d'un plat de riz et de saucisses maigres, le tout chauffé au micro-ondes de la prison. J'arrosai le tout d'un peu de ketchup spécial au goût fumé pour donner du goût ; c'était mieux que passable. À condition de supporter l'odeur.
– Quelque chose qui crame ? s'enquit Hester.
– Non, c'est mon déjeuner.
– Tu es sûr ?
– Certain.
– Ça sent vraiment le brûlé, opina le toubib.
Je lui montrai ma bouteille de ketchup spécial aromatisé.
– Vous voulez l'essayer ? Le goût est meilleur que l'odeur.

–Dur à croire, souffla Hester. Rien que l'odeur me coupe l'appétit.

–À votre gré, les enfants. Sans changer de sujet, il n'y a rien de nouveau sur la mort de Cueva ?

–La cause de la mort, rappela le docteur Peters, n'a pas été difficile à établir. Traumatisme géant. Par le choc de la pression gazeuse plus que par la chevrotine. Ou aura dans un jour ou deux le résultat de l'analyse toxicologique, mais je ne vois pas quel poison aurait pu battre de vitesse la cause principale !

–Une seule cause suffit. Rien ne vaut la simplicité. À propos, vous savez que le comté de Nation a touché un nouveau procureur ?

–Sans blague ? Qu'est devenu le précédent ?

Hester eut un petit rire entendu, mais n'émit aucun commentaire. Le doc Peters était intrigué.

–Raconte, Carl, ce sera plus drôle, dit Hester.

–L'ancien a contracté une allergie ou quelque chose du genre. Ce serait à cause du pollen ou des herbicides, alors il s'est fait muter.

–Sans blague ? répéta le toubib, hilare.

–Le plus drôle est à venir, prédit Hester.

–Personne ne voulait de son poste.

C'était vrai. Dans le cadre du comté, il ne s'agissait que d'un boulot à temps partiel, donc modestement rétribué trente mille dollars par an. Le comté de Nation avait eu beaucoup de chance de trouver un avocat général à ce tarif et résultat des courses, la personnalité mise en place devait, juste pour joindre les deux bouts, traiter parallèlement les affaires d'une importante clientèle privée. Que les aléas des procédures engagées plaçaient parfois, lors des audiences, dans le camp adverse. Position délicate à laquelle aucune faculté de droit ne les avait préparés. D'où le peu d'enthousiasme corporatif pour cette fonction acrobatique. À quelques exceptions près. Des néophytes.

–Autrement dit, vous n'en avez plus du tout, actuellement ?

Hester souriait de plus belle.

–Je n'aurais pas pu mieux dire.

–Mais si, on en a un. Nommé Carson Hilgenberg. Il a été promu en juillet dernier. C'est son premier poste.

–Raconte jusqu'au bout, Houseman !

Je regardai le docteur Peters. Mieux valait qu'il soit au courant. Qu'il s'attende à ce qu'il trouverait en face de lui, devant la cour.

– C'est le neveu du président de la Commission de contrôle.

– Élu par népotisme pur et dur ?

– Carson ne s'était pas présenté. La Commission l'a nommé sans lui demander son avis. Mais là n'est pas le problème. Même son oncle, qui n'a jamais pu le supporter, espérait qu'il ne passerait pas. Le hic, c'est qu'il n'y avait pas d'autres postulants. Et que lui n'avait absolument pas d'autres boulots en vue.

Après une toux diplomatique :

– Il est carrément débile.

– Oh ? apprécia le docteur Peters. Il est comment, devant un tribunal ?

– Pas encore eu l'occasion de le voir. Il ne dépasse pas le niveau contredanse pour excès de vitesse. Et pour autant que je sache, il n'a encore jamais plaidé devant un tribunal.

Et le toubib conclut :

– Il faudra lui mâcher le boulot.

– Avec des photos, renchérit Hester. Des tas et des tas de photos.

7

Mercredi 19 décembre 2001 - 13 h 27

À Battenberg, Hester et moi grimpâmes à l'appartement de Linda, au-dessus de la quincaillerie locale. On y trouva une grosse enveloppe bulle scotchée au battant de la porte. Elle m'était adressée, et renfermait deux photos de feu Jesus Ramon Cueva, ainsi que deux bulletins de naissance, une carte de Sécurité sociale à son nom, et l'adresse de sa mère, Maria, domiciliée à Los Angeles. Un petit mot griffonné précisait que Linda était à l'hôpital, en compagnie de Terri, et qu'elles rentreraient dès que possible.

On emporta le tout à l'État Civil de Battenberg, pour en obtenir des copies. L'extrait de naissance spécifiait que Cueva était né dans le comté de Los Angeles, en Californie. Sa mère se prénommait Maria Héléna Cueva et son père était déjà affublé de la double étiquette Jesus Ramon. Adresse de Maria : 4024, avenue Radford, Studio City, 91604, Californie. Pas de numéro de téléphone. Je communiquai le numéro de Sécu à Sally, au bureau.

– Tu le soumets aux dossiers d'Histoire criminelle. À l'échelle nationale.

– Comme d'habitude ! Pourquoi pas internationale ?

– Les États-Unis et territoires annexes suffiront.

– D'accord. Quoi d'autre ? Je sais que tu vas encore me demander quelque chose.

– Adresse un télétype à la police de Los Angeles et vois si une certaine Maria Cueva habite toujours au 4024 avenue Radford, Studio City, Californie. C'est la mère de notre victime. Ils l'informeront du décès de son fils.

Pas question de l'en informer nous-mêmes par téléphone !

– Pas de problème. C'est tout ?

– Oui, pour l'instant.

– Tu plaisantes ?

– Non, désolé. C'est vraiment tout.

– T'es pas rigolo, soupira Sally, à l'autre bout du fil.

Pendant qu'on était à Battenberg, je décidai de présenter Hector à Hester, et de pointer avec lui tout ce qu'il savait ou croyait savoir sur Rudy. Je l'appelai sur son portable et lui suggérai de nous rejoindre à la bibliothèque municipale. Il s'y rendait fréquemment pour utiliser leurs ordinateurs et interroger son compte mail, et nous répondit qu'il avait justement prévu d'y aller.

La bibliothécaire s'appelait Martha Taylor. On s'était trouvés dans la même classe, au collège de Maitland. Petite, mince, la bonne cinquantaine, elle nous accueillit à bras ouverts.

– Contente de te revoir, Carl, dit-elle en regardant Hester.

– Martha, voici Hester Gorse, collègue et amie.

Elles se serrèrent la main.

– Cela pose un problème si on s'assoit à cette table ? On attend quelqu'un.

– Non, je suis en train de décorer l'arbre de Noël, là-bas dans le coin. Si vous avez besoin de quelque chose, appelez-moi.

Pas la moindre question sur la personne qu'on attendait, mais ça, c'était Martha. Jamais aucune trace de curiosité inopportune.

Hector arriva cinq minutes plus tard. Il fut très impressionné par la fonction et le grade d'Hester, mais sa timidité ne dura pas plus de trois secondes.

– Rudy était en cheville avec des sacrés types. Personne ne sait pourquoi ils lui ont fait ça, mais ils y ont mis le paquet apparemment. Toute sa tête a explosé, non ?

Je lui montrai les photos.

– C'est bien lui ?

– Tout craché. Celle-là surtout.

Cueva, plutôt beau garçon, y portait la moustache.

– Merci, Hector. On va informer sa famille, à Los Angeles. Tu ne les connaîtrais pas, par hasard ?

Toujours mon bel optimisme.

– Comment je ferais, mec ? Il avait plus aucune famille à LA.

– Tu en es sûr ?

– Certain ! Moi, j'ai de la famille à LA. Pas Rudy.

– Alors où ? Au Mexique ?

Hector se fendit d'un gros rire de stupéfaction.

– Hé, mec, Rudy était pas mexicain. C'était un dur de dur, débarqué de Colombie.

Je savais qu'à Battenberg, les communautés mexicaine et colombienne ne s'entendaient guère. Les Colombiens regardaient les Mexicains de travers, pour quelque raison nébuleuse, et les Mexicains leur rendaient la pareille.

– Tu le connaissais comment, Hector ? intervint Hester.

– Oh, on est entrés le même jour à l'usine. On ramassait la tripaille répandue. Le vrai turbin spécialisé, quoi. Ça colle autant que ça pue. En plus, Rudy était illégal.

– Illégal ? Comment ça ?

– Clandestin, traduisit Hector, parodique. Qu'est-ce que tu croyais ? T'avais pas encore pigé ?

– On démarre juste.

Il allait vraiment falloir notifier tout ça à l'Immigration et à la Naturalisation, et ça n'allait ni simplifier ni accélérer les choses.

– Bref ! Rudy avait besoin d'un coup de main, et on en a un peu parlé tous les deux. Il voulait savoir des trucs sur LA, si je venais d'un *barrio,* d'un quartier chaud, quoi, et puis des noms de rues et de gens du coin.

Non sans un large sourire :

– Pas facile à comprendre, vous voyez ? Il baragouinait l'anglais, et je pigeais presque pas son espagnol. Tous les Colombiens parlent un jargon pas compréhensible.

On en apprenait tous les jours.

– Un peu comme notre façon de parler l'anglais ?

– Encore pire, dit-il dans un accent imitant le ton d'un paysan du Minnesota, avant d'éclater de rire.

– Eh, tu l'imites bien !

– Merci, je crois aussi. Ma sœur dit que j'ai un vrai talent. Bon, donc Rudy était clandestin. Et les autres l'étaient aussi. Par contre, je connais pas leur nom et je sais pas où ils sont passés aujourd'hui.

– Est-ce qu'ils travaillaient à l'usine ?

– Rudy, sûr. Les autres, je sais pas. J'en sais vraiment rien. Ça va et ça vient, à l'usine. Jamais permanents. Un jour oui, un jour non. Un jour ici, un jour ailleurs.

– Tous des Colombiens ? questionna Hester.

– Pas tous, m'dame. Certains.

Il baissa la voix.

– Certains sont espagnols. D'autres ont la peau noire et viennent de je ne sais où, et il y a aussi des Blancs.

– Pas un seul grand blond ?

Ce n'était qu'une boutade, mais il la prit au premier degré.

– Juste un qu'ils appellent Cheeto, comme les flocons d'avoine. Je connais pas son vrai blase.

– Des gars de Battenberg ?

– J'en sais rien. Je les ai jamais vus chez eux.

– Ils roulent en quoi ? improvisa Hester.

– Camionnettes Chevrolet. Bagnoles jap.

– Quelles marques ?

– Honda... Subaru...

– Quelles couleurs ?

– Caca d'oie.

– Beige ? s'impatienta Hester. Crème ? Ivoire ?

Hector jeta un coup d'œil autour de la pièce. Désigna une affiche placardée sur le mur du fond, qui représentait un paysage tropical.

– Comme le sable sur cette pub.

Crème. À la rigueur.

– Et le tout financé par la drogue ?

– Pas si simple, mec. Pas Ramon. Ça va beaucoup plus loin que la dope.

– Et c'est quoi ? réitéra Hester, de plus en plus dans le ton.

– J'en sais que dalle.

Peu à peu, il récupérait son accent. Hector devenait nerveux.

– Pas même une petite idée ?

Il jeta un nouveau regard circulaire, comme s'il avait peur des oreilles à l'affût.

– Tout ce que je sais, c'est qu'il vaut mieux pas traîner avec ces types. Et avant que vous passiez à d'autres questions, je les connais pas. Peut-être que je les ai croisés, mais je les connais pas, mec, ça c'est sûr. Je te le dis, c'est des mauvais types, très mauvais.

– Tu peux nous les décrire ?

Il hésita. Respira bien à fond. Baissa la voix d'un nouveau cran.

– Je sais pas comment le dire, mais... Écoute, mec, il y a un grand type costaud. Blanc. Et deux Latinos. Un avec une tête vraiment horrible, comme s'il était rentré dans un mur, tu vois ? Et puis un type au teint foncé, vachement bien fringué. Des choses vachement chères, tu vois ? Avec un gros pif. Pas très causant. Et encore une espèce de métis à la peau basanée, avec un nez busqué. Argentins ou Brésiliens, peut-être. Il porte toujours une casquette de base-ball des Yankees. Azimuté, tu vois ? Je sais pas si y sniffe, ou alors, il est dingue de naissance.

Après un énième regard alentour :

–Je crois que je ferais mieux de m'en aller.

– Les Yankees de New York ? Tu crois que c'est un New-Yorkais ?

J'ai toujours eu horreur de poser des questions évidentes.

– Pas du tout. Il est peut-être juste fan de base-ball, répondit Hector.

– Le grand type costaud. Blanc. Il est du coin ?

–J'en sais rien. Je l'ai jamais rencontré et j'en ai pas spécialement envie.

Blanc. C'est vrai que ça correspondait bien au type local, mais Battenberg avait aussi une large communauté russe, ukrainienne et géorgienne de première génération. Eux aussi étaient de race blanche. Je ne voulais pas avoir l'air de cuisiner Hector, mais on était loin d'avoir épuisé le sujet. Je me disais que nous pourrions peut-être continuer à coopérer si je ne le pressais pas trop.

– Quelque chose à voir avec l'usine, dans tous les cas ?

Nous allions devoir commencer à interroger de nouveaux témoins. Enfin, si nous parvenions à savoir ce que nous allions leur demander.

– Il y en a qui doivent savoir des trucs, mais bon courage si vous voulez y aller aujourd'hui.

– Pourquoi ça ?

– L'usine est bouclée. En l'honneur de Rudy, qu'ils disent, mais la vraie raison, c'est que la plupart des gars ne sont pas venus.

Le sourire d'Hector se teinta de malice.

– Des illégaux. Des clandestins. Vous savez ce que c'est, ils reviendront pas tout de suite. Pas avant trois ou quatre jours.

– Là, Hector, tu rigoles !

La dernière fois que c'était arrivé, ce genre d'exode nous avait valu trois jours d'enquête. Il y avait eu un meurtre dans une communauté hispanique, et tous s'imaginaient qu'ils seraient expulsés du pays s'ils nous adressaient la parole.

– Non, je rigole pas. Certains se sont même barrés hier soir. Comme la dernière fois.

– Pour aller où ? s'enquit Hester. Tu en as une idée ?

Hector haussa les épaules.

– Des tas sont sans doute restés sur place. Mais pas au boulot où vous pourriez les trouver. Même pas au tabac pour leurs cigarettes. Et pas demain non plus, j'en suis sûr.

Son sourire s'effaça.

– Ceux qui connaissaient Rudy ont sans doute été les premiers à prendre le large. Ils se font du mouron à cause de vous autres flics et de l'Immigration.

Le merdier, quoi. Il allait falloir se rendre à l'usine, obtenir les adresses, et tâcher de ne pas faire fuir les illégaux avant d'avoir pu les interroger.

– Rudy avait de bons copains à l'usine ?

– Deux ou trois. Tu as déjà parlé à Linda ?

– En priorité.

– Elle a intérêt à faire gaffe, elle aussi. Elle a aucune idée de ce qui se mijote. Elle est née en Iowa.

– Tu la crois en danger ? s'inquiéta Hester.

– Je sais pas ce qu'elle sait, m'dame. Elle-même sait sûrement pas ce qu'elle peut savoir, si vous voyez ce que je veux dire.

Non seulement on le voyait, mais c'était un bon résumé de la situation.

– Tu parles si je vois. Il y a des jours où je ne sais plus ce que je sais moi-même.

Ma réflexion l'égaya une seconde.

– Faut que j'y aille, pour pas avoir l'air de balancer. Fais gaffe à toi, m'sieur Houseman, tu me manquerais.

– On reste en contact, Hector. Plutôt par téléphone à partir de maintenant.

Il tendit la main à Hester.

– Heureux d'avoir fait votre connaissance, m'dame.

Hester lui serra la main. Il marcha jusqu'à la rangée d'ordinateurs publics, en choisit un et s'assit, le dos tourné vers nous. Si quelqu'un était entré maintenant, il ne pourrait absolument pas soupçonner qu'on venait de bavarder ensemble.

– Deuxième clavier à partir de la droite, repéra Hester, à tout hasard.

– Oublierai pas.

On se dirigea vers la porte.

– Il bosse à l'usine ?

– C'est sa couverture.

– Couverture ?

– Il deale de la dope, dans la vie réelle. Métamphétamine et ecstasy, en quantités modestes. Juste assez pour vivre. C'est ce que j'entends dire. Sans pouvoir le prouver.

– Tu as des amis originaux, Houseman...

– Il se plaît en Iowa. Comme beaucoup de petits dealers latinos. Les flics d'ici s'abstiennent de les tabasser juste parce qu'ils sont mexicains... les gros dealers de les buter... en principe... et les clients locaux ferment leur gueule... et paient cash !

– Que demander de plus ?

On reprit le chemin de l'appartement de Linda, pour lui rendre les originaux dont on avait fait des copies. Avant de redémarrer, je rappelai le bureau afin de leur signaler notre retour à la voiture.

– Dix-quatre. Dix-vingt et un au bureau.

Sally désirait donc que je l'appelle par téléphone. Hester pianota le numéro sur mon portable, pendant que je conduisais.

– Salut, Sally. C'est pour nous deux ou seulement pour Houseman ?

Après un court silence :

– Sans blague ? OK, je te le passe. Non, non, il va adorer. Dis-lui toi-même.

– Carl, c'est Sally.

– Oui, ben je sais. Alors ?

– Sale temps pour ton affaire, me rappela Sally, qui s'amusait ferme. L'adresse que tu m'as donnée, à Los Angeles. Celle de sa mère.

– Elle n'existe pas ?

– Si. Mais c'est celle d'un studio de cinéma. On y tourne des films. D'après la police de LA, c'est même un studio de la première heure. Les débuts du parlant. Jamais habité.

– Sensas. Mais je savais déjà qu'il n'avait jamais mis les pieds à LA.

– Menteur !

– Non, sans déconner. Mais revérifie son numéro de Sécu. Ça pourrait ne pas être en Californie. On a toujours ces annuaires de tous les États enregistrés sur CD ?

Je commençais à croire que Rudy avait été réellement clandestin. Mais inutile d'en informer Sally tout de suite, elle serait encore plus efficace si elle ne le savait pas.

– Je vais regarder. Embrasse Hester pour moi.

–Oh, encore une chose. Appelle l'usine, et vois s'ils tournent à plein régime aujourd'hui, ou pas.

–Pourquoi ? Tu veux acheter de la bidoche ?

–T'occupe ! Et rappelle-moi quand tu te seras renseignée.

–Tu me connais. Hé, tu n'as pas besoin de l'aide d'une auxiliaire expérimentée, sur le terrain ?

Je ne pus m'empêcher de rire. Sally était officier de réserve, et parfaite dans ce rôle. Mais chaque fois qu'elle avait dû coiffer cette casquette, on s'était retrouvés dans des pétrins pas permis.

–D'accord. Mais pas avant que la situation ne soit pire que ce que tu pourrais en faire.

Je me garai devant l'appartement de Linda.

–Première chose, appeler le LEIN, et voir s'ils ont un 102 sur un nommé Cheeto.

LEIN est l'acronyme de l'*Iowa Law Enforcement Intelligence Network* ou Réseau de renseignement au service de la loi de l'Iowa. 102 est le numéro du formulaire standard de demande d'info en urgence sur un quidam soupçonné de trafic de drogue ou de cambriolage, etc. Les références du 102 incluaient pseudos et sobriquets.

Quelques secondes plus tard, Hester avait l'analyste en chef sur son portable, et bientôt :

–D'accord, je vais le lui dire.

Elle glissa son téléphone dans la poche intérieure de sa veste.

–Norma te salue. Elle n'avait rien dans le registre local. Elle essaie les États voisins, et elle nous rappelle.

–Parfait. En voilà une qui connaît son boulot.

On passa de la voiture chauffée au froid de plus en plus mordant. Je bougonnai :

–Alors, qu'est-ce que t'en penses ? On lui révèle tout ou on présume qu'elle nous ment ?

–J'inclinerais plutôt à la croire. C'est plutôt Rudy qui lui contait des craques.

–J'espère qu'elle ne le prendra pas trop mal. La pauvre gosse en a assez bavé comme ça.

Je n'aurais pas dû me faire tant de souci. C'est Terri qui nous ouvrit la porte et nous introduisit dans l'appartement. Linda était effondrée dans un transat, sous une grosse couverture, avec la tête au creux d'un oreiller. Elle ronflait doucement à l'oreille du nounours qui lui tenait compagnie.

– Piqûre de Valium, expliqua Terri, un doigt sur les lèvres. Complètement K.-O. pour quelques heures.

– Ah merde.

– Fallait au moins ça. Elle dort depuis plusieurs heures. Vous voulez du café, demanda-t-elle alors que je lui tendais l'enveloppe bulle.

– Plutôt deux fois qu'une.

On se transporta dans la cuisine. On chuchotait à qui mieux mieux, et Terri était en veine de confidences :

– Elle n'est plus sûre de rien, et pas seulement à cause du Valium. Son mec avait de drôles de fréquentations, Houseman. Je n'ai toujours pas les noms, mais elle a des photos prises à un mariage à Minneapolis, voilà un petit mois. Les copains de Rudy... quelles sales gueules ! Vous voulez les voir ?

Comme si j'allais refuser une offre pareille. En un clin d'œil, les photos s'étalèrent sur la table de la cuisine.

Grand mariage, apparemment. Beaucoup de fric en vue. Sourires en vitrine et tout le monde très bien habillé. Mais une assistance mélangée, aussi variée que la population de Battenberg. D'après les costumes et l'orchestre, le thème de la soirée semblait être le Tex-Mex. La composition de la table centrale retint mon attention. Les mariés à la place d'honneur, comme de juste. Un gentil couple de Latinos d'à peine trente ans. Avec un drôle d'invité au visage très maigre, un peu plus vieux que les nouveaux mariés. Teint basané, regard intense, objet de l'attention générale, semblait-il, beaucoup plus que le jeune couple. Deux blondes l'encadraient. Puis deux garçons très différents, un rouquin apparemment sur le qui-vive, et un gaillard d'allure sportive, la bonne vingtaine, bronzé, lunettes noires. Enfin, pour compléter la brochette, une petite jeune fille très pâle aux cheveux coupés en brosse.

Je passai la photo à Hester.

– Regarde bien celle-ci.

Elle l'examina brièvement.

– D'accord. Mais je pense que j'ai manqué quelque chose.

En continuant à regarder les photos, je notai que sur sept photos, soit près d'un quart des clichés, l'homme au visage en lame de couteau occupait le centre de divers groupes. Je le montrai à Terri qui opina du bonnet.

– Oui, je l'avais déjà vu avant ça. Un jour où j'étais là, ce type s'est pointé avec Rudy.

– Tu as retenu son nom ?

– Personne ne me l'a présenté. Alors, je lui ai tendu la main en me présentant moi-même. Mais il s'est contenté de me reluquer comme si j'avais deux têtes.

– Tu sais s'il bosse en ville ?

– Je ne sais rien du tout. Excepté que Rudy était très admiratif et le mettait au-dessus de tout.

Elle poussa vers moi une autre photo.

– Vise le petit Mexicain, là-derrière. Avec le chapeau et les grandes oreilles. Celui qui a l'air complètement paumé.

Vingt ans, lui aussi. Grassouillet. Il était habillé avec ses plus beaux vêtements et portait un remarquable chapeau Stetson en cuir marron dans sa main. Il avait aussi une paire d'oreilles absolument incroyable. Deux ailes écartées du crâne à l'horizontale. Il se tenait tout raide, visiblement très mal à l'aise. Il souriait, mais le sourire ne montait pas jusqu'à ses grands yeux noirs. Le prototype du parent pauvre qu'on voit dans la plupart des mariages. Ou des enterrements.

– C'est qui ?

– Celui qu'ils appellent Orejas. L'ombre de Rudy. Toujours accroché à ses basques. Lui aussi, il bosse à l'usine. Un vrai casse-pieds.

– Dans quel sens ?

– Toujours là, d'après Linda. Une vraie sangsue. Scotché devant la télé. Aidant Rudy à vidanger sa voiture. Ce genre de chose. Il s'est même incrusté chez eux, au dernier Noël.

– Orejas est son vrai nom ? demanda Hester.

– Je ne lui connais que celui-là, et jusqu'à ce que Linda se réveille, il faudra s'en contenter. Vous parlez espagnol, l'un ou l'autre ?

Double signe négatif.

– Pourquoi ?

– Je ne pense pas qu'il parlait anglais. Comment ferez-vous pour l'interroger, s'il vous en prend l'envie ?

– Les interprètes, riposta Hester, ne sont pas fait pour les chiens. C'est le procédé habituel.

– Orejas est la cible de beaucoup de blagues concernant ses oreilles. J'avais pitié de lui. Ça ne doit pas être drôle.

Une opinion que je partageais de grand cœur.

Un ronflement sonore nous ramena dans le salon, mais Linda n'était pas encore prête à redescendre parmi nous.

–Il y a quelqu'un pour s'occuper d'elle ? s'inquiéta Hester.

–Ses parents sont en route, de l'Arizona. Nous leur avons parlé avant qu'elle ne s'endorme. Ils seront là demain matin à la première heure.

–Parfait. J'ai encore une dernière question... Quand elle dit que son Ramon n'était pas dans la drogue, comment savez-vous qu'elle ne raconte pas d'histoires ?

Terri haussa rageusement les épaules.

–J'ai toujours pensé qu'il dealait de la dope. Elle a toujours dit le contraire. Laquelle avait raison ?

–Tu ne vois pas dans quoi d'autre il pouvait être mouillé ?

Terri se borna à secouer la tête. J'enchaînai :

–Je l'ai déjà dit au bureau, mais il va falloir qu'elle reste sur place jusqu'à ce qu'on sache de quoi il retourne, came ou pas. On peut garder les photos un jour ou deux ?

–Tu en demandes beaucoup, Houseman. Mais pourquoi pas ?

De retour à la voiture, je repassai à Hester la première photo.

–La table centrale, au mariage. Tu veux savoir ce qui m'a frappé ?

–Oui, dis-moi.

–Il n'y a aucun parent. Personne n'est assez vieux pour être les parents de ces mariés de vingt ans. Je ne vois que deux façons de l'expliquer.

–La mort des parents ? Ça peut être une raison valable.

–Tous les quatre ?

–Ils se sont peut-être connus dans un orphelinat.

–D'accord, d'accord, mais l'autre solution est meilleure.

–À savoir ?

–Ils sont clandestins. Ils ne pouvaient pas se permettre d'inviter leurs parents au mariage. Pas légalement, en tout cas. En leur absence, qu'est-ce que tu fais ? Tu invites les personnes les plus importantes de ton cercle de relations. Dont ce type à la tronche en lame. Repasse les photos en revue et dis-moi s'ils n'ont pas tous l'air de trouver sa présence intensément jouissive !

Elle les éplucha de très près, jusqu'au parking de l'usine.

–Eh bien... Disons que tu tiens quelque chose.

Elle remit délicatement les photos dans l'enveloppe bulle :

–D'accord, admettons que tu aies raison. Qu'est-ce que tu en tires ?

–J'en tire que je veux savoir qui est ce type. S'il est considéré comme un caïd, une espèce de parrain, je veux savoir pourquoi.

Je la fermai un instant, pour me concentrer sur un virage délicat.

– Tu as l'esprit mal tourné, Houseman. Je te propose un pari. Pour un milk-shake. Tu restes sur le parrain.

Elle dessina, dans l'air, un point d'interrogation.

– Moi, personnellement, je mise sur le DRH de l'usine.

Je n'y avais pas pensé. Juste le patron du personnel. Bien sûr.

– Au chocolat, mon milk-shake. D'accord ?

– Qui vivra verra.

Mais je savais, d'avance, qui paierait son dessert favori.

Avant de pousser jusqu'aux bureaux de l'usine, je rappelai Sally, mais l'absence de voitures sur le parking m'avait déjà fourni la réponse.

– Ils sont bouclés, Carl. Pas d'explication. Ils ne bossent pas aujourd'hui. Point à la ligne.

– Bouclés ou pas, tu as parlé à quelqu'un ?

– Leurs bureaux sont ouverts. Mais pas l'usine.

– Merci. On y va de ce pas. Je laisse le téléphone allumé si tu as besoin de nous joindre.

– Délicate attention. Tu as quelque chose à dire à Lamar ?

– Non, pas spécialement. On verra à notre retour.

Moins vastes qu'on ne l'aurait imaginé, les bureaux de l'usine occupaient le premier étage du bâtiment principal. La réceptionniste nous annonça au sous-directeur, Chaim B. Hurwitz. B. pour Benjamin, sans doute, car la première fois où nous nous étions rencontrés, il m'avait demandé de l'appeler Ben. Mais à l'intérieur de l'entreprise, presque tout le monde l'appelait monsieur Hurwitz. J'avais eu affaire à lui, auparavant, et le considérais comme un honnête homme. Mon premier Juif à Battenberg. J'avais, à son contact, appris beaucoup de choses. Jusque-là, comme la plupart des citoyens résidant dans le comté de Nation, mes relations avec le judaïsme s'étaient cantonnées aux films tirés du *Journal* d'Anne Frank, d'*Exodus*, du *Prêteur sur gages*, de *La Liste de Schindler* et du *Violon sur le toit*. Plutôt insuffisant pour connaître le Juif américain du XXIe siècle.

Je serrai la main de Ben Hurwitz et lui présentai Hester. Il nous désigna deux sièges, en face de lui. Son bureau était petit, encombré, et plutôt spartiate. Comme le bureau volant d'un chantier de construction, et non comme le bureau permanent d'une usine. Rien de superflu, tout exclusivement fonctionnel.

– Que puis-je faire pour vous ?

– À vrai dire, on désirerait surtout parler à vos ouvriers, mais il semble qu'ils soient de nouveau en grève.

On savait déjà que l'usine ne dépendait d'aucun syndicat. Telle n'était donc pas l'origine de la grève. Et Ben savait que je le savais.

– Il ne s'agit nullement d'une grève organisée. Plutôt comme une sorte de pause-café généralisée.

On avait déjà, Ben et moi, débroussaillé ces problèmes. Sa compagnie exigeait des numéros de Sécurité sociale, et les travailleurs leur en fournissaient, mais l'usine n'avait strictement aucun moyen de vérifier ces numéros. Ils demandaient des bulletins de naissance, et les travailleurs leur en fournissaient. En provenance de Los Angeles ou de Houston ou de San Diego. Aucun des tribunaux de ces comtés n'avait les moyens de rechercher la confirmation des actes de naissance et l'usine n'avait strictement aucun moyen légal de les y obliger. Ils étaient passés au permis de conduire pour vérifier l'authenticité des autres pièces d'identité, mais leurs avocats les avaient informés qu'ils n'en avaient pas le droit, sauf dans le cas particulier d'un chauffeur engagé pour conduire un véhicule personnel. S'ils exigeaient une carte verte, celle qui leur était présentée avait toutes les chances d'être une habile contrefaçon.

Rien ne les obligeait, légalement, à financer des opérations de contrôle toujours onéreuses. En cas de nécessité, ils appelaient l'administration de la Sécu. Laquelle ne venait jamais voir sur place ce qui s'y passait réellement. Cette administration souffrait d'un manque d'effectifs chronique, et l'Iowa était loin de présenter les pires problèmes d'immigration de toute l'Amérique du Nord.

– Entendons-nous bien, rappelai-je à Ben. Comme vous le savez par expérience, je n'ai aucune autorité légale pour demander à un individu de me prouver sa qualité de citoyen à part entière. Lorsque je demande à quelqu'un s'il est citoyen des États-Unis et qu'il me répond affirmativement, les choses s'arrêtent là. Je ne peux pas en exiger la preuve.

Le temps de reprendre haleine, je continuai :

– Inconstitutionnel signifie contraire à la constitution, et tout est dit. Même si je sais que quelqu'un réside illégalement aux États-Unis, je n'ai pas le pouvoir de l'appréhender, car premièrement, je ne suis pas officier fédéral et deuxièmement, je ne dispose d'aucun local permettant de l'incarcérer en attendant de régler son cas.

Je désignai Hester, d'un petit coup de menton.

– Elle non plus. On n'abordera donc pas cet aspect du problème. D'accord, Ben ?

Il acquiesça.

– Comme on aura besoin de témoins, on aimerait que ça se sache à l'extérieur, afin que les ouvriers manquants ne prolongent pas leur absence.

Hurwitz ne put contenir un bref éclat de rire.

– Je ferai ce que je pourrai... mais il faudra d'abord que je les trouve pour le leur faire savoir.

– C'est ce que j'ai cru comprendre. Vous avez appris, je suppose, que Rudy Cueva avait été assassiné, hier après-midi, à neuf ou dix kilomètres de là ?

– Ma femme et moi l'avons entendu aux nouvelles. Ils ne l'avaient pas nommé, au départ. Et puis, on a su qui c'était.

Son regard en disait long sur ce qui se passait dans sa tête.

– Vous savez que vous passez très bien à la télé. Même si la caméra vous ajoute quelques kilos.

– Merci d'en accuser la caméra. Rudy Cueva ne vous était donc pas inconnu ?

– Bien sûr que non !

Il décrocha son téléphone, sans programmer un numéro.

– Vous voulez voir son dossier professionnel ?

– J'allais vous le demander.

Il pressa deux touches et donna l'ordre nécessaire.

– Que puis-je faire de plus ?

Hester sortit de l'enveloppe la photo du petit groupe comprenant Orejas.

– Connaissez-vous le petit trapu avec le chapeau ? Je crois qu'il est surnommé Orejas.

– Parfaitement. C'est José Gonzalès, dit *Orejas* en espagnol. *Orejas* signifie « grandes oreilles ». C'est son sobriquet.

– Un seul mot pour « Grandes Oreilles » ? J'aurais pensé qu'il fallait deux mots.

Ben se tourna vers Hester.

– Je ne veux gêner personne, dit Ben en regardant Hester, mais on m'a expliqué que *Orejas* équivalait à « Grandes Oreilles » comme « Nichons » à une dame à forte poitrine. Les mots « grands » ou « gros » seraient dans ces cas-là redondants.

Ben était embarrassé :
–J'aurais aimé trouver un autre exemple...
–Vous savez où vit cet Orejas ?
Ben redécrocha son téléphone et pressa les deux mêmes touches.
–Trouvez-moi l'adresse de José Gonzalès... Non, non, celui qu'on appelle Orejas...
Il releva les yeux vers nous.
–Gonzalès est un nom très répandu... Et je vous préviens, son numéro de Sécu vaut probablement pour toute la famille.
Il griffonna sur une feuille de papier les infos que lui dictait la secrétaire, et la poussa vers moi. En lui tendant une autre photo, Hester devait penser très fort à son milk-shake au chocolat.
–Vous connaissez le type au visage maigre ?
–Non, mais je reconnais les mariés. Ils ont travaillé chez nous.
Il égrena deux autres noms dans son téléphone.
–Juan et Adrienne Muños. Leur adresse, s'il vous plaît.
Il la nota et me la tendit.
–Mariés voilà six-sept mois. Autre chose ?
Jamais été l'homme à snober une offre spontanée. Je lui sortis d'autres photos, et son coup de téléphone suivant nous valut cinq noms, cinq adresses de plus.
–La personne qui vous a donné tout ça ne connaissait pas tous ces gens-là ?
Ben était ouvertement sceptique.
–Ce serait trop long à vous expliquer. Autre chose que je puisse faire pour vous ?
–Vous n'avez pas une petite idée, intercala Hester, de la durée probable de cette « pause-café » ?
–Pas vraiment, non. Demain, peut-être. Deux jours. Trois. Tout va dépendre de... l'activité autour de l'usine.
Quelqu'un frappa à la porte et la secrétaire entra avec une pile de dossiers. Ben attrapa celui de Rudy et me le tendit.
–Jetez-y un œil. Et si vous voulez des photocopies...
–Merci d'avance. Aucune idée du mobile de l'assassinat du nommé Cueva ?
Un coup d'épée dans l'eau, sans nul doute, mais c'est le genre de question qu'on se reproche, après coup, de n'avoir pas posée. Franchement, je m'attendais presque à voir Ben redécrocher son téléphone et demander à sa secrétaire. Mais son expression dissipa mon rêve éveillé.

– Rudy n'était pas notre employé le plus ambitieux, mais il jouissait de la sympathie générale. Non, je ne vois pas. Vous savez qui l'a tué ? Ou vous ne pouvez pas encore le dire ?

Je lui dédiai mon sourire du dimanche.

– Pas de commentaire. Vous connaissez les règles du syndicat...

16 h 51

– Ça va, Hester ?

Elle ébaucha un signe affirmatif, puis articula posément :

– Il leur reste combien de grenades, à ton avis ?

Elle secoua la tête et sortit une bouteille d'eau de sous son manteau. Elle but une gorgée et pencha la tête vers sa blessure pour que l'eau fraîche puisse l'irriguer. Puis elle se détourna, cracha et ramena vers moi son regard.

– Maintenant que tu le dis, c'est vrai qu'il est peu probable d'aller dans un magasin pour acheter une seule grenade.

– Exactement.

Elle fixa une lézarde que quelque ancien propriétaire avait essayé de colmater au ciment à prise rapide sans y parvenir.

– Et la nuit s'épaissit, ajouta-t-elle.

– Oui, j'étais en train d'y penser.

– George va redescendre de là-haut dès qu'il fera vraiment noir. Il n'y aura bientôt plus que l'ampoule de la cour qui jettera une ombre depuis la grande porte et recouvrira toute la partie nord du bâtiment.

– Ils vont tirer dessus, prédit-elle. Foutu pétrin !

– Rince-toi encore la bouche. Non, ils ne vont pas tirer sur l'ampoule. En n'y touchant pas, ils verront approcher les renforts.

La question des grenades me préoccupait. Je résumai, à l'usage d'Hester et de Sally :

– Je pense qu'ils ont des grenades modernes à fragmentation, ou à commotion.

Elle me regarda sans comprendre.

– Les grenades modernes possèdent un fil de fer entouré autour du corps central. Une fois tiré, cela provoque un nuage de morceaux de métal minuscules. Inoffensifs au-delà de six-sept mètres. Pas comme les vieilles grenades du cinéma, beaucoup plus meurtrières.

Hester acquiesça.

– Les grenades à commotion ne provoquent pas vraiment d'éclats.

Hester acquiesça de nouveau.

– Et je ne pense pas qu'un seul morceau puisse perforer le toit de la grange.

Rien de plus qu'un sujet de conversation parmi d'autres. Mal placé, peut-être ?

– Tu veux que je regarde si on peut mettre le radiateur de George en marche pour toi ?

– Non merci, ça va.

Je tapotai l'épaule d'Hester et regagnai mon poste.

– Ça va, Hester ? me demanda Sally.

– Aussi bien que possible. Tu crois que la déshydratation peut lui poser un problème ?

– Elle est très mince et elle a perdu pas mal de sang. Tu as encore beaucoup d'eau ?

Je tapotai la partie gauche de ma parka.

– Trois bouteilles.

– Tiens-les bien au chaud.

Je n'avais que deux poches intérieures. Je casai une bouteille dans chacune d'elles et confiai la troisième à Sally. Notre température corporelle les empêcherait de geler.

– Il lui reste encore une bouteille.

– Je veillerai à la faire boire, conclut Sally. Qu'est-ce qui va se passer, d'après toi, dès qu'il fera noir ?

– Aucune idée. Restons sur le qui-vive. L'initiative viendra de l'extérieur.

– Tu veux que je te dise un truc ?

– Bien sûr, Sally.

– Je voudrais que les gens de l'école de police me voient maintenant.

– Sans blague ?

– Les gars nous charriaient, nous les filles. D'être plus petites. De faire quatre-vingt-cinq pour cent des pompes et des abdos qu'ils faisaient. Tu crois que ces salauds, là-dehors, ne me tueront qu'à quatre-vingt-cinq pour cent ?

– Navré d'entendre ça. Je croyais que les choses avaient changé, depuis mon époque.

– Oh, elles ont changé. Ils ont l'électricité maintenant !

– Espèce de petite garce ! Je ne suis pas si vieux que ça !

– Tu as raison. J'ai quatre-vingt-cinq pour cent de ton âge.

Les derniers reflets du soleil rebondissaient sur le badge or et argent de son chapeau d'hiver et m'éblouirent un instant. Je lui conseillai de le désépingler, de le mettre dans sa poche avant qu'il attire le feu de nos copains. Elle suivit ma suggestion en disant :

– Je crois que je peux tenir ma place, non ?

– Avec les meilleurs d'entre nous.

– Tu cherches à me remonter le moral ?

– Non. À me rassurer, simplement. Pour revenir à ta vanne sur l'électricité, c'est moi qui suis flatté de vivre ça en ta compagnie.

La voix de Lamar jaillissant du talkie-walkie nous fit sursauter tous les deux.

– À l'écoute, Un, dit Sally.

– Dis à Trois que les commandos sont en place.

C'était une excellente nouvelle. Je chargeai Sally de demander à Lamar d'informer le chef de l'équipe spéciale du numéro de mon portable. Je craignais toujours d'être mis sur écoute par nos adversaires, et par des médias dont les indiscrétions achèveraient de les renseigner. Je m'inquiétais également au sujet des piles du talkie-walkie. Surtout par ce temps froid, elles s'épuiseraient rapidement, au fil des transmissions.

Le sous-off de l'équipe spéciale d'Intervention était un sergent du nom d'Ed Henning, que je connaissais un peu.

– Mon chef n'est pas encore là. Qu'est-ce que vous avez là-haut ?

Je lui parlai d'un minimum de six suspects armés d'AK-47 et peut-être de grenades, dont une déjà réceptionnée, et lui dis où nous pensions qu'ils étaient retranchés.

– Qu'est-ce que c'est que ces mecs ? s'étonna le sergent. Oussama ben Laden et sa clique ?

– Quelque chose comme ça.

Pendant que je parlais au téléphone, Sally se servait du talkie-walkie.

– George va descendre dans une dizaine de minutes.

Bon. Si l'occasion se présentait de prendre l'initiative, je ne voulais pas que George demeurât coincé dans le grenier.

En outre, je redoutais qu'il prît fantaisie à nos petits rigolos de flanquer le feu à la grange, ou d'essayer. En cas de sortie forcée d'un local en feu, toute personne présente dans le grenier à foin serait un mort en sursis.

– Qu'il n'oublie pas de nous prévenir avant.

– Pas de danger qu'il oublie.

8

Mercredi 19 décembre 2001 - 15 h 12

L'étape suivante était toute tracée : retrouver José Gonzalès, plus connu sous le nom d'Orejas.

Depuis le commentaire de Ben sur la fréquence du nom de Gonzalès, j'étais persuadé qu'il s'agissait là d'une fausse identité. À l'adresse indiquée, 206 rue Jefferson, Battenberg, se dressait une vieille baraque à charpente de bois d'un seul étage, d'un modèle que la commission du logement locale baptisait « maison de famille ». On monta les marches du perron, et sous le toit en surplomb du porche, on frappa, frappa, frappa. Pas de réponse. J'essayai la poignée de la porte. Bouclée. On pouvait voir à travers les rideaux de dentelle à bon marché des fenêtres de devant. Sans distinguer le moindre signe de vie.

Hester désigna la liste d'une quinzaine de noms en capitales d'imprimerie scotchée sur la boîte.

– Il devrait y en avoir au moins un à la maison.

Je frappai de nouveau. Une femme d'un certain âge apparut au coin de la maison voisine, serrant autour d'elle son sweater à capuche.

– Ils sont partis.

– Je vous demande pardon ?

Son intervention m'avait surpris. Debout au pied du perron, le nez levé, elle confirma :

– Ils sont tous partis hier soir. Je suis la gérante. J'habite juste à côté, et ils sont tous partis. Il n'y a plus personne dans la maison.

– Et personne n'est revenu, depuis hier ?

– Je n'ai vu personne.

Elle désigna l'étroit chemin carrossable qui contournait la bicoque et menait à un garage.

– Ils se parquaient là-bas derrière.

Plus une seule voiture à l'endroit indiqué. Un point pour la dame. Elle les avait, visiblement, tenus sous étroite surveillance.

– C'est la première fois qu'ils font ça, madame ?

– La première !

– Comment vous appelez-vous ?

– Myra Gunderson. Et vous ?

– Carl Houseman. Shérif adjoint du comté de Nation. Vous pouvez me dire à qui appartient la maison ?

Peut-être aurions-nous plus de chance auprès du propriétaire ?

– Helen Fritz. Mais elle est morte. Son fils Herman vit à Cedar City, je crois. Il en est maintenant propriétaire. Mais c'est Mary Klein, l'agente immobilière, qui gère le patrimoine. Moi, j'encaisse les loyers, et je préviens Mary quand il y a des problèmes de plomberie.

– Merci, madame Gunderson. Vous nous appellerez si vous voyez quelqu'un ou s'ils reviennent ou quoi que ce soit ?

Elle s'en ferait un plaisir. Je lui demandai quand tombait le loyer suivant. Le premier janvier.

– Et pas par chèque. Ils paient cash.

J'aurais dû m'en douter. Mais une semaine et demie. La poisse.

J'essayai de joindre Mary Klein, l'agente immobilière, mais n'obtins pas de réponse. J'attrapai mon carnet, l'ouvris, sortis un stylo et marquai une énorme croix sur la page du jour.

– À quoi sert cette marque ?

– Pour me rappeler de dire à Lamar combien le téléphone portable est salutaire. Il me déteste quand je fais ça.

On passa chez Juan et Adriana Muños, les jeunes mariés. Ils occupaient l'un des quatre appartements disponibles, au-dessus de la quincaillerie. On y accédait par un escalier étroit, un couloir obscur recouvert d'un vieux tapis moisi jeté à la diable sur un plancher dont chaque latte rendait un son différent. Les portes étaient en contreplaqué sommairement teinté de noir, avec des numéros de papier doré collés au ruban adhésif. Sordide. Je frappai et frappai encore, mais apparemment, Juan et Adriana Muños avaient pris le large, eux aussi. La seule différence, c'était que Myra Gunderson n'était plus là pour commenter l'événement.

En bas, le quincaillier nous confirma qu'il n'avait entendu personne au-dessus de sa tête de toute la journée.

– Je ne sais pas pourquoi ils sont tous partis.

Son attitude défensive, et jusqu'au son de sa voix, affirmaient le contraire. Il appuya lourdement :

– Peut-être une réunion de paumés ou quelque chose dans ce goût-là ? C'est pas mes oignons.

Rien que ces mots en disaient long sur l'estime qu'il portait aux Hispaniques. Je m'efforçais toujours de ne juger personne, mais il est utile, parfois, de savoir par quel bout prendre un interlocuteur. Il était malheureusement évident que les proprios de Battenberg profitaient de ces immigrés clandestins pour le loyer et autres petits services. Nous ne recevions que rarement des plaintes car les clandestins se méfiaient de tout rapport avec la police. Ils avaient raison, d'ailleurs. De loin en loin, l'escroc était confondu, mais les plaignants se retrouvaient dans les pattes de l'Immigration. Ils étaient retenus hors du comté de Nation et parfois expulsés avant même que l'accusé ne passât en jugement. Surtout en l'absence de tout témoin favorable.

– Vous m'appelez dès qu'ils sont rentrés ?

– D'accord, répondit-il avec un manque d'empressement évident.

– Le capitaine des pompiers nous signale des gens parqués dans des conditions de salubrité et de sécurité précaires. Vous en connaissez des exemples ?

– Absolument aucun.

– Je vous posais la question parce que je ne vois pas d'escalier d'incendie. Et j'aimerais rassurer le capitaine. Merci pour votre collaboration.

De retour à la voiture, je maugréai :

– Ça fera peut-être surgir un escalier d'incendie dans cette baraque !

– Drôle de procédé, Houseman.

– Le tout est de connaître son auditoire.

– À ce propos, bifurqua Hester, on parle de combien de clandestins au juste ?

– À Battenberg, dans les trois cents. Plus ou moins. Plus les familles. Impossible d'en établir le compte exact.

– Tant que ça ? Mon Dieu, j'ignorais qu'il y en avait tant.

– Tous groupes ethniques compris. Pas seulement les Hispaniques. Et tous ceux qui débarquent ne sont pas des sans-papiers, loin de là.

– Mais trois cents minimum !

– Grosso modo.

Hester prit une note rapide, sur son calepin électronique.

– Alors, où sont-ils passés ?

Je n'en avais vraiment aucune idée.

– Je peux pas te répondre.

On roula quelques instants en silence. Puis Hester reprit, songeuse :

– Ça fait un sacré monde à intégrer. On est à deux mille kilomètres de la frontière mexicaine, et à près d'un millier du Canada.

– Maintenant que tu me le rappelles...

– Quoi donc ?

– La frontière. Il y en a une qu'ils peuvent franchir n'importe quand et en vitesse.

Hester me regarda d'un air interrogateur.

– Le pont de Freiberg, Hester. À peine trente bornes de Battenberg pour franchir le Mississippi. Je parierais qu'ils sont tous dans le Wisconsin.

On rallia le bureau de la police de Battenberg à 16 heures pétantes. Il fallait que j'appelle Harry Ullman, mon collègue enquêteur du comté de Conception, dans le Wisconsin. Et pas de meilleur moyen qu'un téléphone fixe pour garder le contact étanche.

Norm Vincent nous prêta gentiment son bureau. Il disposait de trois appareils et je voulais qu'Hester pût participer à la conversation. Mais je ne souhaitais pas que Norm écoute l'échange. Malheureusement, il était assis à la place qui était la sienne, après tout, et ne semblait pas prêt à la quitter.

– Norm.

– Présent !

– Écoute, on va discuter d'une hypothèse, avec un autre service. Tu pourrais nous céder la place pendant quelques minutes ?

Il accusa le coup. Comme si je le soupçonnais de ne pas pouvoir garder un secret. En quoi il ne se trompait guère.

– Oh ? Désolé. Tu n'avais qu'à le dire.

Alors qu'il abandonnait son siège, je précisai :

– Si on a tapé dans le mille, je te mets tout de suite au courant. Si on s'est fourré le doigt dans l'œil, il vaut mieux que ça ne sorte pas d'ici. Du tout.

Voilà qui amortissait le choc. Mais aiguiserait sa curiosité, par la même occasion.

– Sûr, Carl. Je te fais confiance.

Une minute plus tard, Harry barytonnait à l'autre bout du fil.

– Salut, Houseman. Comment se fait-il que...

– Salut, Harry, lui dit Hester.

– Ciel ! La Crim' en personne !

J'intervins avant qu'il ne donne dans les réminiscences :

– Une question pour toi, Harry.

– Est-ce au sujet du dealer d'hier soir ?

Harry adorait les meurtres.

– On ne peut rien te cacher.

– Vas-y, je t'écoute.

– C'est aussi une affaire de personnes disparues.

– OK. Alors, dis-moi, qui recherches-tu ?

– En fait, environ deux à trois cents personnes.

Ce cher Harry avait toujours eu le sens de la réplique :

– Noms, prénoms, signalements. Attends que j'attrape un stylo...

Là, il me tenait. Je lui donnai tout de même ceux qu'on avait identifiés, sur les photos de mariage. En insistant sur José Gonzalès, alias Orejas.

– Va pour Grandes Oreilles, s'esclaffa Harry sans attendre ma traduction. Et pourquoi tu veux tous ces mecs ?

On lui transmit ce qu'on savait. Plus exactement, ce qu'on croyait savoir.

– Sans doute pas tous, Harry, mais un bon paquet d'entre eux doivent être chez toi. Ils n'ont pas de quoi payer grand-chose, et surtout pas un loyer.

– Je vais voir ce que je peux faire, et... Hester, faites un peu porter la valise à Carl, au cours du voyage !

– Manquerai pas, Harry.

– Il s'agit de suspects ? Ou juste de témoins ?

– Je t'aurais dit si je savais. Je pense que les noms que je t'ai donnés n'ont pas commis le crime, mais ne prenons pas le risque. N'oublie pas d'ouvrir l'œil.

– Sûr.

Je percevais, en fond sonore, le martèlement d'une marche militaire. Harry avait l'habitude de taper en rythme quand il surmenait sa gamberge.

– Qu’est-ce qui te chagrine, Harry ?

– Je veux pas piétiner vos plates-bandes, mais... y a-t-il une chance que la drogue soit derrière tout ce micmac ?

– On n’en sait rien encore.

Je lui parlai du labo de métamphétamine et de la chaussure de tennis retrouvée sur place. Il grogna :

– Une putain de coïncidence, non ?... Oh, pardon, Hester. Une drôle de coïncidence, je voulais dire.

Hester éclata de rire.

– L’une ou l’autre, Harry. Mais dans les deux cas, sûrement pas le seul mobile.

– Pigé, marquise. Trois cents personnes disparues... je vous rappelle dès que j’en tiens une ou j’attends d’en avoir une bonne cinquantaine ?

– Tiens-nous au courant, à mesure.

Pour ne pas rester bloqués au fond d’un cul-de-sac, on quitta Battenberg à destination du bureau, afin d’avancer la paperasse. S’en abstenir longtemps, c’était courir le risque d’omettre un tas de détails importants. Un tas encore réduit, jusque-là, mais qui s’agrandirait au fil des heures. S’il restait statique, on serait pas dans la merde !

9

Mercredi 19 décembre 2001 - 18 h 04

On n'était plus qu'à dix kilomètres de Maitland quand on reçut un appel.

– Trois ? Ici, Comm.

C'était Sally, de son standard.

– Trois, demande de dix-vingt-cinq à Quarante. Pas de dix-trente-trois, mais aussitôt que possible. Il a une urgence et réclame de l'aide.

– Dix-quatre. Nature de l'appel, Comm ?

– Dix-vingt et un, Trois.

Quelques secondes plus tard, retentit la sonnerie de mon téléphone.

– Houseman, c'est ton jour de chance.

– Oh, oh ? Quel est son problème ?

– Une mort sans circonstances extérieures.

En Iowa, le bureau du shérif est tenu d'enquêter sur toutes les « morts sans circonstances extérieures », afin de vérifier, tout de suite, s'il ne s'agit pas d'un crime. Une « mort sans circonstances extérieures » se produit lorsque la personne meurt hors de toute surveillance médicale depuis plus de trente-six heures précédant le décès. À moins qu'elle n'ait fait l'objet d'un diagnostic de maladie mortelle parvenue à son stade terminal. Auquel cas le délai s'étend à trente jours. On appelle ça la règle trente-six-trente. Au moindre doute, alerter le shérif. On se déplace alors, même si quatre-vingt-dix-neuf pour cent des sujets concernés meurent de vieillesse. C'est raisonnable, mais ça prend du temps.

– Oh merde ! Ça se trouve où ?

Encore un futur rapport détaillé à se farcir, avec tout le pain qu'on avait déjà sur la planche !

– Deux-zéro-six avenue Jefferson, à Battenberg. C'est une...

– On en vient, bon sang ! Il n'y avait personne.

– Ou personne en état de répondre, rectifia Sally, toujours aussi directe.

De retour à l'adresse indiquée, on retrouva le chef Norm Vincent qui nous attendait devant la baraque. Il avait l'air non seulement lessivé, mais totalement désabusé.

– Qu'est-ce que tu nous as mis de côté, Norm ?

– Une autre mort, Carl. Naturelle, je dirais. J'ai dit à ton bureau que j'allais m'en occuper, mais on m'a répondu que c'était à toi de le faire.

– Oui. Merci d'avoir essayé.

Norm savait que c'était au bureau du shérif d'intervenir. Il n'avait donc pas eu à se forcer, mais j'appréciai le geste.

– Alors, de qui s'agit-il ?

– Tu sais pourquoi tant de Mexicains se sont tirés ? L'un d'eux était malade, ils ont appelé une assistante sociale et quand elle est arrivée, le type était mort.

Je me retournai vers le porche où l'omniprésente Myra Gunderson bavardait avec une petite brune que je ne connaissais pas.

– C'est elle, l'assistante sociale ?

– Oui. Sarah Deitzenbach. Oh ! J'ai aussi demandé l'ambulance. Je me suis dit qu'on en aurait besoin.

– Tu es entré voir le corps ?

– Non. Je ne voulais rien déranger.

Le geste adéquat, une fois de plus. S'il avait « dérangé quelque chose », il aurait été bon pour un long rapport détaillé. Bien dans son style de prononcer un verdict de mort naturelle sans avoir vu le corps. Pas très régulier, mais l'intention était bonne. Et le tiendrait surtout éloigné de la barre des témoins.

– Personne n'a donc encore officiellement constaté le décès ?

– Pas que je sache, Carl.

– Alors, je suis heureux que tu aies demandé l'ambulance et pas le corbillard.

Je marchai vers le porche, laissant Hester bavarder avec Norm de la pluie et du beau temps. En sa qualité d'officier d'État, Hester n'était pas forcée de se pencher sur une « mort naturelle ». La veinarde.

Sarah Deitzenbach représentait mon seul espoir d'entendre un compte rendu détaillé. Si le mort avait été sous traitement médical, ce n'était plus de mon ressort.

– Houseman, shérif adjoint du comté de Nation. Vous êtes Sarah Deitzenbach ?

– En personne.

– C'est vous qui avez découvert le défunt.

– Moi-même.

Il y avait dans sa voix une ombre de défi.

– Et vous vous sentez bien ?

– Naturellement.

– Pouvez-vous me mener au corps ?

– Bien sûr.

Une fois à l'intérieur de la maison, elle poursuivit :

– Tout ça n'a aucun sens. S'ils ne craignaient pas autant l'expulsion, ils iraient à l'hôpital ou à la clinique.

– Je suis bien d'accord avec vous.

– Ils ont dû le croire seulement grippé. Ce pauvre Orejas !

– Orejas ? Oh merde !

Je ne connaissais qu'un seul Grandes Oreilles.

– Ce n'est pas son nom. Juste un sobriquet que lui donnaient ses copains.

– Et son nom, ce ne serait pas José Gonzalès, par hasard ?

Sarah stoppa si brusquement dans l'escalier que je faillis lui rentrer dedans.

– C'est bien lui. Vous le connaissez ?

– Pas encore.

Hester nous rejoignit dans une petite pièce qui avait été sans doute une chambre d'enfant, à une époque plus prospère. Couchette, petite table, deux chaises pliantes. Un poster au mur représentant une jolie femme soulignée de la légende : « *Todos mis exitos*, Selena ». Et le mort.

Il gisait en chien de fusil sur la couchette, du côté le plus éloigné de la porte, près de la fenêtre. Blue-jean et T-shirt gris, chaussettes, bonnet enfoncé jusqu'à ses oreilles proéminentes. Il avait dû cailler la nuit dans ce nid à courants d'air, car il s'était aux trois quarts enveloppé dans une vieille couverture militaire. Pas beau à voir avec sa tête sur l'oreiller, bouche ouverte, vomi sur le bord du lit et sur le plancher, autour d'une vaste écuelle pour chien. Orejas avait dû essayer de ne pas tout cochonner, mais il était trop faible pour y parvenir.

Je sortis de ma poche de veste une paire de gants de latex. Pas d'autre bruit, dans la pièce, que les claquements du caoutchouc contre mes poignets. À contrecœur, je lui touchai le cou.

Pouls absent. Lèvres bleuâtres. Yeux grands ouverts, et quand je leur fis un peu d'ombre, avec ma main, pupilles implacablement fixes et dilatées, selon l'expression habituelle. Non, je ne doutais pas du décès, mais on apprend à vérifier tous les signes évidents, en prévision d'un passage toujours possible devant le tribunal. Je tentai de relever son bras gauche. Il était raide comme du bois. La rigidité cadavérique était déjà bien installée dans les muscles essentiels. Compte tenu de la température ambiante, la mort pouvait remonter à une douzaine d'heures au moins. Une approximation dont je devrais me contenter pour l'instant.

J'écartai la couverture et retroussai le T-shirt. Tache pourpre du côté intérieur droit de l'abdomen. Commencement de la lividité *post mortem*. Qui se produit après l'arrêt du cœur, lorsque le sang recherche le niveau le plus bas du cadavre. Après une heure environ de coagulation dans les capillaires, cette lividité devient irréversible. Il est donc facile de déduire si le corps a été déplacé ou non, après la mort. Il régnait dans la pièce une forte odeur d'excréments. Diarrhée ou évacuation *post mortem*. Le toubib en déciderait. Aucun signe de violence. Pas de blessure par balle ou par arme blanche. Je trouvai un portefeuille dans la poche-revolver. Je l'en sortis. Carte de travail à l'usine au nom de José Gonzalès. J'aurais pensé qu'il s'appelait autrement, mais il avait au moins des papiers à ce nom. Carte de Sécurité sociale. J'en notai le numéro, qui me parut bizarrement familier. Photo de Jennifer Lopez, probablement fournie avec le portefeuille de pacotille. Plus une petite carte de prière catholique romaine en latin ou en espagnol. Et tout juste trois dollars. Je posai le portefeuille sur sa hanche, car j'avais vu, du coin de l'œil, un peu de liquide suinter hors de sa bouche, quand je l'avais roulé sur le flanc pour cueillir le portefeuille. Inutile d'en faire plus. Les pompes funèbres mettraient tout ça de côté, à l'intention des proches parents.

Je soufflai à Hester, en me redressant :

– Jusque-là, mort naturelle. Et c'est bien Orejas.

Sarah, qui s'était détournée pendant toute la durée de mon examen, observa :

– Je croyais que vous ne le connaissiez pas.

– Je l'avais vu en photo. Et vous, vous le connaissiez ?

– Depuis que son cousin avait demandé des tickets restau. Je crois que c'était un assez brave gosse. Plutôt inoffensif.

Trois objets présents dans la pièce captèrent successivement mon attention.

– C'est ce que j'ai entendu dire, répondis-je d'un ton absent.

Le premier objet était un petit sac rempli d'une « substance verte et feuillue ».

– Il avait l'air plutôt inoffensif.

Plus un spray flambant neuf. Sans étiquette. Comme toujours quand il s'agit d'un article volé à l'étalage. Laque capillaire, sans doute. Le tout posé sur le sac de gym proche du lit.

– Il n'avait pas été enregistré chez nous, de toute façon.

Enfin, le magnifique Stetson, visiblement celui de la photo. Soigneusement accroché à la patère, derrière la porte.

– Il y avait longtemps qu'il était malade ? s'enquit Hester.

Sarah avoua qu'elle l'ignorait.

– Son cousin m'a demandé, hier après-midi, de passer le voir aujourd'hui, en fin de matinée. J'ai pris du retard, à cause d'un tas de coups de téléphone.

Sa voix exprimait un regret, voire une certaine culpabilité. Je la rassurai :

– Ne vous mettez pas martel en tête. Sa mort remonte à douze heures, minimum.

J'ôtai mes gants et les jetai dans le carton d'emballage qui tenait lieu de corbeille à déchets.

– Je vais chercher ma caméra et prendre quelques photos, pour le dossier.

Déjà dans le corridor, je revins sur mes pas.

– Vous avez le nom de son cousin ? Il pourra me dire depuis combien de temps José était malade.

– Baldomero Gallegos.

– Il habite dans le coin ?

– Au 6.

– Merci.

Un autre témoin à interviewer. Un de plus.

Hester et Sarah redescendirent l'escalier à ma suite.

Une fois dans la voiture, j'empoignai le sac de mes appareils photo et me reportai à mes notes. Bingo ! Je l'aurais parié.

En remontant jusqu'à la baraque, j'attirai Hester à l'écart.

– Tu sais quoi ? Le défunt José Gonzalès avait le même numéro de Sécu que feu Rudy Cueva.

– Fascinant ! admit Hester.

– Tu crois qu'ils étaient proches parents ?

Une vieille plaisanterie de plus. Hester affichait le même sourire.

– Assez proches pour n'avoir qu'un seul numéro !

Je photographiai le regretté «José Gonzalès» sous divers angles. Puis la pièce idem, en faisant un panoramique.

Petit bruit sous la couchette. Un rat ? Je cueillis ma petite torche électrique dans mon sac en grognant :

– Tu ne vas pas venir grignoter mon bonhomme !

Mais ce n'était pas un rat. C'était un petit beagle d'un an ou peut-être moins, pétrifié par la trouille avec ses jolis yeux de chiot fixés sur mon visage. Je ne me croyais pas si horrible.

– Tu t'appelles comment ?

À genoux, j'allongeai la main vers lui.

– Viens donc, je ne te veux pas de mal.

– Houseman, tu parles tout seul ? demanda Hester depuis le couloir.

– Regarde ce que j'ai trouvé.

Puis, au toutou :

– Gentil chien ! Viens donc, idiot !

Il se mit à remuer la queue, sur un rythme accéléré. Pour Hester, agenouillée près de moi, ce fut le coup de foudre.

– Il est adoraaable !

Mais toujours pas rassuré, et toujours peu enclin à sortir de sous la couchette de son ancien maître. J'allais mettre Hester en garde contre une éventuelle morsure quand elle tendit la main jusqu'à la bestiole qui la lui lécha aussitôt, en multipliant encore ses battements de queue.

On le descendit sur le perron où Myra Gunderson, les deux oreilles tendues, s'efforçait désespérément de deviner ce qui se passait là-haut.

– Où avez-vous trouvé ça ? s'exclama-t-elle d'un ton peu ravi.

– Dans la chambre de José Gonzalès. Vous connaissez quelqu'un qui pourra s'en occuper jusqu'au retour de ses amis ?

– Les chiens sont interdits dans l'immeuble. Je n'en veux pas. Vous n'avez qu'à le faire piquer.

– Vous ne voyez vraiment personne qui pourrait s'en charger ?

– Non !

– Et son cousin ? suggéra Hester.

– Baldomero ? C'est pareil. Pas dans cet immeuble.

Je pensais donner le petit animal à Sarah mais elle prétendit avoir déjà quatre chats, et que son mari ne tolérerait pas un animal de plus. Je finis par recouvrir ma banquette arrière de deux sacs-poubelle en expliquant au petit cabot que s'il s'oubliait là-dessus, je le donnerais à manger aux taulards. Il parut accepter la consigne.

Le mauvais côté de ce développement impromptu, c'était qu'on venait de perdre un de nos témoins. Peut-être le plus susceptible de nous renseigner sur Rudy Cueva.

– Tu as probablement raison.

Mort de mort naturelle, José Gonzalès avait probablement passé l'arme à gauche en refusant de se faire soigner dans les établissements locaux, de peur d'une expulsion sommaire par les services de l'Immigration et de la Naturalisation. Il allait nous falloir lutter contre cette sorte d'obsession en rappelant que le secret médical prévient toute communication de cette nature à l'administration concernée, mais la chose avait déjà été tentée, dix fois plutôt qu'une, sans changer d'un iota les mentalités visées.

Et pour couronner le tout, on venait d'hériter d'un chien. Je louchai vers Hester alors qu'elle lançait sa main vers la banquette arrière et ramenait le chiot sur ses genoux.

– Tu es tellement mignon.

– Merci.

– Pas toi, Carl. Lui.

– Bon, je croyais.

– Comment va-t-on l'appeler ?

– Comment vas-*tu* l'appeler, Hester ? Et qui baptise un toutou l'adopte.

Elle éleva le petit beagle à la hauteur de son visage.

– Il a de si grandes oreilles pendantes. Hé, si on l'appelait Orejas ?

– Tu es foutue. À présent, c'est ton chien.

Cela n'avait pas l'air de l'ennuyer beaucoup. Jusqu'à ce qu'elle ajoute :

– Mais il y a un problème.

– Lequel ?

– Je le prendrais bien avec moi dès ce soir. Mais les chiens sont également interdits dans les motels.

Hester, comme tous les autres agents de la DCI qui travaillent sur une affaire dans le comté de Nation, devait prendre un motel. L'agence la plus proche se trouvait à Waterloo, à environ 120 kilomètres, et après une dure journée de travail, personne ne souhaitait effectuer les 240 kilomètres que cela représentait par jour.

– Pas question que je le ramène chez moi. On ne sait même pas s'il est propre.

– Je pensais à la prison. Il y a toujours quelqu'un de service, la nuit, qui pourra le garder jusqu'à demain.

– Lamar ne va pas aimer ça.

– Oh, Lamar ne dira rien. Fais-moi confiance.

En fait, Sally et Pam, la nouvelle coordinatrice, tombèrent amoureuses d'Orejas aussi vite que cette chère Hester. Facile de comprendre pourquoi. Ce foutu petit cador était un grand séducteur. Elles me chargèrent même, collectivement, d'aller acheter de la nourriture canine au supermarché de la place.

– Et des gâteries, recommanda Pam. Surtout des gâteries.

– Des gâteries ? Qu'est-ce que c'est que ça ?

J'imaginais plutôt des barres chocolatées.

– Des os parfumés au bacon. Pas les gros, il est trop petit. La taille bébé. Pour les chiots.

Je sentais croître une envie de vomir quand notre voleur d'antiquités, Clyde Osterhaus, hurla de sa cellule :

– Pas moyen de pioncer dans cette boîte !

Orejas retroussa ses babines, et le désapprouva d'un long grognement. Bravo, Grandes Oreilles !

10

Mercredi 19 décembre 2001 - 21 h 09

Juste quand je revenais du supermarché avec mes gâteries pour chien, le docteur Zimmer se garait sur le parking, et on entra tous les deux par la porte de derrière.

– Bonsoir Henry.

– Carl ! Précisément l'homme que je voulais voir.

– Pourquoi ? Je suis malade ?

Le souci de ma santé frise parfois l'hypocondrie.

– Non, mais le dernier sujet que tu m'as envoyé l'était. Très, très malade.

Je poussai le bouton en levant les yeux vers la caméra de contrôle.

– Pire que ça, doc. Il était mort !

– Encore pire que mort.

Le ton du légiste sonnait plus sérieux que de coutume. La coordinatrice nous identifia, sur son écran, et déverrouilla la porte. C'est Henry qui poussa le battant parce que je m'étais laissé quelque peu aller, et que je trimbalais, outre un sac de cinq kilos de nourriture canine, trois boîtes assorties de gâteries pour chien.

On retrouva Hester avec Orejas sur les genoux.

– Elle y était aussi, à cette « mort naturelle » ?

– Oui. Le défunt était un témoin sur lequel on comptait pour notre affaire de meurtre.

– Sans blague ?

– Sans blague. C'était pas notre jour, quoi !

On passa dans le centre de coordination, où Zimmer échangea les plaisanteries classiques avec toute la bande tandis que je me déchargeais de mes emplettes.

– Je peux vous parler, à tous les deux ?

Henry s'adressait à Hester ainsi qu'à moi-même. Elle confia Orejas à Pam et le toubib se pencha pour gratter Orejas entre ses grandes oreilles.

–Joli toutou !

Je les introduisis dans mon bureau dont je refermai la porte.

–Qu'est-ce qui te tracasse, doc ?

–Ce José Gonzalès que vous avez déniché cet après-midi, vous savez d'où il sort ? Où il était ces derniers jours ?

–Pas encore.

–Vous feriez bien de trouver en vitesse.

J'échangeai un regard avec Hester.

–On s'y emploie. Pourquoi ?

–Ce qui a tué ce type était extrêmement virulent. Plus qu'une vulgaire pneumonie. Beaucoup plus. Anoxie respiratoire aiguë. Grave œdème pulmonaire. Ses poumons étaient absolument remplis de liquide, ainsi que ses bronches. Conduites nasales bloquées. Même ses yeux étaient infectés. Quand j'ai pressé son abdomen, il a éjecté une bonne pinte de liquide par l'anus.

Henry Zimmer secouait la tête.

–J'ignore ce qui l'a tué, mais j'ai appelé le Conseil médical d'État, pour le faire transférer aux labos de la fac de médecine, à Iowa City. Quelle que soit cette saloperie, elle pourrait être transmissible de personne à personne. Vous vous sentez bien, tous les deux, ce soir ?

–Henry, tu rigoles ?

–Je n'en ai aucune envie. Je veux vous voir tous les deux à la clinique, dès cette nuit. Qui d'autre a été en contact ?

Je chargeai Sally d'appeler l'équipe de l'ambulance, l'assistante sociale et le chef de la police de Battenberg.

–Où est-ce qu'il bossait ? insista Henry.

–À l'usine à viande. Tu crois qu'on devrait les informer ?

–Juste établir quel a été son dernier boulot, et lesquels de ses collègues étaient en contact avec lui. Ceux qui partageaient son logement, s'il en est. Je ne sais pas encore s'il s'agit d'un empoisonnement, d'un produit toxique dans son environnement, ou bien d'une maladie rare ou quoi ou qu'est-ce ? Il va falloir examiner tout le monde. Tous ceux qui étaient en contact avec lui, au boulot, ou qui vivaient au même endroit.

J'en demeurai sans voix pendant une longue seconde.

–Là, on va avoir un problème.

Pendant qu'Henry prenait ses dispositions, à la clinique, je rappelai Ben Hurwitz, le sous-directeur de l'usine. Je lui dis qu'il était primordial d'établir de toute urgence quel avait été le dernier travail de José Gonzalès, alias Grandes Oreilles, et qui l'avait effectué en sa compagnie.

Il commença par regimber, mais je lui spécifiai que c'était ça ou la saisie des archives de l'entreprise.

– Là, vous me faites marcher, Carl.

– Pas du tout, Ben. Et je vous annonce notre visite dès cette nuit, si on passe par le mandat de perquisition.

– Je vais voir ce que je peux faire. Quel est votre numéro de fixe ?

Je lui donnai celui du bureau. Puis je rappelai Harry Ullman, dans le comté de Conception. Je réussis à l'avoir à son domicile.

– Ça ne va pas être de la tarte !

– J'en ai bien peur, Harry.

Je lui expliquai pourquoi la recherche des Espagnols fugueurs était encore plus urgente que la veille.

– Tu me montes un bateau, Carl !

– Je te jure que non.

– Tu penses qu'ils seraient terriblement contagieux ? Comme la peste ?

– Pas impossible. Ça ou quelque chose de toxique, à l'usine. Peut-être les produits chimiques qu'ils utilisent pour nettoyer l'usine, ou la désinfecter, ou n'importe quoi. Tout ce que je sais, c'est que je suis moi-même à la clinique, prêt à subir tous les examens de rigueur en pareil cas. Le mieux, c'est que tu parles au docteur Zimmer.

Je passai l'appareil à Henry qui, avant de l'utiliser, le désinfecta à l'aide d'une gaze imprégnée d'antiseptique. Difficile d'être plus méticuleux.

Une laborantine prénommée Loïs, que je connaissais depuis mes contrôles trimestriels du cholestérol, entra avec l'habituel plateau de tubes à essai. Tandis qu'elle me sanglait le bras, pour gonfler la veine, je lui suggérai :

– Tu me fais mon check-up habituel en même temps ?

J'espérais un sourire. Mais rien. Le sérieux absolu. Je demandai à Henry Zimmer ce qu'ils recherchaient au juste.

– Son taux de globules blancs était astronomique. Quoi que ça puisse être, ça pompe à mort dans tes défenses immunitaires. C'est ce que je vérifie pour l'instant. Ton taux de leucocytes.

Son regard soucieux me confirmait que ce n'était pas du bidon. Ni de la rigolade.

– Et d'après mon petit manuel, les contrôles utiles incluraient une analyse complète apte à révéler une leucocytose, le contrôle des électrolytes ou liquides excitateurs, de la créatinine, du glucose, de la prothrombine, du temps partiel de thromboplastine activée, du fibrinogène, des enzymes hépatiques, des amylases et des lipases. Un gaz artériel peut révéler une anoxie. J'en passe et des meilleures.

– Tu te fous de ma gueule ?

– Même si on néglige les gaz sanguins, il nous faudra bien... à ton avis, Loïs, cinq tubes ?

– Au moins.

– Cinq tubes, merde, Henry, il va falloir que tu me nourrisses pendant un mois pour compenser cinq tubes !

– Du courage, conclut-il en me tapant sur l'épaule. Ça va te faire plus mal qu'à moi.

– Je n'en ai jamais douté. Si tu trouves ce que c'est, tu démarres le traitement ?

– À condition que je puisse le déceler. Et qu'il existe un traitement adéquat.

C'était réconfortant. J'insistai, en regardant les tubes se remplir de mon beau sang rouge :

– Pas même une petite idée ?

– Non. Rappelle-toi, quand Alice et moi sommes montés au Machu Picchu. La crève qu'on avait contractée. Un quelconque microbe tropical récolté en chemin. Je ne sais toujours pas ce que c'était. Une foutue saloperie dont j'ignore même le nom...

– Si toi, tu l'ignores...

– Peut-être quelque chose dont je n'ai jamais entendu parler. Ou bien un produit toxique. Mais ne t'inquiète pas. Avec ton taux de cholestérol, ça pourra même te faire du bien.

Ne t'inquiète pas, il en avait de bonnes ! Je respirai un bon coup avant de conclure :

– Tu seras fixé quand ?

– Bientôt. Si tu n'as pas un compte astronomique de globules blancs, c'est un très bon signe.

– Ben voyons !

L'aiguille quitta mon bras, Loïs pressa un tampon de gaze sur la piqûre et me releva le bras pour le maintenir en place jusqu'à ce qu'elle y colle un sparadrap.

–J'ai de l'huile sur le feu, Henry. Toute mauvaise plaisanterie semble donc exclue ?

–Je n'en ai relevé aucun signe.

Mais sa façon de le dire, le choix même de ses mots n'en excluaient pas vraiment la possibilité.

Loïs ajusta soigneusement le sparadrap au creux de mon coude.

–Merci beaucoup.

Au toubib :

–Ça n'est même pas probable ?

Aucune envie d'avoir deux affaires de meurtre à résoudre en même temps, et le légiste était seul à pouvoir décider si Gonzalès avait été tué ou pas.

–Non. Mais s'il s'agit d'une affection transmissible ou d'une contamination toxique en provenance de l'usine... on peut s'attendre à de grosses pertes en vies humaines.

Mon portable sonnait. Lamar.

–Qu'est-ce qui se passe, nom de Dieu ?

–Tu veux parler du chien ?

Je ne voulais que le détendre un brin. Il rugit littéralement :

–Merde pour le chien. Qu'est-ce que c'est que tout ce remue-ménage médical ?

Je le lui exposai diplomatiquement. Toujours important de traiter les infos concernant une peste potentielle avec une certaine discrétion. Depuis l'anthrax dans le courrier, après le 11 Septembre, c'était encore plus indispensable. Dans une petite juridiction rurale, où tout le monde connaît ou est parent avec tout le monde, c'est absolument vital.

–Il en pense quoi, le doc ?

Henry aseptisa de nouveau mon téléphone avant de le porter à son oreille. Il dit à Lamar que l'enquête médicale n'était encore qu'une précaution, mais absolument nécessaire, et que le point de départ de tous nos ennuis était probablement José Gonzalès.

–Ce type est une victime, mais je serais surpris que ce soit la seule.

Le docteur Zimmer avait raison, mais dans un sens qui ne serait venu à l'idée de personne, sur le moment.

Un quart d'heure plus tard, j'appris que mon compte de globules blancs ou leucocytes était correct. Même chose pour Hester. Un net soulagement, parce que nous avions vu, l'un comme l'autre, à quoi ressemblait Gonzalès, alias Grandes Oreilles. Sa période d'agonie n'avait pas dû être drôle.

Henry penchait plutôt, à présent, pour une substance toxique à laquelle José Gonzalès aurait été exposé quelque part et assez récemment.

– Combien de temps, Henry ?

– Même ça, je l'ignore encore. Dans la mesure où nous ne savons pas ce que c'est, nous ne savons pas non plus combien un dosage mortel mettra de temps à s'accumuler pour toucher son but. Mais je dirais au cours de la semaine dernière. Quand je l'ai examiné, je m'attendais à trouver des brûlures chimiques dans sa gorge, son larynx et toute sa région nasale. Rien. Juste une légère inflammation. Des brûlures chimiques nous auraient conduits à un produit d'une grande toxicité. Mais là... rien du tout !

Il parlait pour lui-même plus que pour nous qui l'écoutions.

– L'action de produits chimiques aurait été vraisemblablement plus rapide...

À ce propos, un nouveau coup de fil m'informa que Ben Hurwitz m'avait rappelé au bureau. L'ordre strict était de ne communiquer le numéro de mon portable à personne. Je rappelai le sous-directeur de l'usine qui m'apprit que José Gonzalès avait travaillé toute la journée du lundi et assuré sa tranche normale, de 15 à 22 heures. Une telle tranche de sept heures ne remettait pas en cause son statut d'employé à temps partiel.

– Où a-t-il bossé, ce jour-là, dans l'usine ?

– À sa place habituelle. Il charge la viande dans les camions frigorifiques.

– Les semi-remorques ? Ceux qui ont chacun leur générateur autonome ?

– Oui.

– Se pourrait-il qu'il ait été exposé à une fuite de produit réfrigérant ou à quelque chose du genre ?

Dans ce cas, la vérification devrait commencer sur-le-champ. Mais Ben protesta :

– Aucune fuite rapportée. Il en est tenu scrupuleusement registre.

– Vous me donnerez les numéros des véhicules qu'il a contribué à charger ?

– Pas de problème.

– Il s'agit bien de quartiers de viande ?

– Absolument.

– Autour de cent kilos sur l'épaule, comme ceux qu'on voit pendus aux crochets des bouchers ?

– Exactement.

– Il fallait qu'il soit en pleine forme, pour faire ce boulot.

Surtout un travail aussi dur, pendant près de huit heures. Impossible de l'assurer avec de sévères difficultés respiratoires !

– Je pense que oui.

– OK, Ben. Il faut que je parle aux autres membres de son équipe. Du moins ceux qui sont encore joignables.

Là, se concrétisait le problème. Tout le monde était encore à cette fameuse « pause-café ».

– Pouvez-vous me dire de quoi il retourne ? demanda Ben.

J'y réfléchis une seconde. Pourquoi pas ? Il l'apprendrait bientôt, de toute manière, et le mettre amicalement au courant améliorerait sans doute les rapports de son usine avec notre unité.

– José Gonzalès est mort, Ben. Mort naturelle, à première vue, mais il se peut que ce soit une substance toxique qui l'ait tué. Pas forcément une maladie. On n'en sait encore rien.

Silence sur la ligne. Poison ou microbe ? Ben savait désormais qu'il aurait prochainement les services sanitaires sur le dos. Juste pour s'assurer que les produits qu'ils expédiaient ne pouvaient être contaminés. L'hygiène du travail serait également dans le coup, tôt ou tard, pour le cas où la mort ait été causée par l'exposition des ouvriers à quelque substance vénéneuse ou tout simplement malsaine. Bien que cette usine passât régulièrement les examens périodiques de contrôle avec mention très bien, ce serait une autre paire de manches. Un bon vieux contrôle fiscal serait une sinécure, en comparaison. En outre, toute entrevue avec ces employés, en supposant qu'ils pourraient être retrouvés, lui compliquerait forcément la vie. Et déclencherait, de surcroît, la visite de l'Immigration.

Les services de l'Immigration et de Naturalisation souffraient, depuis des lustres, d'une surcharge toujours croissante. Mais si les infos leur étaient transmises par d'autres administrations compétentes, leurs services réagiraient, cette fois. Cinquante chances sur cent pour le moins. Et toute mauvaise pub nuirait fatalement à l'usine. J'étais heureux que ce problème-là fût celui de Ben Hurwitz et pas le mien.

– Je vais mettre notre équipe d'inspection en branle, dès que possible, Carl.

– Épatant. En présence d'un membre de notre bureau, comme de juste ?

– Est-ce que la perspective d'avoir les instances officielles sur le dos a paru le traumatiser ? questionna Henry Zimmer un peu plus tard.

– Je pense que oui. Inévitable, non ?

Henry éclata de rire.

– Ne le lui dis pas encore, mais le rapport va monter jusqu'au CDC *(Centers of Disease Control and Prevention*[1]*)*, à Atlanta. Ils cognent encore plus fort que les autres, quand ils se déplacent !

– Oui, tout ça, c'est du lourd.

J'étais impressionné. Je n'avais jamais travaillé sur un dossier impliquant le CDC. Ce serait peut-être une grande première.

– Les labos d'Iowa City vont leur en référer, si ce n'est déjà fait. Depuis l'histoire du 11 Septembre, tout va beaucoup plus vite.

Le courrier vecteur de l'anthrax avait été une dure leçon, sans même parler de la frénésie des médias.

– Là aussi, j'ai peur des médias, se lamenta Henry. J'espère qu'on pourra étancher ce merdier assez vite pour éviter la curée.

Un vœu pieux, mais auquel je m'associais de tout cœur.

Henry nous fournit une liste des choses qu'il aimerait découvrir au sujet de José Gonzalès, et des principales questions à poser, non seulement à ses amis proches, mais à ses parents et à ses compagnons de travail. Il nous demanda, en outre, de revenir conférer avec lui, à la clinique, vers 8 heures.

– Je ne sais pas ce que c'est. J'ignore donc quelle est la durée d'incubation avant le déclenchement des premiers symptômes. Demain matin, vous aurez le droit à une autre piqûre.

Il nous dédia un sourire angélique.

– C'est le côté le plus marrant de mon boulot !

La liste d'Henry se présentait comme suit :

1 – Les victimes ont-elles voyagé hors des États-Unis au cours des derniers trente jours ?

2 – Points communs possibles entre les victimes :

---

1. Centre de contrôle et de prévention des maladies contagieuses.

a) Race.
b) Statut socio-économique.
c) Groupes socio-politiques.
d) Associations.
e) Répartition géographique.
f) Événements.
g) Voyages.
h) Religion.
3 – À quoi les malades eux-mêmes attribuent-ils leurs maux ?
4 – Ont-ils connaissance d'autres victimes ?
5 – Ont-ils remarqué des activités ou des appareils insolites ?
6 – Ont-ils remarqué des odeurs ou des goûts bizarres ?
7 – Ont-ils remarqué des animaux malades ou morts ?

Je commentai doucement :

– On va avoir des petits problèmes avec certains articles du numéro deux. Tout le monde va nous tomber dessus, si on pose de telles questions.

– Au moins, souligna Hester, il n'en a prévu aucune concernant les penchants sexuels. Tu as vu la question 7 ?

En réalité, j'avais été trop occupé à ouvrir ma gueule. Je relus le numéro 7 et nos deux pensées se rejoignirent. Primo, notre mascotte récemment adoptée, Grandes Oreilles, avait été repêchée sous le lit du malade, et vivait toujours en pleine forme, au moins en apparence. Secundo, les travailleurs en vadrouille étaient tous employés à l'usine, parmi les animaux morts ! On rallia la clinique pour le signaler à Henry.

– Où est le chien, maintenant ? Et où sera-t-il ? Je veux que le vétérinaire l'examine à fond, aussitôt que possible.

– Il va rester à la prison.

– Alors, dites à ceux qui le gardent d'éviter tout contact jusqu'à ce que j'aie pu le faire examiner.

On ne réfléchit pas toujours assez vite ni assez longtemps.

– Et si on supprimait la prochaine relève ? Ce petit cabot attire les caresses.

– Vous parlez bien de celui que j'ai caressé moi-même ?

– Oui. Il appartient à Hester.

Et je m'attirai un mauvais regard.

11

Jeudi 20 décembre 2001 - 8 h 09

Je retrouvai Hester à la clinique, pour nos derniers tests sanguins, et pour la piqûre annoncée. Je n'étais pas trop inquiet. Pam était à la coordination, et Grandes Oreilles, toujours vivant, avait uriné par terre. Le véto l'avait déclaré bon pour le service. Notre cobaye, en quelque sorte.

Alors qu'on poireautait dans la petite salle d'attente, une infirmière passa la tête par l'entrebâillement de la porte, nous repéra et s'empressa de disparaître de nouveau. On l'entendit déclarer, à la cantonade :

– Ils sont là.

Et Judy Mercer, l'intrépide reporter de la KNUG, surgit de nulle part, son cameraman en remorque.

Je me levai d'un bond.

– Pas de caméra ici !

– Bien sûr, bien sûr. Et pas de lézard entre nous. On fera une autre interview à l'extérieur. Meilleurs décors. Qu'est-ce que vous pouvez nous raconter sur tout ça ?

– Sur quoi ?

Pas très brillant, sans doute, mais elle nous tombait de la lune.

– L'homme qui est mort à cause du contact avec une matière toxique. Le shérif nous a dit que vous seriez là, et que vous nous en parleriez.

Une seconde. Je dégainai mon portable. Poisse de poisse, l'indicateur de charge n'était même pas visible. Naturellement. Je ne devais pas être à plus d'un mètre cinquante de la salle de radio.

Je rangeai mon téléphone en pestant :

– Excusez-moi, mais je suis trop près de la plaque de plomb.

Puis, en désignant Hester :

– Interrogez-la sur son chien, pendant que j'appelle le bureau.

Je m'escamotai dans le couloir alors que Judy s'étonnait :

– Ce n'est tout de même pas une simple histoire de morsure !

J'arrivai à joindre le bureau depuis la salle de repos, en me tenant tout près d'une fenêtre. Lamar était déjà reparti, me dit Pam. Sans préciser sa destination, mais oui, il avait conseillé à la presse de me parler. Toujours son horreur des médias. Il aurait tout de même pu m'avertir.

– Tu as une idée de ce qu'il veut que je leur raconte ?

– Pas vraiment. Il leur a jappé : « Mon enquêteur est à la clinique, allez le voir. » Puis il a filé comme s'il avait le feu aux fesses.

Pam était nouvelle. Jamais Sally ne l'aurait laissé s'en tirer à si bon compte. Je soupirai :

– Compris. Hé, tu as fini ton service, non ?

Elle riposta fièrement :

– Minuit-8 heures. Je viens de terminer.

– Tu as bien de la chance. Mes amitiés à Grandes Oreilles, et je vais voir comment je peux expédier la télévision.

– Pas trop vite. Tu passes drôlement bien, au petit écran.

Je jetai un œil à la salle de repos. C'était la seule issue pour se sauver, mais je me ferais sûrement coincer. Je connaissais Judy Mercer et, passant devant la fenêtre de la pièce, je m'imaginais déjà au journal de 10 heures, en train d'expliquer comment un homme était mort à cause de substances toxiques. Ce n'était pas exactement l'image que je voulais donner de l'enquête. À contrecœur, je retournai vers Hester et l'équipe de la télé. J'entendis deux téléphones sonner en sourdine. Juste avant d'atteindre la salle d'attente, je perçus la voix d'Henry Zimmer à travers la porte du labo. Si j'avais pu le tirer de là pour lui refiler l'ogresse...

J'avais tort de m'inquiéter pour Hester. Elle avait, comme toujours, la situation bien en main.

– Répétez donc à Carl ce que vous venez de me dire. Je suis sûre que ça va l'intéresser.

Ni caméra ni magnétophone en route. La meilleure façon d'affronter la télé, selon moi.

– Eh bien, récapitula Judy, j'ai reçu un coup de fil, ce matin, aux aurores. D'après mon correspondant anonyme, il se passait des choses passionnantes au labo de la fac médicale de l'Iowa. Je me suis déplacée, à tout hasard, j'ai vu qu'il y avait des tas de gens au travail, avec des masques de protection, un des labos était sous scellés et le bruit courait qu'on avait découvert une substance très dangereuse.

Son attitude était fort différente de celle que nous apportait la télé, à domicile.

– Mon correspondant a précisé que la clinique du comté de Nation avait reçu un autre cadavre.

Substance dangereuse et masques respiratoires appelaient une seule conclusion.

– Vous avez entendu parler de contagion possible ?

– Le personnel de cet établissement prend des précautions éloquentes. Qui impliquent, à mes yeux, cette possibilité.

– Mais personne ne vous l'a dit ? insista Hester.

– Non, personne.

– Peut-être pas, mais tu devrais leur parler des produits dangereux à l'arrière de notre véhicule, intervint le cameraman.

– On est en train d'en parler. Votre cadavre, est-ce la victime du meurtre d'avant-hier ? Si oui, comment une blessure par balle pourrait être contagieuse ? Ou s'agit-il d'un suicide ?

À ce moment précis, Henry Zimmer eut la bonne idée de jaillir hors de son labo.

– Salut, dit-il à Judy et au cameraman, je ne savais pas que vous étiez là. Carl, Hester, vous voulez venir un instant ?

Trois bonds, et il n'était plus là. Je promis à Judy de revenir tout de suite. Juste quelques minutes. Mieux valait la cantonner dans un seul endroit que de la laisser se balader dans tout l'hôpital, en quête d'un scoop.

Une fois à l'intérieur du labo, derrière la porte refermée, Henry s'emporta légèrement :

– Comment font-ils ?

– Qui ça ?

– Ceux de la télé. C'est à cause de l'affaire Gonzalès ?

– Apparemment. J'ignore qui les a rencardés.

– Bref, trancha Henry, je viens de recevoir un coup de fil des labos de la fac de médecine. La bonne nouvelle, c'est qu'il n'y a aucun danger de contamination... en cas d'exposition secondaire. Ce que vous avez subi, semble-t-il.

Un vrai soulagement.

– La mauvaise nouvelle, c'est qu'ils ont décelé un agent toxique fréquemment cité dans les documents sur la guerre chimique et biologique.

– Quoi ? s'exclama Hester.

– J'en ai bien peur. Ils pensent au ricin, ou à quelque chose d'analogue, converti en aérosols. Gonzalès s'y serait trouvé exposé dans les dernières quarante-huit heures.

Je n'avais jamais entendu parler du ricin. Hester, si.

– Ça s'extrait des graines de ricin, non ?

Une affirmation plus qu'une question.

– Exact.

– Ça n'est dangereux qu'en aérosols ?

La formation de criminologiste d'Hester remontait à la surface. Cueillant une brochure sur une petite table, Henry expliqua :

– J'ai toutes les infos sous la main. Ils disent que le ricin est potentiellement mortel, par ingestion. Mais que la méthode préférée passe par la respiration.

Une seconde me suffit pour réaliser toutes les implications possibles.

– Gonzalès travaille sur de la nourriture. Est-ce que c'est un facteur crucial ?

– Sans doute. Je savais qu'il travaillait à l'usine. J'ignore comment il a pu absorber cette saloperie. Quel était exactement son travail ?

– Charger des quartiers de viande dans des camions frigo.

– Contact physique direct... Alors là, il y a du souci à se faire.

Il décrocha son téléphone.

– Ça va bouger dans l'usine. Oui, ça va bouger dans l'usine !

En pianotant un numéro, il conclut, essentiellement pour lui-même :

– Dieu merci, il s'agit d'un vecteur mécanique.

Je connaissais le sens des mots « vecteur » et « mécanique », mais je n'arrivais pas à les marier ensemble.

Une main levée, Henry parlait au téléphone, tandis que je regardais Hester. Elle avait commencé sa carrière au labo de criminologie d'Iowa.

– Quelle que soit la cause, m'expliqua-t-elle à voix basse, elle n'évoluera pas. Ne changera pas. Comme une bactérie en mutation. Elle se comportera comme un poison chimique.

– On a donc une situation nette à résoudre ?

– Oui. Ce qui ne veut pas dire toute simple.

Ayant raccroché, Henry relança :

– Labo de la fac d'Iowa. Bonne nouvelle. Une assez forte dose est nécessaire, d'après eux, pour que le poison tue. Par la voie digestive, les sujets à risque sont en particulier les enfants et les personnes âgées. Mais les enfants ne mangent pas tellement de viande.

De mieux en mieux.

– Tout ce qu'il nous reste à découvrir, ajouta Hester, c'est comment Gonzalès y a été exposé. C'est la clef de tout.

Je traduisis, en quelques mots, mes espoirs renaissants :

– Où se sert-on de cette cochonnerie ?

– On ne s'en sert pas, dit Henry. C'est un poison. Sans effet bénéfique. Un sous-produit de la production d'huile de ricin. Qui ne représente qu'un petit pourcentage de ce qui reste, quand on en a extrait l'huile.

– Bon à détruire, précisa Hester. Ou qui devrait l'être. Utilisable seulement... et volontairement... comme une arme potentielle. Avec quelques difficultés d'emploi.

– C'est ça, dit Henry.

– Merveilleux. Utilisable par qui ?

– Difficile à dire, Carl. Mais si tu penses que le coup de l'anthrax dans le courrier était une belle vacherie, pense que c'est dix fois plus grave. Pas besoin d'un labo sophistiqué pour produire le ricin.

– Elles poussent où, ces saletés ? Les graines de ricin.

Le toubib se reporta à sa petite brochure.

– C'est une mine d'or. Plants originaires d'Afrique. Acclimatés au sud-ouest des États-Unis. Entre autres lieux de prédilection. Quiconque fabrique de l'huile se retrouve avec ce sous-produit riche en protéines.

– Protéines ?

Mes souvenirs scolaires, en matière de chimie et de biologie, étaient aujourd'hui fort lointains, et plutôt vagues. Je savais que le mot était important, mais j'en avais oublié le sens.

– Une substance blanchâtre qui n'a l'air de rien, mais très, très toxique.

– J'essaie juste de me souvenir de ce qu'est une protéine.

– Un truc, simplifia Henry Zimmer, synthétisé par les êtres vivants. Mais ce n'est pas vivant soi-même. Produit biologique qui se reproduit mais inapte à se reproduire. Autre bonne nouvelle, on a affaire à une quantité limitée. Pas à un organisme susceptible de se répandre par mutation.

– OK.

Parfois, une réponse simple est suffisante pour changer de sujet mais aussi pour masquer son ignorance.

– On connaît quelqu'un qui fabrique de l'huile de ricin ?

– Aucun nom ne me vient à l'idée. On l'utilise encore, parfois, pour traiter la constipation opiniâtre... et comme lubrifiant, je pense, en remplacement d'autres corps gras, dans certains mécanismes...

– Mais cette huile elle-même est inoffensive ?

– Oui.

– Alors même si elle est utilisée comme lubrifiant, à l'usine, elle ne pourrait avoir des effets accidentels néfastes ?

– Absolument pas.

– En outre, c'est une usine kasher. Un modèle de propreté, à tous les niveaux, y compris sur les lubrifiants utilisés pour les machines.

– Dans toute l'usine ? insista Hester. Je veux dire... n'y a-t-il nulle part des procédures non kasher ?

– Ben m'a dit qu'ils ne gardaient que la moitié antérieure du bœuf pour la préparation kasher, celle qui fait l'objet du traitement complet, conforme aux préceptes de la religion. L'autre moitié, postérieure, est traitée non kasher. Mais c'est la même usine. La seule différence, c'est que la partie non kasher n'est ni trempée, ni salée, c'est tout.

J'avais reçu ces précisions de la bouche de Ben, dans des circonstances plus paisibles. En les répétant, toutefois, je ne pouvais me défendre d'un certain malaise. Je crois que ça avait quelque chose à voir avec le chapitre « moitié antérieure/moitié postérieure » de mes explications. C'est comme ça que mon esprit fonctionne. Si quelqu'un désirait la mort de Rudy Cueva, assez pour passer à l'acte... et idem pour son pote José Gonzalès – vraisemblablement à cause d'un conflit d'intérêts issu de la drogue – et ne pas oublier le rapport avec la Colombie... et les graines de ricin s'accommodaient particulièrement des climats du sud...

– Le ricin est très dur à déceler, non ?

– C'est à peu près ce qu'on vient de t'expliquer, s'impatienta Hester.

J'ignorai sa remarque.

– Disons que si tu voulais empoisonner quelqu'un, que tu viennes d'un pays tropical où prospèrent les graines de ricin et que tu aies accès à ces produits...

Hester leva un sourire interrogateur.

– Tu tiens à relier nos deux affaires ? Moi aussi. Ce qui nous ramène à la filière de la drogue...

J'exhalai mon soulagement dans une autre réplique.

–... et qui nous éloigne de l'usine. Un problème de moins à garder en tête.

–Pas tout à fait, me contredit le toubib. La non-implication de l'usine doit être confirmée. De toute façon, si Gonzalès y a été contaminé, il y a des tas de gens exposés au même sort. On a besoin d'une certitude.

Il avait raison. Et j'étais prêt, maintenant, à céder largement mon rôle d'enquêteur aux gens du service sanitaire d'Iowa. On aurait les coudées plus franches, aussi, pour interroger les témoins capables de nous renseigner dans deux domaines bien distincts, quoique peut-être étroitement liés : le rapport avec la drogue et la mort de deux hommes.

–Est-ce que ça suffirait pour arrêter quelqu'un ? Dans la vie réelle, je veux dire. Pas en rêve !

Je m'attendais à une réponse évasive, mais Henry ne mâche jamais ses mots.

–Sûr. C'est comme ça que les Soviets ont coincé, à Londres, un déserteur du KGB, voilà des années.

J'ouvris de grands yeux. Hester également. Il protesta :

–Hé, je regarde la chaîne Historique.

Judy nous attendait où on l'avait laissée, toujours flanquée de son cameraman.

–Alors ? Qu'est-ce que vous voulez bien me raconter ?

Hester, comme d'habitude, me transmit le flambeau :

–Monsieur Houseman ?

–Écoutez, pour commencer, il ne s'agit pas de la première victime. Celui qui s'appelait Rudy Cueva. L'autre type, pour autant qu'on en sache, aurait subi accidentellement les effets d'une substance toxique. On ignore encore où et quand. Il s'appelait José Gonzalès, et on cherche à déterminer où il était durant ces derniers jours. Afin d'établir si quelqu'un d'autre a pu se trouver exposé aux mêmes effets.

Probablement l'un de mes meilleurs rapports, et des plus véridiques. Non filmé. Bien ma veine !

–De quel poison s'agit-il ? s'informa Judy Mercer tandis que le cameraman commençait à tourner.

Je notai la substitution de « poison » à « substance toxique ». Tout est dans l'interprétation.

–Demandez ça au docteur Zimmer, ici présent. Je n'y connais pas grand-chose en produits toxiques mortels.

J'étais assez content de repasser à la télé. Puis Henry se dirigea vers l'escalier conduisant au premier étage, entraînant les médias à sa suite.

– Il faut que je fasse ma tournée. Mais je serais heureux de vous répondre.

On s'empressa de filer, Hester et moi, dans la direction opposée, vers le parking et loin de Judy l'insatiable. Nous avions plein de personnes à voir et très peu de temps à perdre.

Hester, de son côté, affirmait qu'elle devait absolument vérifier quelque chose, au bureau, et ce fut notre première étape. Le « quelque chose » à vérifier s'appelait Grandes Oreilles. Elle se débrouilla pour sauver la face en demandant à Sally de lui obtenir quelqu'un, à Des Moines, par télétype. Simple coïncidence si Orejas, dans ses bras, bénéficiait alors de caresses apparemment distraites ?

– Vous êtes réellement accro, constata Sally.

C'était la première fois que j'avais à travailler en liaison avec les services sanitaires, et je ne savais trop qui devait faire quoi. Dès que cette hypocrite d'Hester raccrocha le téléphone, de sa main libre, elle m'avoua :

– Moi non plus, je n'ai jamais eu affaire à ces gens-là. À mon bureau, c'est les médecins qui s'occupent des questions strictement sanitaires, veillent à l'hygiène publique et à la prévention des épidémies. On ne les assiste que pour la paperasse, en cas d'arrestation et la suite...

– Une sinécure !

– Ils nous laissent aussi assumer les recherches et les interrogatoires qu'ils nous recommandent, ou que nécessite la santé publique, mais défense d'en parler à qui que ce soit.

– Sage conseil !

– Ils disent, enfin, que l'avocat général et le procureur doivent être directement mêlés au dossier.

– Aïe, aïe !

– C'est ce que j'ai répondu, mais ils insistent.

– Ils doivent bien savoir que par chez nous, le procureur local est un incompétent.

En tant que magistrat élu, le procureur n'a de comptes à rendre qu'aux électeurs, au bureau du procureur fédéral, et puis c'est tout. Une bonne idée à la base, mais dans ce cas précis...

– Je pense, amorça Hester pour apaiser mes craintes, qu'ils vont le submerger de faits patents, de scénarios alambiqués, de menaces de procès et même de lynchage. Il sera tellement nerveux qu'il se contentera de nager dans le sens du courant.

– À condition qu'il soit assez futé pour concevoir toutes les suites possibles.

– Tu as raison, il va falloir le surveiller de près.

– Où en est-on avec la Santé publique ?

– On attend qu'ils se manifestent, et on hurle avec les loups. Jusque-là...

– ... on continue à bosser sur le meurtre ?

– Je ne vois pas de contre-indication.

– Excellent. Je mets Lamar à la page et on retourne à Battenberg.

L'intervention des Services de l'Hygiène et de la Santé publique entraînerait des complications politiques, et Lamar devait être averti de leur proche intrusion. On parla une minute ou deux, au téléphone. Il prit le tout avec une philosophie exemplaire. Excepté l'intrusion inévitable du procureur local.

– Il va être un problème, Carl.

– Peut-être pas le nôtre, espérons !

– Mon cul, ouais...

Le cher Lamar n'a jamais brillé par son optimisme.

12

Jeudi 20 décembre 2001 - 9 h 31

On décida de rendre une nouvelle visite à Linda Moynihan, l'infortunée compagne de Rudy Cueva. Toujours chacun dans sa voiture, car on pourrait avoir besoin de se séparer, Hester et moi, dans le courant de la journée. Il était 9 h 30 quand on sonna chez Linda. En l'absence de toute réponse, j'appelai Terri sur mon portable.

– Ici, Houseman. Tu sais où est Linda ?

– Chez elle.

– On y est. Pas de réponse au téléphone ni aux coups de sonnette.

– Bon sang ! Elle dormait quand je suis partie. Écoute, Carl, derrière l'extincteur, en face de sa porte, il y a une clef de chez elle. Je rapplique. N'attendez pas que je sois là. Elle peut avoir fait une overdose ou quelque chose...

– Comme quoi ?

Mais elle avait déjà raccroché.

On se concerta brièvement. Le terrain était instable car Terri n'avait aucune autorité légale pour nous permettre de pénétrer chez sa copine. Mais la santé et la sécurité de Linda, sous sédation, pouvaient être en jeu. Sans parler de nos propres motifs d'inquiétude, en raison du meurtre de son amant. Où était notre devoir ?

Environ quinze secondes après le coup de fil à Terri, on entra comme chez nous dans l'appartement de Linda.

Nous cherchâmes rapidement, et tandis qu'Hester regardait dans la salle de bains et la chambre, je fis le reste de l'appartement. Personne à la maison.

– Il y a de gros trous dans sa garde-robe, lança Hester, de la chambre à coucher. Je crois bien qu'elle s'est tirée.

Je vérifiai, dans la cuisine et le salon, l'absence de tout message expliquant son départ. Rien. Puis Terri arriva en trombe, par la porte restée grande ouverte.

– Est-ce qu'elle est... est-ce qu'elle est...

– Partie ? Oui. Pas d'overdose ou quoi que ce soit. Juste partie.

Terri était en pantalon de survêt', sweater à capuche et chaussures de tennis. Elle avait vraiment fait vite. Elle haletait et chancelait sur place.

– Ma pourriture de vieille bagnole... ne voulait pas démarrer...

Entre deux respirations sifflantes.

– Faut dire qu'on se les caille.

– Bien en dessous de zéro, je pense.

– Batterie d'origine... Alors, qu'est-ce qui se passe ?

Hester ressortait de la chambre.

– Salut, Terri. Vous avez une idée d'où elle a pu filer ?

– Je vois pas...

Dans une ultime exhalaison :

– Vous croyez qu'on l'a enlevée ?

– Qui ça ?

– J'en sais rien. Ceux qui ont tué Rudy.

– Ils ne lui auraient pas laissé le temps de faire une valise ! Vous ne voyez vraiment pas auprès de qui elle a pu chercher refuge ?

– Pas comme ça. Peut-être chez sa mère ? Oh, j'en sais rien.

Possible. Bien que la mère de Linda habitât ici même, à Battenberg. Faire une valise pour un déplacement de deux ou trois pâtés de maisons ? Ce n'était pas très vraisemblable.

La mère de Linda, appelée par téléphone, n'avait aucune idée d'où pouvait être passée sa fille. En fait, elle s'apprêtait à venir voir si elle pouvait lui être utile.

Terri raccrocha sans révéler notre présence. Un bon point pour ellc.

– Elle a pris sa voiture ou quoi ?

– Quelle marque ?

J'aurais aussi pu appeler le standard pour qu'ils fassent une recherche sur les véhicules enregistrés à son nom, mais Terri serait plus rapide.

– Une vieille Datsun rouge. Une épave. Toujours parquée là derrière.

– J'ai regardé par la fenêtre, riposta Hester, quand j'ai visité la chambre. Aucun véhicule en vue nulle part.

Donc...

Je désignai le nounours assis sur le lit.

– Elle ne l'a pas emporté. Est-ce que...

J'allongeai la main pour l'attraper, mais Terri s'en empara rapidement.

– N'y touchez pas. Elle ne l'aurait jamais emporté. C'est un prêt. Il est à moi.

Le modeste logement ne trahissait aucun signe de désordre ou de violence.

– Il semble bien qu'elle soit partie de son plein gré. Réfléchissez, Terri, il doit bien y avoir un endroit où elle est allée.

– J'arrête pas.

– Avant de chercher où, préconisa Hester, tâchons de savoir pourquoi. Parce qu'elle a peur ? Parce qu'elle fuit quelqu'un ?

– J'en sais rien, j'en sais rien, répéta Terri, misérable. Rappelez-vous que j'ai toujours soupçonné Rudy de baigner dans la dope jusqu'au cou. J'en ai pas la preuve, mais d'après ses façons d'agir...

– Quelles façons d'agir ?

– Vous savez. Pas tellement friqué, mais toujours en train de s'acheter des trucs. La chaîne stéréo. Les fringues. Il disparaissait deux jours et revenait avec les poches remplies.

Elle désigna la télé.

– Cet écran plat. Acheté cash chez mon cousin. Pas le temps d'aller au supermarché pour profiter des promos ! Souvent plein aux as. Mais pas de voiture récente. Je l'ai entendu dire qu'il s'en foutait d'épater la galerie.

Elle s'appuya contre le plan de travail de la cuisine.

– Et tous ses rencards en ville ! Sans jamais dire avec qui. Pour affaires, c'était son mot. Jamais la moindre explication. Je ne le surveillais pas, ni rien, mais un jour qu'il avait averti Linda d'un de ses fameux rendez-vous d'affaires, je l'ai aperçu dans une bagnole avec ses potes mexicains.

– Ça remonte à quand ?

– Un mois. Peut-être un peu plus. Après Halloween, parce que je me souviens que les bonbons étaient en solde. Trois types, ou au moins deux, avec lui dans la voiture. Rudy devant, à la place du passager. Je l'ai salué de la main.

– Il a répondu ?

– Que dalle ! Il a fait semblant de ne pas me voir. C'est comme ça que je sais qu'il ne préparait rien de bon. Ni là, ni ailleurs.

Un piètre réquisitoire. J'insistai :

– Tu te souviens de la voiture ?

– Quelle voiture ?

Terri tentait de déchiffrer les notes accrochées au frigo.

– Celle dans laquelle tu l'as aperçu avec ses potes mexicains.

– Oh, ouais. Une de ces chiottes japonaises d'un beige affreux. Nissan ou Honda, je confonds toujours les deux.

Bingo.

– Beige ou crème ? Ou comme on dit par ici, caca d'oie.

– Caca d'oie, c'est ça. Tout craché.

Ce petit échange avait duré un quart d'heure durant lequel Terri avait capté toute notre attention.

La plupart des informations de Terri étaient très vagues. On repassa en revue, avec elle, les photos dont on disposait. Qui était avec lui dans cette voiture ? Elle disait « peut-être » ou « c'est possible ». À une exception près. José Gonzalès. Orejas. Formidable ! Les deux seules personnes qu'elle était sûre d'avoir repérées dans cette bagnole, ce jour-là, étaient mortes.

– Je regrette.

– Mais plus tu y penses, plus tu es certaine qu'il y avait quatre personnes dedans ?

– C'est mon impression, Carl. Orejas était sur la banquette arrière, avec un autre type. Tout tassés. Ils étaient peut-être trois. Plus deux devant. Rudy et un autre.

– Et Gonzalès ? Il est dealer, lui aussi ? Je veux dire, était...

– Là, je crois pas. Je pense qu'il était... comment dire ? Orejas n'était pas le garde du corps de Rudy ni quoi que ce soit. Plutôt comme une espèce de témoin, tu vois ? Le côté, si tu comptes me descendre, faudra que tu descendes la paire... oh, mon Dieu !

Je ne l'aurais pas mieux exprimé moi-même.

– C'est une possibilité. Rien de plus, mais on va la garder en tête.

– Linda a dû y penser, elle aussi. C'est pour ça qu'elle s'est tirée. Elle a peur pour sa vie.

Je laissai les deux femmes bavarder entre elles pendant que je rappelais le bureau pour lancer un avis de recherche du véhicule enregistré au nom de Linda Moynihan. Il y en avait un, une Datsun rouge immatriculée en Iowa sous le numéro BHB 466. Je demandai à Sally de faire une recherche de localisation, mais seulement pour les environs, et pas par la radio.

– Tu veux une ATL *(attempt to locate*[1]*)*, plus un télétype pour les pays voisins ?

– Oui. Utilise les informations de son permis de conduire. Donne l'information vingt-huit aussi.

Le vingt-huit était le numéro d'immatriculation d'un véhicule. C'était normalement le dix-vingt-huit, mais on oubliait généralement de prononcer le dix.

– Préviens nos troupes par téléphone ou directement quand ils passent au bureau. Le télétype doit bien préciser qu'il ne faut pas d'utilisation radio.

– Que veux-tu que je donne comme raison ?

– Tu peux dire quelque chose comme : « Témoin dans une enquête au sujet d'un meurtre commis en Iowa, dans le comté de Nation. » Ça devrait suffire.

– Amplement, approuva Sally. Saisie véhicule et arrestation préventive ?

– Si elle roule, nous informer avant toute intervention, de l'endroit et de la direction prise. On veut savoir où elle va. Si elle est dans un motel, la garder sous surveillance jusqu'à ce qu'on s'en occupe. On ne veut pas la laisser filer, mais pas question de lui faire peur ni de nous la mettre à dos par maladresse.

– Je vais essayer de traduire ça en formules agréées. Notification hors État ?

– Juste à Harry Ullman, par téléphone, dans le comté de Conception, Wisconsin. Il fera le nécessaire.

J'étais sûr que Sally préparait déjà le formulaire *ad hoc*, remplissant les blancs au rythme de la discussion.

– Armée ? Dangereuse ? Risque de suicide ?

– Trois fois non.

– Description vestimentaire ?

– Aucune.

– Mandat ? Extradition ?

– Non.

– On assurera le transport ?

– Oui.

– C'est parti, mon colonel.

Sally avait un cousin dans les marines. Je lui demandai :

– Besoin d'autre chose ?

1. Tentative de localisation.

–De gâteries pour chien au bacon. J'ai oublié de te le signaler la dernière fois.

–Je vais le dire à Hester. Je te rappelle plus tard.

On laissa à Terri la consigne de nous avertir aussitôt, si elle avait des nouvelles de Linda. Elle jura de le faire.

–Et je te conseille de ne pas traîner sur place. Si quelqu'un lui en veut à mort, ne prends pas le risque d'être prise pour elle.

On redémarra tous les trois en même temps, après avoir rebouclé la porte et raccroché la clef derrière l'extincteur.

Avant de quitter le parking du poste de police de Battenberg, on s'installa dans ma voiture, Hester et moi, bien décidés à mettre les choses au point.

En premier lieu, pour éliminer deux personnes à cause d'une affaire de drogue, il fallait qu'il s'agisse d'une affaire sérieuse. Sérieuse en dollars, pas nécessairement en qualité. Métamphétamine ou ecstasy, on pouvait parier sur des quantités importantes.

–Pas question de filière locale. Marché trop réduit.

–Mais pas totalement exclu, rectifia Hester. En guise d'avertissement à une flopée de petits dealers.

–Oui, on a déjà abordé le sujet sous cet angle.

Un assez long silence, puis Hester reprit :

–Ou des quantités énormes en transit ?

–Si c'est une étape de la filière mexicaine, par exemple...

–... le trafic local pourrait être essentiel. Avec transbordement par d'autres moyens...

–Toi aussi, tu penses à l'usine ?

–À leurs gros camions frigo.

–José Gonzalès chargeait les quartiers de bœuf dans ces camions. Quel meilleur moyen de transporter de la dope ?

Les règlements en vigueur exigeaient que les quartiers de « viande suspendue » tels que moitiés ou quarts de bœuf, fussent scellés dans leur mode de transport au départ de l'usine. Scellés qui ne seraient brisés qu'à l'issue du transport. Tout flic désireux de fouiller ces camions et qui commettrait l'erreur de rompre les scellés serait responsable du fret tout entier. Des centaines de milliers de dollars de viande rejetées à leur arrivée pour cause de rupture illégale des scellés de sécurité, et le flic devrait payer la casse. Lui ou son service. Un risque impossible à courir, à moins d'être absolument sûr de trouver de la drogue. Donc une opération rarissime.

– Ces camions, questionna Hester, se baladent dans tout le pays ?

– Je ne le pense pas. Je crois qu'ils vont à New York et Chicago. Destinés aux boutiques kasher de la côte Est.

– Tous ?

– Non. Seule la moitié antérieure de l'animal est kasher. Le reste doit avoir d'autres destinations, je suppose.

– Tu crois que les patrons sont dans le coup ?

– Je parierais le contraire sur ma vie. Pas ces types-là. Des fanatiques de la propreté et de leur réputation. Non, pas eux.

– Ils vont donc nous apporter leur collaboration pleine et entière ?

– Sous réserve d'arriver à les convaincre de la vérité.

Nouveau silence, renforcé plus que troublé par le ronronnement du dégivreur.

– On est bien d'accord sur le fait qu'il s'agit d'un double meurtre ?

– Je pense qu'il est plus raisonnable de poser les choses ainsi.

– Le meilleur pari pour un motif, c'est la drogue ?

– Jusqu'ici, oui. Dis-moi, qu'est-ce qui te chagrine encore ?

– Pourquoi ne les auraient-ils pas butés tous les deux en même temps, et de la même façon ? Le poison, ce n'est pas leur style.

Elle se déplaça sur son siège afin de me faire face.

– Je n'ai vu qu'une seule affaire de meurtre par le poison, voilà bien des années. Ils avaient pris le mec en train de les arnaquer, et ils l'avaient forcé à manger de la coke.

– Charmants garçons !

– Dans toutes les autres affaires, c'était la fusillade, le couteau dans les tripes ou le tabassage à mort. La torture, l'humiliation, et quelque chose de spectaculaire, qui puisse foutre la trouille aux autres petits gadouilleux. Le poison, c'est trop discret. Presque une euthanasie. Aucun des dealers ne pigerait l'avertissement. Surtout avec ce fameux ricin. Non, non, ça ne marche pas.

– D'ac !

– D'ac ?

– D'accord, si tu préfères.

– D'accord, d'accord, toute cette brillante analyse pour un malheureux petit d'accord ?

–J'ai apprécié ton éloquence. Qu'est-ce que je peux dire de plus ?

Elle avait absolument raison.

– De toute façon, je comptais bien en discuter avec Ben. Ou avec Hector peut-être ?

– Ça me semble correct.

– Mais on est toujours d'accord pour affirmer que les deux dossiers ont un rapport ?

– Naturellement. On ne sait pas comment, et il n'y a ni preuve ni témoignage qui nous l'indique. Malgré cela, je suis sûre qu'ils sont en rapport.

– On a juste besoin de la clef en fait. Je veux dire, on a déjà pas mal de pièces et de morceaux, et j'ai comme l'impression qu'il ne nous manque qu'une toute petite information, une petite preuve supplémentaire.

Hester s'esclaffa.

– Eh bien, continue de réfléchir, Carl.

–Je crois que je commence à détester cette affaire. Mais je pense qu'on en viendra à bout si on parvient à trouver la pièce manquante.

– Belle suite dans les idées, Carl. Et bon courage.

– Il en faut pour persévérer dans l'erreur. Si on retournait voir Hector ?

16h28

Un bruit fracassant parvint de l'extérieur, un grondement qui enfla puis reperdit de son intensité.

– Qu'est-ce que c'est ?

L'œil rivé à l'une des lézardes, Sally s'efforçait de voir à l'extérieur.

Je l'interprétai pour elle :

– Un hélico. Probablement de la police de Cedar Rapids.

On l'entendit revenir. Je fonçai jusqu'à la porte de derrière et risquai un œil à travers la grande lézarde verticale. Je l'aperçus tout juste alors qu'il nous survolait, du nord au sud. Il arborait les couleurs familières, rouge, blanc, bleu, de l'appareil que j'avais vu si souvent à la télé.

– C'est ce putain de KNUG, « l'œil dans le ciel » des journaux télévisés !

Si la présence de cet engin ne faisait pas bouger les choses, rien ne le ferait.

Mon portable sonnait. C'était le chef de l'équipe spéciale. Il parlait d'un ton ferme, mais sans assurance exagérée. Plutôt bon signe.

– On est en train de parlementer avec ce coucou. Faut qu'on le vire d'ici, mais on veut d'abord profiter de son champ de vision. Il est en direct, pas vrai ? Et il nous offre une vue panoramique sur toute la ferme. Il ne le sait pas, mais c'est un fait. Pendant qu'on y est, revenons aux sagouins qui vous coincent là-bas.

Il en rajoutait à la louche, pour s'assurer qu'on ne ferait rien de stupide avant qu'il puisse maîtriser la situation. Je le renseignai de mon mieux, dans la mesure de ce que je savais.

– On est un peu comme un bouchon dans une bouteille. Les Feds ne vous ont pas briefé, à votre arrivée ?

–Je n'ai parlé à personne ici.

Il poussa une gueulante, loin du téléphone.

– Quelqu'un a vu des Feds, dans le secteur ? Renseignez-vous, nom de Dieu !

Puis, de retour au téléphone :

– Non. Pas de Feds à l'horizon !

Par où commencer pour qu'il comprenne bien le problème ?

– Écoutez, toute l'affaire est fédérale. On a même un agent du FBI avec nous, au deuxième étage, en tant qu'observateur. Il va redescendre dès qu'il fera nuit noire. Au rez-de-chaussée, on est trois. Murs de trois côtés. Ouvert sur l'ouest. Deux agentes parmi nous. Une de la Crim' est blessée au visage.

– Hester Gorse ?

– Dans le mille.

– Oh, merde. Dites-lui que c'est Marty, et qu'on va la tirer de là.

– D'accord, Marty. Les autres pourront venir aussi ?

– Mes excuses. Vous êtes tous invités. Aucun Fed parmi nous. Et combien de rigolos, en face ?

– Des rigolos munis d'AK-47. Et d'explosifs, pour faire bon poids. Pas des pros, on dirait, mais pas de malentendu, ils vous tueront si vous cafouillez. Je ne les ai pas trouvés trop agressifs, mais, prudence.

– OK.

– Ils essaieront sûrement de se défiler dans le noir. Fermez le périmètre.

– On doit avoir cinquante flics sur le terrain qui cernent l'objectif.

– Enfin une bonne nouvelle.

–Je vais en discuter avec mon supérieur, le lieutenant Granger. Il ne va pas tarder. Ce que je veux, c'est vous sortir de là. Et les mettre à la place du bouchon, dans la bouteille.

– Ça me paraît pas mal.

Plutôt deux fois qu'une.

–Je te rappelle dès que j'ai vu le lieutenant. Et ouvrez l'œil. Au lieu de se défiler, ils peuvent s'en prendre à vous, sous le couvert de la nuit.

– On fera pas de folies. Applique ton plan. On garde l'œil ouvert.

Je rapportai la conversation à Hester et à Sally.

– La consigne est claire. Pas d'imprudence jusqu'à leur intervention.

– C'est à moi que tu dis ça ? répliqua Sally.

À Hester, je citai le nom du chef de l'équipe spéciale.

– Marty te souhaite le bonjour. Il va nous tirer de là.

– C'est un type bien, approuva la blessée.

Mon portable sonnait de nouveau. Déjà le lieutenant Granger ?

– Houseman, c'est toi ?

– Hector ! C'est toi, Hector ?

– En chair et en os.

– Écoute, Hector, je suis un peu occupé pour le moment...

– Je sais, mec. J'ai entendu parler des flics coincés dans cette foutue grange, à la télé. J'ai pensé que je tenais des tuyaux qui leur feraient plaisir.

– Aux flics coincés dans la grange ?

– Ouais. Des tuyaux sur certains mecs...

– Je suis un des flics coincés dans la grange, Hector. Je n'ai vraiment pas le temps...

– Merde, alors ! T'es dans la grange ?

– Ouais.

– En ce moment même ?

– Hector...

– T'es vraiment très occupé, alors, j'irai droit au but. Il y a quatre types en ville que j'avais jamais vus qui ont posé des questions sur Linda aujourd'hui. Et Cheeto. Et les autres. Ils voulaient surtout savoir où était la ferme. Ils interrogeaient tout le monde. Je les ai entendus alors que j'achetais mon paquet de clopes...

– Quatre flics ?

Il s'étrangla de rigolade.

– Pas de danger, mec. Et pas des personnalités de la télé non plus.

– Tu ne sais pas d'où ils sortent ?

– Non, mais ils ont l'air d'avoir le feu au cul, tu vois ? Pas de fioritures. Des questions vachement pointues...

– Tu as vu leur bagnole ?

– Et comment ! Je suis toujours ton meilleur informateur, non ? Un camping-car Dodge de couleur verte, état neuf, plaques du Nebraska. J'ai pas eu le temps de relever le numéro.

– C'est déjà pas mal.

Hector était vraiment sur le coup. On pourrait en savoir un peu plus, sur ceux qui nous coinçaient. Juste par acquit de conscience, je lui demandai à quelle heure il les avait repérés.

– Une heure environ.

Ça collait avec les événements. Ils avaient dû arriver à la ferme un peu avant nous.

– Bravo. Attends à peu près trois minutes, puis appelle le 911 et raconte tout à la standardiste, d'accord ? D'ici, je ne peux diffuser aucune information.

– D'ac. Dans trois minutes. *Tener cuidado*, monsieur Houseman ! Soyez prudent. J'ai vu la grange à la télé, et c'est pas engageant, comme décor.

– On sera prudents. Donne simplement ce coup de fil.

Je coupai la communication, dis qui c'était à Hester et à Sally, appelai la ligne privée du bureau pour annoncer le 911 d'Hector. Puis j'appelai Lamar sur le talkie-walkie, et lui dis de repérer quelque part autour de la ferme, sur les images diffusées par l'hélico, un van de couleur verte.

– Je n'en suis pas sûr, mais il se peut qu'il s'agisse du véhicule qui a amené quatre de ces types sur place.

– Dix-quatre, Trois.

– Appelle le bureau au téléphone, Un. Ils vont te détailler le topo.

J'ignorais toujours s'ils disposaient ou non d'un scanner, dans le hangar.

– Je vais de ce pas au camion de la télé. Ils enregistrent tout à mesure.

– Dix-quatre. Où en est l'équipe spéciale ?

– Le lieutenant vient d'arriver.

– Dix-quatre.

Cinq minutes plus tard, Marty me rappela sur mon portable. Passablement écœuré. D'abord, il y avait la question des cassettes. Le technicien du camion de la télé reconnaissait que tout ce qui passait à l'écran pouvait être partagé avec les « autorités ». Ce qu'il ne savait pas, c'était si tout ce qui avait été filmé depuis l'hélico avait déjà été diffusé par la station.

– Tu rigoles !

– Négatif. Le directeur de la station nous a appelés. Il va rappeler.

– On est bien avancés.

– C'est pas si mal. J'ai regardé le plus clair du reportage diffusé, et pas repéré de camping-car. Prêt pour la mauvaise nouvelle ?

– Encore une ?

– Les choses vont traîner un peu de notre côté.

Le lieutenant, semblait-il, avait décidé que puisqu'il s'agissait d'un dossier fédéral, l'équipe spéciale n'interviendrait qu'en soutien, et ne participerait à l'action que lorsque les Feds seraient là pour diriger les opérations.

– La politique, souligna Marty. On ne peut rien contre la politique.

Merde. On n'avait vraiment pas besoin de cette complication supplémentaire.

– Ce que je peux faire, tout de même, c'est déployer mes gars des deux côtés de la route. On concentrera un feu de soutien sur le silo et l'aire découverte, jusqu'à la limite de la grange.

– Très bien.

Que dire de plus ? Sinon :

– Il faudra qu'on s'en accommode.

– On vous couvrira si vous effectuez une sortie.

– On y pensera.

– La lumière extérieure est toujours opérationnelle ?

– Elle l'était la dernière fois, lors de notre première visite, voilà deux ou trois jours.

– Alors, on va la dégommer. On a des lunettes de vision nocturne.

– Faites pas ça, Marty. Bousillez les ampoules et on sera tous aveugles.

– Mais dans ce cas, ils verront mes gars dès qu'ils seront à découvert.

Difficile de lui faire comprendre que ce n'était pas notre préoccupation essentielle.

– Pas d'extinction des feux, sauf si on vous le demande. OK ?

Un nouveau silence. Suivi de :

– Écoute, vieux, c'est pas mon idée. Si je tenais le gouvernail, on serait déjà là. Mais ils disent que c'est pas un cas de *feu à volonté.*

– Ouais, ouais, je sais. Ils nous ont donné l'exemple, voilà un petit bout de temps.

Et puis, pour le consoler un peu :

– Tu as quelqu'un sur place qui puisse te promouvoir au grade de capitaine ?

– Je vais poser la question autour de moi. C'est une excellente idée.

– Faut que j'y aille. Rappelle-moi dès que tu as d'autres instructions, d'accord ?

– D'accord. Soyez prudents, les amis.

– Attends.

Je le rattrapai de justesse, alors qu'il allait raccrocher.

– Ouais ?

– Personne ne t'a peut-être précisé qu'il n'y avait qu'un seul uniforme dans la grange. Une femme, assistante du shérif. Les trois autres sont en civil, comme nos agresseurs.

– Non, personne ne me l'avait précisé. Merci.

– De rien.

– Alors, je te laisse. Prudence sur toute la ligne !

J'en avais un peu ma claque de m'entendre recommander la prudence à tout bout de champ.

Moins de cinq secondes après la fin de la communication, se fit entendre un son étrange qui provenait du hangar. Une voix humaine, révoltée, vociférant dans une drôle de langue qui n'était pas la mienne.

À ce moment, pour quelque raison bizarre, me revint à l'esprit que j'avais probablement tué deux hommes. Je pensais à ça. Je n'éprouvais aucun remords. Absolument aucun. Je ne me sentais pas différent. Pas satisfait, non plus. C'était très curieux, je n'avais jamais tué personne, auparavant, et j'avais toujours pensé que le cas échéant, cela me toucherait profondément. Quel que soit l'effet ou l'absence d'effet que cela avait, j'étais sûr, toutefois, que je n'hésiterais pas à descendre le prochain salopard qui me balancerait une grenade.

Il y eut un choc contre la paroi de la grange, puis un autre. Je n'avais pas oublié le premier lancer, j'étais justement en train de m'en souvenir, et plongeai à plat ventre en criant : « Tout le monde à terre ! » Alors que les deux engins explosaient, à un intervalle d'une ou deux secondes à peine.

La poussière s'engouffra par tous les trous de la paroi, décapant les pierres de l'édifice.

Comme je le disais, j'avais appris ma leçon. Je me redressai juste assez pour pointer mon fusil à travers une lézarde. Mais rien. Rien en vue. Aucun mouvement perceptible. Et il commençait à faire très noir, au creux des collines.

Je lâchai trois tirs dans la direction générale du hangar. Juste afin de décourager tout autre jet de grenade. Sally, qui se disait apparemment : « Si Houseman possède une bonne raison de canarder, pourquoi pas moi ? » tira une cartouche, au petit bonheur, avant de laisser retomber le silence.

– Combien de ces saletés peuvent-ils encore avoir ?

– Pas la moindre idée. Un paquet, je suppose. Tu vas bien ?

– Ouais.

Je me retournai vers Hester.

– Et toi ?

Elle me répondit d'un léger hochement de tête et d'un petit geste de la main. Je levai les yeux vers la trappe d'accès au grenier à foin.

– Sally, si tu appelais George...

Pendant qu'elle s'exécutait, je repris mon poste d'observation. Plus beaucoup de lumière. À moins qu'ils ne soient tout en blanc, je ne verrais sortir personne.

– George va redescendre, déclara Sally. Veille au grain !

Je plissai les paupières, mais désormais, à l'extérieur, c'était le noir absolu. Dix secondes après qu'elle eut parlé, il y eut un bruit sourd derrière nous et George arriva en bas des marches.

Pas un seul coup de feu ne fut tiré. Dans ces ténèbres de plus en plus denses, cela n'avait rien de tellement surprenant.

– On n'y voit rien, chez vous ! plaisanta-t-il. Comment va Hester ?

– Ça va, répondit Hester de son abri.

– Oh, tu es là ? Je n'ai pas vu d'où venaient les pétards. Je ne distinguais plus rien, du haut de mon perchoir.

– C'est pas beaucoup mieux en bas. Mais au moins, on est tous ensemble.

– Sûr. Il y a une équipe au boulot ?

– Oui et non.

La radio émit un craquement.

– On va peut-être en savoir un peu plus.

13

Jeudi 20 décembre 2001 – 10 h 40

Tandis que j'essayais de rappeler Hector et Ben, Hester réclama de l'assistance à son QG de Des Moines. Il y avait tout simplement trop à faire pour qu'on puisse s'en tirer tout seuls.

Hector ne répondait pas. Il dormait avec son portable près de l'oreille, et je ne connaissais qu'un endroit où il lui arrivait de l'éteindre. Le temps de prévenir Hester en conversation avec son boss, et je marchai jusqu'à la bibliothèque municipale.

Normalement, j'aurais pris la voiture, pour l'avoir sous la main en cas d'urgence. On apprend à être sensible au temps perdu quand quelqu'un appelle à l'aide. Cette fois cependant, je m'étais dit qu'il serait peut-être mieux que je la laisse hors de vue. Ma voiture était banalisée, mais dans une zone rurale, la voiture d'un flic, même banalisée, ne passe pas inaperçue. Tout de suite repérée, surtout par ceux dont on ne veut pas attirer le regard. Hector, très nerveux de nature, approuverait ma discrétion.

Le gros thermomètre électronique devant la société de crédit indiquait – 5 °C. Ça ne promettait pas de s'améliorer dans les trente jours à venir, alors autant profiter de la température pendant qu'elle était encore supportable. Je croisai deux rabbins en chapeau noir et manteau long assorti. Un net contraste avec les jeans et les vestes de couleur auxquels j'étais habitué.

Je les saluai au passage.

– Bonsoir, messieurs.

Et n'obtins en échange qu'un regard de totale incompréhension. Ils avaient dû être élevés à New York où quand on ne se connaît pas, on ne se salue ni ne se souhaite le bonsoir. Un jour ou l'autre, s'ils séjournaient assez longtemps parmi nous pour changer leurs habitudes, ils me rendraient mon salut. Selon le mot de Ben : « On peut sortir un rabbin de New York, mais on ne sortira jamais New York d'un rabbin. »

Je marchai encore quelques mètres vers la librairie, vers le bâtiment d'où les deux rabbins avaient émergé. Épicerie Meier. Cela me frappa dès que je vis l'enseigne. Stoppé devant la vitrine, j'appelai le bureau sur mon portable.

– Shérif du comté de Nation, égrena la voix de Sally.

– Houseman. Tu peux me rendre un service ?

– Drôle de question.

– Mais rapidement. Est-ce qu'on nous a signalé d'autres malades ou morts suspects ? Ou même une montée des consultations à l'hôpital ?

– Je savais que ce serait une drôle de question.

– C'est ça, le service demandé. Appelle Henry Zimmer, au numéro de portable qu'il nous a donné. Pose-lui cette question. C'est important.

– Depuis que tu passes à la télé...

Je pouvais déjà l'entendre pianoter.

– Écoute, ils ont quelque chose appelé les « hommes bleus » ou quelque chose comme ça, et ils essaient de les réunir dans un même endroit, ou... je te mets en attente.

C'est ce qui en faisait une si bonne répartitrice. Elle pouvait réfléchir. Et parfois même plus vite que nous tous.

– Toujours là, Carl ?

– Solide au poste. Alors ?

– Rien. Pas même un seul cas inhabituel.

– Merci.

– Et pour l'anecdote, c'était une histoire que je lisais à l'école, *Les Onze Hommes bleus.*

J'entrai dans le magasin et serrai la main d'Abe Meier, le propriétaire.

– Abe, où achètes-tu ta viande ?

– Ma viande ? Tu me demandes où j'achète ma viande ?

– Ton bœuf. D'où provient ton bœuf ?

– De l'usine, bien sûr.

– L'usine locale ?

– Naturellement, l'usine locale. Il y a un problème ?

– Je l'ignore, Abe. Tous les combien, tu leur prends de la viande ?

Il eut à peine besoin de réfléchir.

– Un quart de bœuf à un quart et demi par semaine. Les bonnes semaines. Mais toujours au moins un quart. Qu'on vend frais. Pas de congélation.

– Tu en as acheté depuis lundi ?

– On renouvelle tous les mercredis. Pourquoi ?

– Une dernière question, Abe. Dans quelle sorte de véhicule te font-ils tes livraisons ? Dans un des gros dix-huit roues, ou dans un camion plus petit ?

– Ni l'un ni l'autre. On va chercher le bœuf nous-mêmes. Dans le camion de ma femme.

Je l'avais aperçue plus d'une fois, à son volant.

– Elle ne conduit pas un 4 × 4 Subaru ?

– Pour le fisc, c'est un camion.

À la bibliothèque publique, je faillis tourner les talons sans entrer. Il y avait une classe d'élèves de quatrième sur les lieux, accompagnés de leur professeur. Martha Taylor, une de mes anciennes condisciples, s'occupa d'eux. Elle m'aperçut, jeta un œil dans la direction des ordinateurs, et m'adressa un petit geste de la main. Qui me rappela la pom-pom girl qu'elle avait été naguère. Surnommée Boum-Boum. Boum-Boum la Bibliothécaire ! Une occasion de sourire.

Si je n'avais pas reconnu la nuque d'Hector devant le second clavier, je serais ressorti tout de suite, mais fendant la foule des nez morveux et des chaussures de tennis plus ou moins boueuses, je lui frappai sur l'épaule.

– Bonjour.

Tout juste s'il ne bondit pas hors de sa peau.

– C'est toi, mec ! Fais pas ça, j'ai failli avoir une crise cardiaque.

– Mes excuses. Ce doit être tout ce bruit autour. Tu as une minute ?

– Pas maintenant...

– D'accord. On va s'asseoir à notre table.

Je le fis passer devant. Je ne voyais pas ce qui pouvait le rendre aussi nerveux, à part tout ce monde alentour. Il y avait peut-être quelqu'un d'autre ici que je n'avais pas vu.

– Assieds-toi.

Il disposa sa chaise à quarante-cinq degrés par rapport à la table. Plus facile de filer, en cas de mauvaise surprise. Et d'avoir l'air de ne me parler que contraint et forcé. J'avais de l'affection pour Hector.

Assis en face de lui, j'attaquai dans le vif :

– OK, j'en sais aujourd'hui beaucoup plus long que la dernière fois qu'on s'est vus, et toi aussi. Tâchons de comparer nos notes.

–Moi, j'en sais pas plus long.
–Mais si. Tu sais que Grandes Oreilles est mort. José Gonzalès. Ou quel que puisse être son véritable nom.
–Tout le monde le sait. Orejas, il était gravement malade.
–Je ne te le fais pas dire. Mais je crois qu'il était malade parce que quelqu'un l'avait rendu malade.
Aucune réaction.
–Je crois que tu sais ça, mais que tu sais aussi pourquoi.
–Je sais pas ce qui te fait croire ça. Je travaille juste à l'usine, moi, c'est tout.
Mais il affichait une ébauche de sourire.
–Ça ne marche pas plus avec moi qu'avec toi. Parlons de la manière dont Rudy se remplissait les poches.
–Ben... à l'usine.
Mais le sourire de guingois s'élargissait à vue d'œil.
–Ben... comme tu dis... trois dollars de l'heure, trente-neuf heures par semaine, égale cent dix-sept dollars. Raconte-moi tout le reste.
–Ça va, je vais te dire ce que je sais, en vitesse.
–J'ouvre mes grandes oreilles.
–Tu t'imagines qu'étant colombien, il était bien placé pour fourguer de la drogue et pour se faire du fric ?
–J'avoue que ça m'a traversé l'esprit.
–Il a été connecté au réseau de la drogue, mais plus maintenant.
Le sourire s'effaçait.
–Il est toujours connecté, il est toujours colombien. Mais plus dans la dope, OK ? Pas la dope.
–Alors, dans quoi ?
–Si j'en dis plus, ils me tueront aussi.
–Ni toi ni moi, on ne veut de ça, Hector.
Il n'avait plus du tout envie de sourire.
–Mais moi, je le veux encore moins que toi.
–Bref. Orejas et Rudy ont eu les mêmes assassins, c'est un fait.
J'allais à la pêche. Après tout, il arrive, parfois, qu'on attrape un poisson.
–Tu le sais très bien.
–Et pourquoi ?
Hector menaçait de craquer.

– Ils se servaient d'eux. Et Rudy aimait pas ça. D'autant qu'ils lui racontaient des histoires.

– Qui ça, ils ?

Le sourire faillit revenir, mais se congela en route.

– Hé, faut bosser un peu !

– La bagnole caca d'oie, le type à la gueule en lame de couteau et les deux ou trois autres...

Je les énumérai sans appuyer, en restant factuel, pour lui faire croire que je savais de qui il s'agissait. C'étaient les seuls que j'avais pu voir en photos ou dont j'avais entendu parler.

– Tu es sur la bonne voie...

– ... pourquoi l'ont-ils tué ?

– Rudy ?

Il jeta, autour de la salle, un regard traqué.

– Il en a eu marre. À cause d'Orejas. Il avait encaissé le choc.

– Attends une seconde, Orejas est mort *après* le meurtre de Rudy.

L'expression d'Hector était celle du prof anéanti par la sottise d'un de ses élèves.

– Il n'était pas énervé parce qu'Orejas était mort. Grâce à Orejas, il était encore vivant, à ce moment-là. C'était autre chose. Quelque chose qu'ils lui avaient fait. Mais c'était avant qu'Orejas soit mort. Je le sais, parce que j'en ai entendu parler samedi dernier. C'est tout ce que je sais, mec. Maintenant faut que j'y aille. Trop de gens peuvent entendre.

En y repensant, par la suite, je pigeai que ce n'était pas seulement une excuse, mais sur le moment, elle m'avait paru bancale.

Il se redressa, releva la fermeture Éclair de sa veste, dit qu'il tendrait l'oreille pour moi et sortit rapidement de la bibliothèque. Dans une salle pleine d'élèves de quatrième, comment aurais-je pu m'y opposer ? Et je ne voulais pas non plus lui courir derrière. Trop ostensible.

Mais j'en savais maintenant un peu plus qu'en arrivant. Pas mal pour dix minutes de travail. Je me levai plus calmement qu'Hector, repoussai nos deux chaises sous la table et fis au revoir à Boum-Boum d'un geste de la main.

Si seulement je retrouvais Linda...

Je ralliai le bureau de Norm Vincent alors qu'Hester en sortait. En m'apercevant, elle me fit signe de presser le pas et j'en conclus qu'elle avait à me transmettre quelque information décisive. Mais elle déclara simplement :

– La Santé publique nous attend à Maitland. Pas moyen d'esquiver le briefing.

– Quand ?

– À midi pile. Allons-y.

Je consultai ma montre. 11 h 34. Nom d'un chien.

– Pas de nouvelles de Linda ?

– Ça fait seulement une heure, Carl. Tu as trouvé Hector ?

– Oui.

Et je lui résumai ce que je venais d'apprendre.

– De plus en plus bizarre. Avant sa mort ?

– D'après Hector, il aurait entendu ça dans la journée de samedi.

– Tu ne pouvais pas le faire parler davantage ?

Elle avait ouvert sa portière.

– Je suis sûr qu'il en sait beaucoup plus long.

Je ripostai, en ouvrant la mienne.

– J'étais entouré de mômes hurleurs. Je te revaudrai ça plus tard.

À midi moins cinq, on était au bureau. Le parking débordait de véhicules, y compris ceux de tous nos bonshommes, de service ou non. Trois voitures de flics banalisées, quatre voitures plus petites portant le placard blanc de l'État d'Iowa, la Bronco des infirmières du Service de l'Hygiène, la voiture du docteur Zimmer et trois ou quatre autres que je ne connaissais pas.

On dut aller se garer derrière le bâtiment, à l'endroit où on débarque habituellement les prisonniers.

– C'est une réunion de foot ou quoi ?

– Et ça n'est pas terminé, soupira Hester. Regarde qui est là.

Judy Mercer et ses cameramen, qui rangeaient, en marche arrière, leur 4 × 4 bleu et blanc marqué KNUG.

– Cette fois, Dieu merci, ce ne sera pas mon problème.

On s'engouffra tout de même dans la prison rapidement, pour être bien sûrs de ne pas être encore une fois attrapés par sa caméra.

La cuisine, lieu de la conférence, était comble. En plus de ceux que toutes ces voitures avaient déchargés sur place, siégeaient le procureur du comté, deux représentants du procureur de l'État, et trois agents de la Crim'. Je connaissais le plus âgé, Art Meyerman, un ancien assistant shérif du comté de Nation et un casse-pieds diplômé de la fac des emmerdeurs. Je lui adressai un signe discret de la main. Il y répondit à peine. Art était un virtuose du bâton dans les roues. De naissance autant que par goût personnel. Qu'est-ce qu'il foutait là ?

– Tu as vu ce qu'ils nous ont envoyé ? me chuchota Hester à l'oreille.

– Eh ouais, génial. Mais pourquoi lui ?

– Je croyais qu'ils l'avaient promu à la direction des Incapables ?

L'intro de Lamar dura quinze secondes chrono. Style « Ouvrez vos oreilles et prenez des notes ». Il se tourna ensuite vers un assistant du procureur général dont le nom m'échappa quand le compresseur du réfrigérateur se mit à recouvrir sa voix. Celui-ci fut succinct et souligna seulement la nécessité impérieuse d'une étroite collaboration entre les différents services.

Derrière lui, intervint le directeur de la Prévention des cas de force majeure qui définit les positions respectives, dans la conduite de l'enquête et dans la hiérarchie des urgences. Bonne intervention, avec brochure à la clef. J'aime beaucoup ça.

Ensuite, le gars de la Santé publique nous briefa sur le ricin, ses effets et ses modes d'administration. Quand il demanda qui savait ce qu'était un vecteur mécanique, deux mains se levèrent, la mienne et celle d'Hester. Un bon point pour nous, même si, personnellement, je ne le savais que depuis cinq ou six heures.

À partir de là, ressurgit, toutes les cinq minutes, le fait élémentaire, mais primordial, qu'il n'y avait là aucun risque de contagion, donc d'épidémie. Un autre représentant de la Santé, le docteur McWhirter, d'Iowa City, nous exposa les mesures prophylactiques recommandées.

– Porter, d'abord, un masque filtrant pareil à celui-ci.

Rien de plus, à première vue, qu'un masque de protection contre la poussière, lors du grand nettoyage de printemps.

– Attention, il ne s'agit pas du modèle que vous trouverez chez le quincaillier. Celui-là comporte un système filtrant beaucoup plus efficace. Vous l'achèterez dans votre pharmacie locale. Secundo, lavez-vous les mains aussi souvent que nécessaire. Et si vous tombez sur de la nourriture contaminée, surtout n'en mangez pas. Aussi simple que ça.

Apparemment, le côté « N'en mangez pas » lui était venu au dernier moment, dans la foulée, mais il avait eu raison de l'exprimer.

Tel était également l'avis de Lamar qui ricana :

– Tu as entendu, Carl ? Pas de déjeuner !

Il y eut quelques rires. Moins que prévu, car la plupart de ces gens-là ne savaient pas qui j'étais.

Après ce petit intermède, je relevai la main, sous le regard courroucé d'Art Meyerman, qui ne levait jamais la sienne que pour tenter de se faire remarquer. L'une des explications de son passage éclair de service en service.

– Est-ce que la simple cuisson peut décontaminer une nourriture suspecte ?

– La protéine, approuva McWhirter, est un composé coriace, et je ne m'y fierais pas.

– En cas d'ingestion, intervint Lamar, pas d'antidote ?

– Non, confirma le médecin. Pas de remède.

Mauvaise nouvelle.

– L'unique traitement est progressif, c'est-à-dire qu'on fait au mieux pour soigner les malades et ramener leurs symptômes en deçà du DM50.

– En quoi consiste le DM50 ? insista Lamar.

– Abréviation de dosage mortel pour cinquante pour cent de la population atteinte.

– Oh ?

– Pas d'autres questions ? Alors, continuons...

Le briefing se poursuivit, abordant les mêmes questions que le docteur Zimmer nous avait posées en début de matinée. Chacune d'elles était justifiée, décortiquée jusqu'à mettre en valeur l'incidence de chaque réponse sur l'enquête en cours. Un cauchemar de répétitions lancinantes.

Ensuite, l'assistant du procureur général d'Iowa aborda le chapitre des précautions à prendre avec les diverses catégories de personnes impliquées.

– Partant du principe que Gonzalès a été contaminé dans le cadre de son travail, nous allons commencer par ses collègues.

Ma main jaillit d'elle-même vers le ciel.

– Oui ?

Il ne cachait pas son irritation.

– Actuellement, la plupart sont indisponibles.

– Comment ça ?

– Une majorité de ces Hispaniques travaillant avec Gonzalès se trouvent illégalement dans notre pays. L'un d'eux a été assassiné mardi dernier, et tous les clandestins ont disparu de la circulation, craignant l'expulsion sommaire. On les recherche depuis la découverte du meurtre. En vain jusque-là.

– De combien de personnes s'agit-il ?

– Deux à trois cents, minimum. L'usine a fermé ses portes mercredi et l'activité n'a pas encore repris.

Une justice à lui rendre, il rebondissait vite.

– Et les patrons de l'usine ? Leur présence chez nous n'est pas illégale ?

– Absolument pas.

– Une de nos équipes va les interroger, avec les inspecteurs de la Santé et de la Sécurité publique qui vont visiter l'usine. Prévenez-nous dès que vous aurez retrouvé tout ou partie des clandestins manquants.

– Ce sera fait.

Juste au moment où je pensais que tout était terminé, et bien terminé, notre procureur local éprouva le besoin de se manifester.

– Je me présente. Carson Hilgenberg, avocat général du comté de Nation et tenu de m'exprimer ici, je pense.

Du Carson Hilgenberg grand cru, mais la suite fut encore meilleure :

– Mes félicitations à tous. Je tiens à ce que vous sachiez que mon bureau vous est ouvert, à toute heure du jour et de la nuit. Je serai toujours là pour résoudre les complications juridiques inévitables, à mesure de leur apparition.

Authentique. C'était presque comme s'il avait fait des guillemets avec ses doigts en prononçant « complications juridiques ».

Il crut devoir ajouter :

– Je serais heureux de répondre à toutes vos questions, s'il vous en vient quelques-unes.

J'allais lui demander de nous définir la protéine quand Hester me prit de vitesse.

– De quelle autorité disposons-nous en l'occurrence ?

– Pardon ?

– Si quelqu'un nous demande de quel droit nous interrogeons les travailleurs et visitons les locaux, que devons-nous répondre ?

Comme si elle ne le savait pas.

Carson Hilgenberg se retourna tout bonnement vers l'un des substituts du procureur de l'État.

– Peut-être aimeriez-vous répondre à cette question ?

Plus cool que je ne le pensais. Il venait d'assumer, avec un parfait sang-froid, le rôle du maître de cérémonie.

L'interpellé n'eut pas un battement de cils, lui non plus. Il tira simplement un texte de sa serviette ouverte, et nous en fit la lecture :

– D'après l'article 135.35 du code de l'Iowa, toutes les forces de l'ordre pressenties seront habilitées à faire respecter la loi et exécuter les instructions légales des services centraux, dans le cadre de leurs juridictions respectives. Vous avez tous été légalement « pressentis ». Pas d'autre question ?

J'adore les consignes du genre « Appelez le flic le plus proche ! » promulguées par ce chapitre du Code. Elles ont été mitonnées par des législateurs qui, tout en se refusant à munir les services de Santé d'un quelconque pouvoir répressif, ne voulaient pas, malgré tout, les lâcher désarmés dans l'arène. D'où cette possibilité d'appeler à la rescousse certains flics prédéterminés. Le problème, c'était qu'en l'absence quasi totale de toute formation, de toute expérience spécifique, on devait, dans ce cas, passer beaucoup de temps à leur enseigner le B.A.BA nécessaire à l'exécution de la tâche requise.

– Quelle formule employer pour tout refus d'obtempérer ?

Sacré Lamar. Toujours le mot pour rire.

Le substitut, impavide, se reporta à sa petite brochure.

– Juste une seconde... Conformément à l'article suivant, 135.36, toute non-collaboration avec des agents agréés des services de Santé sera passible de cent cinquante-cinq dollars d'amende, plus les frais de jugement. Ou si vous préférez agir sans jugement, amenez-les donc ici et dressez-leur un procès-verbal pour comportement anticivique. Faites intervenir un magistrat, s'il le faut. Pas de caution à 10 % de l'amende potentielle. Voilà qui libérera les enquêteurs en infligeant, par la même occasion, quelques salutaires leçons de citoyenneté à tous les mauvais coucheurs. Si vous n'avez pas le pouvoir de les inculper, menez-leur la vie dure !

Je me penchai vers Hester.

– Il me botte, ce type. Qui est-ce ?

– Un nommé Morton Bligh. Tout le monde l'appelle déjà capitaine.

–Lequel, s'informait Bligh, a vu en premier le corps de José Gonzalès ?

Je levai la main. Hester également.

–J'aimerais vous parler dans quelques minutes. Vous pouvez m'attendre un instant ?

Pourquoi pas ? La journée était déjà bien avancée, de toute manière.

14

Jeudi 20 décembre 2001 – 15 h 30

Tandis que les gens commençaient à ranger leurs affaires et à sortir de la salle, on se dirigea vers mon bureau à 15 h 30, avec Bligh accompagné du docteur McWhirter.

– Alors, c'est vous, les deux petits veinards, ironisa Bligh.

– En personne ! Vous avez nos rapports préliminaires ?

– Joints au dossier de l'affaire. Excellents rapports. Que pouvez-vous me dire d'autre au sujet de Gonzalès ?

J'y allai carrément :

– Gonzalès était le meilleur ami d'un homme qui a été assassiné ou pour mieux dire exécuté, la veille du jour où on a découvert ce même Gonzalès mort dans sa chambre. La victime du meurtre s'appelait Rudy Cueva. Tous deux se prétendaient américano-mexicains, mais Cueva était colombien et Gonzalès aussi. Clandestins, l'un comme l'autre.

Ni Bligh ni McWhirter n'émirent le moindre commentaire. Je poursuivis :

– Tous deux travaillaient à l'usine de conditionnement de viande. Soupçonnés d'implication directe, actuelle ou passée, dans le trafic de drogue, mais sans aucune preuve à l'appui. Deux meurtres, selon nous. Sans aucune preuve non plus, dans le cas de Gonzalès.

Bligh s'éclaircit la gorge.

- Vous pensez, toutefois, que le ricin lui a été volontairement appliqué ?

– Ça y ressemble beaucoup, renchérit Hester. Mais naturellement, ça ne colle pas avec la drogue. Pas un meurtre par le poison. Surtout aussi lent. Normalement, c'est couteaux et flingues, comme Cueva. Solutions radicales, pour l'exemple !

– Le meurtre de Cueva remonte à ?

– Mardi.
– Et votre enquête vous a conduits à José Gonzalès.
– Seulement en tant que témoin. Gonzalès n'était pas présent au moment du meurtre, du moins, nous le pensons. Mais il était le meilleur ami de Cueva.
– D'accord. Et qui vous a envoyés vers lui ? Qui pense qu'il s'agit d'un meurtre ?
– Personne. Le comté avait besoin d'une notification pour une mort sans circonstances extérieures. Carl et moi étions en train de travailler sur le meurtre de Cueva. Nous étions les premiers disponibles. La police de Battenberg nous a appelés pour venir constater la « mort naturelle » et c'est ce que nous avons d'ailleurs confirmé au début.
Quelqu'un grattait à la porte et personne n'avait spécialement envie de rigoler. Je braillai :
– Pas maintenant ! On est occupés !
Le grattement persistait. J'allai ouvrir la porte. Grandes Oreilles, qui s'était mis sur ses pattes de derrière pour gratter au battant, retomba sur les quatre, repéra Hester et fonça vers ses mains tendues.
– Je vous présente Grandes Oreilles, alias Orejas, baptisé comme feu son maître José Gonzalès. C'était son chien, et personne n'en veut, sauf Hester.
Bligh m'interrogeait du regard.
– Gonzalès était surnommé Orejas, c'est-à-dire Grandes Oreilles. Le chien était sous son lit.
Doc McWhirter s'inquiéta :
– Il était dans la même pièce que le cadavre ?
– Oui, s'empressa de répondre Hester, mais le véto l'a examiné. Il n'a rien.
– Vous pensez donc, redémarra Bligh, que Cueva et Gonzalès ont été assassinés tous les deux.
Je confirmai, un peu fatigué d'avoir à répéter si souvent la même chose :
– Ça nous en a tout l'air.
– Toujours la dope ?
Hester, souriante, installait Orejas sur ses genoux.
– C'est la seule chose qui colle. Ou qui collerait si le meurtre de Gonzalès ne sortait pas du cadre.
– Mais vous n'êtes pas sûrs du motif dope ?

– Hélas non. La petite amie de Cueva pourrait certainement nous aider, mais elle a disparu depuis quelques heures, et l'avis de recherche n'a encore rien donné.

– Clandestine, elle aussi ?

– Non, dit Hester. Née et élevée ici.

Bligh, perplexe, secouait la tête.

– Vous êtes dedans jusqu'aux chevilles, non ?

Hester affirma, sans cesser de tripoter Orejas d'une main :

– Les dossiers de Carl sont toujours comme ça. Jamais rien de simple.

– J'essaie d'intéresser mon public ! Jusque-là, j'ai plutôt bien réussi.

Bligh sortit un calepin de sa poche.

– Vous savez comment le ricin a été... hum... appliqué au défunt Gonzalès ?

– Je pense que le docteur McWhirter va pouvoir nous dire ça.

Le médecin se concentra brièvement.

– J'ai participé à l'autopsie et aux tests associés. On avait tout un tas de symptômes, depuis un bouleversement gastro-intestinal jusqu'à une noyade virtuelle par œdème pulmonaire aigu. D'où notre dilemme. On avait entre les mains le corps d'un individu empoisonné simultanément par aspiration et par ingestion.

– Vraiment ? s'étonna Hester. Les deux ?

– Oui. À doses massives dans les deux méthodes. Selon moi, il ne valait pas mieux qu'un mort dès son exposition à leurs effets conjugués. Rien n'aurait pu le sauver. La question est de savoir où et quand il a pu recevoir ce dosage astronomique.

– Il a travaillé jusqu'à lundi, rappela Hester. On en a la certitude. Il a été découvert mercredi à 18 heures. Mort. Selon toi, Carl, depuis une douzaine d'heures ?

– À quelque chose près, d'après la rigidité cadavérique.

– Disons qu'il est mort vers 6 heures, mercredi matin. Une source d'infection remontant à trente-six heures place celle-ci vers 18 heures, lundi après-midi. C'est-à-dire vers la fin du travail de son équipe à l'usine.

– Donc advenue dans le cadre de l'usine. Accidentellement ? Un informateur m'a parlé de « quelque chose qui lui aurait été fait ». Toutefois, cet informateur n'en a pas été le témoin. Alors ? Exposition accidentelle, après tout ?

– La contamination, s'insurgea McWhirter, aurait été beaucoup plus importante. Victime unique, dans le cas d'un accident ? Impossible !

Hester décida d'accompagner le docteur McWhirter chez José Gonzalès, en compagnie de deux techniciens, afin d'y recueillir le linge sale et de tester douche et lavabo en quête de traces suspectes.

Bligh et moi irions à l'usine pendant ce temps-là, avec deux inspecteurs de la Santé et de la Sécurité. Bligh suggéra que le procureur du comté, Carson Hilgenberg, accompagnât Hester et son équipe, afin que nous disposions d'une présence juridique légale à un endroit comme à l'autre. Hester roula des yeux mais accepta.

Hilgenberg, avec l'appui de Bligh, demanda un mandat de perquisition, en urgence, et je me rendis avec eux chez un magistrat local où je signai une déclaration sous serment. Bien que la journée eût été largement perdue, on était tous de nouveau dans la course.

Il était 16 h 21 quand on arriva à l'usine. Prévenu par téléphone, Ben avait accepté de nous attendre. Je ne lui avais pas dit grand-chose, sinon que c'était très important.

On nous introduisit, dare-dare, dans le bureau directorial où nous attendait, outre Ben Hurwitz, quelqu'un dont le visage m'était familier.

– George !

– Carl !

A priori, la rencontre n'avait pas l'air de lui faire tellement plaisir.

– Qui est-ce ? demanda Bligh.

– L'agent spécial George Pollard, du FBI. On se connaît depuis des années. Comment vas-tu, George ?

On se serra la main. Je lui présentai Bligh, substitut du procureur de l'État. J'avais oublié quel était son prénom.

– Appelez-moi Mort, nous dit-il.

Mortimer, c'était ça. Je continuai à l'usage de Bligh :

– Chaim B. Hurwitz, directeur.

– Appelez-moi Ben.

Ben avait une mine épouvantable. Je me demandai s'il n'était pas malade.

– Alors, qu'est-ce qui nous amène le FBI ? demanda Bligh.

Bonne question. Le FBI en Iowa, c'était déjà un événement pour l'époque. Autre exemple de ce que le 11 Septembre avait fait au rêve américain. Avant cette date, il y avait eu vingt-six agents du FBI en Iowa. Au 15 septembre, deux douzaines d'entre eux étaient ailleurs, assignés aux recherches antiterroristes. La présence de l'un d'eux dans une usine de viande était inattendue. D'autant plus que je m'en souvenais parfaitement, George avait été l'un des premiers embringués dans la lutte contre le terrorisme.

–Je crains que ce ne soit un aspect du même problème qui vous amène, dit George en repoussant la porte derrière nous.

Il repassa derrière le bureau de Ben, debout près du directeur, et s'empara du dossier posé sur le sous-main.

– Vous êtes bien ici à cause du ricin ?

– Oui.

– Qu'est-ce qui se passe, George ?

Plus fort que moi. Je ne voyais pas le FBI déplacer un de ses agents pour la mort d'un simple immigré. Clandestin, de surcroît.

– On nous a signalé, de la Crim' d'Atlanta, qu'il y avait eu un cas de mort par ingestion de ricin, en Iowa. Si vous vous asseyiez, tous les deux ?

On suivit sa suggestion.

– Comme je viens de l'expliquer à Ben, on s'est trouvés en présence de deux empoisonnements par le ricin, simultanés quoique indépendants. Le vôtre. Plus un nettement plus grave, à New York.

– New York ?

Surprenant, pour employer un euphémisme.

– C'est terrible, gémit Ben Hurwitz. Terrible !

– Quatre morts à New York, exposa George. Tous par le ricin. Cinquante-sept malades avec un nouveau cas déclaré dans un état quasi désespéré.

Il se reporta à son dossier.

– Les techniciens des labos pensent qu'il s'agit, dans certains cas, de réactions psychosomatiques, parce que certains des morts étaient de leurs amis, et qu'ils n'avaient pas mangé du même plat. Pas tous, bien sûr. L'action de cette substance est très lente. Ils sont tombés assez malades, le 15 décembre, pour avoir recours à un traitement médical. Dans trois des cas. Huit de plus le 16, vingt-deux le 17 et vingt-neuf le 18. L'un des trois premiers est mort le 17. Il travaillait, d'ailleurs, dans une épicerie. Trois des cas du 16 décembre se sont également révélés mortels. Des gens d'un certain âge, jusque-là.

– Bordel de merde !

– Mais il y a pire. Toutes les victimes, sauf deux, sont des Juifs. On a un vecteur de trois épiceries dans la ville. Tous les sujets infectés y travaillaient ou bien avaient consommé de la viande provenant d'une des trois. Tous.

Oh, remerde ! Je ne voyais que trop bien où tout ça nous conduisait.

– Pendant l'Hanoukka, précisa Ben. Ils sont tombés malades en mangeant de notre viande, pendant l'Hanoukka.

George acquiesça.

– Exact. Et ces trois épiceries reçoivent la quasi-totalité de leur bœuf de cette usine. Ce que nous avons là est probablement un crime racial, dicté par la haine. Quel qu'en soit le mobile, nous soupçonnons un acte de terrorisme. Intérieur ou autre.

George referma son dossier.

– Carl, peut-on se retrouver au bureau de police local, à moins que tu ne préfères le tien, où je viendrais te rejoindre ?

– Bien sûr. Bligh, pourquoi tu ne resterais pas ici avec Ben pour l'interroger un peu pendant que George et moi allons au bureau de police local ? Appelle quand tu as fini, je passerai te prendre.

J'avais hâte d'entendre ce que George aurait encore à me dire, loin des oreilles de Bligh et de Ben. J'optai pour le plus proche et cinq minutes plus tard, on se retrouva dans le bureau de Norm Vincent. Il n'était pas là, mais l'employé municipal nous admit alors qu'il allait fermer boutique.

– Seigneur Dieu, George, qu'est-ce qui se mijote ?

– On considère vraiment qu'il s'agit là d'un acte terroriste.

– Oui, bien sûr. Intérieur, évidemment.

– Pas nécessairement.

– Tu rigoles ?

Il n'en éprouvait pas la moindre envie. Aux dernières nouvelles, on savait que plusieurs groupes terroristes, y compris le réseau Al Qaïda d'Oussama ben Laden, recrutaient les services de terroristes non islamiques pour effectuer une partie de leur sale boulot. Les « recrues » provenaient de la racaille issue du trafic de la drogue, et possédaient, à ce titre, une certaine expérience de l'une ou de l'autre des qualités requises.

– Très important, spécifia George, ces individus ne sont nullement stigmatisés en tant que terroristes islamiques extrémistes. Des Thaïlandais, des Laotiens, des Colombiens, des Mexicains... Tu le sais aussi bien que moi, Carl. Partout où règne un important trafic de drogues illégales, ces gens-là y sont connectés. En France, en Afghanistan, ils utilisent ces connexions pour recruter du personnel. Ils cachent plus facilement leurs activités de cette manière. Toujours sous la surveillance des fidèles. Des fanatiques, si tu préfères. Ce sont des musulmans radicaux, fondamentalistes, qui mènent la barque.

– Un recrutement fondé sur les hommes des cartels !

– Ou du moins l'une de leurs sources.

– Et c'est ce que nous avons ici, tu penses ?

– Dans le cas de votre José Gonzalès, c'est possible, sinon probable. Comment savez-vous qu'il était colombien ?

Je lui dis que je tenais ça d'un de mes informateurs. Sans nommer Hector.

– On a établi que l'adresse donnée par Cueva à Los Angeles était fausse. Et les numéros de Sécu collectifs, si j'ose dire... Mais s'ils recrutent, c'est pour de l'argent, je suppose ?

– Bien sûr, puisqu'il passe par les connexions locales.

– Autrement dit, des mercenaires.

– Mercenaires est le mot. On lui préfère tout de même celui de « recrues ». Pour éviter que leurs futurs défenseurs nous les cassent en réclamant les contrats d'engagement.

L'idée lui arracha un sourire.

– Rester strictement légal en face de ça... j'en ferais une jaunisse ! J'ai appelé mon bureau, après que Ben m'a parlé de ce Gonzalès. Nos experts jugent qu'il n'y a aucune chance que le ricin ait été absorbé accidentellement. Aucune chance non plus qu'il soit inclus dans le conditionnement de la viande. Même s'ils lubrifient leurs machines à l'huile de ricin. Le ricin, en tant que poison, n'est qu'un sous-produit, et personne, ici, ne raffine des graines de ricin.

Son angoisse passait la rampe.

– Le ricin était une des armes essentielles que Saddam Hussein essayait de fabriquer en quantités énormes. De nombreuses recherches ont été effectuées là-bas, et de gros stocks de cette saleté détruits sur place après la guerre du Golfe. Une autre raison qui nous porte à croire que ce n'est pas seulement un problème local.

– Tu plaisantes !

– Non. L'Iraq en produit à la pelle. Et ils ne sont pas les seuls apparemment. De toute façon, l'antiterrorisme va nous envoyer du monde, et vous ferez bien de participer au briefing.

– Tu te moques de moi. On va avoir un briefing ? Mais George, on vient juste de sortir de réunion. Tu peux nous épargner celui-là, non ? J'ai déjà perdu trop de temps...

Après tout, George était un copain. Ou pas ?

– Présence obligatoire, Carl. Leur avion s'est déjà posé à Cedar Rapids. Ils seront bientôt là. Une équipe des services spéciaux du FBI va également nous tomber de Washington. Tu seras prêt à leur raconter ce que tu sais, disons dans quatre heures ?

– Je vais en référer à Hester. Il faut qu'elle y soit, elle aussi.

– Elle est de la Crim' et plus spécialement sur le meurtre, c'est ça ?

Ce ne serait pas la première fois que George et Hester bosseraient ensemble.

– Oui, c'est presque une réunion de famille. Écoute, j'ai un indic sur le feu, et la petite copine de Cueva qui nous a joué la fille de l'air...

– Tu as rendez-vous pour les interroger ou tu as juste l'intention de leur parler d'ici peu ?

Drôle de question, étant donné le contexte.

– Non, juste l'intention. En fait, la femme fait l'objet d'un avis de recherche. Infructueux, jusque-là.

– Si on filait à ton bureau d'où tu pourrais élargir cet avis de recherche ?

– À tout le Midwest ?

– À l'échelle nationale. Avec toi derrière. Pas nous. Question de sécurité. Ça fait longtemps qu'elle s'est tirée ?

– Une douzaine d'heures.

On ramassa Bligh en passant, avant de foncer jusque chez Gonzalès où l'on retrouva Hester, Carson Hilgenberg et le docteur McWhirter. Quand George entra dans l'appartement, ce fut l'une des rares fois où je vis Hester exprimer une certaine surprise.

– George ! Qu'est-ce que tu...

Carson Hilgenberg s'interposa. Il ne connaissait pas George, mais il avait déjà compris qu'il s'agissait de quelqu'un d'important. Il se présenta.

– Enchanté, prétendit George. Agent spécial Pollard, du FBI.
– Vraiment ? s'extasia Hilgenberg.
– Vraiment ! lui confirma George.
Pendant qu'il confiait les raisons de sa présence dans nos murs à Hester, Hilgenberg et Doc McWhirter, j'appelai Sally.
– Hé, il faut qu'on étende l'avis de recherche de Linda Moynihan à l'ensemble du territoire.
– D'ac, mais j'ai besoin d'infos complémentaires. Et d'un mandat « personnes disparues ».
Je l'entendis marmonner pour elle-même :
– Page 939, c'est ça...
Toujours aussi consciencieuse, elle consultait le manuel du NCIC *(National Crime Information Center*[1]*)*.
– Je la déclare disparue ? Pour ça, il faut qu'elle soit mentalement perturbée ou victime présumée d'un enlèvement, ou...
– Ni l'un ni l'autre. Juste recherchée.
– Pour ça, il me faut un mandat. Tu en as un dans ta poche ?
Le NCIC fait autorité pour ce qui concerne la diffusion tous azimuts des ordres de recherche par les télétypes de la police, et ses règles sont astreignantes.
– Pas dans la poche, non. Annonce une demande effectuée, qui se réalisera tôt ou tard.
– Je peux toujours employer la formule « mandat en attente », mais il m'en faudra un autre dans les vingt-quatre heures pour éviter les complications. Avec la clause « extradition possible », ou personne ne va réagir.
– Ça va. Marche avec « mandat en demande » et qualifie-la de témoin oculaire dans une affaire d'homicide.
– OK, ça marchera peut-être.
– Pas de médias dans le secteur, en ce moment ?
– Dans le secteur !
Sa voix s'éloigna en direction de la fenêtre d'où elle allait jeter un coup d'œil.
– Trois camions de la télé sur le parking, ça te suffira ?
Même la presse, apparemment, ne savait pas tenir sa langue. Je n'avais compté que sur la présence de Judy Mercer, de la KNUG.

1. Centre national d'information criminelle.

–Merci. Je rentre dans un petit moment. Apprête-toi à recevoir de la compagnie.

–Quoi ?

–Branche la grosse cafetière. Tu vas avoir des invités. C'est tout ce que je peux te dire.

Je me tournai vers George qui écoutait la fin de ma conversation.

–C'est Sally.

Il s'avança et attrapa le téléphone.

–Bonjour, Sally, c'est George, du Bureau... Oui, bientôt... Hé, tu gardes ça pour toi, bien sûr, mais si tu as du mal à chiffrer un message ou à obtenir qui que ce soit, tu appelles ce numéro.

Il l'égrena, très vite, en se reportant à une carte professionnelle repêchée dans sa poche.

–Dis-leur que c'est de la part de George Pollard et cite-leur le mot de passe soutenu, c'est ça, s-o-u-t-e-n-u. Vu ? Il me tarde de faire ta connaissance.

Ensuite, Hester attira notre attention sur le gros spray, sans étiquette, que j'avais remarqué lors de notre première visite.

–On estime qu'il y a une bonne chance que ce soit l'instrument de diffusion du ricin. On n'y pas encore touché. Il faut l'emballer très soigneusement et le transmettre aux labos du FBI à Washington. Si on l'examine de plus près, on se rend compte qu'il ne s'agit pas d'une bombe volée à l'étalage dont on a arraché l'étiquette. Pas de trace de colle ou de bouts de papier. Juste un numéro de série, au fond.

–Alors, elle vient d'où ?

–Je sais pas encore. Mais n'importe quelle grande quincaillerie te préparera une de ces bombes, sur simple commande. Tu leur achètes aussi de la peinture, ils l'introduisent dans ta bombe et le tour est joué.

–J'ignorais que ça pouvait se faire. Cool.

–Il y a aussi, poursuivit Hester, un sac de gants synthétiques, dans une boîte à chaussures. Là, sur une planche du placard. Le sac a été ouvert, mais j'ignore s'il en manque.

Tout ce qu'on peut laisser passer quand on croit que ce n'est qu'une « mort sans circonstances extérieures ».

–Pas de revolvers fumants ?

Plus fort que moi. Hester affecta de prendre au premier degré ma faible facétie :

–Non, ou pas encore découverts. Mais deux ou trois masques filtrants, dans une boîte à chaussures. Avec la mention « Protection de la respiration » inscrite sur la boîte. Plutôt réservés à la poussière. Dites-lui ce que vous en pensez, docteur.

McWhirter hocha la tête.

–Je doute que ces masques soient efficaces contre une pulvérisation de ricin. Dans ce cas, je choisirais quelque chose de plus spécialisé, à fine membrane. Plus ajustable, aussi, plus étanche, pour faire un meilleur barrage.

–Mode d'emploi en anglais, ajouta Hester. Rien ne nous indique que Gonzalès connaissait assez bien notre langue pour le lire, mais tout de même. Un masque reste un masque. Et le spray doit être étanche, puisque Grandes Oreilles n'est pas tombé malade.

Son raisonnement se tenait. Elle en tira la conclusion :

–En l'absence d'autres sources, je dirais que notre homme a réalisé ce spray pour traiter la viande expédiée à New York. Sans doute alors qu'il chargeait les quartiers de bœuf dans les camions frigo. Il s'est servi des masques et des gants pour se protéger, mais ses précautions étaient insuffisantes. Il a dû s'auto-contaminer en ôtant ses gants. Ou mal ajuster son masque. Qu'est-ce que tu en dis ?

–Que Gonzalès, dans ce cas, n'était qu'un amateur. Pas un pro. Qu'on l'avait payé pour commettre ce crime, mais sans l'avertir de tous les dangers possibles.

–Tu as gagné le droit de monter sur le podium et de parler au micro, dit George à Hester.

–Pardon ?

Il lui fit part de la prochaine réunion.

–Super, conclut Hester. Vraiment super. Non que je rechigne à parler en public, mais il faut tout de même qu'on s'occupe de notre homicide.

–Je regrette, Hester. On te libérera aussitôt que possible.

–C'est juste un petit réglage, j'ajoutai.

–Mais il nous reste bien une petite heure. Si on en profitait pour parler aux compagnons de travail de Gonzalès et de ce...

–Cueva.

J'échangeai un regard avec Hester et lui proposai :

–Raconte, toi.

–Non, vas-y, dis-lui.

– Me dire quoi ? demanda George.
– Eh bien, nous avons un petit problème pour interroger ses collègues. La majorité d'entre eux ne sont pas ici légalement.
Cela attira son attention.
– Ils ont tous disparu la nuit après que Cueva a été tué. Une centaine d'entre eux au moins. Au point qu'ils ont dû boucler l'usine.
– Oh merde ! soupira George.
– C'est exactement ce qu'on a dit, approuva Hester.
– On leur court après.
Je parlai à George de mon collègue Harry Ullman et des recherches entreprises dans le Wisconsin. Il haussa les épaules.
– S'ils se sont éparpillés dans une zone urbaine à forte densité de population, on ne leur remettra pas la main dessus. Pas de sitôt, dit George.
– On espère leur retour quand l'agitation sera retombée. Dans un jour ou deux, acheva Hester, sans grande conviction.
– Nous avons quelques noms. Peut-être vos hommes pourront nous aider à les repêcher ? Ils pourraient bien nous apporter toutes sortes de choses intéressantes.
Durant cet échange, Bligh et le docteur McWhirter avaient contracté la bougeotte.
– Hé, nous rappela Bligh, nous, c'est la substance toxique et ses effets qui nous intéressent. À partir du moment où ça devient une affaire criminelle...
– Vous ne vous en sortirez pas comme ça, coupa George. Nous pouvons nous tromper. Même si c'est peu probable. Mais de toute façon, on a besoin de vous pour consolider nos bases. Travailler sur la thèse et l'antithèse. On a besoin d'établir qu'il s'est agi d'un accident... ou de prouver le contraire. Qu'on le veuille ou non, il s'agit d'une affaire multi-juridictionnelle. À tout point de vue.
Ni Bligh ni McWhirter ne manifestèrent le moindre enthousiasme.

De retour à Maitland, on se débrouilla, Hester et moi, pour contourner les gens des médias qui squattaient notre parking en permanence, tous moteurs en marche. Je me disais que quelqu'un aurait quand même pu avoir la courtoisie de les faire entrer au chaud dans l'arrière-boutique, mais je ne dis rien.

Je ne dis rien car la première personne que je croisai fut Lamar qui m'accueillit avec :

– Tu sais d'où sortent tous ces putains de journaleux ?

– Génération spontanée, peut-être ? George Pollard veut te parler, et je compte sur lui pour te dire de nous laisser travailler, Hester et moi. Nous devons rendre nos derniers rapports dans quelques heures, on va être un peu occupés...

– Tu nous as encore foutus dans la merde ?

Sa voix me rattrapa à mi-chemin de mon bureau. Alors que je lui lançais, par-dessus mon épaule :

– Plutôt deux fois qu'une !

Une heure plus tard, tandis qu'Hester et moi terminions la rédaction de nos rapports, Lamar pénétra dans mon bureau. Beaucoup plus calme. Il avait même frappé avant d'entrer. Un événement sans précédent.

– Tu crois qu'il s'agit d'un truc énorme ?

– Tu as parlé à George, c'est ça ? je demandai en fouillant dans ma pile de boîtes à photos.

– Et comment. Tu crois qu'il a raison ?

– Ça expliquerait pas mal de choses.

– Et vous, Hester ?

– Il y a une bonne chance pour que lui et ses collègues en tirent quelque chose. Le rôle central des épiceries, à New York, est dur à négliger.

– Putain ! grommela Lamar en s'asseyant sur mon bureau.

Il attrapa quelques photos que je m'appliquais à répertorier sans même les regarder.

– Dès que les médias ont eu vent de la présence du FBI, ils ont débarqué en exigeant de tout savoir. Je peux vraiment pas les piffer quand ils se conduisent de cette façon-là !

– Attendons le briefing, se résigna Hester. Je crois que les Feds vont nous offrir un de leurs porte-parole. Ils s'en occupent.

– J'espère bien, rugit Lamar. J'ai toujours peur de trop en dire, et c'est encore pire que devant la cour...

Je tentai de le consoler :

– Tout ça nous dépasse totalement. Je pense qu'on devrait se concentrer sur le meurtre de Cueva.

– Facile pour toi de le prendre comme ça. J'ai eu Abe Goldstein au télétype. Le proprio de l'usine. Les médias l'y ont appelé, ainsi que chez lui, durant toute la journée. Il se déclare victime de l'antisémitisme. Il n'a peut-être pas tort. Mais je ne sais pas quoi répondre à ce pauvre bougre. Il pleure qu'il est à la veille de la ruine. Il dit que lui et sa famille ont passé leur vie à maintenir la réputation que leur père avait acquise par la qualité de ses produits. Et voilà que maintenant, les « autorités » racontent que sa viande tue ses amis et ses parents, à New York et ailleurs. Qu'est-ce que je peux lui répondre ?

– Que ce n'est pas sa faute, préconisa Hester. Bien sûr, ça n'arrange rien.

– Il veut savoir si on pourra l'aider à éviter le renouvellement de cette horreur.

– On va faire de notre mieux. Vous pourriez lui dire que la fermeture de l'usine a été une mesure très intelligente. Avec les services de santé sur le coup, il pourra redémarrer du bon pied, quand la production va reprendre.

– Espérons-le, souhaita pieusement Lamar. Oh, à propos, il a fallu que je renvoie quelqu'un devant la cour, pour décrocher un autre mandat de perquisition.

– Quoi ?

– Monsieur l'avocat général du comté Hilgenberg a oublié son dossier dans l'appartement de José Gonzalès, lors de sa première visite. Et ne s'en est aperçu qu'après son retour ici.

L'inconvénient du mandat de perquisition, c'est qu'il est valide pendant toute la durée de la fouille. Mais qu'il ne donne aucun droit de revenir dix minutes plus tard, ou pas sans un nouvel exemplaire du même document.

– Ce type va me rendre folle, dit Hester. J'espère que personne ne s'est introduit dans l'appartement et n'a lu le dossier.

– Il ne le pense pas, jappa Lamar. Mais comme je le dis toujours... c'est comme ça que les médias glanent leurs informations !

Hester et moi renouâmes avec nos travaux d'écriture. La chose à ne jamais oublier, pour faire un bon rapport de police, c'est de bien établir la différence entre ce qu'on sait et ce qu'on suspecte. Les origines de Cueva en étaient un bon exemple.

– Il n'était pas de Los Angeles, il avait un faux numéro de Sécu et un certificat de naissance tout aussi bidon. Rien ne nous confirme qu'il ait été colombien.

– Non, enfin Hector a affirmé que Cueva était colombien. Mais pas de confirmation depuis lors.

On supposa tous les deux qu'Hector avait probablement raison, et j'étais quasiment sûr qu'il m'avait donné une bonne information. Mais nous n'avions pas pu la confirmer.

Un autre facteur indispensable à la rédaction d'un bon rapport, c'est d'être bien sûr de ne rien oublier. Même les fausses routes doivent y figurer, jusqu'à ce qu'on démontre leur inexactitude. Il faut toujours dire les critères ayant servi à écarter une information. Sinon, la défense s'en empare et essaye d'affirmer que vous ignorez ainsi la vraie preuve pour défendre leur client. Cela donne lieu à des conversations entre enquêteurs qui ne manquent pas de pittoresque.

– On croit ou on ne croit pas tout ce que nous a dit Linda Moynihan ?

– À sa réaction lors de l'autopsie, sûrement. Pour le reste...

– Donc... Folle de douleur... Peut-être même surprise ?

– Pas exactement surprise. Non. Peut-être juste vraiment malheureuse, rectifia Hester.

– Oui, sa réaction aurait aussi pu être différente... Quelque chose comme : « Ils avaient dit qu'ils le tueraient. Et ils l'ont fait. » Tu crois pas ?

Hester compulsait ses notes à la recherche d'une autre information.

– C'est juste. Ça aurait aussi pu être : « Je te l'avais dit, Rudy. »

– Moralité, il faut qu'on la retrouve, et plus vite que ça.

– OK, ça rentre dans ta partie du rapport. Moi j'en suis toujours à la description des lieux et de la scène du crime.

– OK. Et n'oublie pas de me dire quand tu es parvenue à identifier le type à la peau blanche qui a regardé l'autre flinguer Rudy.

Je plaisantais à moitié car nous avions vraiment besoin de savoir qui était cet homme.

– Bien sûr. Quand tu m'auras dit qui était Rudy.

– Et puis le ricin...

– Ah non, le ricin, c'est pour toi, c'est ton truc. Moi, je m'en tiens aux rapports avec la drogue.

Elle était déjà en train de pianoter sur son ordi portable.

George ouvrit la porte pour nous passer deux tasses du café de Sally.

– Elle jure qu'on ne fait pas mieux.

J'étais impressionné. Sally possédait une petite réserve d'un café de mouture et de torréfaction spéciale qu'elle avait dégoté à Dubuque. Jusque-là, personne n'avait eu le plaisir de déguster plus que son parfum, excepté Sally.

–J'ai donné deux ou trois coups de fil, sur la base de ce que vous m'avez appris. L'ATF *(Bureau of Alcohol, Tobbaco and Firearms*[1]*)* nous envoie un de ses agents de Des Moines, par hélico.

– Parce que ? releva Hester.

– À cause des douilles vides. On pense à une autre connexion possible. Et on va prendre les empreintes digitales.

Quand on remplit un chargeur, on a tendance à presser fortement du pouce sur les douilles. En particulier sur les dernières. C'était donc une possibilité.

– Le labo de la Crim' l'avait négligé ?

Je n'en revenais pas.

– Sans doute, concéda Hester. Les budgétaires font la chasse aux heures sup, cette année. Les techniciens ont dû se concentrer sur la scène du crime proprement dite.

– On a piqué les douilles à votre labo. Parties par avion à notre centre technique de Washington.

Puis, soudain sur la défensive :

– Pas toutes seules. À bord d'un avion qui allait là-bas.

– Comme quoi certains ont des ressources, et d'autres pas ! je répondis en essayant d'alléger l'ambiance.

– On aurait pu s'en occuper, mais les labos de la fac locale ferment à 15 h 45.

– Parlant de labo, George, attaqua Hester, tu n'aurais pas sous la main un emballage de sécurité cylindrique ? Ou plutôt deux, concentriques, le plus petit assez grand pour recevoir ce fameux spray. Et des autocollants de mise en garde biologique contre les produits dangereux.

– Dans ma voiture, dit George. Les emballages, tout au moins. Mais pas d'autocollants de mise en garde biologique.

– Moi, j'en ai.

J'avais parlé trop vite, plongé dans mes pensées. Le silence me réveilla en sursaut.

---

1. Le Bureau des alcools, des tabacs et des armes à feu.

– Qu'est-ce que tu fais avec ces autocollants ?

– Oh, Sally en a piqué quelques-uns à l'hosto. Elle les colle sur la gamelle de mon déjeuner et sur mes flacons d'assaisonnement. Il doit lui en rester quelques-uns, dans ce tiroir, là.

– Plus une étiquette toute faite à l'adresse des labos du FBI ?

– Demande à Sally.

Et ce n'était pas seulement une plaisanterie.

16 h 56

Lamar, une fois de plus, sur la radio. Il y avait un bout de temps qu'il nous appelait, mais dans la pagaille ambiante, on n'avait pas pu entendre son appel.

Sally augmenta le volume du talkie-walkie et confirma au shérif qu'on était toujours en vie et en aussi bonne forme que possible, compte tenu des circonstances. Sans lui cacher, toutefois, qu'on apprécierait de la compagnie, dans notre résidence secondaire !

– On y travaille, dit Lamar.

Et même à une distance de trois bons mètres, le talkie-walkie me transmit, intacte, toute l'intensité du stress qui le hantait.

– Qu'est-ce que tu en penses ? me demanda George. Voilà un petit bout de temps qu'on ne voit plus rien bouger.

– Pas depuis les grenades. Mais je pense qu'ils sont toujours là, si c'est ce que tu veux dire.

– Je pense aussi. Est-ce qu'il pourrait s'agir d'une manœuvre de couverture, pour se carapater en douce ?

– Pas impossible. Quoique d'après Lamar, il y ait à peu près cinquante flics qui bouclent le périmètre. Peut-être plus, à présent.

Hester parlait à voix basse, mais je ne comprenais pas ce qu'elle disait.

– Quoi ?

Elle se mit sur pied, but au goulot de sa bouteille. Fit une sorte de gargarisme qui se termina par :

– Ouille !

L'eau froide avait touché une de ses dents cassées. Elle frissonnait. Mais elle se raidit contre la douleur avant d'affirmer :

– Non. Ils ne fileront pas en douce.

– Et pourquoi ?

– Parce qu'ils protègent quelque chose. En nous amusant sur place, ils gagnent du temps.

Elle releva sa bouteille à la hauteur de sa bouche, puis changea d'avis et prononça, très distinctement :

– Dissimulation.

– Puisque tu le dis... Tu ne veux pas te rasseoir ?

Elle secoua la tête. Et je lui montrai le haut du mur de pierre calcaire.

– Tu es plus grande que lui !

Elle s'accroupit précipitamment.

– Alors, tu crois qu'ils veulent simplement nous retenir ici, plutôt que d'essayer de nous avoir ?

George ne semblait pas pleinement convaincu. Hester émit un bruit de gorge qui trahissait une certaine impatience.

– Et pas nous seulement.

Elle eut un geste circulaire qui englobait les effectifs en cours de répartition à distance, tout autour de la colline.

– Nous tous !

J'avais pigé.

– Ils s'imaginent que ce putain d'endroit était notre but initial. Ils n'ont pas l'intention de foutre le camp. En revanche, ils veulent nous empêcher d'entrer.

– Voilà ! triompha Hester.

Sally, comme toujours, mit immédiatement le doigt dessus :

– Mais pourquoi ?

Une sacrée bonne question.

À laquelle aucun d'entre nous n'était foutu d'apporter une bonne réponse. On regagna les positions d'où il nous était possible de couvrir au mieux toutes les voies d'approche. Telle était, pour l'instant, notre priorité absolue. À plus tard les pourquoi et les parce que.

– Hé, George.

– Oui, Carl ?

– Tu peux me rendre mon talkie ?

– Désolé ! Attrape !

Il me l'envoya. Je vérifiai la fréquence et branchai le micro.

– Allô, Un ? Ici, Trois.

Brève attente. Et puis :

– Vas-y, Trois.

– Dis à Marty, le sergent de l'équipe spéciale, de m'appeler sur mon portable. Et tâche d'écouter aussi. D'accord ?

Deux à trois minutes plus tard, mon téléphone sonna.

– Ici Houseman.

– Il y a quelque chose de nouveau ?

– Marty, à la réflexion, on incline à croire qu'ils tiennent beaucoup plus à nous empêcher d'entrer que nous-mêmes à les empêcher de sortir.

– Sans déconner ?

– Jamais été plus sérieux.

– Garde l'écoute.

Si on avait tapé dans le mille, la répartition des effectifs, à la ronde, allait devoir changer du tout au tout. Plutôt que de prévenir la fuite des tireurs, les renforts pourraient avancer de façon plus décisive. Du moins, c'était ce que j'espérais.

– OK, Carl. Il se peut que vous ayez raison. On va s'en assurer. À propos du camping-car, on a obtenu du chef de station l'autorisation de visionner tout le métrage enregistré. Pas de camping-car nulle part en vue. Ce qui ne signifie rien de définitif, car ils peuvent très bien l'avoir garé à l'intérieur d'un des hangars.

– Sûr, Marty.

– On aperçoit deux formes, à quinze mètres de vous, derrière une sorte de clôture. On dirait deux mecs embusqués, mais comment le savoir ? Ils ne bougent pas d'un poil !

– Sans doute parce qu'ils sont morts.

– Tu veux me répéter ça ?

– Si c'est les deux que j'ai touchés, ils sont morts.

– Enfin une bonne nouvelle !

Il avait l'air sincèrement ravi.

– C'est de là qu'ils ont balancé les grenades. Ouvrez l'œil, tout de même.

– À qui le dis-tu. On a deux hélicos en route pour nous rejoindre. Un de la police de Cedar Rapids, et l'autre de la garde nationale, un OH-58. Tous les deux équipés du FLIR, le système de repérage par les infrarouges. On va vérifier les sources de chaleur à l'intérieur du hangar et voir également si on peut repérer le van.

– Formidable.

– Dès qu'ils seront là, on pourra voir tout le site comme en plein jour, et on vous tiendra au courant de tout ce qui bouge.

Autre chose : les Feds viennent d'arriver. Tout un paquet. Et l'équipe des sauveteurs d'otages de Cedar Rapids.

La situation s'améliorait d'heure en heure, et je lui exprimai ma satisfaction.

– Bien vu, approuva Marty. Cette histoire qu'ils sont là pour vous empêcher d'entrer, vous en êtes sûrs ?

– C'est ce qu'on pense.

– Vous savez pourquoi ?

– Pas vraiment. Mais à votre place, je poserais la question aux Feds.

Après ça, je redoublai d'efforts pour tenter de percer les ténèbres. Mes yeux s'y accommodaient graduellement, je commençais à distinguer des masses séparées telles que buissons et quartiers de roche. Mais j'avais beau m'escrimer, ma vision nocturne ne s'étendait pas jusqu'à la clôture qui cachait les deux morts.

Et si je téléphonais à Sue ? Elle n'était pas femme à rester plantée devant les infos, mais il serait peut-être bon de la rassurer sur mon sort avant que quelqu'un ne l'appelle pour lui confirmer que j'étais en danger. Par contre, si elle n'était au courant de rien et que je l'appelle, elle irait immédiatement regarder les infos et Dieu seul savait quels commentaires stupides elle pourrait entendre. Alors, autant la renseigner en direct pendant que j'avais l'occasion de le faire.

Je pianotai mon propre numéro.

– Allô ?

– Salut !

– Carl, ô Seigneur, qu'est-ce qui se passe ? Oh, que je suis heureuse de t'entendre. Est-ce que tu vas bien ? On regarde les nouvelles. Alors, est-ce que les officiers coincés dans la grange sont tous indemnes ?

C'était sorti d'un seul souffle. Je m'étonnai :

– Écoute, oui, je vais bien. Très bien même. Tu n'es pas seule devant la télé ?

– Phyllis est là depuis un petit quart d'heure. C'est elle qui m'a dit que le comté de Nation était sur CNN.

– Oh, je vois.

Phyllis était notre voisine la plus proche.

– Mais toi, tu vas bien ?

– Très bien, je t'assure.

Si seulement elle pouvait ne pas me reparler de la grange.

– En fait, qui est coincé dans la grange ? Lamar ?
– Pas exactement. Il y a George, Hester, Sally, et... eh bien... moi.
– Toi !
– Oui. Mais je vais bien. Sincèrement.
– Oh, mon Dieu !
– Écoute, je ne t'ai pas appelée pour que tu t'inquiètes. Je regrette vraiment. Tout va bien se passer.
Pourvu qu'ils ne choisissent pas ce moment précis pour balancer une de leurs saloperies de grenades ! Une bonne explosion en fond sonore et la fête serait complète.
– Vous ne pouvez pas sortir ?
Enfin, une question raisonnable. Mais pas facile d'y répondre.
– On le pourrait sans doute. Mais Hester a été blessée, et on est plus en sécurité à l'intérieur, pour le moment. On attend une ambulance.
– Hester ? Oh, la pauvre !
– Hé, n'en parle pas autour de toi. On est les seuls au courant.
– D'accord.
– Je t'appelais pour te dire que tout allait bien se passer. Sûr et certain.
– D'accord.
– Il va falloir que je raccroche, mais je voulais te rassurer.
– Je suis si heureuse que tu l'aies fait.
– Moi aussi. Ne t'inquiète pas. Si c'était vraiment sérieux, je ne t'aurais pas appelée, tu t'en doutes.
Là, elle n'était pas d'accord, mais elle trouva la force de faire comme si.
– Oui, Carl.
– Très bien, alors...
– Je t'aime.
– Moi aussi, je t'aime. Je vais rentrer dès que je pourrai...
Ça, au moins, c'était absolument vrai. Mais maintenant, j'avais un problème supplémentaire. Honnêtement, avant ce coup de fil à Sue, je n'avais pas eu réellement conscience que je ne rentrerais pas de sitôt. Voire pas du tout. Je repoussai l'éventualité au fin fond de mon esprit, mais elle était là, désormais. Hé, merde !
Sally avait regagné son poste.
– Tu vois quelque chose, Carl ?
– À peu près rien.

–Moi non plus, dit George.

Après une seconde de silence tendu, je regardai Hester qui buvait une autre gorgée d'eau, et grogna, elle aussi :

–Que dalle !

On était tous bien d'accord. Ou rien ne bougeait, pour le moment. Ou la nuit était désormais trop noire pour nous permettre d'observer le spectacle extérieur.

–Si seulement on ne crevait pas de froid...

George alla trifouiller dans son énorme sac à malice, en sortit un radiateur à gaz qu'il passa à Hester après l'avoir allumé.

–Réchauffe-toi en vitesse, je vais l'allumer un peu. Comment tu te sens ?

Tandis qu'ils continuaient de bavarder à voix basse tous les deux, je jetai de nouveau un œil vers la clôture aux deux macchabées. Je crus repérer une légère fluctuation, dans l'obscurité d'encre.

–À gauche du hangar !

George me rejoignit et conclut au bout de quelques secondes :

–Je ne vois toujours rien.

–Juste à la lisière du treillage. Une forme plus noire que tout le reste.

–Peut-être.

Mais toujours aussi peu convaincu.

–Attends. Si c'est vraiment une silhouette, ça va finir par bouger...

On attendit. Quand on scrute un peu trop longtemps une telle noirceur, la moindre variation d'ombre fait penser à quelque chose en train de bouger. Je commençais à me persuader que tel était le cas quand la silhouette accroupie se dressa de toute sa taille, en lançant d'une voix forte :

–Allez-vous faire foutre, tas d'enculés !

Et redisparut aussi vite.

–Pourquoi diable a-t-il fait ça ?

On était tous d'accord avec Sally. George diagnostiqua :

–Ils essaient de nous provoquer.

La preuve qu'ils souhaitaient nous pousser à tenter une sortie.

–C'est trop tard, dis-je en riant.

15

Jeudi 20 décembre 2001 - 19 h 30

19 h 30 n'est pas une bonne heure pour commencer une réunion. Ce qui ne nous empêchait pas d'être entassés, une fois de plus, dans la cuisine de la prison du comté de Nation. Avec des protagonistes d'un niveau très supérieur à ceux de la réunion précédente. FBI, DOJ *(Department of Justice*[1]*)*, CDC, FDA *(Food and Drug Administration*[2]*)*, DEA, ATF, OSHA *(Occupational Safety and Health Administration*[3]*)*, NSA *(National Security Agency*[4]*)*, étaient tous représentés. Ainsi que le DCI *(Division of Criminal Investigation*[5]*)*, la DNE et l'EMD *(Emergency Management Division*[6]*)* de notre propre État d'Iowa. J'avais l'impression de regarder un documentaire sur CNN.

Il s'en dégageait une impression d'irréalité totale, encore accentuée par la musique de Noël qui provenait, en sourdine, de la salle de communication.

Pour le FBI, siégeaient non seulement George Pollard, mais aussi notre vieille connaissance l'agent spécial Volont. Nous avions vécu dans le passé, en sa compagnie, des heures difficiles, mais pas effroyables. Volont était un bon agent. Bien qu'un peu trop enclin à ne reconnaître, en fait d'autorité, que celle du FBI, il nous avait tout de même donné l'impression d'être très heureux de nous revoir.

L'accompagnaient deux de ses collègues : l'agent spécial Gwen Thurgood, spécialiste du contre-terrorisme, et l'agent spécial

---

1. Département de la Justice.
2. Administration de la nourriture et de la drogue.
3. Administration pour la sécurité et la santé du travail.
4. Agence de sécurité nationale.
5. Section des enquêtes judiciaires.
6. Section de la gestion des urgences.

Milton Hawse, plus jeune que Volont, mais selon toute évidence, membre important du Bureau. Tous les autres employés du FBI lui témoignaient un respect ostensible.

Le Département de la Justice nous avait délégué un procureur féminin de Cedar Rapids du nom d'Harriet Glee, plus connue sous le sobriquet d'« Harriet-la-Vache ». Un compliment qui sortait droit du cœur de ceux d'entre nous qui avaient travaillé avec elle. Une terreur au volant et l'un des meilleurs procureurs en exercice.

Le centre de contrôle des maladies nous avait envoyé une équipe de trois agents, l'Administration de la nourriture et de la drogue, un seul.

Katie Martinez, de Cedar Rapids, avec qui j'avais déjà travaillé, parlerait pour la DEA *(Drug Enforcement Agency)*. J'étais particulièrement content de la voir, car ayant travaillé à Los Angeles et San Diego pour obtenir son diplôme universitaire, sa maîtrise de la langue espagnole risquait de nous être fort utile.

L'ATF, le Bureau des alcools, des tabacs et des armes à feu, nous avait adjoint quelqu'un dont je respectais la compétence, l'agent Brian Chase. Je ne connaissais pas les deux agents de l'OSHA ou Service de la sécurité et de la santé, mais ils avaient l'air très impliqués. J'apprécie toujours ça quand des personnes viennent donner un coup de main sur un dossier.

La NSA se situait tellement en dehors de mon expérience personnelle que je n'avais aucune idée de leurs attributions. Ils avaient envoyé deux de leurs hommes qui ne ressemblaient aucunement à des espions. Mais bien qu'ils n'aient aucune attitude particulière, les agents du FBI traitaient ces deux-là avec une grande déférence. L'un s'appelait Edward Peasley, expert en matière de guerre biochimique, l'autre ne nous avait donné que son prénom, Herb, et nous avait simplement déclaré qu'il « bricolait dans le décryptage des codes ».

Au nom de la DCI, division d'investigation criminelle de l'Iowa, siégeaient Hester et le supérieur de son supérieur, l'agent spécial Barney England, ainsi que Bob Dahl, des Stups d'Iowa, qui bossait avec nous depuis qu'un de ses collègues avait été tué au cours d'une opération antidrogue en 1996. À côté de lui était assis un type de l'EMD d'Iowa. Celui-ci allait être un acteur crucial car tous les besoins de matériel ou d'effectifs passeraient par lui. Avec tous les étranges risques pour la santé qui seraient révélés, il allait être plutôt débordé.

J'y ajouterai, pour mémoire, le substitut du comté de Nation, Carson Hilgenberg, plus notre assistant shérif Mike Connors et finalement Sally Wells, notre meilleure coordinatrice, qui aurait la lourde charge d'assurer la communication entre tous ces fonctionnaires.

J'essayai de compter les têtes et parvins au chiffre de vingt et un. Vingt et une personnes dans une pièce prévue pour dix ou douze, au grand maximum. Avec seulement seize chaises disponibles, y compris celles empruntées dans les bureaux voisins, tous ceux du comté de Nation devraient s'asseoir sur le plan de travail de la cuisine.

Lamar et Volont se frayèrent un chemin depuis le réfrigérateur et réitérèrent leur petit speech sur la collaboration pleine et entière qui nous serait indispensable. Puis Volont expliqua que les personnes présentes feraient partie d'une équipe constituée, au pied levé, par l'agent spécial Hawse, et qui agirait sous un mandat regroupant toutes les agences, mandat spécial qui avait été créé après le 11 Septembre. Il ajouta que Lamar, Hester, Sally et moi-même avions déjà travaillé avec lui sur le dossier bien connu d'un extrémiste nommé « Gabriel », et qu'on pouvait nous faire entièrement confiance. Merci, Volont. On pouvait, maintenant, entrer dans le vif du sujet.

– Après vérification, amorça Volont, le ricin ne proviendrait nullement de l'aile d'extrême droite active sur notre sol.

– Quoi ?

L'interjection m'échappa, et j'ajoutai, sur mon élan :

– J'ignorais même qu'ils pouvaient être impliqués.

– Mais moi, je le savais déjà à l'époque où nous travaillions ensemble sur l'affaire Gabriel. Les gens d'extrême droite s'intéressaient beaucoup au ricin. Il n'était pas utile, alors, que vous le sachiez.

J'accusai le choc, parce que cette affaire sur laquelle on était déjà censés travailler en étroite collaboration, pleine et entière, selon le mot de Lamar, nous avait laissés, Hester et moi, dans l'ignorance de beaucoup de choses.

– J'aurais pu en dire d'autres, si vous m'aviez demandé, répondis-je en haussant les épaules.

Il arrivait à Volont d'être un peu maladroit.

On résuma ensuite, Hester et moi, tout ce qu'on savait et tout ce qu'on ignorait encore sur les meurtres de Rudy Cueva et de José Gonzalès. Sally avait préparé des copies du dossier qu'on avait distribuées à la ronde. Réalisées sur la super imprimante du *Nation County Bulletin*, ces copies comprenaient les photos prélevées dans l'album de Linda et de Rudy. Quand on leur demanda, à tous, de s'y reporter, une main se leva. Celle de Katie Mariner.

– Oui, Katie ?

– Bon sang, votre Rudy Cueva, c'est Rodolpho Orejuela. Affilié au cartel de Colombie jusqu'à son arrestation par les autorités de son pays, voilà deux-trois ans. Il s'est évadé de la Cathédrale l'année dernière, en compagnie de toute une bande. Je connais ce type !

– Tu le connaissais plutôt ! C'est quoi, la Cathédrale ?

Elle éclata de rire.

– Au passé, d'accord. Désolée. La Cathédrale est une prison colombienne. Orejuela s'en est évadé avec un groupe de salopards du cartel de Medellin. Vous vous souvenez de Pablo Escobar ? Orejuela avait démarré sous ses ordres avant d'entrer dans la clique de Californie. Puis on l'a identifié en tant que membre des FARC. Lors d'une opération de surveillance à San Diego, cette année.

– Les FARC ?

– En espagnol les *Fuerzas Armadas Revolucionarias de Columbia*. Une organisation terroriste basée en Colombie. Qui cultive la haine des États-Unis. Forte connexion avec la drogue.

Je m'informai :

– Quel était son rôle ? Dealer ?

– Oh non. Pas assez malin ! Son truc à lui, c'était la violence. Payé pour tuer les gens ou bien incendier leur maison, ce genre de truc amical, tu vois ? Mais pas vraiment pro. Au point de se faire virer, m'a-t-on dit. Sans aucune certitude de ma part.

– Tout ça pour le compte des cartels ?

– Non plus. Il s'est fait repérer en flagrant délit d'exécution sommaire, et personne ne l'a plus engagé. Les flics locaux l'avaient à l'œil. C'est en voulant le balancer sur le terrain avec une pelle et une pioche qu'ils l'ont laissé se tirer avec pas mal d'autres. On pense que son adhésion aux FARC a suivi juste derrière.

– Vous devriez avoir ses empreintes, non ? Nous, on les a.

– Je vais les demander à nos gars stationnés en Colombie. Il avait une chambre à la prison. Il faut bien se dire que là-bas, certains entrent et sortent de taule pratiquement à volonté. Comme Orejuela !

– Merci, Katie.

C'était la meilleure nouvelle de la journée.

Suivant l'ordre du jour, j'exposai la façon dont Hester avait découvert et saisi le spray, les gants et les masques. Puis, au sein de l'excitation suscitée, on invita l'honorable assistance à nous poser des questions.

– Où avez-vous dit que la plupart de ces « témoins » s'étaient réfugiés ? demanda Barney England, le supérieur du supérieur d'Hester.

Il le savait parfaitement, mais tenait à souligner le fait. Je ripostai prudemment :

– C'est bien là le problème. On n'en est pas absolument sûrs. Sans doute dans le Wisconsin ou l'Illinois, par les ponts sur le Mississippi. Il y en a un à Dubuque, un autre à Freiberg et un troisième à Lansing. Ou plus au nord dans le Minnesota.

– La disparition de cette Linda Moynihan ? Tout le monde en a été informé ?

– Oui, bien sûr.

Je le renvoyai à la dernière page du dossier, où figuraient les déclarations de Sally.

– Mais sans résultat jusqu'à présent.

L'agent spécial Milton Hawse leva la main.

– Je ne suis pas sûr d'avoir bien compris pourquoi tous ces immigrants clandestins ont été autorisés à travailler ici sans objection particulière. Pouvez-vous m'éclairer sur ce détail insolite ?

J'aurais pu lui répondre, mais de sa place haut perchée sur le comptoir de la cuisine, Lamar déclara d'une voix forte :

– Permettez-moi de vous dire une chose. On a téléphoné pour en rendre compte. On a appelé les services de l'Immigration à chaque putain de fois qu'il nous a débarqué un bus rempli de ces petits rigolos ! On les a appelés à chaque fois qu'on en découvrait un nouveau paquet vivant dans les pires conditions possibles. On les a appelés à chaque fois qu'un ou plusieurs d'entre eux se collaient dans les pires merdiers. Pour s'entendre répondre, à chaque fois, que l'Immigration était trop occupée, qu'il s'agissait d'un problème fédéral et qu'on ne s'avise pas de s'en mêler parce que nos pouvoirs juridiques ne nous permettaient ni de les arrêter ni de les incarcérer pour motifs fédéraux.

Il était remonté à bloc et dut reprendre haleine avant de continuer :

– Ils refusaient d'intervenir pour moins de cinquante individus si on en avait quarante. Ils étaient « débordés ». On le savait qu'ils étaient débordés ! Il n'y a pas assez d'agents de l'Immigration. Je le sais. Je les crois. Mais ce n'est pas un problème local, ce n'est pas un problème au niveau du comté ni même au niveau de l'État. Alors, vous devriez faire ce qu'on est obligés de faire : poser la question à vos représentants.

Il secouait la tête en reprenant place sur son siège.

– Je sais que ça n'arrange rien, mais c'est tout ce qu'on peut répondre.

J'étais un peu embarrassé, mais foncièrement heureux de l'énergie qu'il avait déployée à mettre ses grands pieds dans le plat. Je cherchai, du regard, ce faux jeton de George qui se donnait des airs de n'avoir rien entendu. Quant à Volont, il souriait d'une oreille à l'autre.

Hawse avait accusé le coup, mais se contenta de répondre :

– Parfait. Un point de vue clairement exposé.

C'était le moment ou jamais d'apporter mon grain de sel :

– Lamar a raison. Mais je tiens à préciser un autre détail... On n'a pas besoin que l'Immigration s'en mêle, à ce stade. Pas encore. Puisqu'ils ne sont pas intervenus quand on le leur demandait, il faudra qu'ils attendent qu'on ait eu l'occasion de bavarder avec les témoins en question. Pas de notification prématurée. Tous ces clandestins vont revenir. Et dans pas longtemps, j'en suis sûr. Ils ont besoin de travailler.

Silence.

– Et ni l'agent Hester Gorse ni moi-même ne pouvons nous permettre de nous rendre dans un établissement de détention fédéral ou pis encore au Mexique à chaque fois qu'on a besoin d'interroger un témoin. D'accord ?

Hawse approuva d'un signe de tête. Sans ajouter un seul mot. C'était ce que je pouvais obtenir de mieux.

– Pas d'autres questions ?

Apparemment aucune.

Je parcourus l'assistance du regard. Jamais je ne m'étais senti aussi peu à ma place. Il y avait deux choses que je voulais faire : trouver le meurtrier de Rudy Cueva ou quel que pût être son véritable nom. Et débusquer l'ordure qui avait payé José Gonzalès pour arroser de merde toxique certains quartiers de bœuf.

– Voilà, c'est tout ce que je peux vous apporter. Je ne vois pas ce que je pourrais dire de plus, mais si quelque chose ne vous paraît pas clair, demandez-le-nous. Mes principaux sujets d'intérêt, actuellement, sont le meurtre de Rudy Cueva, et cette sale affaire de ricin dans la nourriture.

Je ne faisais que leur rappeler une vérité élémentaire. Et réalisais pleinement que le meurtre de Cueva devait passer en second, loin derrière cette histoire de ricin. Sécurité nationale. Je ne serais guère étonné qu'on nous ordonne de renoncer à serrer le meurtrier de Cueva pour nous consacrer à cet autre dossier d'importance primordiale. Je le comprendrais parfaitement, mais je savais, aussi, que ce serait ma seule chance de parler devant un tel auditoire.

Harriet Glee, substitut du procureur des États-Unis, nous remplaça, Hester et moi, devant le réfrigérateur.

– Permettez-moi de faire un point. Un : nous sommes indubitablement en présence d'un acte terroriste. S'il est purement intérieur, c'est aussi un crime de haine. Deux : nous ignorons qui est derrière. Trois : j'estime que le comté de Nation et l'État d'Iowa méritent des félicitations pour la manière dont ils ont mené, jusque-là, leurs recherches. Ils ont fait un sacré bon boulot.

Aucun applaudissement ne salua sa déclaration, mais debout sur le comptoir, je m'inclinai bien bas devant elle.

– Leurs rapports, souligna Harriet, seront joints à ceux des agents Pollard et Volont.

C'était un ordre. Que Volont et George approuvèrent.

– Ces rapports devront m'être remis avant mon départ. Je les présenterai demain au Grand Jury fédéral, sans doute avant midi. Si nous avons besoin de témoignages afin d'étayer l'un ou l'autre des points exposés, nous les citerons alors.

Elle regarda Lamar bien en face.

– Je suggérerais que nous nous abstenions, pour l'instant, d'inonder la région d'agents spéciaux. Juste le minimum d'agents fédéraux nécessaires pour passer l'usine au peigne fin, sans ostentation ni précipitation excessive. Et pour seconder les enquêteurs locaux dans leurs déplacements, surtout en ce qui concerne les clandestins disparus. Je prendrai soin des documents nécessaires pour que toute convocation ne soit pas accompagnée d'arrestation provisoire.

C'était un plaisir de la regarder travailler.

– Eu égard aux possibilités, je suggère que monsieur Hawse constitue un groupe d'action toujours prêt à intervenir, et veille à la communication constante entre ledit groupe et les enquêteurs locaux.

Elle regardait fixement Hawse, qui se fendit d'un nouveau signe de tête. Je notai dans la mienne de demander à George ce qu'ils entendaient par « groupe d'action ». Un tel groupe sur lequel nous pourrions compter nuit et jour serait pain bénit en la circonstance.

– Le CDC se chargera de toute communication éventuelle, au grand public, des infos concernant le ricin. Et la FDA va s'occuper de faire rapatrier la viande expédiée par l'usine depuis le 9 décembre. Ceci en vertu du principe de précaution. Une opération en cours, si je ne m'abuse ?

Fred Nichimura, de la FDA, brandit son portable en disant :

– Alors même que nous en parlons... Les clients des épiceries de Chicago ont été contactés tôt ce matin, et les épiceries de New York et Chicago ont aussi été contactées. Ils vérifient leurs commandes et retirent de la vente le bœuf qu'ils ont en magasin. Ceci, uniquement pour les produits kasher. Pour les produits non kasher, un appel est diffusé à l'échelle nationale. Cela devrait commencer dans quelques heures. Jusqu'à preuve du contraire, il semble que seuls les produits kasher soient en cause.

– Parfait, monsieur Nichimura, conclut Harriet. Et merci. Je vais rester en contact étroit avec messieurs Bligh et Hilgenberg. Ici plus que jamais, une étroite collaboration, à tous les niveaux, sera la clef du succès.

Telle fut la dernière déclaration réellement importante. Il était 20 h 44.

On s'attarda ensuite à discuter par petits groupes. Je conférai brièvement avec les divers représentants de l'État, qui s'apprêtaient à rentrer chez eux. Aucun budget prévu pour des séjours sur place. Ils feraient la navette, si nécessaire, entre leurs sièges respectifs et le comté de Nation pour les prochains jours. Ça coûterait plus cher, mais ils n'étaient remboursés que sur leur kilométrage. Tous étaient à une heure ou deux de voiture de Maitland, et leurs allers et retours diminueraient d'autant les heures qu'ils pouvaient nous accorder sur place. Hester, officiellement affectée à une affaire de meurtre, constituait l'une des exceptions. La plupart des Feds, par contre, resteraient sur zone.

Nous avons évoqué des possibilités et proposé des suggestions en essayant surtout de saisir ce qui se passait. L'essentiel était de rassurer le public sur le problème de la contagion par contact direct avec une personne infectée. Le CDC se chargerait de cet aspect du problème.

Hester et Hawse parlèrent longuement du ricin. Elle lui rapporta le petit épisode humoristique, au sujet de mes autocollants contre le risque biologique. Je perçus leur conversation, à distance, et me hâtai de les rejoindre.

– Inutile, disait Hawse, de faire parvenir vos trouvailles à nos labos. Nos techniciens seront bientôt là. Notre équipe de Saint-Louis est en route. Ils s'en occuperont en même temps que de l'appartement d'Orejas et des services d'emballage de l'usine.

– Je ne savais pas, intervint Volont, que vous les aviez déjà alertés.

Debout près de l'évier en compagnie de Lamar, il n'avait pas l'air d'apprécier l'initiative.

– Toujours en tête du progrès, dit Hawse. C'est bien pour ça que vous m'avez fait venir ?

Ils avaient l'air de badiner, l'un et l'autre, mais les courants sous-jacents étaient clairement perceptibles. Je notai mentalement, tout en majuscules, de me tenir à l'écart de leurs querelles larvées.

Hawse était d'avis de minimiser les aspects catastrophiques du problème jusqu'à ce que nous ayons davantage d'informations sur l'ensemble. Le spectre d'une nouvelle alerte à l'anthrax planait sur nos têtes, et Fred Hohenstein, de l'EMD, crut devoir calmer le jeu en prononçant quelques bonnes paroles :

– Rien à voir avec l'anthrax dans le courrier. Là, il s'agit d'un vecteur mécanique dont l'efficacité reste à démontrer. Nous savons d'où il vient, et nous savons où il va. Très localisé. Rien de commun avec les effets possibles d'un courrier expédié à l'aveuglette.

J'avais tendance à me déclarer d'accord quand Carson Hilgenberg vint me demander s'il ne serait pas judicieux d'organiser une nouvelle conférence de presse avec « le procureur du comté », c'est-à-dire lui-même.

– Certainement pas !

J'avais eu pourtant l'impression de peser mes mots, puisque je n'avais pas ajouté « espèce d'idiot ». Mais il parut profondément blessé.

–Très bien, puisque vous le dites. Je m'en tiendrai à votre opinion, mais je pensais qu'il serait bon de faire ressortir, aux yeux de la presse, que nous avions... hum... la situation bien en main.

–Je pense qu'ils seront surtout heureux, et même soulagés, de savoir que l'État et les Feds sont désormais sur le coup.

Il était près de 23 heures quand je rentrai à la maison. Sue m'attendait encore, quoique tombant de sommeil.

–Pourquoi rentres-tu si tard ?

Bonne question, mais comme j'avais signé, moi aussi, l'ordre qui nous enjoignait de la boucler, il ne serait pas si facile de trouver une réponse.

Le plus simple était de lui avouer, en l'embrassant :

–Je n'ai pas le droit de le dire, chérie. La sécurité nationale est en jeu.

Pas possible, elle allait s'imaginer que je me payais sa tête. Mais elle soupira simplement :

–Je comprends.

–Tu veux me répéter ça ?

–Je comprends. Tu n'as pas vu les dernières nouvelles diffusées par la KNUG ?

–Non. J'étais vraiment très occupé.

–Je sais. J'ai bien pensé que tu serais trop occupé. Je te les ai enregistrées.

J'étais consterné. Cette diablesse de Judy Mercer et son cameraman s'étaient débrouillés pour attraper la majorité des participants à mesure de leur arrivée sur le parking. Les seuls qui leur avaient échappé étaient Hester, George, Bligh, McWhirter et moi-même. J'étais divinement heureux d'être entré par-derrière.

En revanche, ils avaient coincé Volont, Thurgood et Hawse. Beau travail de zoom, dans l'ensemble. Le pire, c'est qu'elle avait correctement identifié Volont, et, bien que ne citant pas son nom, dépeignait Thurgood comme un « agent du contre-terrorisme qui avait témoigné, au nom du district nord de l'État d'Iowa, devant la cour fédérale de Cedar Rapids ». Ils n'avaient pu identifier Hawse, et c'était, au moins, une petite consolation.

La voix off de Judy Mercer récapitulait, avec en arrière-plan un panoramique sur l'usine de Battenberg, la « mort mystérieuse » d'un « travailleur non identifié ».

« Existe-t-il une raison d'envisager l'éventualité d'une contagion possible, à partir d'un foyer d'infection localisé dans cette usine ? »

Suivaient quinze secondes d'interview de Fred Hohenstein, agent de la Protection sanitaire d'Iowa, qui s'en était tiré, ce bon vieux Fred, avec une certaine adresse :

– Il n'est question, nulle part, d'un agent infectieux. Juste d'une contamination par contact avec une substance toxique, et nous sommes là pour éviter tout autre contact dangereux.

Le hic, c'est que Judy Mercer n'avait pas diffusé cette partie de l'interview. Je la savais bonne, mais pas à ce point-là. Avait-elle entendu parler de la connexion new-yorkaise ? J'espérais que non, mais je savais qu'il ne s'écoulerait pas de nombreuses heures avant qu'elle ou l'un de ses collègues ne s'en emparât.

À la fin de cette rediffusion, Sue voulut savoir s'il y avait une raison de s'affoler de cette maladie imprécise.

– Est-ce qu'il va falloir se faire vacciner ?

– Bien sûr que non. Aucune contagion possible. Pas le moindre problème.

– OK.

Mais elle n'était pas totalement convaincue.

Je pris une douche et me rasai avant de me mettre au lit. Une bonne habitude pour être au moins présentable, en cas de convocation d'urgence, par téléphone, aux petites heures de l'aube.

16

Vendredi 21 décembre 2001 - 8 h 11

S'il y a une chose que je déteste quand je bosse sur un dossier important, c'est bien d'être réveillé par le téléphone sans pouvoir aller jusqu'au bout de mon sommeil. Cette nouvelle journée ne ferait pas exception.

Je me retournai sur le flanc droit en repoussant juste assez les couvertures pour allonger le bras jusqu'à la table de nuit. Sue murmura :

– 'Ç'qu'y a ?

Je répondis :

– Rien. Le téléphone.

Et décrochai le récepteur.

– Navré de te déranger, dit la voix familière de George. Mais il vient de se produire quelque chose dont je suis bien obligé de te faire part.

– Bon ou mauvais ?

– Les deux.

– Vas-y, accouche !

Je rejetai complètement les couvertures afin de m'asseoir sur le bord du lit, et le déplacement d'air acheva de réveiller ma femme, qui exprima sa contrariété d'un grognement réprobateur.

– Linda Moynihan, articula George. Elle a refait surface.

– Vivante ou morte ?

– Bien vivante... d'après son avocat.

J'achevai de me réveiller, moi aussi.

– Quoi ?

– Ouais. On a été contactés, voilà une petite heure, par l'avocat de madame Moynihan. Sa cliente va venir nous voir si on lui promet protection et immunité.

– Quoi ?

La protection, normal. Mais l'immunité ?

–J'ai réagi pareil, approuva George. Il n'a pas dit où elle était, mais comme il opère à Madison, Wisconsin, je pense qu'elle est quelque part dans le secteur.

– Cette petite garce de sale menteuse ! Hester est au courant ?

– Volont vient de l'appeler. On a dormi dans le même motel. Tu nous rejoins pour le petit déj ?

– Donne-moi dix minutes. Ou peut-être un quart d'heure. Où voulez-vous casser la graine ?

– Pourquoi pas à la cuisine de votre taule modèle ?

La meilleure idée, quand on enquête sur un dossier brûlant. Trop d'oreilles indiscrètes, dans n'importe quel restau.

– Et pourquoi pas chez moi ? Les médias n'y seront pas.

Je l'entendis consulter Volont.

– D'accord. On peut emmener Gwen ?

– Bien sûr. Et Hawse, si ça lui chante.

George s'esclaffa.

– Il est rentré chez lui, hier soir, à Cedar Rapids. Les conditions de logement ne lui plaisaient pas.

– Tant pis pour lui. Un sacré bout de chemin. Surtout de nuit.

– Pas fou, le bourdon ! Il a pris un hélico.

Alors que je reposais le téléphone, Sue voulut savoir :

–Je t'ai bien entendu inviter des gens qui seront là dans dix minutes ?!

– Oui, une vingtaine. Je cavale jusqu'à la boulangerie, je rapporte des croissants et je branche la cafetière.

C'était mal connaître Sue. Pendant que je m'habillais, courais jusqu'au boulanger et faisais provision de viennoiseries, elle parvint à s'habiller, à se maquiller léger, à organiser une énorme omelette et à presser un demi-litre d'oranges. Le temps que je rapplique, les bras chargés, tout était prêt pour recevoir la troupe.

Deux minutes plus tard, Hester et trois Feds affamés franchirent notre porte de derrière. Un petit quart d'heure après, Volont s'appuya, des deux mains, à la table de la salle à manger et déclara, solennel :

– Sue, c'est mon meilleur petit déjeuner depuis que je suis au monde !

– Revenez quand vous voulez ! répondit-elle en souriant.

Pourvu qu'il ne la prenne pas au mot. Je connais Sue. On l'aida à débarrasser la table, elle se retira discrètement au premier étage, ostensiblement pour nous laisser discuter de nos affaires, mais je savais qu'à peine effondrée en travers du lit, elle se rendormirait, là-haut, comme une souche.

J'appelai Sally pour lui dire où se tenait la réunion, et la séance commença, autour de la cafetière.

– Sa demande d'immunité, amorça Hester, nous dit qu'elle craint d'être accusée de complicité. Soit ça, soit son avocat se montre hyperprudent !

– En plus, ajouta Volont, elle veut nous faire croire qu'elle a quelque chose à offrir en échange. Quelque chose d'assez important pour mériter l'absolution légale. À moins que tout ça ne soit que du bidon. Mais si elle a réellement quelque chose à nous vendre, il faut qu'on détermine ce que ça peut être. Et qu'on décide si oui ou non, le jeu en vaut la chandelle.

Je marmonnai, sans y croire :

– Tu penses qu'elle sait qui est derrière tout ça ?

– On n'aura pas cette veine, grogna Volont. Je sais, d'expérience, qu'ils espèrent toujours « faire un marché ». Alors, il faudra bien regarder où on met les pieds, avant d'accepter quoi que ce soit.

– Elle le connaissait depuis combien de temps, ce Rudy Cueva ? questionna Gwen.

– Six mois, rétorqua Hester en me regardant. C'est bien ce qu'elle a dit ?

– Exactement. D'après elle, ils se sont mis ensemble presque tout de suite. Au lendemain de leur première rencontre.

– Le coup de foudre ! ricana Volont.

– Ou quelque chose d'approchant.

Je rappelai, à la suite d'Hester :

– Elle a dit aussi qu'il ne faisait pas dans la dope. « Qu'il ne faisait plus » aurait été plus proche de la vérité. Mais elle en était persuadée. Elle nous a offert de fouiller son appartement. Même sans mandat. Il fallait qu'elle soit sûre d'elle... et de lui, pour proposer ça.

Volont haussa les épaules.

– Le rapport avec la dope ne nous intéresse pas, dans cette affaire. Ce qu'il nous faut, c'est des corps vivants, pas des cadavres. Il nous faut la source du ricin. Et pour ça, il nous faut les assassins de son petit jules, ou l'affaire est close !

– Si on peut la coincer comme témoin matériel avant qu'il soit question de marché...

Volont me coupa la parole.

–Étant directement impliquée, elle est déjà plus qu'un simple témoin matériel. Sa demande prouve qu'elle craint une inculpation de complicité. C'est pourtant loin d'être une raison évidente, même avec toutes ces circonstances. J'en ai parlé avec Harriet ce matin. On peut déjà la retenir en qualité de témoin matériel. Si on la trouve. Mais dès que les négociations auront démarré, entre les avocats, on ne pourra plus l'interroger. Même avec l'avertissement classique. Sitôt que son avocat sera dans le coup, ou dès qu'il sera question de marché... rideau !

J'appelai Sally afin de lui demander si l'avis de recherche avait ou non donné quelque chose. Rien.

–C'est tout ?

Elle avait l'air à cran.

–Occupée ?

–Comme un chat qui enterre sa crotte. Toujours les médias sur le parking. Lamar en a plus que ras le bol et on a deux inculpés qui passent ce matin devant la cour. Au revoir, Houseman !

À mon retour dans la salle à manger, Hester disait :

–En fait, c'est qui son avocat ?

–On ne le sait pas encore, soupira Gwen en mélangeant son café. On se renseigne.

Son ton évoquait une meute d'employés accrochés à autant de téléphones.

–Je ne m'attendais pas, relança Hester, à tomber sur un avocat de Madison. Notre seul indice, jusque-là, était ce fameux mariage dans les villes jumelées.

–Parlant de ça, intervint Gwen, j'ai fait reproduire les photos, et plusieurs services se penchent dessus. La multi-collaboration, il n'y a que ça de vrai.

–C'est ce qu'on doit à José Gonzalès, rappela Volont. Celui qu'ils appelaient Grandes Oreilles. S'il n'était pas mort de maladie, on ne les aurait pas eues, toutes ces photos, et on serait drôlement largués.

–Hawse, approuva Gwen, disait la même chose hier soir.

–Quand a-t-il l'intention de nous retomber dessus ?

–Après avoir vu quelques personnes...

–On est bien en train de parler de l'agent Hawse ? demanda Hester.

–Oui, mon super-agent préféré, répondit Volont.

Hester s'inquiéta :

– S'il risque de nous poser des problèmes, autant qu'on le sache tout de suite.

Volont secouait la tête.

– Non. Il ne sera pas ici suffisamment longtemps pour nous poser problème. Il nous encouragera de la voix et du geste. Puis il rentrera dans sa sphère haut perchée pour dire aux élites tout le bien qu'il pense de notre boulot ! Ce qu'il ambitionne, c'est un poste de sous-directeur. Comme on dit au Texas : « Un grand chapeau, mais peu de bétail. » Juste une petite source d'irritation parmi beaucoup d'autres.

À mon tour de m'esclaffer :

– Pas grave... tant qu'il nous fournit les ressources nécessaires.

– Oh, il le fera, prédit Volont. C'est même son plus grand talent. On y va ?

Dès notre retour au bureau, ma première initiative fut de rappeler Ben à l'usine. Il butait à chaque pas sur les inspecteurs des Services de santé et d'hygiène, mais il prit tout de même la communication.

– Il faut qu'on sache qui travaillait avec Gonzalès quand il a chargé les camions, l'autre jour.

– Pas de problème. Vous allez venir, aujourd'hui ?

– J'aurais aimé, mais je vais avoir besoin des infos plus rapidement que ça.

– D'accord. Vous les aurez dans cinq minutes environ. Ah, monsieur Goldstein, mon patron, veut vous parler... si vous n'êtes pas trop occupé.

– Dites-lui que je viendrai aussitôt que possible. Il a fait une attaque ?

– Le mot est faible.

La tension, dans la voix de Ben, me dicta de lui recommander :

– Surtout, qu'il n'essaie pas de fouiner de son côté. On n'a pas besoin de ça, en plus de tout le reste.

– Vous avez des dons de voyance ?

– J'aimerais bien. Votre monsieur Goldstein n'est pas homme à se croiser les bras. Mais dites-lui de nous faire confiance.

La promesse de Ben était sérieuse. On était à peine installés dans le grand bureau quand Sally nous appela. Elle avait réuni toutes les infos disponibles sur les gars qui avaient chargé les camions, en compagnie de Gonzalès. Il ne s'était pas écoulé, entre-temps, beaucoup plus de cinq minutes. Il y avait huit sujets mâles, sans compter Gonzalès. On pointa la liste de noms et de numéros de Sécu apportée par la secrétaire et on arriva à identifier deux travailleurs agréés, et pas moins de six inconnus au bataillon. Pas seulement des inconnus comme nous en avions l'habitude, à savoir sans casier judiciaire. Ceux-ci n'étaient enregistrés dans aucun registre légal, sinon celui de l'usine. Deux avaient le même numéro de Sécurité sociale, mais aucun n'appartenait à la clique Cueva-Gonzalès. Ce qui ne signifiait pas grand-chose, sinon, releva Gwen Thurgood, que la plupart des contrefacteurs fabriquaient leurs faux papiers selon des séquences clairement définies.

– Deux fois le même numéro de Sécu, c'est du mauvais boulot. Mais ça pourra peut-être nous conduire jusqu'à la source ?

Encore du boulot en perspective.

Un malheur ne venant jamais seul, l'agent du DCI, Art Meyerman, débarqua. Il s'assit à la place de notre secrétaire en émettant ce commentaire :

– Tout ça, c'est de la merde !

– Quoi, tout ça ?

– Ces médias sur le parking. Ils vous collent aux fesses comme des sangsues.

– C'est parce que tu es si connu, Art, opina George. Tu n'étais pas là hier soir. Tout va bien pour toi ?

– Très bien. Si vous voulez mon avis, on est en pleine chasse au dahu. Comme cette vieille histoire de virus dans le courrier.

– Qui a tout de même fait une demi-douzaine de morts. Et on aura bien de la chance si on n'en a pas plus d'une douzaine avant la fin de ce que tu qualifies de chasse au dahu.

– Oh oui, je sais. Mais regardez un peu dehors. Il y a au moins cinq ou six chaînes de représentées, dans le tas. Et regardez ce qui nous arrive !

On admira l'énorme camion technique qui se cherchait une place. Hérissé d'antennes et de paraboles ou de je ne sais quoi, le tout destiné à la diffusion en direct. Au bout de notre chemin d'accès, il tourna à gauche, en montrant le placard qui ornait son flanc.

– CNN ! constata Hester. On a intérêt à ne plus merdoyer !

Elle ne plaisantait qu'à demi.

– Je ne m'en ferai pas trop, ironisa Gwen, tant qu'on n'aura pas sur le dos l'équipe de *Téléfoot.*

Chacun regagna sa place.
– Tu as le temps de taper un rapport pour moi ? demanda Art à Gwen.
– Pardon ?
Art poursuivit, un peu plus lentement :
– Je t'ai demandé si tu avais le temps de taper un rapport pour moi. J'ai des tas de coups de fil à donner.
– Ça dépend, riposta Gwen, si tu as le temps de me servir une tasse de café.
– Quoi ?
Il valait mieux que j'intervienne avant que Gwen sorte son revolver.
– Vous n'avez pas dû être présentés, hier soir. Agent spécial Art Meyerman, du DCI, et agent spécial Gwen Thurgood, du FBI, section contre-espionnage et contre-terrorisme.
– Enchanté, hoqueta le cher Art. Tu as un bureau pour moi, Carl ? Un avec une *vraie* secrétaire ?
– Pourquoi pas ton vieux bureau ? On va voir si on peut te procurer une dactylo.
Je le reconduisis, par un couloir étroit, au minuscule local qu'on avait partagé, lui et moi, quand on faisait le service de nuit.
– Elle est susceptible, non ?
Quand je retournai au bureau principal, Gwen était au téléphone et levait la main pour attirer l'attention de tout le monde.
– Merci Manny, dit-elle en raccrochant le téléphone.
Tournés vers elle, nous attendions.
– Votre attention, messieurs. Je viens d'avoir Manny Ortega, au bout du fil. Le meilleur analyste du pays. Il a examiné la photo que je lui ai envoyée hier soir. Ce type... l'homme à la gueule en lame de couteau, sur les photos de mariage... celui que vous teniez pour le boss.
– Alors ?
– D'après Manny, il s'appellerait Odeh. Pas sûr à cent pour cent, mais tout comme. Vous avez aussi ses empreintes ?
– Négatif, pour autant que je sache.
Puis j'ajoutai :
– Ça fait irlandais. Ça s'écrit comment ?
– C'est Mustapha Abdullah Odeh. Oscar, delta, écho, hôtel. Pas grave pour les empreintes. C'est bien ce que je pensais, mais il fallait que je m'en assure. Manny ne savait pas que ce type était dans le pays, mais c'est lui, il en est presque certain.

C'est la première photo qu'il voit d'Odeh sans barbe et sans moustache, mais pour moi, son identification est positive. Où et quand ces photos ont-elles été prises ? Vous le savez ?

Je consultai mes notes.

– Minneapolis ou les deux villes jumelées, voilà environ trois semaines. Rien de plus précis pour l'instant. C'était probablement au mariage catholique d'Adriana et Juan Muñoz. Il suffira de téléphoner aux paroisses locales en leur citant ces deux noms.

J'y ajoutai une note dans ce sens et la complétai d'un grand *S* en guise de pense-bête pour refiler le bébé à Sally.

Gwen avait pris sa propre note.

– On va s'en charger. Très vite !

Je barrai le *S*, avec le sentiment de rajouter quelques mois à mon espérance de vie.

– Sans entrer dans tous les détails, reprit Gwen, Mustapha Abdullah Odeh a reçu une éducation américaine, principalement au Collège municipal de New York. Il est en contact, dans tout le Moyen-Orient, avec des tas de cellules et d'organisations terroristes. Ne participe jamais aux opérations, mais en prépare les plans. Un peu comme un membre de l'état-major, dans l'armée. Toujours d'après Manny, il aurait juré *bayat* à Oussama ben Laden. Il s'agit d'un serment d'allégeance. Connexion avérée, sur une période de quinze ans, avec le Hamas, le Hezbollah et d'autres mouvements de même tendance. En particulier avec le Hezbollah, le plus virulent et le plus actif de tous. Donc, un homme dangereux, quoique peut-être pas directement, mais s'il est impliqué, directement ou indirectement, ça signifie qu'il y a un sérieux mouvement terroriste en activité dans le secteur.

Formidable. Tout simplement formidable.

– Bref, à peu près tout le monde, sauf le Front de libération de Dubuque.

Plus fort que moi. J'ignore si ma faible plaisanterie diminua d'un iota la tension ambiante, mais à moi, elle fit un peu de bien. C'était toujours ça de gagné.

– Je vérifierai ça. Dans le cas qui nous occupe, précisa Gwen, les membres de la cellule l'appellent probablement « le Sage » ou « le Maître ». Il leur transmet les ordres qu'il reçoit de l'échelon supérieur et gère leurs finances. S'ils ont besoin d'argent, c'est à lui qu'ils s'adressent.

– Je vois.

Même si je ne voyais pas tout à fait. Une partie de ces considérations se perdait au-dessus de ma tête.

– En temps normal, il ne serait pas directement impliqué. Trop précieux pour se faire tuer ou risquer d'être interrogé par la police. Je suis sûre qu'il s'agit bien du nommé Odeh. À partir de maintenant, on a tous intérêt à faire très, très attention où on met les pieds.

Il y eut un bref silence que rompit une exclamation de Volont :

– Merveilleux ! On va enfin savoir où on va !

Il parlait sérieusement. Il était comme un poisson dans l'eau, face à ce genre de situation délicate. Mais j'avais le souvenir de la dernière fois où il n'avait pas été si brillant, dans des circonstances analogues. Un de nos hommes avait été tué. En même temps que d'autres terroristes bien de chez nous, ceux-là !

– Je ne me casserais pas trop la tête, appuyait-il à présent. Provoqués, ces gens sont probablement dangereux, mais d'après les comparses impliqués, il ne s'agit pas d'une cellule terroriste *d'élite* ! Le seul qui a sans doute passé du temps dans un camp d'entraînement doit être cet Odeh.

Sonnerie de l'intercom. Je décrochai et c'était Sally, avec la nouvelle que l'agent spécial Hawse venait de débarquer d'un hélicoptère, à l'aéroport, et souhaitait qu'on vienne le chercher.

Je ne me donnai même pas la peine de consulter les autres Feds présents dans la salle.

– Envoie une voiture de police non banalisée. C'est comme ça qu'il passera le plus inaperçu des gars de CNN.

– CNN ? s'étrangla Sally. Allumez la télé. Ils sont là dehors ?

Hawse nous rejoignit en un temps record, ayant esquivé les médias dans notre voiture patrouille. Il avait l'air très content de lui-même.

– On les a bien eus. Tout gosse, j'adorais déjà les tours de passe-passe.

Volont leva les yeux au ciel.

– Alors ? Qui se dévoue pour me mettre à la page ?

Le même Volont s'y colla volontiers.

– Le type au visage maigre, sur les photos de ce mariage hispanique. Celles qu'on a vues hier soir. Ce serait un nommé Mustapha Abdullah Odeh, un fidèle de Ben Laden. Pourvoyeur de fric et stratège.

– Qui l'a identifié ?

– Manny Ortega, dit sèchement Gwen. Avec une probabilité de quatre-vingt-dix-neuf pour cent.

– Je m'en doutais ! triompha Hawse. J'ai passé en revue plusieurs scénarios, cette nuit. Ça tombe sous le sens !

Joli numéro. Non seulement il l'avait su d'avance, mais il s'était débrouillé pour faire paraître l'information périmée... puisqu'il l'avait passée en revue, la nuit précédente ! Art Meyerman avait été un spécialiste de ce genre d'exploit, au temps où il servait chez nous. À chaque arrestation, il grommelait dans sa barbe : « Je savais que c'était lui. » C'était comme ça qu'il avait décroché le grade de shérif en second. Avant que son imposture dévoilée ne lui valût sa réputation de fumiste. Mais Hawse était nettement plus intelligent. Je ne serais pas étonné de le retrouver un jour avec les galons de sous-directeur.

Dix minutes plus tard, Sally nous sonna de nouveau.

– Vous feriez bien de venir voir la télé. On est dans les infos prioritaires. Et ils nous rattachent à un acte de terrorisme... à New York !

On avait loupé le coche, mais ils repassèrent la séquence en différé, et Sally avait raison. Ça valait le déplacement. À l'épicerie new-yorkaise, succédèrent une salle d'hôpital et une paire d'interviews. Le tout adroitement coordonné par un spécialiste aux dons de comédien, remarquablement informé. Ils avaient les trois épiceries repérées, le nombre total des victimes, l'état des personnes hospitalisées et la date des premières admissions.

Ce qu'ils n'avaient pas encore, c'était le nom de la substance. J'en fis la remarque.

– N'en sois pas si sûr, me conseilla Volont. Ils doivent être en train de procéder à leurs propres vérifications.

Puis, alors qu'on se sentait un peu moins sur la sellette, apparut la façade du bâtiment dans lequel nous étions, à Maitland. Avec tous les véhicules des chaînes de télé et nos propres voitures patrouille. Et finalement, fut citée l'usine de Battenberg, en tant que source probable de l'intoxication.

Je m'entendis jurer :

– Nom de Dieu ! Ils connaissent leur boulot !

– Oui, approuva Gwen. Oh-oh...

Ils venaient d'annoncer, sur CNN, un reportage spécial, dans une petite demi-heure.

– Mauvaise nouvelle ? questionna Sally.

– Ça veut dire qu'ils en savent assez pour produire une version longue. Avec d'autres informations, et probablement quelques interviews.

– Il faut, coupa Hawse avec autorité, qu'on fasse une déclaration à la presse. Il y a un auditorium, dans ce bled, où on puisse donner une conférence ?

– La salle de l'opéra. Quatre cents places à l'orchestre. Plus la scène et le balcon. Et les feux de la rampe, en cas de besoin...

On chargea Lamar de faire ouvrir la salle aux représentants des médias. Je dis « on » parce que c'était moi qui avais proposé l'opéra de Maitland, mais Hawse assuma la responsabilité de l'organisation. À chacun son tour de rigoler.

17

Vendredi 21 décembre 2001 - 12 h 21

Le mandat de perquisition fédéral, pour la fouille officielle du logement de José Gonzalès, arriva chez nous à 11 h 55. On se partagea en deux équipes, recherche et sécurité. En tant qu'initiateur du dossier, je dirigerais l'équipe de recherche. Et mon amie Hester se chargerait de la sécurité. Tous les autres étaient des agents fédéraux. On sortait par la porte de derrière quand on m'appela sur mon talkie-walkie.

Je le sortis de la poche de mon manteau.

– Comm ? Ici, Trois.

– Trois ? Reviens immédiatement au bureau. Ordre du numéro Un.

C'était Lamar qui me réclamait. Pas question de discuter. Je courus pour rattraper Volont, George et Hester.

– Faut que je retourne au bureau. Lamar a besoin de moi. Je vous rejoindrai plus tard.

Le shérif m'attendait, effectivement, avec une certaine impatience.

– Qu'est-ce qui se passe ?

Aussi courtoisement que possible, car j'avais très envie de participer à cette perquisition.

– Par ici, Carl.

Il m'introduisit dans son bureau dont il referma la porte.

– Je tenais à ce que tu en aies la primeur, avant que qui que ce soit n'en entende parler.

Un souci qui ne lui ressemblait guère.

– De quoi s'agit-il ?

– Prends le téléphone.

Il avait l'air si joyeux de vivre que je commençais à m'inquiéter. Je m'emparai du téléphone. Il y avait une communication en cours, et Lamar n'avait même pas pris la peine de mettre son correspondant en attente.

– Ici, Houseman.

– Salut, fiston, j'ai de la bonne mouscaille à te passer. Tu me dois un repas chez Mabel.

Harry, du comté de Conception, Wisconsin.

– Harry, d'où te vient cette bonne humeur communicative ?

– Tu veux toujours Linda Moynihan ? Avec un certain Yevgeny Skripkin en prime ?

– Et comment que je la veux ! C'est qui, ton Yevgenny Machinchose ?

– Doucement, Carl. L'affaire se corse. Ta Linda est dans une de mes cellules, à chialer toutes les larmes de son corps en réclamant son avocat. Est-ce que ça te dit quelque chose ?

– Ouais, elle a un avocat, à Madison, qui essaie de lui obtenir protection et immunité.

– C'est à peu près ce qu'elle n'arrête pas de gueuler. Mais merde, elle peut difficilement être plus en sécurité, elle est seule dans une de mes cellules réservées aux femmes, où elle risque pas de se faire agresser. Et l'immunité, pour quel délit ? Tu la veux toujours ?

– Plutôt deux fois qu'une.

– Elle était avec ce Skripkin au motel des Pins Chantants, quand on l'a alpaguée.

– Juste un copain ?

– M'étonnerait. Ou alors, un copain vachement intime puisqu'ils étaient au pieu quand on les a surpris. De mon temps, on n'appelait pas ça « juste un copain ».

– De mon temps non plus. Qui c'est, ce type ? Jamais entendu parler de lui.

– Tu rigoles ? Tu vois vraiment pas qui c'est ? Toi, le champion des enquêteurs ?

– Quand tu auras fini de faire le clown...

– Tu ne rigoles pas ? OK, le Skripkin, c'est un Ukrainien de sexe mâle, vingt-six ans, qui était avec le tireur qui a fait exploser la tronche de Rudy Cueva, le copain de Gonzalès, l'ex de Linda Moynihan.

– Quoi ?

Les grandes surprises ne stimulent pas le vocabulaire.

– Officiel, mon pote ! Ce Skripkin était là quand un certain Juan Miguel Alvarez, plus connu de ses aminches sous le nom d'Hassan Ahmed Hassan, a collé le canon de son flingue sur la nuque de ton Cueva, et peut-être sans le faire exprès, a pressé la détente. Il ne s'en cache pas, au contraire. En quête d'immunité, lui aussi ? C'est pourquoi j'ai pensé que tu pouvais le connaître.

L'homme au visage blanc. Harry avait trouvé l'homme au visage blanc de Jacob Heinman.

– Toujours là, Carl ?

– Tu penses ! Je ne connais pas ce Skripkin. Mais en attendant mieux, il est bon pour une inculpation de complicité dans l'exécution d'un meurtre. Je m'occupe tout de suite de la paperasse. Ils ne vont sûrement pas s'opposer à l'extradition ?

– Je ne le leur ai pas demandé, mais je parierais mon cul contre une tabatière qu'ils ne diront pas non.

– Moi pareil. Quand pourrai-je leur parler ?

– Ici, tu es chez toi, matelot ! Je fais chauffer le café ?

– Un décalitre. Avec plusieurs douzaines de tasses. Ça va bientôt être la cohue, dans ton bled. Et... Harry !

– Je suis toujours là !

– Tu me fais parvenir une photo de ce Skripkin aussi vite que possible, d'accord ?

– Ton e-mail fonctionne ?

– Tu veux parier ?

– OK, tu l'auras dans une minute.

Il tint parole, ou presque. L'imprimer en prit quatre. Et cinq de plus pour choisir six autres photos dans notre collection d'épreuves anthropométriques. Sally se chargea de la sélection tandis que j'appelais Hester sur son portable et lui racontais toute l'histoire.

– Seigneur Dieu, tu ne me fais pas marcher ?

Je l'avais rarement entendue aussi heureuse de vivre.

Je fis un saut chez les fils Heinman, où je montrai les photos à Jacob. Il reconnut tout de suite Skripkin.

– C'est lui. L'homme blanc. Aucun doute là-dessus. Il est du coin ?

– En quelque sorte, Jacob. Je ne peux pas t'en dire plus pour l'instant.

– Pas grave. Bon boulot.

Il aurait été trop long de lui parler de Linda, et de Harry, et du reste...

– Merci, Jacob. Tu nous rends bien service.

Le saut à la ferme aller et retour, l'identification de « l'homme blanc », parmi les sept photos, avaient demandé vingt-huit minutes.

On mit les choses en route avec le procureur du comté, pour qu'il remplisse les formalités préliminaires à l'obtention d'un mandat d'arrêt en bonne et due forme, au nom de Skripkin. Carson avait besoin d'aide, et on lui dit de nous rejoindre. On appela ensuite un juge qui siégeait au tribunal et qui déjeuna sur un bout de table en nous regardant d'un air de perplexe détachement. Avec moi qui dictais, Sally qui tapait sur son clavier et Carson pour signer le tout, il ne nous fallut guère plus d'une demi-heure.

Je trouvai même le temps d'attraper Volont en plein vol.

– Tu connais Harry, du comté de Conception ?

– Non.

– Alors, écoute. Harry s'exprime parfois grossièrement. Il ne pense pas à mal, et c'est l'un des meilleurs flics que je connaisse. On s'habitue très vite à son langage. Quelques minutes et tu n'y feras même plus attention.

– C'est un truc qui ne m'a jamais dérangé.

– Je sais. Mais je crois que tu devrais... hum... alerter les autres agents fédéraux. Dans le genre d'Hawse, si tu vois ce que je veux dire.

Il le voyait si bien qu'il avait l'air d'un môme en train d'arracher les ailes d'une mouche.

– Oh, oui. Merci pour l'avertissement.

Mais je savais, d'avance, qu'il ne dirait rien à personne. Surtout pas à Hawse, son supérieur hiérarchique. Je me promis d'être là quand Hawse ferait la connaissance d'Harry.

Quinze minutes plus tard, mandat d'arrêt en poche, on partit, à quatre, pour le comté de Conception, George et Volont dans la même voiture, Hester et moi dans l'autre. On arriva sur place à 14 h 14.

– Bordel de merde ! jura Harry. Vous y avez mis le temps !

Mais il avait préparé tout le topo concernant monsieur Skripkin et nous en fit part en quelques mots :

– Déjà trois ou quatre entrées dans sa CCH...

Il faisait allusion à l'Histoire criminelle informatisée qui tient registre de toutes les incarcérations antérieures, avec leurs motifs.

– Une interpellation pour détention de drogue, deux excès de vitesse sous influence de stups et une tentative d'escroquerie.
– Je vois.
Sur le plan pénal, Skripkin n'était donc encore qu'un délinquant mineur, quoique récidiviste.
– La possession d'une petite quantité de marijuana et l'un des excès de vitesse sous influence ne font probablement qu'une des deux infractions au code de la route ?
– Eh ben merde ! s'écria Harry après avoir vérifié les dates. T'as toujours le pif, mon pote !
– Merci. Le tout ne représente pas un trop gros casier.
Mais Harry ne me passait toujours pas le document, ce qui, connaissant l'oiseau, signifiait qu'il devait y avoir autre chose sur cette feuille de papier ! Comme il disait lui-même, j'avais toujours le pif. Pour renifler ce genre de détail.
– Ben... y a peut-être encore un petit truc...
Avec ce sourire des grands jours que je connaissais comme ma poche.
– Toutes les interventions ont été effectuées par la police de San Diego, au cours de l'année écoulée.
– Et tu gardais ça pour la bonne bouche !
– Ouais. Quand on a remué sa merde, on a relevé des avis de recherche en Californie, en Pennsylvanie, en Oregon, en Iowa et au Kentucky.
Ayant produit son petit effet, il me tendit, enfin, l'extrait de casier judiciaire.
– Tous à son nom, mais avec des dates de naissance différentes. Tous émis le 18 février 2000. On les a vérifiés, mais ils n'apparaissent nulle part, excepté celui de Californie. Comme si les autres n'avaient pas existé...
– Intéressant.
Je parcourais le document du regard, en quête d'indications complémentaires.
– Pas de confusion entre ses numéros de permis et celui de la Sécurité sociale ?
J'étais juste un peu déçu. Hester ajouta :
– Pas de permis de conduire professionnel ?
– Oh si. Sauf en Californie ! Vous aussi, vous avez le pif, chère madame !
– En tant que chauffeur routier autorisé à transporter des matières dangereuses ?

– Eh merde ! Je reviens tout de suite.

Il s'escamota si vite que George souligna, avec le sourire :

– Lui aussi, c'est un sacré numéro !

C'était devenu un signe presque infaillible, cette spécification de « chauffeur habilité à transporter des matières dangereuses », sur les permis de conduire bidons de ces messieurs. La preuve potentielle que les réseaux de terroristes désireux de charrier armes ou explosifs par la route escomptaient que tout pro du volant en possession de ce type de permis franchirait les doigts dans le nez, sans être inquiété, n'importe quel barrage de police. En quoi ils se trompaient complètement, car cette faculté ne s'accordait pas à n'importe qui, n'importe comment. Seuls les vrais pros honorablement connus obtenaient ce permis spécial et devaient répondre, en tous lieux, à toute question posée par tout représentant hyperconsciencieux des forces de l'ordre. Une catégorie de questions particulièrement pointilleuses portant sur les matières transportées elles-mêmes.

Harry revint avec la confirmation recherchée :

– Rien que des permis de chauffeur routier professionnel avec autorisation de transporter n'importe quoi, même de la merde !

Durant la majeure partie de cet intermède, Volont avait été en communication avec Harriet Glee, au bureau du procureur de Cedar Rapids, et reçut, de son côté, la confirmation que nulle mesure de protection et d'immunité n'interviendrait dans le cas présent. Mais Harriet en discuterait, d'ici une petite heure, avec l'avocat de Linda. En spécifiant que Skripkin était inconnu au bataillon, de même que tout autre individu apparemment impliqué ou pas. Point à la ligne.

– De cette façon, appuya Volont, on a les mains libres pour éplucher ce Skripkin jusqu'à l'os.

Il ajouta en se retournant vers Hester.

– Félicitations pour avoir pensé au permis spécial pro. Ça, c'est du beau travail !

Puis il jeta à ce pauvre George un regard sévère qui lui reprochait de n'y avoir pas pensé le premier, et conclut, à l'adresse d'Harry :

– Il a été informé de ses droits ?

– Putain, oui !

– Et il comprend bien l'anglais ?

– Aussi bien que toi et moi !

Assis dans un siège de bureau, les pieds sur le bureau d'Harry, Volont joignit le bout de ses doigts et se gratta le menton. Je l'avais déjà vu accumuler ces symptômes de concentration et savais qu'il n'allait sûrement pas parler à la légère.

– Pourquoi, Carl, ne pas procéder de la façon suivante... Sauf erreur de ma part, on tient bien ce Skripkin par la peau des fesses, pour complicité de meurtre admise contre son propre intérêt alors qu'il avait été dûment prévenu de ses droits, conformément à la loi Miranda...

Louchant vers Harry :

– Il a bien renoncé aux droits en question ?

– Noir sur blanc !

Volont jeta un coup d'œil au document portant la signature de Skripkin qu'Harry lui tendait.

– Parfait. Carl te doit un souper, Harry.

Volont rayonnait. Les choses, à ses yeux, étaient en train de prendre forme.

– Carl, Hester et toi allez le cuisiner au sujet du meurtre de Cueva. Ton témoin est sûr que ce n'est pas lui qui a pressé la détente ?

– Absolument sûr.

– Parfait. Voyez ce qu'il aura à vous dire. Ne lui révélez pas notre présence. Tâchez de découvrir le mobile du meurtre, et pourquoi ce Juan Miguel Alvarez est également connu sous le nom d'Hassan Ahmed Hassan. Et n'oubliez pas que vous ne pouvez promettre l'immunité à Linda Moynihan. Jouez à fond les gros bras. Qu'il soit persuadé que tout le monde le lâche.

De nouveau retourné vers Harry :

– Tu as une salle d'interro où l'on puisse observer le suspect sans être vus ?

–Je pense bien, quoi merde ! s'étouffa Harry. Où est-ce que tu te crois ? En Iowa ?

J'aurais aimé pouvoir lui répondre du tac au tac, mais sa prison n'avait que trois ans, et la nôtre plus d'un siècle. Pour y faire ce que souhaitait Volont, on n'aurait eu d'autre ressource que de les cacher dans un placard.

– Allez-y, ordonna Volont.

J'objectai :

–Juste une seconde. Si ce type parle d'un marché possible, contre promesse d'immunité...

– On lui répond niet, dit Hester. Et seulement s'il aborde le sujet lui-même. Il faut qu'on se tienne à carreau. S'il demande, on refuse. Et s'il décide de se taire, on lui donne de quoi réfléchir en attendant l'avocat désigné d'office par la cour.

Je consultai Harry et Volont, du regard.

– Ça va pour vous ?

On boucla nos armes de service dans des vestiaires individuels dont on confia les clefs à une auxiliaire. En y joignant les numéros de nos cadenas pour qu'elle puisse nous restituer nos flingues, au moment du départ.

Sur le chemin de la salle d'interrogatoire, Harry dit à Hester :

– Ce Skripkin doit se faire un sang d'encre...

– C'est ce que je ferais à sa place, concéda Hester.

Je remarquai, en route, l'animation qui régnait dans les couloirs. Et le bruit. Dans notre prison, à nous, il fallait taper dans ses mains pour éveiller un écho.

On entra dans une pièce sans fenêtre d'environ quatre mètres cinquante sur sept. Miroir mural, longue table avec deux chaises de part et d'autre. Je savais que le miroir était sans tain, transparent sur l'autre face, mais si je ne l'avais pas su, je n'y aurais jamais pensé.

– Belle installation, Harry. On se croirait sur un plateau de cinéma.

Il s'esclaffa doucement.

– Marrant que tu le voies comme ça. La caméra vidéo est là-bas, dans ce coin, avec le matériel planqué dans une niche invisible. Son impec. Ne vous dites rien à mi-voix que vous ne voudriez pas que l'avocat de Skripkin puisse entendre. L'écoute ramasse tout. Micro digital.

– Et cornets de pop-corn de l'autre côté du miroir ?

– Devine !

Quelqu'un frappait à la porte. Un fonctionnaire en uniforme introduisit Skripkin.

– Bon, je vous laisse...

Harry se retira, lui aussi, en emportant ostensiblement la quatrième chaise. Si Skripkin voulait une arme contondante, il devrait nous demander notre chaise, à Hester ou à moi. Ou se lever et se servir de la sienne. Une petite chose à garder en tête.

Ma première impression, alors que Skripkin passait de l'autre côté de la table, fut celle d'un grand jeune homme très mince, blond aux yeux bleus, avec un long nez pointu dans un visage au teint très pâle. Il devait mesurer quatre à cinq centimètres de plus que moi, soit près d'un mètre quatre-vingt-dix et il avait de longs doigts aux ongles ronds. L'air très calme. Toujours régler son attitude sur celle du suspect.

– Salut. Je m'appelle Carl Houseman et je vous présente Hester Gorse. Je suis shérif adjoint du comté de Nation et elle est agent spécial de la brigade criminelle d'Iowa. Nous souhaitons vous entendre au sujet du meurtre de Rudy Cueva.

– Pas de problème. Que désirez-vous savoir ?

Il articulait soigneusement chaque mot, avec une ombre d'accent russe, mais sa prononciation de la langue anglaise était impeccable.

– Asseyez-vous. Il faut, avant d'aller plus loin, qu'on vous donne quelques détails.

– Je suis à votre disposition.

Il s'assit. On en fit autant. Son calme apparent me surprenait d'autant plus qu'Harry nous l'avait dépeint comme « se faisant un sang d'encre ».

– Très bien. Vous vous appelez ?

– Yevgeny Ilyavitch Skripkin. Citoyen des États-Unis depuis le 23 juillet de cette année.

– Parfait.

Et je le pensais. C'est toujours plus agréable de se mouvoir en terrain connu.

– Félicitations.

– Merci.

– Permettez-moi de vous rappeler, tout d'abord, que vous pouvez garder le silence, tout ce que vous direz pouvant être retenu contre vous devant une cour de justice. Vous avez le droit d'exiger la présence d'un avocat qui sur votre demande, vous sera affecté d'office, si vous n'avez pas les moyens de rémunérer ses services.

Je parlais très lentement, sans accentuer tel ou tel mot, et conclus dans le même registre :

– Vous avez bien compris quels étaient vos droits.

– J'ai parfaitement compris.

– Compte tenu de ces droits, consentez-vous toujours à nous parler sans l'assistance d'un avocat ?

– Bien sûr ! Pourquoi pas ?

Je ne suis jamais à l'aise avec un suspect de cette trempe. N'importe quel avocat digne de ce nom se taillera la part du lion, devant un tribunal, en demandant pourquoi on n'a pas pris la peine d'expliquer au suspect, en long et en large, ce que signifiait, aux États-Unis, ce renoncement pur et simple aux droits constitutionnels.

– OK, vous savez que vous êtes inculpé de complicité dans le meurtre de Rudy Cueva ?

– Veuillez me préciser le sens exact du mot complicité.

– Dans le cas qui nous occupe, il signifie que vous étiez présent, lors du meurtre de Rudy Cueva, et que vous avez aidé l'assassin à commettre ce meurtre ou que vous n'avez pas tenté de vous y opposer.

Il réfléchit un instant.

– Je ne pensais pas qu'Hassan finirait par le tuer.

– Hassan, releva Hester, c'est-à-dire l'individu qui se présente sous le nom d'Hassan Ahmed Hassan ?

– Ou bien sous celui de Juan Alvarez. Il s'agit du même individu.

– Juan *Miguel* Alvarez ?

– Pour autant que je sache.

Il réfléchissait de nouveau, probablement surpris d'avoir entendu Hester préciser le second prénom d'Alvarez. Était-il assez retors pour en comprendre toutes les implications ? À savoir qu'on n'ignorait pas qui était Alvarez. Conclurait-il qu'Hester avait agi délibérément ?

– Puis-je vous poser une question ?

Le moment viendrait peut-être où l'un de nous deux lui répondrait, sec et net, que c'était nous qui posions les questions, mais on tenait à le garder, provisoirement, aussi calme et décontracté qu'il paraissait l'être.

– Allez-y.

– Vous croyez vraiment que je voulais la mort de Rudy ?

– Je n'ai pas encore d'opinion. Faute des informations nécessaires.

Il réfléchit de nouveau.

– Je comprends. Mais je ne voulais pas que Rudy trouve la mort. Je vous expliquerai ce que je veux dire par là.

– Fort bien. Que s'est-il passé au juste ? Et pour commencer, que faisiez-vous à cet endroit ?

D'après lui, il était venu dans le Midwest avec Hassan Ahmed Hassan, alias Juan Miguel Alvarez, vers le milieu du mois d'août. Ils s'étaient installés à Harmony, dans le Minnesota, pour déménager un mois plus tard à Iowa City, dans l'Iowa. Ils ne trouvaient pas de boulot, mais Hassan ne manquait jamais d'argent. Skripkin prétendait n'avoir aucune idée de sa provenance. Premier gros mensonge.

Il prétendit, ensuite, qu'ils se déplaçaient fréquemment en voiture, et qu'à l'occasion d'un de ces courts voyages, ils avaient poussé jusqu'à Battenberg. C'était alors qu'ils avaient fait la connaissance de Rudy Cueva.

– Vous étiez venus dans ce but ?

– Je l'ignore.

– Vous ne pensez pas qu'entreprendre un trajet de près de cent kilomètres en voiture, sans but précis, était un peu... bizarre ?

– Non, je ne le pense pas. Je devine qu'Hassan devait déjà connaître Rudy Cueva. Devine est bien le mot correct ?

– Peut-être. Pourquoi dites-vous ça ?

– J'ai deviné parce que lors de la rencontre, comment dire, je cherche le mot, Hassan l'a... reconnu, voilà, c'est le mot, il l'a reconnu.

– Comment le savez-vous ?

– Parce qu'on cherchait l'adresse de Rudy et de Linda, et qu'on a vu un homme qui faisait le plein, à une station-service et Hassan est allé se ranger derrière lui en disant : « C'est lui, c'est notre homme. » Voilà comment j'ai deviné.

– Vous étiez donc bel et bien venus pour voir Rudy et Linda ?

– Pas moi. Hassan seulement. Je ne les connaissais ni l'un ni l'autre, et j'ai eu l'impression qu'Hassan ne connaissait pas non plus Linda, quand on est montés à leur appartement.

– Pourquoi, demanda Hester, Hassan était-il venu voir Rudy ?

Skripkin se pencha en avant.

– Pour affaires, madame l'agent. Strictement pour affaires.

En soulignant sa déclaration d'une œillade accentuée.

Madame l'agent ! J'en connaissais trois, de l'autre côté d'un certain miroir, qui devaient être en train de s'amuser ferme.

– Pour affaires... de stupéfiants, suggéra Hester. Il a été question de drogue ?

– Non, non. Pas de drogue.

– Alors, quoi ?

– J'ai peur de vous le dire. Et je ne sais pas comment.

– Vous vous êtes fort bien débrouillé jusque-là.

Après une nouvelle séquence de réflexion :

–Je vais vous le dire. Vous avez mes empreintes. Vous le saurez tôt ou tard, si vous ne le savez pas déjà.

Son comportement avait changé du tout au tout. Comme si quelqu'un avait appuyé sur le bon bouton. Il parlait plus ferme. Avec plus de résolution.

–Yevgeny Skripkin est mon vrai nom. Je suis recherché pour meurtre, en Ukraine. Un homme que j'ai vraiment tué, parce que j'étais payé pour. C'était mon job. Je suis venu dans ce pays en 1996. Par arrangement entre mon ancien patron et celui d'Hassan. Je suis passé par le Canada, puis par Chicago. Je n'avais pas de carte verte, mais un bon visa. J'ai été cuisinier dans un grand restaurant.

J'allais poser la question évidente, mais il m'en empêcha d'un geste de la main.

–Non, je ne connais pas le patron d'Hassan. Je ne crois pas qu'Hassan le connaisse lui-même.

Les muscles saillants de sa mâchoire se crispèrent.

–C'était bon pour moi de ne pas savoir ces choses. Personne ne sait ce que je suis devenu, en Ukraine. Mon job est d'aider le patron d'Hassan, quand il me le demande. Bientôt, je serai un vrai citoyen des États-Unis, alors, je ne veux plus me compromettre dans quoi que ce soit d'illégal.

Il me sembla percevoir une certaine activité, de l'autre côté du miroir, et je me représentai George filant demander à l'AFIS, sur l'ordre de Volont, les empreintes de Skripkin.

–Comment s'appelle votre ancien patron ?

–Vladimir Nadsyev.

Il avait répondu sans hésiter à la question d'Hester, et j'ajoutai sur l'élan donné :

–Mais vous ne connaissez pas celui d'Hassan ?

–Bien sûr que non.

–Vous nous le diriez, si vous le connaissiez ?

Il nous offrit un large sourire.

–Bien sûr que non. Je ne suis pas stupide.

–Alors, pourquoi nous avez-vous donné le nom de l'ancien ?

–C'est le mari de ma sœur. Tout le monde, là-bas, sait que j'ai travaillé pour lui.

–Vous n'êtes pas encore vraiment citoyen des États-Unis ?

J'étais curieux de voir si sa réponse démentirait ou non une de ses premières déclarations antérieures.

–Non, je ne suis pas encore un vrai citoyen des États-Unis.

Avec un énorme soupir.

OK, les mensonges succédaient aux mensonges, et l'important était de déterminer si on approchait de la vérité, ou si on s'en s'éloignait davantage. Le genre de choix qui peut être une véritable plaie. Je consultai mes notes.

– Revenons à Hassan et à son boss...

– C'est lui qui donne les ordres. Il me charge d'accompagner Hassan pour veiller sur lui. Le protéger en cas d'agression. Comme un garde du corps.

– Et c'est comme ça que vous avez connu Hassan ?

– À vrai dire... oui. Je ne l'avais jamais vu avant.

Merveilleux à quel point les gens peuvent truffer leur conversation de formules comme « à vrai dire ». Je sais, par expérience, que c'est la meilleure preuve qu'ils racontent des histoires. Le chiendent, c'est d'établir à quel moment et pour quelle raison ils mentent.

– Qu'est-ce que cet Hassan est supposé faire ? relança Hester.

– Il ne me l'a pas dit, et je n'en ai pas la moindre idée.

Un mensonge de plus, mais on n'en était pas à ça près. Skripkin admit, cependant, qu'Hassan était censé « contaminer la viande » à l'usine de Battenberg. Lui avait cru que c'était pour rendre la viande inconsommable et donc, obliger l'usine à la reprendre.

– Pourquoi veut-il faire une chose pareille ?

– Pour nuire aux Juifs et prendre l'usine en main. C'est l'impression que j'ai. À l'écouter parler. Il dit qu'il déteste les Juifs. J'ai bien compris ça.

Skripkin ajouta qu'à mesure que passait le temps, il se rendait compte qu'il devait y avoir autre chose. Que quelque chose devait se préparer quelque part. En sourdine.

– Vous savez, bien sûr, que Linda et moi sommes amants.

– Depuis quand ?

– Depuis qu'elle a vu mes yeux.

– Vous avez commencé tout de suite à dormir ensemble ?

– On n'avait jamais dormi ensemble jusqu'à la nuit dernière. Baisé, oui, mais pas dormi. C'était la première fois, hier soir, et c'est comme ça qu'on a été pris.

Harry devait se rouler par terre de grosse rigolade, à ce stade. J'en rajoutai une couche, rien que pour lui faire plaisir :

– J'en prends bonne note.

Hester s'empressa de nous ramener dans le droit chemin :

– Qu'est-il arrivé, ensuite ?

Il était arrivé que Linda, un jour, lui avait dit que son amant en titre, Rudy Cueva, se faisait du mouron parce qu'Hassan et compagnie voulaient le pousser à faire une chose qu'il n'avait pas envie de faire.

– Pourquoi n'a-t-il pas fichu le camp, tout bonnement ?

– Madame l'agent, Rudy était comme moi. Il avait été... engagé. Amené de Colombie pour faire un certain boulot qu'il avait accepté, alors... Ce type qui était le patron d'Hassan, était aussi le patron de Rudy. Et Hassan était aussi le patron de Rudy. Vous comprenez ? Un homme très important.

J'essayai de clarifier son explication :

– Tout en haut, le patron d'Hassan, avec Hassan sous ses ordres, et Rudy sous les ordres d'Hassan ?

– Absolument correct.

– Alors ?

– Rudy s'est mis très en colère parce qu'Hassan et moi, on avait aussi... eh bien... recruté Orejas, qui était copain avec Rudy. Rudy n'était pas bien placé pour arroser la viande. Gonzalès, si. Mais Rudy ne voulait pas qu'un sous-fifre, comme il disait, prenne sa place. Vous connaissez beaucoup de Colombiens ? Ils sont comme ça. Rudy était plus haut sur l'échelle que Gonzalès, mais il avait peur, si jamais il demandait un boulot moins important, de descendre d'un échelon. Alors, on n'a pas demandé à Rudy, on a demandé à Orejas. Orejas chargeait la viande dans les camions, et se trouvait souvent seul à l'intérieur pendant quelques secondes. Il était bien placé pour agir.

– Agir de quelle façon ?

– Pour appliquer cette substance blanche... comment disait-il ? Pour la tartiner sur les quartiers de viande, comme le beurre sur le pain. Tartiner, c'est le mot qu'il employait.

– Au début ?

– C'est ça, au début. Et puis, on a fait des essais, et on s'est rendu compte qu'il ne pourrait pas trimbaler le produit dans un sac plastique, avec un outil pour l'appliquer. Hassan a téléphoné au patron, et quelques jours plus tard, on a reçu, par coursier, un beau paquet bien propre rempli de sprays.

– Par coursier !

– Sûr. On a donné des bombes à Orejas et Rudy a piqué une rage.

– Pourquoi une rage ? Orejas travaillait pour lui, non ?

– Il a dit que quand Orejas était petit, il avait reçu un méchant coup sur la tête. Il était alors devenu très facile à convaincre et Rudy s'était mis à veiller sur lui pour lui éviter les pétrins. Il disait que Gonzalès était trop idiot pour savoir ce qu'il voulait faire ou pas, et qu'Hassan n'aurait jamais dû l'enrôler.

Skripkin haussa les épaules.

– Je sais qu'Orejas était pas bien malin. Il a fait ce qu'il a fait parce qu'Hassan lui a juré que ça rendrait service à Rudy. J'étais là. Je l'ai entendu le lui dire.

– Ensuite ?

– Rudy a réalisé qu'Orejas était censé mettre un masque et des gants, et il s'est inquiété qu'il ne soit pas capable de les ajuster correctement.

– Juste une seconde. Orejas n'était même pas capable de suivre les instructions qu'il recevait ?

– Correct. Rudy était en rogne et disait qu'il allait stopper Orejas. C'est pourquoi on l'a emmené à la vieille ferme pour en discuter.

– Qui ça, on ?

– Moi et Hassan, et celui qu'ils appellent Cheeto. Et puis Rudy.

– Cheeto ?

Un petit nouveau. Quoique le nom ne me soit pas totalement inconnu.

– Oui, Cheeto. C'est lui qui conduisait. Il travaille à l'usine, il connaît Rudy et Orejas, et à peu près tout le monde.

Un regard en coin passa entre Hester et moi.

– Tu connais son vrai nom ?

– Non, madame l'agent.

Avec un nouveau clignement d'œil.

– Alors, que s'est-il passé ? Pourquoi avez-vous choisi la vieille ferme Dodd ?

– C'est quoi, la « vieille ferme Dodd » ? Je la connais pas.

– Celle où vous avez emmené Rudy.

– Ah, Dodd ? Drôle de nom, Dodd. On a amené Rudy là-bas parce qu'on savait où c'était. On y allait quelquefois, pour se rencontrer en privé et discuter des plans. Hassan craignait que le FBI n'écoute à ses portes.

– Comment avez-vous découvert cet endroit ?

– Je n'en sais rien. Rudy le savait.

– Mais vous y étiez déjà allés ?

– Oh, oui. Quatre ou cinq fois.

– Et que s'est-il passé, à la vieille ferme ?

– Rudy a compris pour Linda et moi et il s'est mis très en colère. Hassan aussi. Il a été très en colère après Rudy et après moi. On a commencé à taper un peu sur Rudy. Pour qu'il écoute. Mais je n'avais pas le cœur à l'ouvrage, parce que je me sentais coupable, au sujet de Linda. J'ai attaché les poignets de Rudy, et Hassan l'a frappé encore. Rudy lui a donné des coups de pied avant de tomber. C'était très moche.

– Pourquoi Hassan était-il tellement en colère ? Il avait déjà dit à Orejas de stopper ?

– Non, madame l'agent. Rudy était venu nous voir d'abord. Et ensuite, il n'a plus eu l'occasion de parler à Orejas.

– Pourquoi cette colère après Rudy ?

– Parce que si Rudy parle à Orejas, l'expérience s'arrêtera et le big boss sera très en colère après Hassan.

– Et si Hassan énerve son patron, qu'est-ce qu'il se passe ?

– C'est un très mauvais homme. Très important quelque part. Hassan serait exécuté lentement pour donner un exemple aux autres.

– Mais comment Rudy a découvert qu'Orejas avait été enrôlé au départ ? Ça ne tient pas debout.

Skripkin baissa les yeux, l'air sincèrement contrit.

– Je regrette d'en avoir parlé à Linda, au lit. Elle aime toujours bien Orejas, un peu comme un toutou. Elle parle de lui à Rudy, et elle lui dit tout, mais tout. Même qu'on baise ensemble. Je ne comprends pas les femmes. Si Rudy n'avait pas été aussi furieux, il n'aurait pas fait ce qu'il a fait.

– OK, vous êtes à la vieille ferme. Rudy donne des coups de pied à Hassan, et ensuite ?

– Hassan est encore plus furieux. Il traite Rudy d'enculé, et il le menace de le traîner devant le grand patron. Je ne comprenais pas tout parce qu'ils parlent espagnol, les trois quarts du temps. Quand Hassan voulait que je comprenne, il parlait anglais. Il n'est pas arabe, vous savez. Il est mexicain. Il veut qu'on l'appelle Hassan parce qu'il s'est converti à la religion. Vous comprenez ?

– Absolument.

– N'oubliez pas que cet Hassan n'est pas arabe. Lui et Cheeto me disent en anglais d'installer Rudy à l'arrière de la voiture. Avec moi, parce que je suis trop grand. Lui et Cheeto s'assoient devant. C'est Cheeto qui conduit. Hassan a pris le fusil dans le... dos de la voiture ? Non, dans le coffre, c'est ça, dans le coffre. Il s'assoit à côté de Cheeto, avec son fusil, et il lui dit d'aller à Iowa City.

– Iowa City !

– C'est là qu'on peut voir le grand patron.

– Qui est... ? lança Hester.

– Pardon, madame l'agent ?

– Comment s'appelle ce grand patron ?

– Je l'ai déjà dit, je n'en sais rien. Vous devez me croire.

Il la regarda intensément.

– Je vais essayer ! répondit froidement Hester.

Je bougonnai :

– OK. Et ensuite ?

– Je suis malheureux d'avoir Rudy près de moi, les mains attachées, et je fais de mon mieux pour le rassurer. Hassan hurle à Cheeto qu'il se trompe de route et Cheeto s'arrête et recule à toute vitesse. À ce moment-là, Rudy se débrouille pour ouvrir la portière et tombe sur la route à la renverse. Et puis il se relève et prend la fuite...

La suite de l'interrogatoire établit que Skripkin avait occupé le côté gauche, sur la banquette arrière, avec Rudy à sa droite. Cheeto avait amorcé un tête-à-queue, sur cette chaussée de gravillon d'à peine cinq mètres de large, pour s'arrêter tout près du fossé, du côté gauche. Le tout expliqué principalement par gestes, et j'étais bougrement heureux d'avoir la vidéo pour en témoigner visuellement. Alors que Cheeto passait sa marche arrière, Rudy était parvenu à ouvrir la portière droite. Avec ses mains liées derrière le dos, toujours d'après Skripkin, il avait pu en saisir la poignée lorsque Cheeto s'était arrêté net, sur l'ordre d'Hassan. À ce point précis, Skripkin avait tenté de sortir par la portière gauche, mais Cheeto, qui ne s'était pas aperçu de la disparition de Rudy, avait entamé une marche arrière. Hassan, en voulant sortir à son tour, prêt à buter Cheeto pour sa stupidité crasse, s'était fait renverser par sa propre portière ouverte. Cela l'avait rendu plus fou de rage. Skripkin expliqua qu'ils avaient ainsi tous les deux pris une ou deux secondes de retard permettant à Rudy de disparaître au tournant. Il avait aussi pensé à ce moment-là qu'Hassan aurait dû tirer sur Cheeto d'être aussi stupide.

Le scénario sonnait vrai. Conforme à la pagaille monstrueuse caractéristique de la plupart des actes de violence.

– Et après tout ce micmac ?

– On a couru après lui en remontant la route. Hassan le premier, avec son fusil. Quand Rudy tombe sur la route, Hassan l'attrape. Hassan est très très en colère. Il lui gueule dessus si fort que Rudy se met à pleurer. Je ne sais pas ce qu'il lui a dit, mais je crois comprendre que Rudy prend conscience qu'il n'a plus rien à espérer. Et Hassan l'injurie encore une fois et lui flanque son fusil sur la nuque alors qu'il est à genoux sur la route. Bang ! Comme ça. Très vite.

– Vous étiez trois, avec Rudy, et après seulement deux ?

Je voulais savoir s'ils avaient, ou non, aperçu le vieux Jacob.

Skripkin souriait malicieusement.

– Oui, c'est le bon résumé. Trois, et puis bang, et deux !

Il ne mentionna pas avoir vu quelqu'un et Jacob avait donc eu raison de parler du chat et de la souris. Ils n'avaient eu d'yeux, à ce moment-là, que pour le fuyard.

– Je ne m'attendais pas à ce qu'il tire. J'ai été pris par surprise. J'ai demandé ce qu'on allait faire. On avait un cadavre à évacuer. Mais Hassan m'a dit : « On fout le camp ! » Il était armé. Moi pas. Comment j'aurais pu discuter ?

– Vous êtes donc repartis en laissant le corps où il était ?

– Voilà.

– Alors que vous auriez préféré l'emporter ?

– Si on l'avait ramené à la vieille ferme, personne ne l'aurait jamais revu. Personne n'aurait su que Rudy était mort. C'était une bêtise de le laisser là. Une très grosse bêtise.

Je suggérai, dans la foulée :

– Une bêtise d'amateurs ?

– C'est ça. Amateurs est le bon mot.

– Merci de m'approuver. Est-ce que vous vous rendez compte de la chance que vous avez eue ?

– Comment ça ?

– Si Hassan n'avait pas voulu laisser le corps sur place, vous et Cheeto auriez été les seuls à savoir où il était. Je ne peux pas m'empêcher de penser que vous n'auriez pas vécu assez longtemps, tous les deux, pour le raconter à la ronde !

– C'est bien possible.

– Pas si amateurs que ça donc... OK, et donc, pourquoi...

– Je peux vous poser une question ?

– Bien sûr.

– Cette immunité dont parle Linda. Est-ce que je suis compris dans le marché ? Elle m'a dit que je le serais.

Inutile de tergiverser davantage.

– Non. Vous n'avez jamais été mentionné sous cet angle.

– Je vois.

En secouant tristement la tête :

– Ah, les femmes ! Elles disent n'importe quoi pour qu'on les aime.

Il se mit à battre la charge, avec ses ongles, sur le bord de la table.

– Alors, je vais peut-être passer en jugement ?

– Oui. Vous pouvez être mis en examen. Et j'ai l'intention d'y veiller.

– Parfait.

– Je vous demande pardon ?

– Il faut que j'aille en prison. Je le sais. Être en prison aux USA ou en prison en Russie. Je préfère aux USA. Ça vaudra mieux.

« Mieux » n'était peut-être pas le mot, mais je m'abstins de discuter son point de vue.

Plus j'y pensais, plus j'avais le sentiment que quelque chose ne collait pas, au sujet du « grand patron », mais impossible de mettre le doigt dessus. J'inscrivis « big boss », sur mes notes, avec un grand point d'interrogation. Je me réservais d'y revenir plus tard.

– Assez de questions pour l'instant. Juste une dernière. Quel était le but de ces gens-là ? En empoisonnant la viande, je veux dire. À quoi ça devait-il servir ?

– À tuer des Juifs... naturellement.

17 h 03

Un long silence suivit l'apostrophe injurieuse de la silhouette aussitôt disparue.

Plus tard, quand on se demanderait à quelle seconde exacte la situation avait achevé de pourrir, on serait tous d'accord pour affirmer que c'était à ce moment-là, alors que mon portable, celui d'Hester et celui de George carillonnaient tous à la même seconde.

Il y eut un moment d'extrême confusion, car personne ne savait quel téléphone sonnait au juste.

Sally aida Hester à sortir le sien pendant que George et moi tentions de parler et de piger le sens du message, sans cesser de veiller au grain.

– Oui, dis-je finalement après avoir attrapé le mien dans ma poche.

Mon interlocuteur n'était autre que Lamar.

– Carl, appelle le bureau. Ils viennent de recevoir un coup de fil en urgence, sur le 911, d'un des types qui se trouvent en face de vous, dans ce putain de hangar. Il déclare qu'il a quelque chose à négocier.

– Quoi ?

La surprise était complète.

– Ouais. Ils ont donné un numéro où les rappeler. Un négociateur spécialisé du FBI s'en occupe.

– OK.

– Et l'hélicoptère de la police de Cedar Rapids va vous survoler d'ici un moment, avec son FLIR *(Forward-Looking Infra-Red*[1]*)*. Alors, appelle le bureau et contacte l'hélico sur sa fréquence.

1. Caméra à images thermiques.

Le système de repérage par infrarouges permettait de voir tout ce qui se passait au sol, de jour comme de nuit, en mesurant des différences de température d'à peine un degré centigrade. Haute définition sur toute la ligne.

– Bureau du shérif, me répondit la voix harassée de Patty Neuman.

Une acquisition récente qui n'aurait peut-être jamais l'efficacité de Sally, mais faisait correctement son boulot.

– Salut, c'est Houseman. Lamar m'a dit de...

– Doux Jésus ! Vous allez bien, tous ? Sally va bien ?

– Jusque-là, impec. Tu as quelque chose pour nous ?

– Attends une seconde... Seigneur, Houseman, je vois des photos de l'endroit où vous êtes, à la télé... Non, excuse, j'accouche... Un type a téléphoné à 18 h 22 et neuf secondes, par le standard de Battenberg, en refusant de donner son nom, mais pour dire qu'il voulait négocier une trêve, afin de pouvoir faire soigner un sujet mâle grièvement blessé.

Elle se reportait évidemment au compte rendu imprimé de sa communication sur le 911.

– Sans blague ?

– Sans blague est le mot qui convient. Tu veux le numéro ?

– Pas en position de le noter, mais va toujours.

J'avais vraiment envie de savoir d'où venait ce coup de fil.

– 781.555.8811.

– À quoi correspond le préfixe 781 ?

– Minneapolis. Pour téléphones mobiles.

– Voyez-vous ça.

– Je crois que le FBI est actuellement en cours de communication avec ce numéro.

– C'est ce que le shérif m'a dit. OK, faut que j'y aille. À moins que tu n'aies autre chose.

– Rien d'autre pour l'instant. Faites attention à vous, les amis.

– Tu as ma parole.

Sally me rejoignit en vitesse.

– C'était le patron d'Hester. Le marché proposé concerne l'envoi d'une ambulance pour évacuer le trou-du-cul gravement blessé qu'ils auraient là-bas dedans. On en profiterait pour leur confier Hester.

– Pas dans la même ambulance. Il nous en faut deux. Et Hester d'abord.

George nous rejoignit à son tour.

– C'était Volont. Un négociateur s'explique avec eux. Ils veulent une ambulance pour l'un de leurs blessés.

– On le sait déjà. La Crim' exige que notre blessée, à nous, parte la première.

– Ce serait parfait. Elle doit commencer à fatiguer.

– Je rappelle Lamar. Je ne veux pas qu'elle parte dans la même ambulance qu'une pourriture de terroriste. Trop risqué.

– Entièrement d'accord. Oh ! Volont m'a dit aussi qu'ils n'ont trouvé personne, ni dans le Michigan ni dans le Nebraska. Il pense que leur informateur a dû se tromper de jour, et que l'autre opération n'a pas encore démarré.

– Un mauvais tuyau ?

– Possible. Mais Volont, Hawse et Gwen sont là. Et les HRT *(Hostage Rescue Team)* rappliquent à bord de l'hélico. On les attend avant de décider quoi que ce soit.

L'Équipe de sauveteurs d'otages du FBI était considérée, à juste raison, comme la meilleure équipe de spécialistes en la matière. J'étais aussi heureux de les savoir en route que si cela avait été les marines. Enfin presque. Les HRT ne viennent pas avec de l'artillerie, des chars d'assaut et un large support aérien.

Sonnerie de mon portable. Lamar.

– Carl, l'ambulance sera là dans cinq à dix minutes. Pas question, d'après le négociateur, d'étirer le délai, à cause du blessé grave. La presse est alertée. On ne peut pas se permettre de traîner davantage.

– D'accord, mais envoyez-nous *deux* ambulances. Pas ce terroriste avec notre Hester dans la même !

Apparemment, aucune de ces têtes de pioche n'y avait pensé.

– Oh ? Oh oui, bien sûr. On va faire en sorte.

– En n'oubliant pas de nous dire quand on pourra bouger.

Le portable de George y allait de sa musique. Encore Volont. Leur négociateur avait essayé de différer le ramassage du terroriste esquinté jusqu'au débarquement des HRT, mais cela n'avait pas marché. Quiconque menait les débats, à l'autre bout du fil, n'ignorait pas qu'il y avait deux ou trois ambulances en attente, sur la route de gravillon, au sud de la ferme. Selon Volont, ils devaient disposer d'un poste d'observation haut perché, à la partie supérieure de leur foutu hangar.

On leva les yeux vers le sommet du silo. L'endroit idéal où poster une vigie même si on ne pouvait voir personne.

–J'ai signalé à Volont qu'on pensait que les terroristes voulaient nous bloquer, pas le contraire.

–Qu'est-ce qu'il t'a répondu ?

–Que c'était possible. Mais qu'on pouvait aussi avoir affaire à des fanatiques qui auraient à cœur de descendre un max d'entre nous avant de mourir pour la cause.

–Tu y crois personnellement ? Je n'en ai relevé aucun symptôme.

–Moi non plus. Mais Volont le pense. Je crois qu'il aime ce genre de chose.

Mon talkie-walkie annonça :

–Trois du comté de Nation ? Ici, le 918.

Appel d'un hélico, d'après le bruit de fond. Sur le canal 4, le canal des secours. J'augmentai le volume du walkie et nous bloquai sur ce canal. Je ne voulais pas d'interruption inopportune.

–Ici, Trois du comté de Nation. Allez-y, 918.

–Gardez l'écoute... Équipe d'Intervention Spéciale Six, pour 918 ?

L'équipe six répondit, et je reconnus la voix de Marty.

–OK, Trois et Six, on arrive au-dessus de vous. On voit deux hommes en mouvement derrière le hangar, pas loin de la grange. Deux autres au pied du silo. Stationnaires. Un autre sur l'échelle, à l'ouest. Aux trois quarts de la hauteur du silo. Également stationnaire, je répète, ces trois derniers sujets, stationnaires. Forte présence humaine détectée par le FLIR dans l'autre hangar, plus au nord. Moteur de voiture tournant en permanence, peut-être pour tenir le blessé au chaud ? Trois sujets de ce côté, voire quatre. Grosse source de chaleur également, dans votre grange. Vous avez un moyen de chauffage ?

–Dix-quatre. On en a un.

–Très bien. On repère aussi les membres de l'équipe d'intervention et deux cerfs dans le bosquet, au nord-est, à moins de cent mètres.

–Dix-quatre. Vous pouvez déterminer si c'est une simple automobile, dans le hangar, ou un van ?

–Non, pas un van. Assez chaud pour nous fournir une forme précise, mais ce n'est qu'un véhicule de taille moyenne. Je répète : pas un van.

–Dix-quatre.

–On va continuer à patrouiller dans le secteur, mais pas juste au-dessus de vous. Nous prévenir si vous nous voulez plus près. Une ambulance va monter jusqu'à vous par la petite route.

– Dix-quatre, intervint Marty. Aux dernières nouvelles, il y aura deux ambulances. Trois ? Passez une minute sur le canal orange.

C'est-à-dire une fréquence brouillée à l'usage des scanners éventuels, afin de permettre à l'hélico et à l'équipe d'intervention de mettre quelque chose au point sans risquer d'être écoutés. Ils prenaient leurs précautions, et j'approuvais leur prudence.

Sally avait les deux mains en l'air, doigts en éventail.

– Si j'ai bien compté, ils sont au moins huit.

– Avec les deux qu'on a touchés, ça aurait fait dix.

On se regardait dans la lueur rougeoyante du radiateur à butane de George. Je maugréai dans ma barbe :

– C'est trop pour une vulgaire bagnole. Où est passé le camping-car d'Hector avec les plaques du Nebraska ?

Même un van aurait été juste pour une dizaine de personnes. Van plus voiture, sans doute ?

Sally brandissait son talkie-walkie.

– Lamar, sur la fréquence Opérations.

Je passai sur le canal 1.

– Ici, Trois.

– Que tout le monde m'écoute... Voilà le marché conclu. Deux dix-cinquante-deux en attente. Avec leur équipage et un officier à bord. Les deux vont stopper au milieu de la cour. Personne, je répète, personne ne pénètre dans la zone lumineuse.

Il marqua une courte pause. Le temps de discipliner ses idées.

– Tout le monde à l'écoute ? OK, le blessé va être amené en pleine lumière. Les paramédicaux de la première ambulance le chargeront sur un brancard, sous la protection des deux officiers, et l'embarqueront dans leur véhicule. Personne d'autre ne bouge. Je répète : personne.

Seconde interruption brève. Suivie de :

– Durant cette manœuvre, I-388 marchera vers l'autre ambulance. I-388 peut se déplacer seule. Elle s'embarquera dans l'autre ambulance. Les deux véhicules repartiront simultanément. Sans intervention superflue. Si vous êtes dix-quatre sur ce point, déclarez-le l'un après l'autre, en commençant par Trois.

– Ici Trois. Dix-quatre.

Onze voix délivrèrent le même message. Neuf chefs d'équipe et les deux conducteurs d'ambulance, numérotés Battenberg 51 et Maitland 52.

– Parfait, souligna Lamar. Départ dans dix minutes.

Mon portable récidivait. Cette fois, c'était Marty.

– Écoute, Carl. Les HRT vont arriver incessamment. Dès que les deux ambulances seront parties, ils entreront en jeu, avec nous derrière. Préparez-vous à bouger, parce que dès que les HRT atteindront la grange en bon état, vous repartirez tous avec nous. On vous escortera jusqu'à la route, et on remontera. Les HRT avanceront vers le hangar. Ils vous veulent hors d'affaire aussi vite que possible.

– Et ceux du silo ?

– Ils seront neutralisés.

Je me demandai comment on « neutralisait » un guetteur perché à courte distance du sommet d'un silo. Mais puisque Marty disait que ça pouvait se faire...

– OK, c'est un bon plan.

– On vous rappelle juste avant de venir vous récupérer.

– Pigé.

– Dans un quart d'heure à peu près. Si les HRT arrivent avant le départ des deux ambulances, on attendra que la voie soit libre.

– OK.

– Si jamais ils tentaient quoi que ce soit contre les ambulances, ce serait tant pis pour eux.

– Je vois.

– Salut, Carl. À bientôt.

18

Vendredi 21 décembre 2001 - 16 h 33

– Skripkin s'est foutu de vos gueules ! diagnostiqua froidement Volont.

– Ah oui ? Où ça ?

On était prêts à revisionner l'interview enregistrée en compagnie de Gwen Thurgood et de Milton Hawse, rappliqués de Battenberg sur un coup de fil de leur collègue.

– Quand il prétend que c'est pour tuer des Juifs, ça ne tient pas la route ! Si quelqu'un veut tuer des Juifs en empoisonnant de la viande kasher, autant qu'il s'introduise dans les épiceries et qu'il opère sur place. Ou qu'il balance une bombe depuis la porte d'entrée. Non, je répète, ça ne tient pas la route. Il raconte des salades.

– Fort bien, contra Hester. Pourquoi nierait-il ce qui a déjà été fait ?

Une fois de plus, Volont avait l'air très content de lui-même.

– Parce que, *madame l'agent,* il veut nous empêcher de découvrir ce qu'ils ont réellement l'intention de faire.

Il se pencha en avant, au sein du silence.

– Ce qu'on a là, c'est rien de plus qu'une répétition générale. Le rideau n'est pas levé, la pièce n'est pas commencée. Supposez qu'ils veuillent empoisonner de la bouffe. En gros, en très gros. Tuer des milliers, voire des centaines de milliers de quidams.

– On n'en a encore aucune preuve, objecta Hester.

– Simple hypothèse de travail. Mais on a un lien avec Al Qaïda, par l'intermédiaire du sieur Odeh. Ça, ce n'est pas de la théorie. Non, ne m'interrompez pas encore ! On n'essaie pas une méthode en multipliant les expériences jusqu'à ce que ça marche. Ce serait dévoiler ses batteries avant l'heure. Non, ça doit marcher à fond dès le départ, ou ça ne fonctionnera jamais sur une grande échelle. Pas de nos jours. Avec les moyens dont on dispose.

– Ça tombe sous le sens, approuva Hawse.

– OK, disons qu'on commence très petit. Tu fais un petit test. Une expérience. À très petite échelle. Où ça ? Tu vas dans un coin isolé, peu peuplé, virtuellement sans flics. Nous y voilà. Comme ils disent, le cœur du pays ne sera jamais un État policier, car il n'y a tout simplement pas de police.

Il avait au moins raison sur ce sujet.

– Tu choisis ensuite une usine très bien surveillée, la plus propre, avec le plus de préoccupations sanitaires que tu puisses trouver. Une usine de conditionnement de viande kasher répond à tous ces critères. D'autant mieux qu'elle emploie une main-d'œuvre étrangère. Toute cette région est un peu le paradis pour ces bâtards qui veulent y faire leurs trucs sans personne pour les choper dans leurs activités.

– Donc, une expérience limitée, supputa George.

– Sûr. Si ça marche dans une usine kasher, ça marchera partout ailleurs. Même les gars de l'Hygiène reconnaissent que les usines kasher représentent le dessus du panier. Propreté. Sécurité. Santé. Très surveillées, de surcroît. Celle de Battenberg est une entreprise familiale, nom de Dieu. Pas une grosse compagnie. Les gens qui la dirigent sont impliqués de A jusqu'à Z.

– Conclusion ? suggéra Hawse.

– Elle arrive. Mais encore une petite chose. Cette expérience est double. Si elle réussit, elle tue surtout des Juifs. Mais bien sûr, ça joue dans les deux sens.

– Comment ça ? intervint Gwen.

– Prenons d'abord Mustapha Abdullah Odeh. Rien que son implication prouve que je suis sur la bonne piste. On est sûrs que le ricin n'est pas venu accidentellement sur la viande. Et puis, on a une connexion colombienne, en la personne de Rudy Cueva, prêt à bosser pour Odeh, quoi qu'il fasse. On se trouve en présence d'un essai soigneusement prémédité. Mûri. Les Juifs n'y représentent qu'une cible secondaire. Tellement évidente qu'elle vise à nous cacher l'objectif véritable. Glaçant. N'oubliez pas que ces gens-là sont directement reliés aux terroristes du 11 Septembre. Leur principale ambition n'est pas de tuer des Juifs, mais des Américains. Ils veulent descendre les symboles des États-Unis comme le World Trade Center. Ils veulent terroriser l'Amérique. Je parierais que Juan Miguel Alvarez, alias

Hassan Ahmed Hassan, hait réellement les Juifs. Mais c'est une haine acquise. Tel Oussama Ben Laden, qui n'avait jamais traîné les Juifs dans la merde avant qu'on ne lui botte le cul en Afghanistan. Et le voilà qui mène une croisade contre les Juifs en général et contre Israël en particulier ! Simple écran de fumée, comme toutes les conneries débitées par Skripkin pour nous faire regarder ailleurs.

– Attends, supplia littéralement Hawse. J'ai beaucoup de mal à te suivre. Il coulera de l'eau sous le pont avant qu'on ne l'inscrive au NIPC *(National Infrastructure Protection Center).*

Il parlait du Centre national de protection des infrastructures du FBI dont la vocation est de prodiguer aux forces de l'ordre des avertissements répétés contre le terrorisme.

– Reste avec moi encore une minute ou deux. Essayons de déterminer, ensemble, à quel stade de l'expérience ils sont parvenus. Le but de toute expérience, c'est d'obtenir des résultats chiffrables. Entièrement mesurables. Avec celle-ci, ils n'ont eu qu'à regarder la télévision. Les chiffres sont dans tous les médias. Morts, blessés, victimes en état critique. Ils ont accès à toutes ces données. Tout comme le BDA *(Bomb Damage Assessment*[1]*)* de l'Air Force le fait. Les terroristes ont accès à toutes les données, sur les principaux médias télévisuels et sur tous les journaux. Ils savent quelle quantité de « produit », entre guillemets, a été employée, combien de quartiers de viande ont été contaminés au départ. En allumant la télé, ils savent précisément combien de personnes ont été tuées et combien ont été blessées. Tout le travail d'analyse post-opérationnelle a été fait pour eux. Dressé par CNN et publié noir sur blanc dans toute la presse écrite. Tu veux finir à ma place ?

Hawse ne parut pas remarquer le défi ou en tout cas se dispensa de le relever.

– Continue, tu m'intéresses

– Passons maintenant à la théorie. Prends une bonne cible bien juteuse comme la restauration rapide. Un des grands symboles US avec le pop-corn et le Coca-Cola. Plus que n'importe quelle statue ou n'importe quel monument, parce que les fast-foods fleurissent dans le monde entier. À partir d'une douzaine d'usines de conditionnement, ils couvriraient les principales

1. Évaluation des dommages par bombardements.

chaînes de restauration rapide. Et pourquoi se cantonner au bœuf ? Il y a le poisson, le poulet, les légumes. Sans oublier cette main-d'œuvre sans attaches locales qui fourmille dans les usines de conditionnement. Facile d'y introduire des terroristes qui garderont profil bas jusqu'à ce qu'on ait besoin d'eux.

– En matière d'espionnage, admit Hawse, on appelle ça des agents dormants.

Volont lui jeta un rapide coup d'œil.

– Ouais. Des dormeurs. Mais terminons-en avec le scénario sur la restauration rapide. La plus facile à toucher. Tu remplis de ricin une flopée de ces sprays. Tu les envoies aux terroristes mis en place, tu attends le résultat de l'expérience... et tu donnes l'ordre de frapper à tous les dormeurs du pays. Bingo ! Des morts par centaines ou par milliers, quelle importance ? Multiples coups au but avec la destruction de grands trusts capitalistes exemplaires, et le déclenchement d'une frayeur incroyable à l'échelle nationale. Et pas de parade possible puisque aucun employé de restau ne sera dans la confidence !

– Mon Dieu, soupira Gwen. Je commence à croire que ça peut marcher.

– Ça peut marcher et ça marche ! Leur expérience de Battenberg a été un plein succès. Eh merde, les colis de sprays sont sans doute déjà partis pour les autres centres de conditionnement !

– C'est un peu hâtif, non ? se cramponna Hawse, encore incrédule. Une extrapolation à long terme.

Il avait raison. Mais Volont n'avait pas tort non plus.

– Essayons, proposa-t-il, de peser les conséquences. Il se passera quoi, si on se trompe ? On se fera botter le cul, nous aussi. Mais si on ne se trompe pas ? Peut-on risquer des monceaux de morts, des dégâts matériels incalculables et je ne sais quoi encore ?

– Maintenant que tu as posé l'alternative, avoua George, je dirai qu'on est plutôt mal barrés. Je dirai même, ajouta-t-il en se tournant vers Hawse, qu'on n'a plus beaucoup le choix. Il faut alerter le NIPC.

Le regard d'Hawse exprimait clairement l'importance qu'il attachait à l'opinion de George.

– Le NIPC décidera. Mais je tâcherai de peser sur sa décision.

Je me demandai si j'étais seul à remarquer qu'il ne disait pas dans quel sens. Que la décision soit pour ou contre, il s'en sortirait toujours blanc comme neige. Pas maladroit, frère Hawse !

– Le NIPC marchera avec nous, prédit Volont.

Hawse ne se compromit pas davantage tandis que Volont en remettait une couche :

– Deux fois, ils ont essayé de frapper le World Trade Center, et vous avez vu ce qui est arrivé, la deuxième fois. On peut en déduire qu'ils ne s'arrêteront pas à mi-chemin. La seule différence, c'est qu'ils se sont exercés, d'abord, sur une cible de remplacement. Juste deux magasins kasher à New York et une petite usine perdue au cœur du Midwest. Le gros coup est encore à venir. Ils se disent qu'on va s'hypnotiser sur l'antisémitisme, parce qu'ils ont d'abord tué des Juifs. Qu'est-ce qu'ils risquent dans la mesure où ils pourront s'en vanter, auprès de leurs amis et connaissances ? Il est temps de les remettre au pas. Avant qu'ils ne s'attaquent à une cible beaucoup plus grosse. À partir de toutes les données acquises.

– Si tel est le cas, opina Gwenn, on ferait bien de se grouiller.

À ce moment précis, Harry, Hester et moi étions « dépassés par l'ampleur potentielle de l'événement »... aurait dit Milton Hawse. Ou quelque chose d'approchant. Nous n'avions plus guère de rôle à jouer, en dehors de nos enquêtes pour meurtre toujours en cours.

Une demi-heure plus tard, nous autres « hors du coup » envisagions d'interroger Linda Moynihan lorsqu'elle nous fit savoir que son avocat lui avait interdit de répondre à nos questions, sinon en sa présence. Encore une porte fermée.

Volont, Hawse, Gwen et George étaient dans un autre bureau, pendus à tous les téléphones disponibles. Quand je frappai à la porte, George sortit juste assez longtemps pour m'informer que je n'étais pas habilité à entendre tout ce qui se disait dans cette pièce.

– Pas de problème, George. Je voulais simplement savoir si on pouvait réinterroger Skripkin.

Il y avait là matière à réflexion. En vertu de son premier témoignage, Skripkin était désormais un témoin clé d'une affaire fédérale. Comme on ne voulait pas de complications juridiques de cet ordre, il fallait qu'on sache où nous en étions au juste. S'il y avait des sujets tabous, nous devions en être clairement informés. Pas un choix facile, mais c'était à eux de trancher.

– Sais pas trop, Carl.

Il dut élever la voix, pour dominer le bruit de la photocopieuse autour de laquelle une secrétaire et un adjoint du shérif de Conception discutaient et riaient sans complexe.

– Tu la veux quand, ta réponse ?

– Aussitôt que possible, George. Il s'est montré coopératif, jusque-là. Mais tu sais que ça peut changer d'une minute à l'autre. D'autant plus que l'avocat de Linda Moynihan a défendu à sa cliente de nous parler hors de sa présence. On a vraiment besoin de revoir Skripkin.

– Pas facile, je vais voir ce que je peux faire.

Il y avait trop de bruit, dans ce couloir, pour que George pût remarquer l'ouverture de la porte, derrière lui. Et l'apparition de Milton Hawse, au moment exact où George prononçait son nom.

– C'est Hawse qui peut en décider. Tu as vu comme il s'est fait mousser, pour avoir l'air aussi fortiche que Volont ?

– Il y a un problème ? s'enquit Hawse, imperturbable.

– N-non... enfin, oui. Carl, ici présent, veut savoir s'ils peuvent réinterroger Skripkin.

Je ne sais pas si Hawse avait entendu toute la réplique de George, mais c'était quasiment sûr qu'il avait attrapé la dernière partie sur sa comparaison avec Volont.

– Entre un instant, Carl. Nous allons mettre au point quelques petites choses.

J'avais l'impression qu'il incluait l'agent spécial George dans la liste des choses à mettre au point.

Je m'adossai à un classeur métallique pendant que les quatre agents discutaient du statut de Skripkin dans l'affaire en cours. Aucun des quatre ne me demanda pourquoi nous désirions le réinterroger.

L'œil sur sa montre, Hawse dit enfin :

– Notre avion arrive dans un petit quart d'heure, et le shérif adjoint Houseman, ici présent, a besoin de sa réponse.

Il se tourna vers moi en poursuivant dans le même registre :

– Votre travail nous a été très précieux, et je ne voudrais pas vous désobliger, mais vous savez que certaines informations doivent rester confidentielles ?

– Oh oui, pas de problème.

Il poussa un gros soupir.

– Quelquefois, ces restrictions sur le « besoin de savoir » ou pas sont une véritable plaie.

Je crois qu'il cherchait vraiment à ne pas être désagréable.

– La bonne solution, je pense, c'est de vous assigner un agent de liaison. Vous lui permettrez d'assister à cet interrogatoire et le tiendrez au courant de toute information susceptible de nous éclairer sur l'ensemble de l'affaire.

– Excellente idée.

Je remarquai l'expression de George alors qu'Hawse jetait un regard circulaire, comme s'il hésitait entre les divers choix possibles. Et pigeai, à ce moment-là, qu'il avait entendu la réflexion de George. Enfin :

– Je crois que nous pouvons nous passer de l'agent George Pollard. Il est compétent et restera près de vous jusqu'à la clôture du dossier. Je suis sûr que sa présence ne vous gênera aucunement.

– Ce sera une chance pour nous de l'avoir à nos côtés.

Et je le pensais. Quant à George, il avait durement accusé le coup. Je ne savais pas d'où venait cet avion qu'ils attendaient, ni quelle serait sa destination, mais il était évident que la place de George y avait été prévue. Et que sa carrière risquait d'en pâtir.

Volont paraissait perplexe, mais comme il n'avait pas entendu le petit coup de patte de George, il ne pouvait pas comprendre pourquoi Hawse l'évinçait de cette manière.

– Pas d'objection, Pollard ?

– Aucune.

Pas très convaincant, mais George n'avait pas le choix. Volont intervint :

– Pendant que vous y serez, Pollard, chargez-vous également des relations locales avec les médias. En leur faisant croire que le nœud du problème est toujours ici, dans le comté de Nation. Vous pourrez faire ça ?

– Excellente idée, appuya Hawse.

– Mais bien sûr, dit George. J'en serai ravi !

– Ne leur mentez pas, recommanda Volont. N'essayez même pas de les égarer. Ne leur dites pas tout, simplement, jusqu'à ce qu'on vous donne le feu vert.

En retrouvant Hester et Harry, un peu plus tard, je leur annonçai en souriant :

– Regardez un peu ce que le FBI m'a donné.

George eut un petit geste las de la main gauche.
– Salut, les enfants.
– Qui est-ce que t'as énervé ? s'étrangla Harry.
Il plaisantait. Pas George.
– Hawse. Ç'aurait pu être pire.
Je me hâtai d'enchaîner :
– Les trois autres s'envolent dans quelques minutes, mais on a la permission de réinterroger Skripkin, avec l'assistance de George qui se chargera aussi des relations avec la presse. Volont veut qu'on ait toujours l'air d'être au centre de l'enquête.
– Où est-ce qu'ils vont prendre leur avion ? voulut savoir Harry.
L'aéroport du comté de Conception était de construction récente, et pas encore équipé pour les avions de ligne.
– Il est en stand-by à Milwaukee, dit George. Sur l'ordre d'Hawse. Un jet d'affaires. Sous contrat avec le Bureau.
– Impressionnant, commenta Harry. Ça doit être plutôt chouette.
Comme à point nommé, la porte se rouvrit sur Hawse, Volont et Gwen.
– Faut qu'on y aille, dit Hawse. Mais on voulait vous réitérer nos félicitations pour votre bon boulot. Sincèrement. Au-dessus de tout éloge. Si vous avez besoin de quelque chose, passez-nous un coup de fil. Comme vous vous en doutez, on va se concentrer sur les autres aspects de l'affaire, mais on ne sera jamais plus loin de vous que le plus proche téléphone.
– Ce qu'il veut dire, trancha Volont, c'est qu'en cas de fait nouveau vous nous appelez tout de suite.
Hawse sourit.
– Ça aussi. Mais si je peux vous être utile, je ferai tout ce que je pourrai pour y parvenir.

Les « Feds Volants », comme les appelait Harry, ne nous avaient pas quittés depuis plus de dix minutes quand une des secrétaires du comté de Conception frappa discrètement avant de passer la tête dans l'entrebâillement de la porte.
– Le shérif adjoint Houseman est ici ?
– C'est moi.
– J'ai pour vous un message télétype qui dit que « les travailleurs manquants commencent à rentrer au bercail ».
Ce n'était pas trop tôt. Je remerciai la secrétaire qui poursuivit :

– Y a-t-il aussi un agent fédéral ?
– C'est moi, dit George.
– Alors, ça, c'est pour vous, déclara-t-elle en lui tendant une chemise bulle. C'est l'autre Fed, le plus vieux, qui m'a demandé de vous le remettre, voilà une petite heure.
À son tour, George la remercia, ouvrit la chemise bulle et sourit. La secrétaire se retira. George feuilleta le dossier. Annonça :
– Au moins, Skripkin est son vrai nom. Confirmé par ses empreintes. Rien aux States. Rien en Russie ni dans aucun des anciens États d'URSS. Mais il est fiché en Ukraine… à la demande de la police métropolitaine londonienne.
– Motif ? demanda Hester.
– Apparemment d'avoir écoulé de la fausse monnaie, des faux titres… et sur présomption d'autres activités subversives. Pourquoi ne pas les appeler tout de suite ?
– Appeler qui ? s'inquiéta Harry.
– La police métropolitaine, pour commencer.
Sur quoi Harry :
– Tu as ta carte de téléphone, j'espère ?
– Pas de panique. C'est oncle Sam qui va régler la note.
La police métropolitaine se montra coopérative. George, histoire de rire, les mit sur haut-parleur afin que nous puissions tous profiter du dialogue :
– Oh oui, dit l'inspecteur Blythe avec un merveilleux accent britannique. Il vivait dans un appartement chic de Lambeth Walk, avec une douzaine d'autres farfelus. Ils se présentaient comme « les Fils de la Liberté du peuple et du Mouvement réformiste ». C'était il y a deux ans, quand nous avions des contacts avec notre monsieur Skripkin.
– Je ne voudrais pas vous déranger, s'excusa George, mais est-ce qu'il ne s'agissait pas, en réalité, d'une sorte de… cellule terroriste ?
– Pas exactement. Mais je comprends vos réactions, depuis le 11 Septembre. On réagissait de la même façon, au temps de l'IRA, mais… non. On n'a pu établir aucune connexion avec une quelconque organisation terroriste en activité. Les manœuvres de ce Mouvement de libération du peuple entraient dans quelque projet dingue de détruire notre économie à grand renfort de fausse monnaie et de faux titres bancaires. Il y avait des tas de trous dans leur machiavélisme.

–Je vois, dit George.

–Leur principale source de revenus, à l'époque, consistait à louer leurs services à toute organisation de protestataires prête à les payer. Avec une préférence affichée pour toute démonstration contre le capitalisme en général et contre l'Union économique européenne en particulier.

–À savoir le chef d'inculpation visé par la « présomption d'autres activités subversives » ?

–Non, ce motif-là fait référence aux kalachnikovs découvertes dans leur appartement, à l'occasion d'une fouille. Sans que nous ayons pu découvrir ce qu'ils avaient l'intention d'en faire. Pas de munitions disponibles. Et votre monsieur Skripkin a nié toute implication dans cette partie de leur activité. Les autres aussi, du reste... Nous les avons tous inculpés de possession d'armes prohibées. Les empreintes de Skripkin figuraient d'ailleurs sur toutes les armes. Il était sous caution, en attente de son jugement, quand il a fui le Royaume-Uni. Il aurait été déporté, de toute manière. Bon débarras ! Et pas de succès, non plus, avec les kalachnikovs. Fabrication chinoise, à l'origine. En provenance de Libye, si ma mémoire est fidèle. Via l'Espagne. Pas d'autre itinéraire disponible, après ça. Grâce à ces armes, vous pourrez peut-être établir une connexion avec des terroristes plus sérieux, mais j'en doute. Et sincèrement, vu d'ici, je ne vois pas du tout dans quelle direction orienter vos recherches.

–Surtout en essayant de suivre une piste aussi refroidie.

–Exact. À propos, vous pouvez me dire ce qui vous intéresse chez ce type ? Il est clair que vous disposez de toutes ses coordonnées juridiques.

–Il est actuellement en détention préventive, pour participation probable à un meurtre.

–Vraiment ? Il serait donc passé aux actes !

–En quelque sorte. Il se trouvait à moins de deux mètres d'un homme lorsque celui-ci a été tué. Exécuté, pour mieux dire. Décharge de chevrotine en pleine tête, à bout portant. Il avait aidé l'exécuteur à maîtriser la victime et à lui lier les mains.

Blythe s'esclaffa, à l'autre bout du fil.

–Oui, là, je dirais qu'il y a plus que de simples présomptions ! Content d'avoir de ses nouvelles. Et que vous lui ayez mis le grappin dessus.

–On a aussi un lien évident avec un groupe de terroristes avéré. Vous désirez qu'on vous tienne au courant de la suite ?

– Avec plaisir.

– Vous a-t-il dit, à l'époque, qu'il était recherché en Ukraine ?

– Oui, mais nous n'avons pu en obtenir confirmation. Ce qui ne signifie pas grand-chose, car même aujourd'hui, ils rechignent encore à nous fournir, sur demande, certaines informations. L'existence d'une mafia russe, par exemple, n'est pas toujours reconnue dans leurs communiqués.

Il y avait une sorte d'humour sous-jacent dans les déclarations de l'inspecteur Blythe.

– Vous avez connu Skripkin ? Eu des contacts personnels avec le bonhomme ?

– Oh oui. Je les ai interrogés plus d'une fois, lui et quelques-uns de ses compères.

– Un affabulateur congénital ?

– Absolument. Un homme à femmes, aussi, d'après les autres.

– Il n'a pas changé. Merci beaucoup, inspecteur, pour toutes ces infos.

– Je regrette de ne pouvoir faire mieux. Si vous avez du nouveau, faites-le-moi savoir.

– Encore une petite chose. Pourriez-vous m'envoyer, de Londres, une liste de ses copains de l'époque ? Leurs noms, leurs adresses actuelles, si vous les connaissez.

– Dès que je pourrai accéder aux dossiers.

Hester se leva pour remettre à George une petite note griffonnée.

– Ah... Toujours en rapport avec Skripkin, le nom de Vladimir Nadsyev vous rappelle-t-il quelque chose ?

– Juste une seconde, il ne me... Ah si, Nadsyev vivait aussi dans le même appartement que les autres, à l'époque.

– Skripkin le présente comme son boss actuel. Est-ce qu'on peut le croire sur ce point ?

– Je ne vois pas comment je pourrais m'en assurer. Mais je vais vérifier, de toute manière.

– Merci, nous avons vraiment besoin, nous-mêmes, de vérifier tout ce qu'il raconte.

Nouvel éclat de rire de l'inspecteur Blythe, dans le brouillard de la Tamise.

– Tâchez de m'envoyer une photo de Skripkin-en-train-de-dire-la-vérité. J'aimerais voir ça une fois dans ma vie !

– Tout le monde, commenta Hester lorsque George eut raccroché le téléphone, paraît d'accord pour traiter Skripkin de menteur. Alors, qu'est-ce qu'on croit et qu'est-ce qu'on ne croit pas ?

C'était bien là le problème. Une grave décision se mijotait, dans plusieurs agences fédérales, parce que Volont était persuadé d'avoir vu clair au-delà des mensonges pathologiques et pas trop logiques que Skripkin nous servait à la pelle. Tout ce qu'on avait pu confirmer, jusque-là, c'était sa qualité de menteur. Mais aucune indication sur le pourcentage de réalité au sein des mensonges. Il était urgent qu'on bavarde avec Linda Moynihan.

19

Vendredi 21 décembre 2001 - 19 h 27

Faute de pouvoir interroger Linda, on se rabattit sur Skripkin. Avec des *a priori* nettement différents.

Dès qu'il revit Hester, il retrouva le sourire :

-Bonjour, madame l'agent. J'ai rêvé de vous.

-C'est la nourriture de la prison, affirma Hester. Croyez-moi sur parole.

-Bonjour, monsieur l'adjoint, poursuivit Skripkin. Et à qui ai-je l'hon...

-Agent Spécial du FBI, section contre-espionnage, se présenta George. Enchanté !

Sa déclaration avait allumé, dans les yeux de Skripkin, une légère, très légère étincelle de surprise.

-Comment allez-vous ?

Il était plus que jamais sur le qui-vive.

-Bien, merci, lui renvoya George. Vous savez que vous pouvez exiger la présence d'un avocat ?

Après un nouveau rappel de l'avertissement classique, George se renversa contre le dossier de sa chaise en disant :

-Vous êtes un garçon très intéressant, monsieur Skripkin.

-Merci.

-Dès que j'ai su que vous étiez recherché en Russie, j'ai eu envie de bavarder avec vous.

-J'en suis heureux.

-Et puis, quand j'ai su que le Royaume-Uni vous recherchait également, mon envie s'est convertie en urgence.

-C'est quoi, ce Royaume-Uni ?

La tension revenait à grands pas.

-Vous mentez trop et trop bien pour nous être vraiment utile. Peut-être les Anglais voudront-ils vous récupérer ? J'ai parlé à quelqu'un qui vous a connu au temps de votre appartement chic, à Lambeth Walk. Avec vos petits copains amateurs de kalachnikovs.

– Moi, déclara Skripkin, je crois que je n'ai plus du tout envie de bavarder avec vous.

George se reporta à son dossier. C'était le signal dont nous étions convenus pour que je décoche ma première flèche éclair, façon Guillaume Tell :

– Quand a-t-on commencé à vous appeler « Cheeto » ? Ça remonte à longtemps ou c'est tout à fait récent ?

On avait décidé de placer la question à l'improviste lorsque je m'étais souvenu, à contretemps, que mon copain Hector avait employé ce pseudo pour désigner une des relations de Rudy. Ceci avec un double objectif. Si « Cheeto » n'était pas Skripkin, peut-être la question inattendue le déboussolerait-elle suffisamment pour qu'il s'interroge sur toutes les autres infos erronées que nous aurions à son sujet et qu'il ne nous aurait pas fournies lui-même. Un bon menteur veut toujours contrôler ses mensonges. Et si c'était lui Cheeto, peut-être se demanderait-il combien d'informations exactes nous possédions encore, et qui diable nous les avait passées. Dans un sens comme dans l'autre, ça ne pouvait pas nuire.

– Qui est-ce qui vous a dit ça ?

Encore une réponse ambiguë.

Je chaussai mes lunettes de lecture, tirai de mon dossier un quelconque télétype sans rapport avec notre affaire, regardai Skripkin par-dessus mes verres et feignis de lire :

– Trois jours qu'on le sait, depuis un autre interrogatoire.

– Trois jours ?

Visiblement, il était moins habitué à recevoir des réponses évasives qu'à en distribuer de son côté.

– Le jour où Rudy a été tué. Ça fait bien trois jours, non ?

Il resta muet. Je m'esclaffai doucement, l'œil sur mon rapport bidon :

– Je parie que vous vous êtes toujours imaginé que c'était *Linda* qu'on recherchait, et pas vous ?

Bien sûr que c'était Linda, mais comment diable aurait-il pu le savoir ? Il se taisait toujours. J'appuyai lourdement :

– Vous avez dit, au moins, une grande vérité. C'est que vous ne savez pas grand-chose, au sujet des femmes. Je parie que vous avez toujours cru qu'elle n'avait raconté qu'à Rudy Cueva que vous couchiez ensemble ?

– Vous êtes une personne intelligente... À qui d'autre l'avait-elle dit ?

Il n'était pas si facile à avoir. Mais nous avions décidé qu'il y avait un autre atout que nous pourrions utiliser : le nom de Mustapha Abdullah Odeh. On s'était mis d'accord pour le jouer au bon moment, sans en faire une vraie question. En incidente.

– Je ne peux pas vous donner le nom de l'autre personne au courant.

Le genre d'échappatoire qu'il adorait. Il se carra un peu plus dans son siège, le sourire aux lèvres. Je consultai, de nouveau, mon dossier.

– Mais je peux vous dire à qui cette autre personne en avait parlé elle-même... À un certain Mustapha Abdullah Odeh.

Cette flèche-là tapa dans le mille. Son visage perdit toute couleur et pendant que j'y étais, je tordis le fer dans la plaie :

– Et je peux vous dire, également, qu'il l'a très mal pris. Vous connaissez ce type ?

J'avais rarement assisté, sur une simple question, à un effet aussi spectaculaire. Les traits convulsés, il gémit :

– Faut que j'aille aux toilettes. Très vite, je vous en prie.

Il ne rigolait pas. Hester pressa un bouton, sur son bureau, et la porte s'entrebâilla sur la face rébarbative d'un maton.

– Conduisez-le aux toilettes. En vitesse.

Skripkin sortit comme un météore. Hester questionna, sans rire :

– Vous croyez qu'il connaît ce Mustapha ?

– Bon boulot, Carl, souligna George. Dommage que Volont ait manqué ça.

Il s'écoula près d'un quart d'heure avant que Skripkin ne nous soit ramené. Il n'avait pas très bonne mine. Hester l'attaqua sans forcer. Il confessa que Mustapha Abdullah Odeh était un très mauvais homme. Comme si on ne le savait pas déjà. Il reconnut que c'était lui le big boss. Aussi simple que ça. L'organisateur de l'empoisonnement des quartiers de bœuf, à l'usine de Battenberg. Et la source de tout ce que Juan Miguel Alvarez, dit Hassan Ahmed Hassan, avait fait ou cru devoir faire dans le cadre de leur conspiration.

– C'est aussi la source de l'argent ?

– De l'argent, oui. Des sprays. Des armes. Pour la sécurité de l'opération.

– C’est lui qui a fourni le fusil de chasse ? L’arme qui a tué Rudy ?

– Non. C’est Hassan qui l’a acheté lui-même. Chez un armurier.

– Lequel ?

– Le magasin aux outils et aux accessoires, à Battenberg.

– La grande quincaillerie ?

– C’est ça. Je ne me souviens jamais de ce drôle de mot.

Hester nota le renseignement. Pour vérification ultérieure.

– Il y a fait également remplir toutes les bombes ?

– Non, non. Elles sont arrivées par colis, chez cette petite menteuse de Linda. Qui nous les a apportées.

Le tableau se complétait de minute en minute, et Skripkin perdait peu à peu son assurance. La pensée d’être incarcéré dans quelque prison fédérale où pourrait l’atteindre, tôt ou tard, un séide de Mustapha ne lui plaisait guère. Ou peut-être n’avait-il juste plus envie de courir aux toilettes ? Il décida, soudain, qu’il avait plutôt besoin d’un avocat. À partir de là, plus moyen de l’interroger hors la présence de l’un d’eux.

Il ne fut pas si facile de lui en trouver un. Dès qu’ils surent que le dossier allait de délits commis en Iowa à d’autres délits d’envergure fédérale, plus une possibilité d’extradition au Royaume-Uni, tous les avocats se récusèrent. Le dossier « n’entrait pas dans leur expérience professionnelle ». Il fallut passer par le juge et la nomination d’office. Beaucoup de bruit pour rien, car l’avocate désignée se contenta d’ordonner à Skripkin de fermer sa gueule jusqu’à ce qu’il pût se payer un avocat d’envergure fédérale. Jusqu’à preuve du contraire, ce n’était pas demain la veille.

On n’en était pas moins satisfaits. Maintenant, nous avions de quoi inculper Linda Moynihan d’un délit fédéral pour aide et soutien à des terroristes étrangers. On retrouverait sans trop de mal le service de messagerie qui lui avait livré les bombes, et qui aurait conservé la trace de cette livraison. Elle ferait aussitôt l’objet d’un mandat fédéral. Pas étonnant qu’elle voulût obtenir, d’abord, toutes garanties de protection et d’immunité.

Avec sa verve coutumière, Harry résuma la situation.

– Elle n’en sait sans doute pas assez pour sauver son cul, et juste suffisamment pour se faire buter par un de ces salopards !

–Je me demande, supputa George, si elle savait ce que contenaient ces colis.

–Je pense, riposta Hester, qu'elle en avait une petite idée. Imprécise, peut-être, mais certainement proche de la réalité. Telle que je me la représente, elle a l'air d'avoir tendance à essayer de découvrir ce qui se passe.

20

Vendredi 21 décembre 2001 - 23 h 03

Encore une de ces journées interminables... On avait rejoint l'Iowa, tous les trois, vers 9 h 15, et pris le temps de rédiger des rapports circonstanciés sur les derniers développements de l'affaire.

George, de son côté, avait affronté la marée médiatique, en compagnie de fonctionnaires fédéraux des services de santé qui avaient apporté quelques précisions techniques sur ce curieux dossier désormais baptisé, par la télévision, « L'affaire des crimes kasher ».

Hester, Sally et moi avions assisté à la séance, bien au chaud dans la salle de communication. On avait tous grogné quand l'étiquette des « crimes kasher » était apparue à la télé. George, sur la sellette, n'en avait eu connaissance qu'après la bataille. On lui avait repassé l'enregistrement. Il n'avait pas trouvé la force de réagir.

On en parlait encore lorsque Judy Mercer, l'éminence grise de la KNUG à Iowa City, vint sonner à la porte et sollicita son admission à l'intérieur de nos bureaux. La caméra extérieure nous permettait de voir qu'elle était seule. Fait inhabituel dans la mesure où je ne l'avais jamais vue, auparavant, sans son cameraman en remorque.

Par le micro de communication, elle expliqua qu'il lui était indispensable de parler aux officiers chargés de l'enquête sur l'empoisonnement de la viande. Je crois que ce fut sa retenue à nommer les « crimes kasher » qui nous persuada de la recevoir.

On l'introduisit dans la cuisine de la prison, je branchai une cafetière et on écouta sa proposition. Car c'en était une.

–Je voudrais toujours être avec vous, en première ligne. Disons que cette affaire risque de constituer le déclic qui me permettra d'accéder à la direction de la chaîne. Je vous l'avoue carrément pour que vous puissiez saisir l'objectif de ma démarche.

– Bonne attitude, apprécia George. On vous comprend très bien.

– Écoutez, j'aimerais avoir quelque chose à diffuser, une demi-heure environ avant les gros calibres. Un scoop qu'ils crèveraient tous d'avoir. Vous pigez ?

– On a pigé ce que vous attendiez de nous, contra Hester. Qu'avez-vous à offrir en échange ?

– Très bien, écoutez. Je ne sais pas ce que cela signifie, mais je pense que cela peut avoir de l'importance.

Nous attendions.

– Vous savez où se trouve Coralville ?

On le savait tous. C'était une ville limitrophe d'Iowa City.

– J'ai une copine qui a un appart', à Coral. Elle m'a expliqué que l'appart' voisin du sien était occupé par un étudiant arabe qui sort et rentre à des heures impossibles. Et qui reçoit des visites régulières d'amis hispaniques et caucasiens.

– Et alors ? s'étonna George. Comme à Iowa City, il doit y avoir des milliers d'étudiants étrangers dans le cadre d'échanges linguistiques.

– Je sais. Mais ma copine m'a téléphoné, il y a une heure à peine, pour me raconter qu'un type de langue espagnole a cogné à sa porte, en demandant un certain O'Day. Elle lui a répondu sans ouvrir, à travers le battant, malgré son insistance. Alors qu'elle le menaçait d'appeler la police, la porte d'à côté s'est ouverte, l'Espagnol s'est écrié : « Monsieur O'Day ? » Et tous deux sont rentrés dans l'appartement. Elle a trouvé bizarre que cet étudiant arabe porte un nom irlandais.

– Continuez, l'encouragea George.

– Plus tard, elle a entendu le visiteur repartir et elle l'a regardé, par la fenêtre, quitter l'immeuble. Le plus drôle, d'après elle, c'est que ce type était l'un de ceux que j'ai interviewés, aujourd'hui, à l'usine de Battenberg. Comme elle enregistre tous mes reportages, elle s'est repassé le dernier. Et elle jure que c'était bien le même type. Je suis loin de comprendre tout ce qui se passe, mais j'ai pensé que cette histoire avait de quoi vous intéresser.

– Pas impossible, concéda George sans trop se compromettre.

– Elle dit aussi que toujours de sa fenêtre, elle découvre le parking où l'étudiant arabe gare sa voiture. Il a toujours des tas de cartes déployées sur sa banquette arrière. Des cartes ordinaires, comme celles qu'on vous offre dans les stations-service.

Aucun de nous trois n'émit le moindre commentaire. On attendait la suite.

– Alors ? Ça ne vaudrait pas la peine que vous vous en occupiez ?

– Il se peut que vous ayez raison. Vous avez le nom et l'adresse de votre copine ?

– Bien sûr.

Jamais le sourire de Judy n'avait été aussi radieux.

– Mais avant de vous les donner, il faut qu'on se mette bien d'accord.

Une heure plus tard, la police de Coralville monta chez la copine de Judy, dûment avertie par téléphone. L'étudiant arabe n'était pas chez lui. Sa voiture, un camping-car Dodge de couleur verte, n'était pas non plus sur le parking. On conféra avec Barry Goodman, le chef de la police de Coralville, membre du LEIN, qui promit de tenir l'appartement sous surveillance. Le retour de son occupant n'était guère probable, mais Goodman allait se renseigner sur le sieur Odeh. Discrètement. Sans risquer de faire des vagues.

En échange, on promit à Judy de l'appeler la première, lors de la prochaine arrestation prévue. Elle exigea, en outre, une interview exclusive de la personne appréhendée. Pour le cas où l'opération aurait lieu en Floride ou en Californie.

Un marché très satisfaisant, pour elle comme pour nous.

Je rentrai chez moi, en fin de compte, à 1 h 30 du matin. Une rentrée discrète. Un message m'attendait sur le réfrigérateur.

Lasagnes dans le grand plat blanc. Elles sont très bonnes. J'ai regardé la télé, et je me fais du mauvais sang. Réveille-moi en rentrant, que je sorte de mes cauchemars. La seule bonne nouvelle, c'est que la météo nous annonce tout de même un Noël blanc. Je t'aime. Sue

Les lasagnes étaient géniales. Je les dégustai en suivant les nouvelles de quart d'heure en quart d'heure, sur la chaîne d'information. Mon repas avalé, je restai une demi-heure de plus à zapper, entre deux bulletins, d'une chaîne à l'autre. J'entendis des choses tout à fait passionnantes sur ce qu'il se passait à New York et dans le comté de Nation. J'en appris beaucoup sur le ricin et j'eus même un court reportage de cinq minutes sur l'utilisation légitime de l'huile de ricin. Cette partie fut très enrichissante.

Jusque-là, personne ne semblait avoir raccordé l'empoisonnement de la viande à quelque activité terroriste. D'autres hypothèses, en revanche, marchaient très fort. Coincé par les journalistes, un malheureux fonctionnaire de l'ambassade d'Israël avait été sommé de déclarer s'il pensait que le sabotage du bœuf kasher était ou non un crime de haine contre les Juifs, et s'il souhaitait que les US ripostent par une série de frappes aériennes au Moyen-Orient. Enfin s'il estimait que les citoyens israéliens étaient en sécurité à Tel-Aviv. Le pauvre homme s'en était tiré avec des pirouettes, en affirmant que «les autorités des USA, il en était sûr, allaient régler le problème avec leur compétence habituelle». Gentil de sa part. Et plus encore de n'avoir pas qualifié le journaliste d'idiot congénital.

Conformément à sa demande, je réveillai Sue pour lui dire que j'étais bien rentré. Je pense qu'elle en fut pleinement rassurée, car elle se rendormit dans les trois minutes.

Une minute avant moi, montre en main.

21

Samedi 22 décembre 2001 - 8 h 44

Sue et moi fûmes réveillés par le téléphone à la tête de notre lit. Je me souviens de m'être demandé, une fois de plus, pourquoi j'avais acheté, naguère, un réveille-matin, et décrochai.

– Houseman.

– Je te réveille ?

C'était Volont.

– La réponse est oui.

– Tu ne vas pas le regretter. On en tient une pincée.

Je réussis à me redresser.

– Une pincée de quoi ?

– Des sbires d'Odeh. Le van que le sieur Odeh pilotait à Coralville a été repéré dans le Michigan, à 3 heures du matin. Ceux de la brigade routière nous ont alertés, et on a suivi l'individu jusqu'à l'immeuble de la copine de Judy Mercer. Pas d'Odeh dans la crèche, mais une poignée de salopards. Dont un qui s'est dégonflé tout de suite et nous a confié qu'ils avaient deux autres usines de bidoche dans le collimateur. Une dans le Michigan, une dans le Nebraska. Il dit que quelque chose est prévu pour la nuit prochaine, vers 4 heures, et il nous a même donné les noms de quelques-uns des travailleurs impliqués.

– Sans blague ?

– Sans blague, vieux frère ! Hawse répète que vous autres bouseux avez fait un boulot du tonnerre de Dieu. Je partage entièrement son avis. Encore un jour ou deux, et ça devrait être dans la poche.

– Sauf les rapports monstrueux qu'il va falloir se taper après ça !

– Tu l'as dit, bouffi !

Je jugeai inutile de le lui rappeler, mais le meurtre de Rudy Cueva ne serait pas élucidé pour autant.

– 'C'qui s'passe encore ? se lamenta Sue en rouvrant un œil.

– Oh, bonnes nouvelles. Pour le plus gros dossier. Je ne peux pas t'en dire davantage, mais bientôt, je vais passer le plus clair de mon temps à pianoter sur mon clavier.

– Bravo ! Ça, c'est super !

Ça l'était. Jusqu'à un certain point.

– Tu auras fini pour Noël ?

– Probablement.

J'en étais presque sûr. À ce moment-là. On était samedi. Et Noël tombait le mardi suivant. J'y arriverais peut-être en bossant tout le dimanche. On tenait Skripkin, on avait le mandat au nom d'Alvarez-Hassan, un témoin potentiel archi-prometteur en la personne de Linda, et surtout, on avait un mobile. Il allait falloir qu'on repêche ce Cheeto, qu'on l'identifie et qu'on l'inculpe de conspiration en vue de commettre un meurtre. Ce ne serait pas long. D'obtenir le mandat, tout au moins. Quant au Cheeto, je le soupçonnais de se trouver quelque part où était Alvarez-Hassan. Déjà mort, peut-être. Pas une grande perte, et le dossier d'Alvarez-Hassan s'enrichirait d'une autre inculpation de meurtre. On avait besoin de lui. Ça demanderait du temps, mais quelqu'un, quelque part, finirait bien par lui mettre la main dessus.

Je me garai sur le parking à 9 h 35, contournai les énormes camions techniques des médias, hérissés d'antennes et de paraboles, en me disant combien ça allait être vide une fois qu'ils seraient partis. Pour l'instant, ils encombraient encore la route d'accès, obligeant à détourner la circulation normale par les rues résidentielles, au grand dam de tout le monde. Une bonne chose que le Noël blanc se soit fait attendre, on aurait eu des bouchons monstrueux.

Hester et George étaient déjà dans la cuisine. L'équipe sortante avait acheté des petits pains, à la boulangerie locale, et Sally préparé du café frais. Grandes Oreilles dormait d'un œil, sur les pieds d'Hester, et George lisait le *Des Moines Register*.

– Salut, les copains. Pour un peu, on se croirait chez soi.

C'était bizarre. On ne s'était pas rendu compte, ces jours-ci, à quel point on carburait à l'adrénaline, autour de cette affaire de ricin. Pas étonnant qu'on soit tous à bout de ressort par ce beau matin de l'avent.

– J'ai vraiment pas l'esprit à bosser, aujourd'hui, bâillait George.

– Pas avant que Volont et Hawse n'aient lu ton rapport ! lui rappela Hester.

– D'accord, mais...

À mon tour de mettre les pieds dans le plat :

– Je vais passer la journée sur le mien. J'ai presque perdu tout contact avec le meurtre de Rudy Cueva.

Cinq heures plus tard, après compilation des notes éparses, des dépositions et des rapports antérieurs, j'avais renoué le fil et ne pensais plus qu'à aller déjeuner.

– Moi aussi, annonça Hester. George ?

– Ouais ?

– À quand le prochain briefing ?

– 16 heures, 16 h 30.

– Quelque chose de neuf ?

– Tout dépendra des Hawse et autres Volont. Sinon ce sera la bonne vieille formule : « L'enquête avance ! » Avec d'autres sujets d'actualité comme la pluie et le beau temps.

Il était totalement relaxé. Je crois que son rôle d'agent de liaison avec le FBI commençait à lui plaire.

On sortit tout les trois de la cuisine pour aller chercher quelque chose à manger. Et pas un seul coup de fil pour aucun d'entre nous, depuis 9 heures du matin. On se serait cru en vacances.

On mit à chauffer de la soupe aux tomates. À réchauffer des sandwiches au fromage. J'étais chargé de touiller la soupe. Tout le monde avait l'air de penser que mes talents culinaires n'allaient pas plus loin.

– Les sandwiches au fromage grillés, faut qu'ils soient un peu noirs !

On terminait un repas tout de même bien agréable quand le téléphone sonna enfin. Pour George.

– Toutes les bonnes choses ont une fin !

C'était Volont. Que George me passa, au bout d'un petit moment.

– Il veut te parler.

De quoi, à ce stade ?

– On se fait les deux autres usines à bidoche ce soir vers 23 heures, au changement d'équipe. Je voulais juste que tu sois au courant.

– Merci.

– Hawse veut une opération étanche. C'est l'expression qu'il emploie : « Opération étanche. » Il m'a dit de voir avec toi si tu n'avais rien touché de neuf au cours des dernières vingt-quatre heures ?

J'aurais pu lui répondre par la négative. Plus exactement, j'aurais dû. Mais conscience professionnelle oblige. Au lieu de la boucler ferme, je lui demandai :

– Tu ne crois pas qu'on devrait surveiller la vieille ferme où ils avaient emmené Rudy avant de le buter ? Et l'appartement de Linda ? Juste au cas où quelque chose foirerait par ailleurs, et qu'ils aient l'idée de s'y replier ?

Un long silence. Et finalement :

– Ouais. On ne sait jamais. C'est une très bonne idée.

Plutôt étonné, semblait-il. Non par la suggestion, je pense, mais par l'identité de son auteur. J'aggravai mon cas en ajoutant :

– Tu ferais peut-être bien d'alerter aussi les flics du comté de Johnson. S'ils ne se rabattent ni à la ferme ni chez Linda, les mecs sont foutus de rallier l'appartement d'Odeh.

– C'est déjà fait, se rebiffa Volont. De votre côté, ne quittez pas de l'œil les cellules de Skripkin et de Linda, et l'ensemble de la taule. En cas de tentative de la dernière heure...

– D'accord. Pendant combien de temps, la surveillance renforcée ?

– Jusqu'à demain 11 heures. Sauf avis contraire de notre part avant cette limite. Avec toutes mes excuses.

Mais sa voix me disait qu'il souriait de reprendre ainsi les rênes d'une opération de cette envergure.

– Pas de problème. Il y a quelque chose d'autre que je peux faire pour toi ?

– Ah ! Repasse-moi George.

Pendant qu'ils parlaient tous les deux, je transmis à Hester l'essentiel des réactions et des instructions de Volont.

– Il rigole ou quoi ? Combien d'heures de route depuis le Nebraska ? L'équipe d'intervention va opérer ce soir vers 23 heures, au plus tard, et demain matin, aux aurores, on aura tous les suspects sous la main. Pas de bile à se faire, Houseman !

– Et s'ils affrètent un charter ?

– Avec le somptueux aéroport de Maitland, ça demanderait deux fois plus de temps ! Ils veulent qu'on commence quand, à la vieille ferme ?

– Aussitôt que possible. Je dirais qu'on devrait être en planque, tranquilles comme Baptiste, pour 16 heures c't'aprèm'.

Moi et ma grande gueule...

Lamar, pressenti, approuva le programme avec enthousiasme. Quatre ou cinq têtes de pipe dans chaque planque.

– Où va-t-on trouver les effectifs ?

– Hester, George et toi à la vieille ferme du père Dodd. Sally est bien auxiliaire assermentée, non ? Elle est déjà allée sur le terrain. Elle fera la quatrième.

– Et l'appart' de Linda ?

– Moi. Avec ma foutue patte, je ne peux plus cavaler de droite à gauche, mais je peux encore planquer dans une voiture ou dans un appart'. Je vais prendre Mike et un autre réserviste, et aussi Martha avec moi.

Martha était une coordinatrice expérimentée, toujours en pleine forme à l'approche de la soixantaine. Mais je n'en proposai pas moins :

– Si on se répartissait autrement ? Peut-être Hester et Sally avec toi, et...

– Non. Si ces salauds rappliquent, je veux la meilleure équipe à l'endroit le plus probable.

Pas grand-chose à dire contre ça.

Et pas question d'avoir nos bagnoles sous la main, à la ferme du vieux Dodd. Il faudrait qu'on se fasse déposer ou qu'on les gare à distance, et le reste à pinces. Avec nos effectifs et notre richesse en matériel roulant, j'étais sûr, d'avance, que ce serait la deuxième solution. Sans aucun moyen de chauffage.

– Le thermomètre va descendre jusqu'où, cette nuit ?

– Sais pas, dit Lamar. Bien au-dessous de zéro, comme la nuit dernière. Tu as déjà connu plus frisquet, non ? Mettez tous vos petites laines.

L'humour Lamar, dans toute sa splendeur.

Ni Hester ni George ne partageaient son optimisme. Pas tellement à cause de ces longues heures d'inactivité probablement inutiles, mais surtout de la nuit glaciale en perspective. Sally, au contraire, était très excitée.

– Si on s'installe dans la grange, calcula Hester, on sera au moins à l'abri du vent. Ou George et moi dans le plus grand hangar, Sally et toi dans la grange ?

– Vous êtes équipés pour la vision nocturne ?

–On a des torches électriques. Pour le reste, rien de disponible actuellement.

Commandé, par courrier, aux surplus de l'armée soviétique, notre matériel de vision par les infrarouges n'avait jamais fonctionné à plein temps. C'était un appareil de première génération immatriculé TBC-4, je crois, mais on n'avait jamais pu déchiffrer le mode d'emploi en caractères cyrilliques. Quant aux piles rechargeables, elles avaient été si souvent rechargées, en vain, qu'un petit rigolo avait proposé, récemment, de les recharger une fois de plus, mais dans un camion-poubelle, à destination de la décharge publique. Et pas d'autres piles de ce modèle disponibles sur tout le territoire des États-Unis ! Mais l'investissement avait été très modeste, au départ.

Hester soupira en haussant les épaules :

–On passera le temps à bavarder de notre affaire. Et à se raconter des histoires d'horreur sur les chefs de service, les paperasses à remplir et le montant de nos retraites. On se retrouve tous ici dans une demi-heure ? Le temps d'aller s'équiper pour un voyage au pôle Nord.

Excellente idée. Qu'on mit en pratique, séparément, à intervalles raisonnables, pour ne pas alerter les médias.

Je rentrai chez moi comme un troupeau de buffles et embrassai Sue dans l'escalier, au vol.

–Je croyais que votre affaire était terminée ?

–Elle l'est. Virtuellement. Mais on va planquer toute la nuit. En cas de retour de manivelle.

J'entendis Sue remonter l'escalier alors que je sortais mes chaussettes les plus chaudes.

–Une planque en extérieur ?

–Sans doute une partie du temps. Et si quelqu'un essaie de nous filer entre les pattes, il vaudra mieux qu'on ne se retrouve pas congelés sur place.

–Tu mets tes bottes doublées ? proposa-t-elle en me les tendant.

–Et comment ! Merci, mon ange.

–À ton service. Autre chose ?

–Écoute, je me souviens plus où j'ai mis la grosse Thermos, je voudrais le remplir de soupe chaude, si possible. Juste deux ou trois boîtes de minestrone. Tu peux mettre tout ça au microondes ? Bouillant, et je vais voir si je retrouve la grosse Thermos en redescendant.

Pendant qu'elle courait s'en occuper, j'enfilai mon T-shirt tricoté en laine thermique, un sweater à manches courtes et mon chandail vert. Parfait. Ceinturon avec l'étui de mon flingue sur la hanche droite et deux chargeurs de rechange dans une de mes poches-revolver. Menottes dans l'autre. Badge et carte professionnelle par-devant. Du côté gauche. Afin de présenter le tout de cette main-là, en braquant tout suspect potentiel, de la droite. Inverse pour les gauchers, comme de juste. Ma parka de l'armée canadienne dans le coffre arrière de ma voiture, avec mes gros gants fourrés, une écharpe de laine et une chapka. Sans oublier mon AR-15, plus trois bons gros chargeurs de rechange. Au tour des choses sérieuses, à présent. Je redescendis vers la cuisine.

Je croyais me rappeler où j'avais rangé la grosse Thermos, dans le bas du placard de la cuisine. Mais là, pas de Thermos.

– Qu'est-ce que tu cherches, Carl ?

– Ben... la Thermos.

– Je l'ai.

Elle était en train de le rincer, sur l'évier.

– Qu'est-ce que je ferais sans toi ? On a des biscuits secs ?

On en avait. Toute une boîte. Plus un sachet de fromage, un petit sac de bretzels et six bouteilles d'eau. Paré pour l'abordage.

J'embrassai ma femme.

– À demain.

Elle recula d'un pas pour m'admirer et dit :

– Carl s'en va camper...

– Oui. Il ne s'embarque jamais sans biscuits.

Elle me suivit jusqu'au garage, la grosse Thermos dans les bras.

– Essaie de ne pas prendre froid.

On s'embrassa un petit coup de plus.

– Vous allez quelque part ?

Je pivotai sur place. Bien ce que je craignais. C'était cette petite chérie de Judy Mercer, vedette de la chaîne KNUG-Télé.

– Eh bien... oui, en quelque sorte.

Eh merde, on lui avait promis de l'appeler, en cas d'imprévu.

Elle désignait son cameraman surgi de nulle part, au grand complet, avec 4 × 4 garé là-bas derrière et caméra sur l'épaule.

– On peut vous accompagner ?

– Pourquoi pas ? Stoppez simplement la prise de vue !

Le gars s'exécuta. J'arrimai soigneusement mes provisions contre ma roue de secours et claquai le couvercle de mon coffre.

– Vous aviez peur que les réjouissances se transportent ailleurs. C'est le cas. On est redevenus le bled de province en marge de l'action. Là, on s'apprête à poireauter toute la nuit quelque part. En prévision d'un repli de sous-fifres sur nos terres, si jamais le FBI ne les prend pas tous au gîte.

– Poisse de poisse !

– Je ne vous le fais pas dire. Vous êtes sûre de pouvoir vous déplacer sans prendre tous vos collègues en remorque ?

– Pas de problème. Je suis tout ouïe.

– OK, voilà ce que je vous propose...

Je leur conseillai de se propulser jusqu'à Battenberg et de se poster à l'extrémité nord de la ville. Ils y seraient en bonne position, s'il se passait quelque chose, pour en rendre compte bien avant que les autres chaînes ne soient au courant.

– Où va-t-on quand ça commencera à péter ?

– Pas quand. Si ! Je ne saurais vous le dire parce que je n'en sais rien moi-même. Suivez les voitures de police qui viendront du nord, au cas où. Et laissez votre scanner allumé en permanence.

– J'attends mieux que ça de votre part.

– Vous avez déjà bénéficié d'une exclusivité, à Coralville. Téléphonez donc à votre copine.

Les étincelles renaquirent dans ses yeux de vilaine gourmande.

– Sans charre ?

– Oui. Votre travail sera déjà terminé quand les autres reporters ne sauront même pas le début de l'affaire. C'est un bon tuyau.

Je fermai le coffre.

– Maintenant, écoutez... Si je vous pince à me filer le train, vous serez bonne pour quatre pneus crevés, un séjour en cellule et une inculpation de délit fédéral.

– Ouais, c'est ça.

– Non, je ne plaisante pas.

– Vous n'êtes pas habilité à nous coffrer pour délit fédéral, lança l'autre esprit fort. Je suis au moins sûre de ça.

– Exact. Mais les gars du FBI le sont... et ne s'en priveront pas. Bonne nuit.

Histoire de jouer sur le velours, je fis un large crochet autour de Maitland, empruntai un chemin de terre riche en nids-de-poule, stoppai devant chez Sally et jouai du klaxon.

Elle plongea littéralement hors de chez elle sous la forme d'une paire de chaussures d'après-ski surmontées d'un monceau de fringues d'hiver. Équipée en outre d'un énorme sac de voyage, d'une couverture de laine rouge, d'un carton de biscuits secs et d'un grand sac à dos de girl-scout.

J'ouvris ma portière et quittai mon siège.

– Tu veux un coup de main ?

– Non, ça va aller.

J'avais l'impression contraire et lançai par-dessus le toit de la voiture :

– Tu en es certaine ?

– On est au XXIe siècle, Houseman !

En vertu des nouvelles lois sur l'égalité des sexes, j'étais toujours figé de mon côté de la voiture quand elle l'aborda par la face nord.

– Pour l'amour du ciel, viens m'aider !

Je m'exécutai. Son barda occupa bientôt la totalité de ma banquette arrière. Je doutais de pouvoir refermer la portière.

– Tu es sûre de n'avoir rien oublié ?

– Il va faire très froid. J'ai une Thermos de café, des bouteilles d'eau, des sandwiches. Et aussi du pop-corn, du fromage à pâte ferme, des bretzels, du thé...

– Tu sais qu'il n'y a pas de toilettes, où on va ?

– Toi et George, vous n'aurez qu'à vous retourner, dit-elle en se glissant difficilement sur le siège passager et fermant la porte.

Silence radio, bien sûr. Pour ne pas risquer d'avertir les médias. On retrouva Hester et George au motel. Ils étaient fin prêts. Déjà installés dans la voiture d'Hester. George m'adressa le signe du pouce en l'air, et je ne m'arrêtai même pas devant leur motel. Ils démarrèrent dans mon sillage.

– Où va-t-on laisser les voitures ? demanda Sally, toujours en train d'essayer d'attacher sa ceinture.

Elle avait totalement disparu dans la fourrure de son manteau d'hiver.

– J'ai pensé à la ferme des fils Heinman, je répondis en l'aidant à boucler la sangle.

– Génial. La scène du crime en plein jour.

Elle ferma enfin sa ceinture.

– Merci.

Puis, après réflexion :

– Combien de route jusqu'à la vieille ferme du père Dodd ?

– Un bon kilomètre.

On roula en silence pendant un moment.

– Là, il va falloir que tu m'aides à porter mon chargement.

– C'est prévu au programme. D'autant que j'ai en plus mon AR-15.

– Pour quoi faire, le flingue ?

– Si je le savais, je te le dirais. En opération, toujours prévoir la puissance de feu maximum. Tu connais le règlement. Prévoyance est mère de la sûreté.

– Et moi, tu m'as trouvée trop chargée ! Tu crois que tu n'auras pas faim, en pleine nuit ?

Un quart d'heure plus tard, on arriva à la ferme des fils Heinman. On gara les voitures dans le chemin, alors que Jacob apparaissait sur le seuil de la ferme.

– Salut, Jacob. Tout va bien à bord ?

– Ça va. Vous cherchez encore quelque chose ?

– On aimerait se garer sur votre chemin d'accès. Pas d'objection ?

– Aucune. Vous partez à la chasse aux écureuils ?

Je lui expliquai qu'on allait « planquer » à la ferme du vieux Dodd, et que les voitures y révéleraient notre présence. Heureux de pouvoir nous rendre service, il nous guida personnellement jusqu'à l'arrière de leur propre grange.

– Vous allez attraper les salauds qui ont fait ça ?

– On en tient déjà un, Jacob. On espère attraper les autres avant peu.

– Un truc que je peux répéter à Norris ?

– Naturellement. Mais gardez-le pour vous, jusqu'à nouvel avis.

Les deux frangins nous regardèrent endosser nos charges respectives.

Sally donna une partie de son barda à George et Hester tandis que je me chargeais du maximum d'affaires possible. C'est-à-dire mon AR-15, mon fusil, mon sac à munitions, mon sac d'appareil photo et le gros sac à dos de scout de Sally sur un bras.

– On ferait bien d'y aller tout de suite ou je risque de m'enfoncer sur place.

– On y va, répondit George.

Son sac à dos était un monument, avec une sorte de tuyau orienté vers le bas et un drôle d'outil accroché sur le côté.

– Qu'est-ce que c'est que ce fourbi ?

– Quoi ? Ah, le tube ? C'est ce qu'on appelle un sac d'hydratation. Tu peux y mettre beaucoup de choses et il y a un sac d'eau au fond.

– OK. Et c'est quoi ce pic ?

– C'est un piolet. Un pic à glace.

– Il n'y a pas de glace où on va. Pas même de neige.

– Il s'en servira pour casser la glace dans son paquetage, dit Hester. Quand son tuyau d'écoulement de la condensation aura gelé.

– Pas question ! protesta George. Visez-moi un peu ça.

Du siège arrière d'Hester, il tira une boîte noire d'environ trente centimètres sur trente, et la moitié en épaisseur.

– Mon radiateur portable. Alimenté par une bouteille de butane d'une livre. Six heures de chauffage, et j'ai une bouteille de rechange dans mon sac.

– Moi, je reste avec George jusqu'à demain matin, affirma Sally, sans rire.

– On sera trois, renchérit Hester. Tu ne crains pas le froid, Carl chéri ?

Je n'en revenais pas.

– Où est-ce que tu trouves ce genre de gadget ?

– Dans les magasins. Ça m'a coûté seulement cent dollars. Vous voulez voir tout ce que j'ai dans mon sac ?

– On aura tout le temps sur place. Allons-y.

Hester s'empara de son propre sac.

– Pas de fusil. Le service est un peu à court, en ce moment, alors, les fusils, on les garde à la brigade, et on ne les sort qu'en cas de nécessité.

– Je n'en ai pas non plus, avoua George. Rien que mon arme de service.

Je soupirai :

– Quelle déception ! Je m'attendais à te voir tirer un canon sur roues.

On prit la route, George et moi chargés comme des mules et les deux femmes nettement moins encombrées, mais avec le frigo de camping entre elles deux, par les deux poignées.

Sally s'informa, au passage :

– Cette tache sombre, là...

– Oui, c'est bien le sang séché de Rudy Cueva.

– Triste endroit pour mourir, dit George.

– Tu sais, j'ajoutai, je ne pense pas que Rudy ait vraiment eu le temps d'y penser.

– Vous croyez qu'on tient vraiment le complice ?

J'ajustai mon chargement, faisant presque tomber mon fusil de mon épaule.

– Si tu veux parler de Skripkin, George, je te réponds oui. Mais c'est Hassan-Alvarez qu'il nous faut. Celui qui a tiré. Skripkin n'a été qu'un comparse. En plus d'un parfait menteur. On n'en a pas fini avec lui. Tout ça manque de preuves.

D'après la loi, on ne peut condamner personne sur de simples témoignages. Une mesure raisonnable quand on y pense. Mais qui exige, en plus, des preuves tangibles. Physiques ou matérielles. Je n'étais pas sûr que d'autres témoignages, comme celui de Jacob Heinman, soient suffisants pour notre dossier.

Il y avait du vrai, derrière les mensonges de Skripkin. Surtout dans son compte rendu des circonstances du meurtre. Mais il restait suffisamment de trous pour qu'un avocat compétent puisse y faire passer un convoi de poids lourds.

– Quel genre de preuves ? insista George, plus histoire de causer que par intérêt véritable.

– L'arme du crime, par exemple. Un fusil de chasse de calibre douze. On a le rembourrage de la cartouche. Les empreintes du tireur, sur l'arme, seraient mon plus beau cadeau de Noël.

Sally commençait à regimber.

– On est encore loin ?

– Il faut descendre jusqu'au prochain virage. C'est tout en descendant. Tu es déjà fatiguée ?

Elle me tira la langue. Puis, au bout de cent mètres :

– Tu peux me dire pourquoi on n'a pas été jusqu'au bout, déposé tout notre barda et retourné parquer les voitures ?

– Trop d'allées et venues que quelqu'un aurait pu repérer.

– Redis-le quand ça va recommencer à grimper.

– Attends de voir la cour de la ferme, s'esclaffa Hester. Là, ce ne sera plus de la rigolade !

Quand on aborda le chemin d'accès à la vieille ferme, Sally poussa un grognement de désespoir. Il y avait encore une sacrée trotte, avant d'atteindre la grange. Tout en montée et en ornières congelées, mortelles pour les chevilles. Un vent glacial soufflait sur le paysage. Il charriait des lames de rasoir qui nous labouraient le visage. La nuit prochaine n'allait pas être bien marrante.

22

Samedi 22 décembre 2001 – 15 h 23

On se paya le luxe de reprendre haleine, en posant l'essentiel de nos fardeaux, avant de s'attaquer au dernier raidillon.

– Il faut être complètement cinglé, opina Sally, le souffle court, pour organiser un pique-nique en plein hiver !

– Ça va aller mieux, la consola George. Dès qu'on sera à l'abri du vent.

Sally frissonna.

– Oui, mais il reste un sacré chemin jusqu'à la grange. Je déteste ce vent qui nous vient droit sur le visage, on a l'impression qu'il fait dix fois plus froid.

George désigna son sac.

– Dans la poche à fermeture Éclair, tu vas trouver un cache-nez en bonne laine polaire. Prends-le et protège-toi la figure.

De la poche indiquée, Sally sortit un magnifique foulard de laine marron et or, avec une jolie frange à chaque bout. Elle s'en enveloppa le visage en poussant un soupir de bien-être.

– Merci. Ton écharpe est sensas !

Hester en souleva l'extrémité.

– C'est pas les couleurs d'une équipe de hockey ?

– Sur glace ! Raison de plus !

Rechargés de frais, on poursuivit la montée. George voulut savoir :

– Y avait pas une baraque, dans le temps ?

Je lui montrai les fondations noircies qui béaient en contrebas sur notre droite.

– C'était par là. Quand le propriétaire se retire, le fermier qui prend la suite n'en a souvent rien à faire de la résidence. Il n'entretient que les bâtiments qui peuvent lui servir.

George rit de bon cœur.

– Faut que j'en parle à ma frangine. Depuis le temps qu'elle cherche un bon gestionnaire...

On rentra tout dans la grange. Elle se dressait sur une pente, avec les portes principales ouvertes face au versant, loin de la route. La porte du grenier à foin, au deuxième étage, faisait face à la route, mais ne permettait pas vraiment une bonne observation, à moins d'être grande ouverte. Le rez-de-chaussée possédait des fenêtres et une porte d'entrée assez large pour faire entrer des animaux. Les cloisons de bois reposaient sur une assise en dur qui nous abriterait au moins du vent.

– On reste en bas, d'accord ?

– Ça marche pour moi, dit George.

– Pour moi aussi, approuva Sally. Je ne me vois pas hisser tout notre bordel au grenier !

Après avoir réparti les affaires en question de façon rationnelle, on décida de repérer la topographie du proche voisinage. Et ce qu'on put constater tout de suite, c'est à quel point on crevait encore plus de froid, quand on ressortait en plein air.

Alors que nous étions tous les quatre debout au centre de la cour, Hester et moi montrâmes ce que nous connaissions déjà. Faisant face à la pente de la colline, la grange était immédiatement sur notre gauche. À moins de cinquante mètres sur la droite, se dressait un vieux hangar. Plus un autre, cinquante mètres plus haut, toujours à contre-pente. À mi-distance du premier hangar, également sur la droite, s'élevait un silo en briques de béton, avec une petite remise adossée à sa base. Entre la grange et le silo, un ancien poteau téléphonique portait également la grosse ampoule nue chargée d'éclairer la cour. Autour du silo, courait une vieille palissade de bois étayée par le terrain inégal.

Quant aux fondations de l'ancienne ferme détruite, elles bâillaient assez loin de nous, à notre droite.

– Jusqu'où va cette route ? demandait George.

De notre place, on la voyait disparaître sur la gauche, au-delà d'un virage.

– Environ cent mètres. Elle aboutit à l'entrée d'un champ abandonné, riposta Hester.

– Et celle-ci ?

Là, c'était Sally qui pointait à droite, derrière le silo. J'expliquai à mon tour :

– Elle monte jusqu'au lit asséché d'une rivière complètement ravinée, et pleine de vieilles bouses de vache.

Il y avait, dans le peu qui restait de cette route, deux sillons parallèles évoquant le passage d'une voiture. Je touchai l'épaule d'Hester.

– Elles étaient déjà là, ces traces, quand on est venus la première fois ?

– Il faisait nuit. Je ne m'en souviens pas.

Le problème, avec les traces de pneus laissées en hiver dans un sol plus ou moins meuble, c'est que l'herbe n'y repousse pas tout de suite, et que la terre durcie ne se prête guère à une lecture édifiante. Pas moyen de déterminer si ces traces étaient anciennes ou récentes, ni même si c'étaient vraiment des traces de pneus.

– Un chariot tiré par des bœufs ? suggéra George.

– Peut-être. Ou la manœuvre de la bagnole du labo, pour repartir.

Inutile de creuser davantage un problème qu'on n'avait pas les moyens de résoudre.

– Si des mecs viennent se cacher ici, ils monteront tout doucement par l'ancienne route carrossable. Ils commenceront probablement par se garer derrière la grange, où personne ne les verra d'en bas.

– S'ils font ce que tu dis, me demanda Sally, comment réagira-t-on ? En sortant pour leur souhaiter la bienvenue ?

– Moi, déclara Hester, je conseillerais qu'on se répartisse de la façon suivante : deux au premier étage, un à gauche et un à droite de la grange. Au signal convenu, on sort tous en même temps, l'arme au poing. Pas de retraite ni de cachette possible.

– Parfait, approuva George.

J'enchaînai :

– Ils viendront probablement... s'ils viennent... après la tombée de la nuit. Veillons à ne pas nous concentrer sur leurs phares. On n'y verrait goutte au moment de sortir. Tant qu'on les entendra venir, on n'aura pas tellement besoin de regarder. On verra la lumière à travers les claires-voies.

– Oui, maman, ironisa Hester.

– D'accord, d'accord ! L'important, c'est qu'une fois arrivés, ils ne repartent pas. Où qu'ils puissent s'arrêter, il nous faudra quelqu'un entre eux et la route, aussi vite que possible.

– On a pigé, coupa Sally. Rentrons avant de geler sur place.

Alors qu'on tournait le dos aux dépendances de la ferme disparue, retentit une clameur, puis une autre, qui nous firent amorcer un rapide demi-tour.

Trois silhouettes surgissaient du hangar de droite, celui qui était le plus proche du lit de la rivière asséchée. Les trois se déplaçaient très vite et bougeaient comme des fous, et je mis une petite seconde de trop à interpréter le sens de leur mouvement. Ils semblaient tenter d'échapper à la personne qui leur tirait dessus. Mais personne ne leur tirait dessus. Ils ouvrirent alors le feu.

Je jure qu'il y eut au moins cinquante coups éparpillés dans le sol, les parois de la grange, les poteaux de clôture et le mur de fondation en pierre calcaire.

Hester, je crois, fut la première à réagir. L'attaque était venue trop tôt, aucun d'entre nous ne faisait ce qu'il aurait dû faire : plonger au sol et ramper à couvert. On se précipita vers la grange aussi vite qu'il nous était possible de courir. Et vite est un faible mot. George pivota sur lui-même, à mi-chemin. Il avait dégainé son arme et tira trois ou quatre balles alors que je le dépassais. Hester et Sally s'engouffrèrent, bonnes premières, dans la grange. Moi en troisième position. Et puis George.

– Putain !

Plutôt laconique, mais je n'avais pas de souffle pour en dire davantage.

– Qu'est-ce que c'est que ces bon Dieu de salopards ? haleta Hester.

– Ils nous tirent dessus ! s'effara Sally.

George déclara calmement :

– Trois sujets. À première vue, je n'en ai touché aucun.

– D'où peuvent-ils bien sortir ? s'interrogeait Hester.

J'en étais encore à secouer la tête, en proie à une incrédulité béante.

– Armes automatiques ! Le grand jeu !

Je cueillis mon fusil sur les couvertures de Sally et filai vers la droite. À l'extérieur, nos adversaires fonçaient vers le hangar qui nous faisait face. Entre-temps, on avait tous pris position derrière la base solide des parois de la grange, dont l'assise en pierre à chaux était le seul rempart disponible contre les balles.

Il y avait assez de trous et de lézardes dans les planches pour nous permettre d'observer le hangar, au-delà des cinquante mètres de pente herbeuse. Plus rien ne bougeait pour le moment.

Remise du premier choc, Hester suggéra :

– Peut-être qu'on devrait surveiller les quatre côtés ?

Hester alla à droite, George à gauche et Sally prit le versant qui faisait face à la route. On se répartit en conséquence, et je dis à Sally d'appeler du renfort.

– Comm ? Ici Trois.

Faute d'un numéro de code personnel, elle utilisait le mien. Et n'obtint aucune réponse. Elle renouvela son appel. Toujours rien. Rampant jusqu'au pied de l'escalier conduisant au premier étage, en portant son talkie-walkie d'une main, elle récidiva, encore et encore.

– Comm. Trois. Dix-trente-trois, je répète, dix-trente-trois.

Enfin :

– Trois ? Je suis dix-six. Silence radio sauf dix-trente-trois confirmé.

Apparemment, personne de vraiment efficace n'était à l'écoute.

– Comm. Trois réclame dix-soixante-dix-huit, dix-trente-trois confirmé, dix-trente-deux multiple. Sous feu nourri d'armes automatiques.

Dix-soixante-dix-huit traduisait le besoin de renfort, dix-trente-trois, l'urgence, et dix-trente-deux multiple, plus d'un agresseur. Dix-trente-trois pouvait sonner redondant, mais le tout constituait la déclaration officielle d'une attaque violente à main armée, et ne pouvait pas ne pas attirer l'attention de la première autorité disponible.

– Dix-trente-trois en cours, disait la radio.

Ce qui signifiait, en substance : pas d'autre contact radio jusqu'à nouvel ordre.

– Où sont les renforts possibles ? me demandait Sally.

– Lamar est à Battenberg.

Donc, aucune autorité à portée de radio, pour l'instant, dans un rayon de cent kilomètres. Ou du moins, pas de service.

– Il peut s'y trouver coincé lui-même, intercala Hester. S'il est tombé là-bas sur d'autres terroristes...

Tout ça était bel et bon, mais on ne disposait pas, ici, de moyens considérables.

– Il n'y aura jamais plus de deux troupes à cinquante kilomètres à la ronde. Reconfirme l'appel au bureau, Sally. Et puis essaie les flics locaux, de Maitland à Battenberg. Pas nombreux de service, à cette heure, je le crains.

Hester intervint :

– Où est le plus proche relais téléphonique ?

Je lui indiquai la direction. Elle sortit son portable de sa poche.

–J'appelle la Brigade d'intervention spéciale.

C'était une excellente idée, je l'approuvai des deux mains et me retournai vers Sally alors qu'elle relevait la tête vers l'escalier. J'ouvrais la bouche pour lui gueuler de s'aplatir quand une salve traversa le bois vermoulu, nettement plus haut que sa tête. Elle s'était plaquée au sol si rapidement que je crus qu'elle était blessée.

Je m'empressai de la rejoindre.

–Sally ? Tout va bien ?

–Ouais... Enfin... je crois.

–Tête collée au sol, nom de Dieu !

–Ouais. Je me suis cogné le genou, ça fait mal. Bon sang, tu as vu ça ?

–Sûr que j'ai vu ? Je t'ai vue risquer de te faire descendre.

–Et moi, j'en ai revu un. Dans le grand hangar. Il me regardait. Presque comme un voisin. C'est un autre qui a tiré. Lui, il bougeait pas. Il regardait seulement.

Sa voix tremblait.

–Calme-toi. Et ne cherche plus à les voir, OK ?

–Tu rigoles ?

Elle brossait, d'une main, son pantalon d'uniforme.

–Je me demande pourquoi tu me laisses faire des trucs pareils.

–Et si tu le refais, enlève ton écharpe. T'es vraiment trop visible avec ça.

Hester et George parlaient tout bas, chacun sur son portable. En essayant de repérer, par les trous, ceux qui nous canardaient. J'imitai leur exemple, et ne vis personne dans la cour de la grange. À retardement, je tirai la culasse de mon fusil en arrière. Je ne laissais jamais de cartouche dans le canon, en permanence, et j'avais failli oublier d'armer mon AR-15. Un oubli qui aurait pu me coûter cher, en cas de déveine caractérisée ! Je me demandai si je n'avais rien oublié d'autre. Des petites absences comme celle-ci signifient qu'on ne peut aller aussi vite qu'il le faudrait et qu'on est à la traîne sur les événements. Impardonnable en l'absence de toute pulsion suicidaire.

Hester avait rempoché son téléphone.

–Tu vois quelque chose ?

–Que dalle.

–Moi non plus, ajouta Sally.

Je réalisai soudain qu'elle se trouvait juste en face des larges portes béantes de la grange.

– Hester ? Remplace-moi ici une seconde.

À Sally, une courte reptation plus tard :

– Tu as introduit une balle dans le canon de ton flingue ?

– Oh merde, non.

Elle répara l'omission.

– 'Scuse, partenaire. Que je suis bête !

– Pas de quoi. Je ne te l'ai rappelé que parce que j'avais fait le même oubli. On a intérêt à se mettre dans l'ambiance.

En prévision des accidents possibles, notre formation technique nous déconseillait formellement ce genre de prévoyance, mais le corollaire était évidemment de ne pas négliger cette précaution, en présence d'un danger réel.

– T'es gentil de me le dire. Merci.

– De rien. Ouvre l'œil et gueule si tu vois quelque chose, mais ne t'expose pas. Tu contrôles l'issue principale, s'ils veulent nous donner l'assaut.

– J'y ai pensé. Tu crois qu'ils vont essayer ?

– Non. Ils sont peut-être déjà en train de promener leurs culs sur la colline, là-bas derrière. Qu'est-ce que tu ferais à leur place ?

– Exactement ça.

Moins de dix secondes plus tard, claqua la nouvelle salve qui arracha un morceau de clou rouillé et l'expédia au visage de cette pauvre Hester.

23

Samedi 22 décembre 2001 - 17 h 39

Mon portable sonnait. C'était Lamar.

– Les deux ambulances sont en route, Carl. Ne sortez pas encore, mais préparez-vous à le faire dès qu'elles repartiront.

– D'accord.

– Les deux officiers qui accompagnent le personnel médical sont des membres de l'Équipe d'intervention. Je te le signale pour que tu sois prévenu.

– Je me sens déjà mieux.

Un foutu mensonge.

– Moi aussi, Carl.

Je me retournai vers Hester.

– Prépare-toi. Les ambulances arrivent.

Elle se redressa péniblement.

– Ça fait vraiment mal quand je me mets debout. Donne-moi une minute.

– Prends ton temps.

Les phares de l'ambulance de tête approchaient. Leur lumière entrait par toutes les fentes.

– Ils sont presque là. Courage.

À Sally :

– Reste auprès d'elle. On ne sort pas en même temps si elle peut marcher jusque-là toute seule.

– Ça va aller, souffla Hester. Faites attention à vous. Ne prenez aucun risque.

– On n'est pas dingues. On ne bougera pas avant le feu vert des HRT. Ils ne doivent pas être loin. Ne te tracasse pas pour nous.

Elle acquiesça. On regarda bouger les ombres à mesure de la progression des deux ambulances. Je marchai jusqu'à la paroi de derrière et louchai à travers l'interstice entre battant et chambranle.

– Ils vont entrer dans la lumière de la cour. Préparons-nous à bouger.

Mon portable sonnait de nouveau. Cette fois, c'était Marty, le chef de l'équipe spéciale.

– Dès l'arrêt de la première ambulance, tu fais sortir Hester. Un de nos hommes va se diriger vers la deuxième ambulance. Les infirmiers vont aller au-devant d'Hester, dès qu'elle sortira.

– D'accord.

Je regardai stopper l'ambulance, et la portière s'ouvrir, côté passager. Les projecteurs s'allumèrent alors que les portes arrière commençaient à s'ouvrir. Le conducteur orienta son véhicule vers la route, avec ses portes arrière face à nous. Et s'arrêta.

Un officier descendit de voiture et marcha vers la deuxième ambulance. Passant le bras à travers sa vitre baissée, le conducteur de la première nous adressa un signe. J'accompagnai Hester alors que les auxiliaires médicaux dépliaient le brancard roulant. On se rencontra à mi-distance entre la sortie de la grange et l'arrière de l'ambulance.

Ils installèrent Hester sur le brancard et l'y sanglèrent sans me donner le temps de lui dire au revoir.

– On t'emmène où tu auras chaud, lui promit Diane, membre de l'équipe de Maitland. Voyons un peu ça. Je parie que ça te fait mal, hein ? Mais c'est une blessure propre. Le toubib va te rafistoler ça en cinq sec.

J'aidai à rouler le brancard jusqu'à l'ambulance. Je savais que je sortais un tantinet des conventions prises, mais je ne pouvais pas laisser Hester partir comme ça. Je regagnerais la grange sitôt qu'ils l'auraient embarquée.

– Occupe-toi bien d'elle, Diane.

– Comme de ma propre sœur !

Et les portes de l'ambulance se refermèrent.

Je repartis vers la grange, en suivant, du coin de l'œil, les activités parallèles, autour de l'autre ambulance. Sortis par une porte latérale, ils poussaient leur chariot vers le blessé adverse chaudement enveloppé d'un épais manteau d'hiver. Il portait, autour de la jambe gauche, un énorme pansement saturé de sang. Ses amis avaient dû employer tout ce qui leur tombait sous la main pour essayer de stopper l'hémorragie. Le dessus du pansement me faisait l'effet d'une serviette-éponge. Saturée, elle aussi. Artère sectionnée, selon toute probabilité.

Pendant qu'un des gars de l'équipe spéciale tenait à l'œil les deux terroristes qui avaient soutenu le blessé, l'autre le palpait sous toutes les coutures, à la recherche d'une arme dissimulée. Ensuite seulement, ils laissèrent opérer les ambulanciers. Dont Terri Biederman. Quelqu'un lui avait-il révélé où en était sa copine Linda ? Tout semblait se passer dans le plus grand calme.

Sur un signe d'un des deux officiers, ils couchèrent le terroriste éclopé sur leur chariot, et les gars de l'équipe spéciale s'écartèrent devant eux, visiblement prêts à intervenir, si les choses se gâtaient.

Un des terroristes cria quelque chose au blessé, j'ignore dans quelle langue. Leva la main pour lui dire au revoir. Puis il tourna les talons et redisparut, suivi de l'autre type, à l'intérieur du hangar.

J'assistai à l'embarquement du second chariot dans la seconde ambulance. Alors que les deux bonshommes de Marty reculaient sans quitter de l'œil la zone ténébreuse où les deux copains du blessé venaient de disparaître, je poussai un soupir de soulagement. Maintenant, on allait pouvoir s'occuper de nos propres fesses.

Je rentrai dans la grange, un pouce en l'air à l'adresse de George et de Sally, noyés dans les ombres au pied de l'escalier.

– Parfait, les enfants.

Je me retournai pour jeter un dernier regard. Déjà, les feux arrière de l'ambulance d'Hester s'éloignaient en tressautant sur la chaussée ravinée.

La deuxième ambulance manœuvrait dans la cour, avec un des gars de l'équipe spéciale trottant de chaque côté.

– Est-ce que j'emporte mon sac ? s'interrogeait George.

– Tu pourras toujours revenir le chercher.

La force de l'explosion me projeta à genoux. Je me souviens seulement d'avoir vu le sol monter à ma rencontre et du mal de chien que me fit mon bras tendu, à l'atterrissage. Suivi du cri de détresse de Sally et de George qui se précipitaient hors de la grange.

Le souffle m'avait produit l'impression d'un coup de batte de base-ball en travers de la nuque. Je me relevai tant bien que mal et pivotai vers la cour.

La deuxième ambulance avait sauté. Carrosserie éventrée, portières arrière béantes, celles de devant projetées à travers la cour. Une flamme énorme, comme un réacteur de jet, montait en sifflant de la grosse bouteille d'oxygène. Elle était si chaude, cette flamme, que je voyais littéralement se gondoler l'autre côté du véhicule.

Il pleuvait des petits fragments de tissu, de mousse plastique et d'emballages d'équipement médical. Pratiquement rien ne restait de la cabine de conduite déformée et tordue par la chaleur intense.

Pas de réservoir en feu, le carburant Diesel ne s'enflamme pas comme l'essence.

Pas de signe de vie non plus.

– Doux Jésus ! se lamentait Sally.

À peine si je l'entendais, après cette explosion, mais je partageais son désespoir.

George me repoussait, énergiquement, à l'intérieur de la grange.

– Grouille !

Il avait dû hurler très fort, car j'entendis sa voix et pigeai le message, mais comment résister, de toute manière, à sa poussée de maçon ? C'étaient simplement les toiles d'araignées qui tardaient à se dissiper dans mon crâne assourdi.

Il attrapa mon épaule, me fit tourner et me poussa à terre, derrière le mur effondré de la grange. Je vis alors les débris volants tout autour. Je mis une seconde à comprendre que les fragments ne provenaient pas de l'ambulance mais étaient des morceaux de bois et de poussière provoqués par des tirs.

Ils nous tiraient dessus.

C'est là que je compris. On empoigna Sally, George et moi, pour la propulser à l'intérieur de la grange.

Le vieux bâtiment était en partie détruit et les trois étages en appentis étaient descendus au niveau du rez-de-chaussée.

Je m'accroupis derrière ce qui restait du mur de fondation et me tournai vers la droite, vers le silo. C'était le dernier endroit où j'avais vu les terroristes, et mon choix paraissait logique. Rien n'y bougeait, mais je pus voir des nuages de poussière tout autour du silo. Une fusillade nourrie, de part et d'autre. Je ne pensais pas que quiconque pût survivre, du côté de l'ennemi, sous cette mitraille.

Quelqu'un me tapa sur l'épaule, et je bondis sur place. C'était George qui me vociférait dans l'oreille :

– Kamikaze !

Je ne l'avais pas envisagé, même une malheureuse petite fois, tandis qu'ils embarquaient le blessé dans l'ambulance. Pourtant pas faute d'en avoir si souvent contemplé les effets, sur CNN. N'importe quel Israélien y aurait pensé tout de suite. Mais on n'était pas au Moyen-Orient. On était en Iowa.

Cinq minutes plus tard, George me retapa sur l'épaule.

– Quoi ?

– Ton portable. Réponds à ton portable.

Je le sortis de ma poche, l'ouvris et le lui tendis.

– J'entends plus rien. Réponds, toi.

Il parla brièvement, en approuvant de la tête, et me rendit l'appareil.

– On vient nous chercher. Plus question de tirer sur qui que ce soit. On risquerait de descendre des copains.

– Compris.

Il se dirigea vers Sally et lui transmit, j'imagine, le même message.

Une minute ou deux plus tard, trois membres des HRT du FBI se matérialisèrent devant nous. La première chose que je remarquai fut qu'ils portaient des protège-genoux. J'aurais donné beaucoup pour en avoir eu lors de l'explosion. Ils portaient aussi des lunettes de vision nocturne, des fusils à répétition semi-automatiques et d'autres pièces d'équipement que je n'avais jamais vues hors des catalogues.

– Équipe des Sauveteurs d'otages du FBI, se présenta le premier. Lequel de vous deux est George Pollard ?

George leva un doigt.

– Carl Houseman ?

Je levai le mien.

– Sally Wells ?

Comme si ça ne se voyait pas, mais il fallait bien que ces messieurs nous identifient.

Sally leva la main.

– Vous n'êtes pas blessés ?

On ne l'était pas.

– Heureux de vous retrouver intacts.

Il parlait très fort. Ils avaient souvent affaire à des otages aux tympans hors circuit, à la suite de tirs ou de déflagrations trop proches de leurs oreilles.

– On est bien appuyés, tout autour. Juste une seconde de patience, et on pourra y aller. On va éteindre la lumière de la cour avant de vous sortir de là.

Il jappa un ordre dans son micro, et la grosse ampoule extérieure s'éteignit.

– On y va. Aussi vite que vous pouvez vous déplacer.

Dehors, régnait une odeur très forte de plastique fondu, d'huile lubrifiante et de produits médicaux répandus. On contourna l'ambulance, et dans la lumière lointaine projetée par les voitures garées en contrebas, on distingua, au passage, tout ce qui jonchait le sol. Il y avait partout des débris de plastique et d'aluminium. Je marchai sur un objet métallique et faillis me casser la figure. Enfin, on atteignit les véhicules parqués au bas de la pente.

Lamar, Volont et des tas d'autres nous y attendaient. Ma surdité me valut d'être expédié illico, en ambulance, à l'hôpital de Maitland. Sans que je puisse dire un mot à personne. Je les détestais quand ils procédaient ainsi. Juste le temps de décharger mon fusil et de le remettre à Lamar, et en voiture Simone ! J'ai toujours eu horreur qu'on me presse de cette façon.

En chemin, je passai mon portable à une infirmière et lui demandai d'appeler Sue pour la rassurer. Après ça, je sentis la fatigue me tomber dessus comme une avalanche. Ils durent s'infliger la corvée de me réveiller, malgré toute ma résistance, quand on arriva à l'hosto.

J'étais encore aux admissions quand le docteur Zimmer rappliqua aux nouvelles.

– Carl ! Ils ont vraiment fait sauter une ambulance ?

– Et comment ! Le fumier a emmené trois paramédics avec lui, le chauffeur et deux officiers de la Spéciale.

– Quoi ?

La fille des admissions ouvrait de grands yeux. Elle n'avait pas assisté au départ de l'ambulance et ne savait pas qui était de service. Je lui dis ce qui était arrivé.

– Quelle ambulance ?

– Celle de Battenberg.

– Vous savez qui était dedans ?

– Terri Biederman. La seule que j'aie reconnue. Il faisait très noir.

– Celle qui venait de Milwaukee ?

– Oui, c'est elle.

– Je l'avais rencontrée plusieurs fois...

Elle se reprit tout de suite et se reporta à son formulaire d'admission. Ou bien ils avaient hurlé très fort, ou j'entendais de mieux en mieux, quoique toujours bizarrement brouillé, comme si j'avais chopé un gros rhume.

– À quelle distance étais-tu de l'explosion ? s'informait Henry.

– Oh, sept-huit mètres.

– Tu l'as encaissée de quel côté ?

– Je lui tournais de dos.

– Tant mieux. Pas de tympan crevé, sans doute.

– Encore heureux !

Soudain très professionnel, quoique sans perdre un gramme de sa bonne humeur :

– Combien j'ai de doigts ?

Il leva deux doigts à quelques centimètres de mon visage.

– Six.

– Très drôle !

– Pardon, sept.

– Ton sens de l'humour va t'épargner une nuit à l'hosto. Et des tas de tests ennuyeux.

– Deux.

– Encore mieux. Laisse-moi voir tes oreilles.

S'étant assuré que je ne ressentais aucun vertige, que je supportais une forte lumière et que je n'éprouvais pas la moindre nausée, Henry décida qu'on pouvait me relâcher dans le monde civilisé. Il affirma également que mon ouïe allait redevenir normale, enfin... aussi normale qu'elle l'était avant cette expérience.

– Henry, sais-tu si Hester est venue ici, ou à la clinique de Battenberg ?

– Ici. On s'est bien occupé d'elle, et demain après-midi, si elle a bien désenflé, elle va à Dubuque pour un brin de chirurgie réparatrice.

– Je peux la voir ?

– Sûr. Viens avec moi.

On passa par deux portes battantes le long d'un couloir très éclairé.

– Elle a dû beaucoup souffrir.

– À la radio, deux dents de cassées, une autre fêlée. Ça a dû être très douloureux. Mais si elles n'avaient pas été dans la trajectoire, c'est là qu'elle aurait jonglé un max. Aucun nerf touché, par bonheur. Un coup de pot. Autrement, elle aurait pu garder une paralysie permanente des muscles faciaux, du côté de la blessure.

Je n'y avais pas pensé, jusque-là, mais rétrospectivement, j'en étais malade.

– Moi, j'avais peur d'une fracture de la mâchoire.

– Toujours grâce à ses quenottes, elle a coupé à une grave hémorragie buccale. Elle a eu une sacrée veine.

Question de point de vue. Celui des médecins ne recoupe pas toujours celui des malades.

Retrouver Hester sous la blouse bleu ciel de l'hôpital m'infligea une sacrée surprise. Elle paraissait plus petite, plus délicate que je ne l'avais jamais imaginée. Les yeux fermés, très pâle avec un gros placard de gaze sur la joue et une perfusion en cours.

– Une visite, Hester, annonça jovialement mon copain toubib.

Elle ouvrit les yeux, sourit du côté valide de sa bouche.

– Comment ça s'est passé pour toi, Carl ?

– Tu es au courant, pour l'autre ambulance ?

– Je l'ai su tout de suite. J'avais entendu le grand boum.

Gros progrès dans son élocution.

– Pas de survivants, hélas. Attaque-suicide. Une saloperie de kamikaze.

– Heureuse que tu aies exigé deux ambulances.

– Pas tant que moi. Tu m'aurais manqué.

– On les a tous eus ?

– Je n'en ai pas la moindre idée. Les HRT faisaient leur boulot, quand on m'a évacué. Je doute que beaucoup de ces salauds s'en soient tirés. Je crois qu'ils étaient assez stupides pour espérer prendre le dessus par les armes sur nos effectifs, alors, ils se sont probablement fait tuer jusqu'au dernier. Je vais me renseigner et je te ferai mon rapport demain matin. Dors un bon coup.

Elle dormait déjà quand je refermai la porte de sa chambre. Je regardai l'heure. Seulement 21 h 51. Dix heures moins neuf dans le langage quotidien.

24

Samedi 22 décembre 2001 - 22 h 08

Ma bagnole était toujours à la ferme des fils Heinman. La moindre des complications à venir, dans les prochains jours. J'appelai le bureau pour demander qu'on m'envoie une voiture.

L'officier de service était à un accident de la route, et l'autre véhicule se trouvait encore à la vieille ferme du père Dodd, où l'action continuait. Je m'assurai que quelqu'un rapatrierait la mienne et rentrai au bureau à pinces. L'air froid achèverait sûrement de m'éclaircir les idées. Et j'avais besoin de réfléchir un brin. Tout s'était passé si vite, après l'arrivée des deux ambulances.

Je me demandais, en particulier, pour quelle foutue raison tous ces fanatiques étaient allés se planquer là-bas. Ils y étaient déjà, à notre propre arrivée, et ne nous avaient pas vus avant qu'on ne s'attarde à palabrer dans la cour de la ferme. Qu'est-ce qui avait pu les absorber au point de négliger de poster un guetteur ?

Je n'habitais pas tellement loin du bureau. Au point où j'en étais, j'estimai pouvoir me permettre de faire un crochet pour rassurer Sue.

Elle fut vraiment contente de me voir. Nous parlâmes cinq minutes, du fait que j'étais désormais bel et bien en sécurité, et combien elle avait été effrayée en voyant l'explosion à la télé. Un des reporters avait même affirmé que c'était la grange qui venait de sauter.

Je lui dis que j'allais devoir passer au bureau, mais qu'il n'y avait maintenant plus de problème.

– C'est ce que tu as dit la dernière fois.

– Je suis un témoin, maintenant. Les témoins sont toujours très bien protégés.

Un bon kilomètre à pied, en zone résidentielle, avec un raidillon pour finir, pas beaucoup d'éclairage urbain et des trottoirs entretenus à la diable. Je ne marchais pas trop vite, pour ne pas risquer de me tordre une cheville, à présent que les choses allaient se tasser.

Je passai devant une grille avec un chien derrière. Il me dédaigna, bien que je sois clairement visible, éclairé par un des rares lampadaires, parce qu'il avait la truffe occupée à fouiller un buisson, probablement absorbé dans sa chasse personnelle au lapin. Il était plutôt mignon et remuait joyeusement la queue. Je l'aurais bien sifflé, mais il aurait été fichu de réveiller les voisins en se mettant à japper.

Je savais ce qui intéressait le cabot. Non parce que je sentais, moi aussi, l'odeur du lapin, mais parce que je connaissais les chiens. Quelle connaissance avais-je, en revanche, des terroristes ? À peu près nulle. Toutefois, je connaissais bien les criminels, et les ressorts qui les faisaient agir. La plupart de ceux dont on avait relevé les activités, sur les anciennes terres du père Dodd, n'étaient pas des terroristes au plein sens du terme, mais des criminels recrutés pour boucher des trous dans les effectifs. Amateurs en la matière, mais dirigés par un « boss » terroriste.

En l'absence du boss, que nous restait-il, sinon une brochette de criminels de seconde zone mêlés à des activités qui les dépassaient ? Je me souvenais d'un groupe de jeunes délinquants qu'on avait alpagués, quelques années auparavant, après que leur leader, le cerveau de la bande, se fut pété la gueule dans un accident de circulation. Ils avaient volé entre autres choses, dans un magasin de jouets, tout un stock de ces reproductions fidèles de grandes marques d'automobiles téléguidables. Peu de temps après l'hospitalisation de leur chef, on les avait coincés en train d'organiser une course entre leurs maquettes mal acquises, en pleine nuit, dans la rue principale d'une petite ville. Tout juste si l'auteur de l'interpellation ne les avait pas renversés, au cours d'une patrouille de routine.

Alors, qu'est-ce que je savais sur les criminels de seconde zone lâchés par le boss ? Non seulement qu'ils étaient idiots, mais capables de conserver leur butin, pour faire joujou. C'était ce qui les faisait bander. Leur procurait le sentiment de leur propre importance.

Parking et rue voisine du bureau étaient étrangement déserts. Plus un seul média en vue. Ils devaient être tous là-haut, autour de la grange de Dodd. Je secouai la tête. Cela devait être sacrément bouché sur la petite route.

Du bureau, j'appelai Lamar.

– Comment vas-tu ? me demanda-t-il.

– Parle-moi un tout petit peu plus fort, et ça ira très bien.

– Comment va Hester ?

– Elle est sous sédatif, mais ils disent que ça ira mieux après un peu de chirurgie réparatrice.

– Parfait, parfait.

– Comment ça se passe, là-haut ?

– Oh, il y a eu du plomb échangé, mais les gars du FBI leur sont rentrés dedans comme un couteau dans une motte de beurre. Ça s'est vite calmé. Les Feds ont ratissé le terrain. Tu veux que je te passe Volont ? Il est juste à côté de moi.

Moi qui n'osais pas le lui demander...

– Comment ça va, Carl ? s'enquit Volont.

Je le rassurai sur mon sort et sur celui d'Hester. Il en parut sincèrement heureux. Je répétai :

– Comment ça se passe, par chez vous ?

– On n'est pas sur une ligne sécurisée, Carl. Viens donc faire un petit tour, si tu t'en sens le courage. On a quelques petites questions en plus, car George n'est pas sûr de tout.

– Pas de bagnole sous la main. La mienne est à un kilomètre d'où vous êtes.

– Vous n'avez pas un véhicule de secours ?

– En fait, il n'y a plus aucune voiture sur le parking. Les médias doivent vous cerner de toutes parts.

– Ils sont tous là, sur la nationale. À part le gros camion technique de CNN. Je te rappelle si tu ne peux pas te traîner jusqu'ici.

– Je vais bien, t'en fais pas.

Je raccrochai et rejoignis Pam dans la salle de communication.

– C'est vrai qu'ils ont fait sauter l'ambulance ? demanda-t-elle en me préparant un café.

– Oui, hélas.

– Pourquoi ont-ils fait une chose pareille ?

– Peut-être sans raison particulière. Je sais pas.

Grandes Oreilles fit son entrée, vint me renifler en remuant la queue et disparut derrière le bureau du standard. Il m'apparut qu'il devait effectivement y avoir une raison particulière pour la bombe. Ces salopards devaient avoir eu quelque raison pour agir comme ils l'avaient fait. Même en trouvant quelqu'un de suffisamment désillusionné pour se faire exploser, pourquoi l'avaient-ils utilisé aussi futilement ? Qui pourriez-vous convaincre de faire ça sans provoquer de véritable résultat ?

La sonnerie du téléphone coupa le fil de ma rêverie. Encore Volont.

– Houseman.

– Ton oiseau t'attend.

– Quoi ?

– Va voir dehors. Il devrait se poser d'un instant à l'autre.

Une voix jaillit de la radio, sur la fréquence de communication :

– Ici 918. Comm du comté de Nation ?

Pam me fit signe de répondre moi-même. C'était l'hélico de Cedar Rapids. Volont me l'envoyait pour me ramener sur le terrain. Un OH-58 racheté à l'armée, posé sur le vaste parking désert. Je m'y casai voluptueusement alors que le chef pilote s'informait :

– Carl Houseman ?

– Soi-même.

– Tu étais dans cette grange, avec les trois autres ?

– Eh oui.

J'attachai ma ceinture, le chef pilote me tendit un casque muni d'un long fil dont il enclencha la prise avant de préciser :

– Quand c'est à toi de parler, tu appuies sur le bouton.

Je me coiffai du casque, ajustai les écouteurs, et tous les autres bruits s'estompèrent, bien que l'appareil fût en train de décoller, laissant en arrière les arbres et les bâtiments de Maitland. On piqua tout de suite vers le sud.

– Le FBI, dit une voix dans mes oreilles, ordonne qu'on te fasse survoler le terrain. Si tu te penches en avant, tu peux voir le FLIR sur ce moniteur...

Le dossier du siège de devant m'écrasait les genoux et pour regarder l'écran, il fallait que je déboucle ma ceinture et que je me penche un peu de côté. À peine suffisant, à cause de l'épaisseur de ma parka. Le bouton du micro fermement pressé d'un pouce, par crainte de le perdre, je réussis à me pencher un peu plus. Juste assez pour découvrir l'écran.

– Oh merde, on y est déjà ?

– Le plaisir de voler, dit une voix dans mon casque. OK, on commence par la grange...

On la survola, on resta une minute juste au-dessus, en vol stationnaire, puis on piqua vers l'ouest et on boucla la boucle, en quelques secondes. Par la fenêtre, j'aperçus au sol des silhouettes qui allaient et venaient, avec des lumières clignotantes sur les épaules.

– Des gens à nous, eux aussi ?

– Les HRT portent sur leurs épaules des petits émetteurs stroboscopiques d'infrarouges.

En cours de virage, je jetai un œil au-dehors et ne vis plus rien qu'un gouffre noir. Pas même les lumières des HRT. Puis je revins à l'écran et tout le monde était de retour. Ça tenait de la magie.

– Plus d'indésirables, là-bas dessous ?

– C'est ce qu'ils recherchent encore. Quand ils seront sûrs de tenir tout le monde, on amènera des projos et on filmera le site.

Lors d'un nouveau passage, je repérai une tache d'un rouge flamboyant, dans les décombres de la grange. Le radiateur à butane de George, toujours en activité.

La masse de l'ambulance détruite était encore très chaude. L'oxygène était épuisé depuis longtemps, mais l'aluminium brûlant resplendissait toujours au cœur de la nuit. Ce n'était pas un beau spectacle.

– Vise le hangar, me conseilla le pilote. Tu vois la forme en filigrane ?

Ils avaient arrêté le moteur de voiture chargé de tenir le blessé au chaud, mais on distinguait encore parfaitement les contours de la carrosserie, à travers le toit de tôle.

– Je suis surpris qu'on voie la bagnole aussi bien, à travers un toit métallique.

– Nous aussi. Il est peut-être en fibre de verre. Vous savez, le modèle qui laisse passer une partie du jour.

– C'est possible.

– Vous voyez, on peut clairement dire qu'il s'agit d'une voiture.

Où diable, dans ces conditions, était le camping-car signalé par Hector ?

– On peut survoler encore un peu ? Quelqu'un m'avait signalé un van, et il fallait au moins ça pour amener autant de mecs. Ils n'auraient pas tous tenu dans la voiture qu'on aperçoit.

– Ils ont peut-être fait deux voyages. Mais notre temps t'appartient.

Le pilote suivait à présent la route de gravillon. Une cinquantaine de voitures en station s'y échelonnaient sur une longueur d'un kilomètre ou deux. Rien ne bougeait dans les environs boisés et les champs. Rien que des voitures.

– Rien que des voitures de flics ?

– C'est ce qu'on pense. Ils laissent tourner leur moteur, alors, ils sont vachement chauds, vus d'ici.

Vrai, bien sûr. Quel flic consentirait à geler dans une voiture froide, quand il suffisait de laisser tourner le moteur ?

– Qu'est-ce que c'est que ça ? dit soudain le chef pilote, qui remplissait aussi le rôle d'observateur.

– Où ça ? s'étonna le pilote.

– À cent mètres environ de la route, au bord extrême du moniteur... cette image brouillée.

Le pilote vira sec, m'expédiant contre la fragile petite porte d'aluminium. Avec ma ceinture débouclée, j'espérais que le verrou tiendrait le coup.

Un instant plus tard, on stationnait au-dessus de la forme mystérieuse, qui semblait couverte de toiles d'araignées. Branches d'arbres, très serrées. Et très froides.

– Tu crois pas que ça peut être ton camping-car ? suggéra le pilote.

Je soupirai, l'espoir au cœur :

– Pourquoi pas ? Faut que quelqu'un aille voir ça de plus près.

– Ici, l'hélico du comté de Nation, articula le chef pilote. Moins d'un kilomètre à l'ouest de votre position, à environ cent mètres de la route de gravillon, on distingue, sous quelques branchages, ce qui pourrait être un camping-car...

Je rebranchai mon micro après avoir entendu la voix de Lamar. Depuis mon époque révolue de la chasse à la marijuana en hélicoptère, je savais que je pouvais recevoir dans mon casque toutes les fréquences utilisées par le pilote, mais qu'il ne m'était possible de parler que sur l'intercom.

– Dis-lui qu'on pense qu'il est vert.

– Quoi ?

– Dis-lui qu'on le voit vert. Fais-moi confiance. Ils vont vous prendre pour des magiciens.

On atterrit près de notre poste de commandement mobile, garé à quatre cents mètres et quelques de la vieille ferme Dodd. Il ne contenait qu'une station radio multifréquence, une télé, un chargeur de piles et un réfrigérateur. Ses flancs proclamaient son appartenance au bureau du shérif du comté de Nation, et ce véhicule était à la fois l'orgueil et la joie de vivre du cher Lamar. On l'utilisait surtout lors des noyades périodiques dans le Mississippi, et on le désignait, entre nous, sous le nom du « Comptoir de Limonade ».

Cette nuit, il avait été promu au rôle de QG du FBI, de la police d'État et de Lamar en personne.

Je quittai l'hélico, rejoignis George et Volont au Comptoir de Limonade. Sally siégeait à l'intérieur, expliquant à Martha comment se débrouiller avec toutes les fréquences radio. Un retour à la normale quotidienne plutôt rafraîchissant, en la circonstance.

– Il nous reste un dernier problème, attaqua Volont, après m'avoir félicité d'être sorti vivant de la grange. On a visionné et revisionné les bobines enregistrées par l'hélicoptère.

Celui de la police de Cedar Rapids était effectivement équipé d'un appareil d'enregistrement vidéo relié au FLIR, et rien ne lui avait échappé du site survolé.

– On a repéré huit terroristes. Sans compter les deux que vous avez descendus. Un s'est suicidé en faisant sauter l'ambulance. Trois ont été descendus autour du silo par nos HTR. Plus deux prisonniers, égale huit. Tout le secteur a été passé au peigne fin du FLIR, sans ratisser d'autres poux.

– Donc, il en manque deux.

– Bravo pour les maths. *Au moins* deux qui se sont peut-être terrés sous quelque chose d'épais, comme un bâtiment ou une cave à fruits, pour garder sous cloche leurs infrarouges. On a demandé un chien ou deux. Qu'est-ce que c'est que cette histoire de camping-car dont on nous rebat les oreilles ?

Je leur expliquai le message d'Hector, au sujet des quatre occupants du van.

– Je parierais, supputa Volont, qu'ils ont renoncé à se montrer après que les autres vous ont bouclés dans la grange. C'est pour ça qu'ils ont livré cette bataille. Ils attendaient quelqu'un qui devait absolument pénétrer dans le hangar.

C'était une meilleure explication que je n'aurais pu donner.

– Le nommé Odeh, sûrement. J'espère qu'il s'agit de lui. Et qu'on va l'avoir.

– Pourquoi serait-il venu ?

Gwen, dont je n'avais pas remarqué l'arrivée, intervint sur le mode aigu :

–Parce qu'ils n'ont pas encore reçu leurs bombes de ricin, dans le nord. Un des deux prisonniers nous a déclaré que la livraison avait été retardée.

–Livraison ici, à la ferme ?

J'avais beaucoup de mal à le croire.

–Sur ma demande, Harriet-la-Vache nous a obtenu une assignation à comparaître au nom du service de messagerie. Votre Linda a reçu onze colis en deux jours. Chacun d'eux correspondait au poids estimé de quatre bombes bien remplies. Quarante-quatre en tout, Carl.

–Putain !

–Je ne te le fais pas dire. On pense que Rudy et Hassan les avaient transportées ici et planquées quelque part. On ne les a pas encore trouvées. Et on ne veut pas alerter le service des matières dangereuses tant qu'on ne tiendra pas ces salopards, jusqu'au dernier.

–Alors, c'était sans doute Hassan, dans le camping-car.

–Possible. C'est un des deux tas de merde qu'on a capturés.

–Quoi ? Hassan ? Le meurtrier de Rudy Cueva ?

Une fois de plus, Volont était très content de lui-même.

–Qui d'autre ? Pas en très bon état, d'ailleurs. Il a ouvert le feu contre les HTR et reçu en échange six balles de neuf millimètres dans les jambes. Il a été emmené à la base militaire aérienne de La Crosse, en urgence.

–Il va s'en sortir ?

–Oh oui, c'est sûr. Il a eu une sacrée veine qu'on soit mieux entraînés que lui et sa clique à tirer sans tuer, quand c'est nécessaire.

Pour moi, c'était la meilleure nouvelle de la journée. Même s'il refusait de parler, on l'aurait sous les verrous. D'où empreintes, photo, alignement pour identification... Et le bouclage de mon dossier de meurtre.

–Toi aussi, il faut qu'on te parle, reprit Volont. Autant s'en débarrasser pendant que c'est tout frais.

Je savais ce qu'il voulait dire. J'avais tué deux hommes, et même si ce n'était pas encore bien assimilé, il faudrait que je m'en explique. Un autre dossier à boucler. Dans le cadre des lois en vigueur. Il y aurait un jugement, et j'avais la mauvaise fortune de travailler dans l'un des trois États où, même acquitté par une cour pénale, la possibilité d'un procès civil ne serait pas exclue. C'était pour mon bien, mais nom de Dieu, j'étais vraiment épuisé.

– D'abord, réglons cette histoire de camping-car que tu as tirée de ton chapeau. Beau travail. C'est vous qui avez déniché les trois quarts de nos informations.

Il alla jusqu'à me frapper sur l'épaule. Je n'en revenais pas.

– Six gars de nos HTR sont partis s'occuper de ton camping-car. Deux sont tireurs d'élite. Ils vont tenir la planque jusqu'à ce que le nommé Odeh rapplique, ou qu'on le coince par ailleurs. On va l'avoir, Carl, on va l'avoir.

J'en étais persuadé.

Même si ça demandait encore un bout de temps.

25

Samedi 22 décembre 2001 – 22 h 41

Volont et Gwen Thurgood, qui n'étaient là, en fait, que pour glaner un maximum d'infos, assistèrent à mon débriefing. C'est un agent du DCI d'Iowa, un nommé Philips, qui se chargea de mon interrogatoire. Je ne l'avais jamais vu de ma vie.

Les choses se passèrent très simplement. Ce qui intéressait surtout Volont, c'était que juste avant de descendre les deux types, j'avais été directement opposé, avec mes trois compagnons, au premier lancer de grenade.

– Tu parles d'un micmac ! fut son seul commentaire.

– Quoi ?

J'avais pris ça pour une vacherie à l'égard de nous autres qui étions coincés dans la grange !

– Imagine un peu ! On a là des recrues formées par quelqu'un qui a dû lui-même être entraîné dans un camp terroriste ! La tactique éprouvée, c'est de balancer la grenade, de foncer vers l'objectif et de mitrailler tout ce qui bouge, à l'arme automatique. Pas de tirer d'abord, puis de lancer la grenade ! C'est le meilleur moyen de se faire descendre alors qu'on recharge les pétoires ! Une bonne chose que tu aies flairé leur connerie, juste à temps ! Bon réflexe, Carl !

Il le disait pour me faire plaisir. Et pour que ça figure, en toutes lettres, dans le compte rendu. Il en rajouta même, à la louche, alors que sur le tas, je ne m'étais pas tenu un tel raisonnement. J'avais simplement pris une très bonne décision. Mais je gardai ça pour moi.

Volont nous quitta le premier, laissant à Gwen le soin de compléter leurs notes.

Quand je ressortis, auréolé de gloire, des pattes de mon débriefeur, Lamar ne cacha pas sa surprise. Visiblement, il avait oublié que j'étais encore là. Pas question de lui en tenir rigueur. Lui non plus n'avait pas manqué d'occupations.

– Carl ! Je te croyais parti. Tu ferais bien de rentrer chez toi. L'ATF sera là demain matin. Eux aussi vont avoir besoin de toi. Pour la bombe dans l'ambulance, en particulier.

– Ils ne peuvent pas s'adresser aux autres témoins ?

– Je veux mon meilleur élément sur le coup !

À quoi bon essayer de le contredire ?

– Tu as quelqu'un qui pourrait m'emmener récupérer ma voiture à la ferme des fils Heinman ?

C'était à près de trois kilomètres, et il commençait à neiger.

– Sûr. Juste une seconde.

– Et mon fusil, où est-il passé ?

– Parti pour Des Moines. C'est une pièce à conviction.

L'évidence même. Il importait de vérifier que les balles qui avaient tué les deux terroristes étaient bien sorties de mon AR-15. Il serait examiné, à cette occasion, par les armuriers du service. Je souhaitais, intérieurement, que mon viseur ne soit pas déréglé et qu'on ne m'accuse pas, en plus, d'avoir touché le terroriste numéro deux alors que je visais le numéro trois.

Je me dirigeai vers la limite nord de la zone protégée, où j'étais sûr de trouver deux ou trois flics de garde. L'un d'eux m'écouterait peut-être assez longtemps pour me faire reconduire à ma propre voiture.

Il y avait là un petit groupe de gens des médias, agglomérés autour d'un de leurs vans. Trois cameramen haut perchés s'efforçaient de filmer les recherches en cours, du côté de la grange. Quelqu'un bougeait, accroupi dans un fossé en marge des réjouissances. J'allais dégainer mon arme de service quand je réalisai, juste à temps, qu'il me faisait signe. Je m'approchai de lui, prêt tout de même à défourailler s'il s'agissait d'un piège.

– Hector, nom de Dieu ! Comment as-tu franchi le cordon ?

– C'est ma sœur qui m'a déposé.

Comme si ça expliquait tout. Il poursuivit, en grimpant hors de sa cachette :

– Là-bas, sur la bonne route.

– Personne ne t'a intercepté ?

– Qui ça ?

– Des flics.

– Personne. J'ai marché jusqu'ici, tout seul comme un grand. Il n'y a pas un seul policier avant d'arriver ici sur la route.

Au temps pour notre périmètre de sécurité ! Je lui imposai silence, en levant la main, et sortis mon talkie-walkie.

– Poste de commandement ? Ici...

Sally ne me laissa même pas le temps de m'annoncer. Combien d'heures tiendrait-elle encore, avant de dételer ?

– Trois ? C'est toi, Carl ?

– Informe qui de droit que le périmètre de sécurité n'a rien d'étanche. Je viens de rencontrer un gazier qui est entré comme chez lui, sans que personne ne lui demande quoi que ce soit.

Bref silence, puis, d'un ton amusé :

– Dix-quatre. Je transmets, Trois.

– Après ça, tu pourras peut-être songer à te rentrer chez toi ?

Je reportai mon attention sur Hector, alors que Sally m'accusait réception du conseil.

– Alors, tu voulais voir mieux qu'à la télé, c'est ça ?

– Non, Carl. Fallait que je te cause. C'est important.

– Écoute, je vais rejoindre ma voiture. Causons maintenant, comme tu dis. Ta sœur t'attend quelque part ?

– Ouais. Sur la nationale.

– OK, je te déposerai.

J'attendis d'avoir contourné les médias et laissé en arrière toute possibilité d'écoute pour dire à Hector :

– Vas-y. Je suis prêt à t'entendre.

– Ben voilà. Miranda a appelé ma frangine pour lui dire que quelqu'un l'avait appelée et lui avait demandé de venir le récupérer dans le secteur en voiture.

– C'est qui, Miranda ?

– Une copine de ma sœur. Qui traînait de temps en temps avec Rudy Cueva et sa clique.

– Tu ne m'avais jamais parlé d'elle.

– Hé merde, c'est juste une pute que ma frangine essaie de... de remettre dans le droit chemin, comme qui dirait. Elle entrave que dalle. Et elle ne sait rien du tout.

– Hector, tu n'as encore rien compris au travail de police. Alors ? Qu'est-ce qu'elle a dit ?

– Que des gens qu'elle avait rencontrés, avec Rudy, voulaient qu'elle vienne les chercher dans le secteur. Elle a appelé ma frangine parce qu'elle ne savait pas quoi faire. Elle savait qu'il y avait une embrouille par ici. Finalement, elle leur a dit que sa caisse était en panne, mais elle crevait de trouille.

– Ils l'ont appelée quand ?

– J'en sais rien, mec. Mais ma frangine m'a appelé, moi, en me disant que je devrais aller te voir. J'ai téléphoné à ton bureau, ils m'ont dit que tu serais par ici, voilà pourquoi j'ai rappliqué...

– D'accord. Où voulaient-ils qu'elle vienne les chercher ?

– Ça, j'en sais rien non plus.

Tous les mêmes. Jamais un rapport détaillé. Rien que pièces et morceaux qu'il faut assembler tant bien que mal.

Alors que nous nous dirigions encore à travers un encombrement de médias, de pompiers, d'ambulances et de véhicules de police, j'entendis une voix familière :

– Houseman !

L'omniprésente Judy Mercer, de la KNUG.

– Tu as débarqué à temps ?

– Parfait. On a été les premiers, de loin. Pas que ça ait servi à grand-chose, parce que les autres nous ont filé le train, et on n'a pas encore pu contacter une grosse tête. Tu étais dans la grange ?

– Ouais, j'y étais.

– Tu as une minute ?

J'étais son atout. Aucun de ses collègues sur le coup ne m'avait identifié comme un des occupants de cette saleté de grange.

– Écoute, Judy, je suis crevé. Il faut que je reconduise ce monsieur quelque part, et puis, je vais rentrer au bureau. Ou plus probablement chez moi.

Un autre reporter approchait. Flanqué d'un cameraman. Pas grand-chose ne leur échappait, et sans doute venaient-ils de me reconnaître. Je débitai précipitamment :

– Demain, Judy. Je n'en peux vraiment plus.

– D'accord.

– Renseigne-toi au Comptoir de Limonade, là-bas. Dis à Sally que tu viens de ma part.

– D'accord. Et merci.

Elle s'éloigna d'un pas vif. On en fit autant, vers le barrage du nord, sur la route de gravillon. Il y avait là quatre voitures de la brigade routière : deux de front et deux autres derrière, avec cinquante centimètres entre les carrosseries. Plus, un peu plus loin, quelques voitures de badauds attirés par le spectacle.

– Est-ce que l'un d'entre vous pourrait nous amener à ma voiture ? Elle est garée à la prochaine ferme, vers le nord.

Je m'adressai au plus âgé de la troupe.

Pendant qu'un des gars manœuvrait pour s'orienter dans la bonne direction, je rappelai Sally au Comptoir de Limonade.

–Je suis sur la piste de deux suspects qui essaient, par téléphone, de se faire transporter ailleurs. Informe l'équipe spéciale, qu'ils veillent à boucler vraiment toutes les routes. Et préviens également Volont.

– Pigé. Tu as l'intention de revenir par ici ?

– Non. J'ai avec moi un informateur que je dois ramener à Battenberg. Ensuite, contrairement à toi, je vais me rentrer.

– Hé, ma relève vient d'arriver. Tu passes me prendre en partant ?

J'en avais un peu ma claque d'empiler sous mon crâne des infos de provenances plus ou moins douteuses qui m'obligeaient à prendre décision sur décision sans pouvoir en référer à quiconque. Non, je n'étais pas en train de perdre les pédales, mais tout ça était bien loin de la routine quotidienne.

Notre convoyeur était un petit jeune sympa, heureux d'échapper à l'inactivité fastidieuse du barrage.

– C'est toi qui en as buté deux, depuis la grange ?

– Il paraît !

– Du sacré bon boulot.

– Merci.

Installé auprès du conducteur, je tournai la tête pour lancer à Hector, carré comme un nabab sur la banquette arrière :

– Tu as assez de place ?

Je constatai, par la même occasion, que des phares nous prenaient en chasse.

– Ouais, grave, répondit Hector de son accent le plus traînant.

On longea lentement la rangée des voitures de spectateurs désœuvrés. Puis notre jeune chauffeur appuya sur le champignon, sans forcer. Droit vers le nord.

– On a toujours une escorte ?

Il éclata de rire.

–Je pense bien. Ils ont allumé leurs phares, quand on a quitté le barrage. C'est des gens de la télé. Il en sort de partout.

– OK.

Je me retournai vers Hector qui se faisait tout petit sur sa banquette, et renonçai à lui adresser la parole. On verrait plus tard.

–Je peux poser une question ?

– Vas-y.

Bercé par le sifflement de la clim' et le va-et-vient légèrement grinçant des essuie-glaces, j'avais une furieuse envie de dormir.

– Comment on se prépare pour un truc comme ça ? La grange, je veux dire ? ?

– Ben... d'abord, on emporte une sacrée provision de bonne bouffe.

Je glissais doucement vers un demi-sommeil, en songeant, dans les vapes, aux corvées du lendemain telles que le déblaiement de l'ambulance en miettes quand le jeunot récidiva, toujours avec la même déférence :

– Vous étiez quatre, c'est ça ?

– C'est ça.

– Dont deux filles ?

– Même réponse.

– Mince alors, conclut-il en stoppant devant la ferme des fils Heinman. J'aurais été vachement nerveux, à votre place, avec deux filles dans l'équipe. Elles sont quand même deux fois moins fortes dans un combat comme celui-ci.

– Tu nous déposes devant la boîte aux lettres, pour ne pas avoir à manœuvrer dans la cour.

– D'ac !

– Et repose-moi la même question dans dix ans, au sujet des filles... si tu en as autant qu'elles dans le buffet, à ce moment-là.

Il se rangea auprès de ma voiture alors que j'ajoutais :

– Pour y arriver, faudra bosser dur, fais-moi confiance.

Je poursuivis en ouvrant la portière :

– Merci pour le transport, et dis à ton sergent que la bagnole d'I-388 est également là, elle aussi. Ce sera bien de la lui ramener en ville. Hester est à l'hôpital... après avoir tenu le choc jusqu'au bout, blessée au visage.

Une fois les deux pieds par terre, je me penchai pour lui dire au revoir.

– Et fais toujours attention à toi. Jamais d'imprudences inutiles.

J'allais ajouter « fiston », mais je ravalai le mot, *in extremis*. Moins pour ménager son amour-propre que pour ne pas avoir l'air d'un vieux schnock.

– Et peut-être pourrais-tu arrêter ce véhicule des médias qui nous a suivis. Ce serait assez simple pour l'un des terroristes de le piquer pour évacuer le secteur.

Je n'y croyais pas du tout, mais je préférais mettre les choses au point, avec ce jeune troupier si sympa, aux instincts de cow-boy.

–Merci de la leçon !

Il avait l'air un peu vexé, mais je le vis diriger sa voiture vers le nord et accélérer en direction du van des médias.

En descendant jusqu'à ma voiture, je remarquai la lumière allumée, chez les Heinman, et dis à Hector :

–Installe-toi. Faut que je remercie mes garagistes !

Je montai les marches menant à leur porche et frappai. Ils seraient heureux d'entendre les dernières nouvelles et de pouvoir en parler au petit déj du dimanche.

Je pouvais voir la lumière dans la cuisine et le salon où la télé était allumée. Je frappai de nouveau. Pas de réponse. Ils s'étaient probablement endormis devant la télé. Je fis demi-tour et regagnai ma voiture. L'ampoule de la cour donnait une couleur dorée à la neige qui tombait. Nous aurions peut-être finalement notre Noël blanc.

–Je crois qu'ils roupillent, Hector. On s'arrache.

Le temps de sortir mes clefs et d'ouvrir ma portière, je m'installai au volant, conscient de n'avoir pas entendu le déclic habituel de la serrure, mais je mis ça sur le compte de ma perte auditive temporaire. Je me penchai pour ouvrir la portière opposée, à l'intention d'Hector. Dans les voitures de flics, le système automatique qui allume la lumière intérieure quand on ouvre la portière est généralement débranché, j'étais donc dans l'obscurité lorsque j'insérai ma clef de contact. Ma main rencontra une bordure métallique tranchante et ce qui ressemblait fort à un paquet de fils électriques emmêlés. En baissant les yeux, je distinguai la colonne de mon volant partiellement épluchée de son revêtement plastique, ainsi que d'autres fils qui pendouillaient dans le vide.

Quelqu'un avait tenté de faire démarrer ma voiture en croisant des fils dénudés. Quelqu'un s'était introduit dans ma voiture. Quelqu'un avait échoué dans sa tentative de vol.

–Ressors en vitesse, Hector !

Et je ne traînai pas, moi non plus.

–Par ici. Avec moi.

Hector trébucha une fois ou deux, mais on arriva ensemble dans la zone d'ombre projetée par la grange. J'avais dégainé mon revolver, dans le mouvement, et me retournai vers la maison, un peu essoufflé. Rien ne bougeait. Rien ne troublait le silence. Et pas d'autres empreintes que les miennes et celles d'Hector, dans la mince couche de neige.

Elle avait commencé à tomber moins d'une heure auparavant. Juste assez de temps pour qu'on ait pu laisser nos empreintes à travers la cour. Ce qui signifiait que la tentative de vol avait eu lieu quelque temps avant cette chute de neige.

J'essayai d'appeler le bureau, par radio. Ça ne passait pas. On était au creux de la vallée, et je savais que mon portable ne marcherait pas davantage.

Je changeai de fréquence.

– Ici Trois.

Sans élever la voix, mais en espérant me faire entendre à l'autre bout des ondes. Et finalement, Lamar :

– Oui, Trois ?

– Je suis à la ferme des Heinman. Dans la cour. Quelqu'un a essayé de voler ma voiture. Peut-être nos suspects. Tu peux nous envoyer du monde ?

Je m'efforçais de ne pas trop chuchoter. Les murmures passent mal à la radio. Mais avec mon ouïe toujours capricieuse, c'était tout juste si je m'entendais moi-même.

– Dix-quatre, Trois. Suspects toujours sur place ?

– Sais pas encore. Je vais réveiller les Heinman pour leur demander s'ils ont vu quelque chose. On me trouvera chez eux.

– Dix-quatre. Je t'envoie du renfort, tout de suite

– Préviens-les que j'ai avec moi un sujet hispanique en...

Après un coup d'œil aux vêtements d'Hector :

– ... veste de cuir bleu et casquette de base-ball idem. Je répète : sujet hispanique avec moi.

– Dix-quatre.

– Merci, souffla Hector.

– Reste ici. Ne bouge pas. Et les mains en l'air, à chaque fois que tu repères un flic.

– Compris, mec. Tu peux compter sur moi.

Je rengainai mon flingue, regagnai le porche et frappai plus fort. Toujours pas de réponse. J'allai cogner à la porte de la cuisine. Pas tout à fait assez fort pour en casser les vitres, mais guère moins. Sans plus de succès. J'essayai de voir s'ils dormaient depuis l'entrée du salon en penchant ma tête vers la droite, mais le frigo était dans la trajectoire. Avant le frigo, toutefois, je découvris une patère murale, avec deux parkas pendues à la diable. Ils n'étaient donc pas sortis. Au bout d'une seconde ou deux, j'eus l'impression d'entendre quelqu'un se déplacer. Sans pouvoir en être sûr.

–Jacob ! Jacob ! C'est moi, le shérif adjoint Houseman.

Entre deux coups de boutoir à dégommer les vitres :

–Jacob ! Réveillez-vous, bon Dieu !!

Je tournai la poignée de la porte vitrée. Pas fermée à clef. Ben voyons ! Je poussai la porte et pénétrai dans la cuisine en gueulant derechef :

– Shérif adjoint Houseman. Il faut que je vous parle.

Cette fois, il y eut un « Oui, j'arrive ! » en provenance du salon. Ça ne ressemblait guère à la voix de Jacob ou de Norris, mais si je les avais réveillés... Non, c'était ridicule. Mon arme ressortit pratiquement d'elle-même. Je la gardai à bout de bras, contre ma hanche, en braillant :

– C'est toi, Phil ?

– Oui, répondit la voix.

Un peu plus proche, j'en aurais juré.

Phil, mon cul ! Il n'y avait pas de troisième fils Heinman, en plus de Jacob et de Norris. Ni d'autre occupant prénommé Philippe, à ma connaissance. Revolver braqué, je m'adossai au mur, avec le frigo entre moi et la porte du salon.

– Vous êtes où ?

Tout près de la sortie du salon, cette fois.

Si j'avais eu le pot que la porte du frigo s'ouvre à gauche, j'aurais pu la lui balancer en pleine gueule, dès son entrée dans la cuisine, mais ces saletés-là ont généralement leurs putains de gonds à droite. J'entendis craquer le plancher, et devinai que l'intrus venait de passer des lattes du salon au carrelage de la cuisine. Mais j'étais convaincu, aussi, que risquer un coucou autour du frigo serait mon dernier acte conscient, sur cette terre.

Je plaquai mon épaule contre la paroi du réfrigérateur et poussai comme un dingue. Plus fort que je n'avais jamais poussé quoi que ce soit, de ma vie. Et le frigo glissa des quatre pattes, jusque devant la porte du salon, plus vite que je ne l'en aurais cru capable. Si vite et si brutalement que je perdis l'équilibre et tombai sur un genou. Puis le gros appareil bascula de côté. S'écrasa au sol en secouant toute la pièce, alors que résonnait un hurlement de surprise ou de rage.

Je me redressai vite fait, en pointant mon flingue vers la tronche convulsée du type, écroulé sur les genoux, qui tentait de rattraper son AK-47 tombé entre le frigo et l'encadrement de la porte. On se regardait droit dans les yeux, comme pour jouer à qui les baisserait le premier.

– Lâche ça !

Il obéit.

– Les mains en l'air. Tout de suite !

Alors qu'il s'exécutait, un autre type apparut dans le salon, armé d'un vieux fusil de chasse appartenant sans doute aux frères Heinman.

– Lâche ton arme !

– Oh merde !

Je m'étonne de mes propres réactions, parfois, mais c'est la première chose qui me vint à l'esprit. Sans me faire obtempérer pour autant.

– Lâche ton arme !

– Pas question !

Je ne regardais pas le troisième larron, concentré que j'étais sur le front de ma cible.

– Toi, laisse tomber ce vieux flingue !

– Pourceau de sioniste américain plein d'arrogance !

Celui que j'avais culbuté d'un coup de réfrigérateur louchait, par intermittence, vers l'invité de la dernière heure. Il me vint à l'idée que le type à genoux devait être le sous-fifre, et l'autre le big boss.

– Mustapha Abdullah Odeh ?

L'homme au fusil de chasse accusa le coup. Se mit à feuler comme un tigre, l'œil étincelant. J'en déduisis que j'avais tapé juste et lui conseillai :

– Abandonne ! C'est fini pour toi.

Je rapprochai mon arme du front de l'autre type, dont les yeux s'arrondirent. Ce n'était pas lui qui prendrait la décision finale. C'était l'autre qui s'appelait Odeh. Sûr et certain.

– Il va falloir que je te tue, articula Odeh, très froidement

– Pourquoi diable ?

Gagner du temps à tout prix. Les faire parler. Toujours les faire parler.

– Parce que tu m'as vu.

Il faudrait une seconde ou deux à mon premier adversaire pour reprendre son AK-47 coincé par le frigo. La menace immédiate, c'était celle de l'homme au fusil. Odeh, de toute manière, n'avait pas caché son intention à mon égard.

J'orientai mon flingue dans sa direction et pressai la détente en plongeant vers le sol.

Il y eut un cri, la détonation du fusil de chasse, et l'homme disparut de mon champ visuel. Simultanément, l'autre type se rejeta en arrière et je le perdis de vue, lui aussi. Il avait empoigné le canon de son arme et fait pour la reprendre un effort qui l'avait expédié à la renverse, dans le salon.

Je savais, en me relevant, que je devais choisir, très vite, entre deux solutions. Me ruer dans le salon, où m'accueilleraient deux hommes armés pas contents du tout. Ou battre en retraite, sans tergiverser, et me regrouper à l'extérieur.

Je ne suis plus tellement rapide, mais il me fallut deux secondes chrono pour achever de me remettre sur pied, jaillir à l'extérieur, survoler d'un bond les marches du porche. Et puis cavaler, à corps perdu, vers les ombres de la grange. En criant à Hector :

– Par ici ! Viiiite !

La seule raison pour laquelle il ne me grilla pas au poteau fut qu'il ne savait pas vraiment où je l'emmenais. Je n'en savais pas beaucoup plus, alors qu'on plongeait côte à côte, à couvert, dans les ténèbres de la grange. Accroupi derrière un arbuste en pot, je ressortis mon talkie-walkie, en jurant, mentalement, que plus jamais de ma putain de vie, on ne me ferait entrer dans une grange.

– Trois à qui peut m'entendre. Dix-trente-trois, je répète, dix-trente-trois.

Toujours là, Sally riposta aussitôt :

– À l'écoute, Trois.

– Ils sont là. Chez les Heinman.

– Qui ça, Carl ?

J'avais peine à maîtriser ma respiration.

– Les deux suspects manquants... Ceux que tout le monde recherche... C'est eux qui ont essayé de faucher ma voiture...

– Dix-quatre. Les renforts sont en route.

– Qu'ils se grouillent un peu, bordel de merde !

Je coupai le micro. Seigneur Dieu. Quoique toujours sourdingue, j'avais très bien entendu Sally, fort et clair. D'où la conclusion incontournable : trop de puissance dans la réception de mon talkie-walkie. Dont le volume pouvait avoir déjà révélé ma cachette.

Je trouvai le bouton adéquat, dans l'obscurité, et réparai l'erreur. Si j'étais incapable d'entendre arriver les autres, je ne voulais pas que les autres puissent me repérer dans le noir.

– Hector ?
– On fuit devant qui, mec ?
– Les salopards sont dans la maison. Rapproche-toi de moi, et si tu réentends mon talkie-walkie, dis-le tout de suite. Avec mes oreilles qui vasouillent...
– Pigé, mec.
– J'ai dû en toucher un. Je sais même pas combien ils sont.

Je n'arrêtais pas de balayer le paysage du regard. D'ici, je ne pouvais voir aucune lumière dans la maison. Ils avaient tout éteint. Génial...

Où diable les Heinman parquaient-ils leur voiture ? Je me rappelais les avoir vus, un jour, dans un garage tellement plein d'outils et de matériel qu'il ne restait aucune place pour un véhicule. Dans un temps reculé, ils avaient eu cette vieille Dodge Dart malmenée par un bus. N'avaient-ils jamais possédé un autre véhicule ? Quelle importance, au fond. Si Odeh avait essayé de faire démarrer la mienne, c'était qu'il n'en avait pas d'autre à sa disposition.

Mes yeux s'accommodaient à l'épaisseur de la nuit. Je distinguais la fenêtre du salon et la porte de la cuisine. Ainsi que la zone correspondante du premier étage. Il ne s'y passait rien, et toute la partie postérieure de la maison baignait dans le noir.

On avait laissé des traces clairement visibles menant droit à l'entrée de la grange. Rien à faire après coup. La neige tombait dru, à présent, mais la perspective d'un Noël blanc ne m'inspirait plus un tel enthousiasme.

Le silence paraît toujours s'épaissir à mesure que tombe la neige, et le cri que j'avais entendu revenait en écho dans mes oreilles. Je l'avais blessé grièvement ou pas, le Mustapha Abdullah Odeh ?

Jamais notre arbuste en pot ne nous protégerait d'un AK-47 dont la force de pénétration allait jusqu'à vingt-cinq centimètres, selon la dureté du bois. J'avais lu ça quelque part, mais tant pis. Dans le noir, tout déplacement est repérable.

Une série de claquements métalliques me fit presque bondir hors de ma peau. Hector, lui, s'exclama :
– Qu'est-ce que...

Je le fis taire d'une bourrade. Les appareils à nourrir les cochons. De l'autre côté de la paroi s'étendait la porcherie des Heinman. Un pourceau devait avoir eu faim. En pleine nuit. Je chuchotai l'explication à l'oreille d'Hector, qui s'en contenta.

Juste au même instant, je crus distinguer un mouvement vague, derrière une des fenêtres du premier étage. C'était une de ces choses que l'on voit la nuit, quand on n'est même pas sûr d'avoir vu quelque chose. Je regardai de nouveau vers la porcherie puis ramenai mon regard vers la maison. Je le fis trois fois de suite, sans voir le mouvement se reproduire. Cela me confirma que j'avais bien vu quelque chose.

Je commençais à me demander ce que foutait la cavalerie des États-Unis, toujours à l'heure dans les vieux westerns. Maintenant le talkie-walkie tout près de mon oreille, je rappelai Sally.

– Trois à Comm Mobile ?

Réponse trop faible. Je redonnai un peu de jus et encaissai sur le bras l'avertissement d'Hector. Un peu trop fort, de nouveau ? Mais au moins, j'entendais Sally :

– Trois. Je t'écoute.

– Ils rappliquent ou quoi ?

– Certains y sont déjà. Où es-tu ? Donne-moi ton dix-vingt exact.

Autrement dit ma situation géographique très précise.

– On est dans la grange, au sud-est de la maison. À trente ou trente-cinq mètres.

– Ne bougez pas d'où vous êtes.

Comme si on avait le choix.

– Trois, reprit Sally, cinq secondes plus tard. Êtes-vous derrière un arbuste en pot ?

La première bonne surprise.

– Dix-quatre. Et pile-poil !

– Ne bougez pas encore.

Ceux qui, d'après elle, étaient déjà là devaient être équipés des fameuses lunettes de vision nocturne.

– Trois ?

– Présent.

– Un des gars de l'équipe vous a dans son champ de vision. Reste où tu es jusqu'à nouvel avis. Pourquoi on, et pas je ?

– L'Espagnol dont j'ai parlé. On s'est planqués ensemble. Rappelle-le à tous.

Quelques secondes plus tard :

– Ils sont au courant.

Je jetai un regard circulaire. Rien ne confirmait la présence d'une « équipe » dans le paysage. J'espérais qu'ils n'allaient pas me laisser croupir jusqu'à perpète derrière cette malheureuse plante. Le froid de la nuit était en train de me congeler sur place.

– Encore un moment, Trois...

Puis un nouveau silence. Et puis :

– Oh, Trois. Il faut que tu saches qu'un sujet non identifié vient de pénétrer, par l'ouest, dans la cour de la ferme. Visiblement armé. À environ vingt-cinq mètres de ta position.

Il ne manquait plus que ça. Je cessai de parler et mis le talkie-walkie en attente.

J'étais sûr que mon voisin hispanique avait entendu la conversation, car il regardait, lui aussi, dans la direction indiquée. Je ne connaissais pas son degré d'acuité visuelle et plissai les paupières afin de scruter l'ombre épaisse qui prolongeait la grange. Je ne voyais toujours rien. J'essayai la vision périphérique, sur la droite et sur la gauche, sans autre résultat. Toujours rien. Mais Hector et moi avions laissé dans la mince couche de neige des empreintes d'une rare éloquence.

Quelques secondes de plus et Sally reprit, sur un rythme accéléré :

– Il t'a repéré, Trois. Baisse-toi ! Vite !

Comme j'étais déjà à genoux, je plaquai mes deux mains sur le sol, et désormais à quatre pattes, m'aplatis un max. Pas le temps ni la possibilité de faire mieux. Hector m'avait suivi ou peut-être précédé, d'une fraction de seconde. Ses oreilles, actuellement, étaient meilleures que les miennes.

Je sondais toujours les ténèbres, vers la droite, quand retentit, vers la gauche, un impérieux « Pose ton arme ! Police ! ».

Simultanément, se précisa la menace. Sous la forme d'une silhouette jaillie de l'ombre de la maison. Il se tenait à croupetons et l'instant d'après, un arc orangé, horizontal d'abord, vertical ensuite, fusa hors d'un canon invisible, dans un fracas d'enfer, et puis disparut alors que la silhouette retombait en arrière, au sein des ombres proches.

– Bon Dieu ! haleta Hector.

– Trois ? Sujet non identifié au tapis, intervint Sally.

Au tapis, c'était le mot. Je distinguais ses pieds et le bas de son pantalon. Il ne bougeait plus du tout.

– Ne sors pas encore, Trois. Ils pensent qu'il reste un suspect, à l'intérieur de la baraque.

– Pas de danger que je bouge !

Et c'était le fond de ma pensée.

Répandu de tout mon long sur le sol, j'avais encore plus froid. Un vent glacial me chassait des flocons de neige dans le cou, et je n'avais aucune envie de jouer les contorsionnistes pour arranger mon col. Je n'avais ni repéré l'éclair ni entendu la détonation, mais j'étais sûr d'une chose. Il y avait, quelque part dans le voisinage, un sacré bon tireur qui d'un seul coup d'un seul, nous avait débarrassés du « sujet non identifié ». Je resterais planqué le temps qu'il faudrait. Je n'étais absolument pas pressé de me lever et de m'en aller à ce stade.

– Trois ? Ça recommence à bouger, me prévint Sally.

La porte s'ouvrit. Celle qui donnait sur le porche. Deux hommes apparurent, dans la lueur diffuse de l'ampoule extérieure. L'un des deux n'était autre que Jacob Heinman, en chemise et combinaison de mécano bleu foncé. L'autre portait une parka et un masque de ski cachait son visage. Il tenait Jacob épinglé au bout du canon d'un flingue qui ressemblait bougrement au vieux fusil de chasse.

– Je tiens le vieux en otage !

C'était la voix d'Odeh.

– Et je suis armé !

Il brandit le fusil. Histoire de prouver, sans doute, qu'il ne mentait pas. Cette fois, je perçus la détonation, et le fusil s'envola, dans le mouvement, comme s'il l'avait balancé lui-même. Le sniper à l'affût, au fond de la nuit, était un drôle de crack !

Odeh gueula quelque chose d'incompréhensible, tira Jacob en arrière et redisparut, avec son otage, à l'intérieur de la maison. Instantanément, les gars des HRT se matérialisèrent dans le paysage, franchirent les marches du porche, en deux bonds et s'engouffrèrent dans la place. Ça bougeait de partout, il y eut un éclair et deux des Sauveteurs d'otages confirmèrent leur réputation en ressortant, très vite, avec Jacob et Norris Heinman. Ils les entraînèrent à l'écart et disparurent sur ma gauche, près de la grange. Simultanément, une nouvelle détonation se confondit avec l'éclatement de l'ampoule extérieure. À l'éclairage minimum, succéda l'obscurité totale. Un noir d'une intensité souterraine, mais j'imaginais fort bien les HRT courant de pièce en pièce, grâce à leurs lunettes de vision nocturne. Un peu effrayant, mais cent pour cent efficace.

Au bout de cinq longues minutes, arriva un hélicoptère. Le « mien » ? Comment aurais-je pu le dire ? Il nous survola trois fois, puis se stabilisa en voı stationnaire, à quelque distance de la maison.

Bientôt, toutes les pièces s'illuminèrent, et deux voitures vinrent stopper dans la cour de la ferme. Suivies d'une ambulance.

– Terminé, Trois, conclut Sally, plus détendue. Un suspect arrêté. Deux otages libérés.

– Dix-quatre. On peut émerger, maintenant ?

– C'est quand vous voulez ! lança une voix masculine, toute proche. Je m'appelle Howell. À votre service.

Il venait de surgir, vêtu de noir, de l'autre côté du grillage qui séparait la grange de la porcherie. Un ou deux pourceaux, perturbés, émirent des grognements de surprise.

Je me hissai laborieusement sur mes pattes de derrière. Pas Hector. Pas tout de suite.

– Putain, mec ! Ça fait une paye !

Il se releva enfin. Racla ses semelles contre le treillage.

– 'Reusement qu'on est en hiver ! La merde de cochon congelée, c'est déjà pas drôle, mais en plein été...

Hector se releva et nous nous dirigeâmes tous les trois vers nos voitures recouvertes de neige.

Déjà, les hommes en noir raccompagnaient chez eux les deux frères.

– Toujours en pleine forme ? s'informa Jacob, au passage.

– Je suis bien content qu'il en soit de même pour vous deux.

Pas tout à fait, cependant. Une vilaine ecchymose, très enflée, barrait son front.

– On est trop vieux pour partir aussi vite !

L'équipe de l'ambulance disparaissait à l'intérieur de la maison.

– Faut te faire soigner ça, Jacob.

Il désigna un des HRT.

– Çui-là m'a déjà recommandé un bon check-up.

Hector ressortait de sa transe.

– Putain, mec ! J't'ai vu partir en courant et j'étais en train de me demander quel était ton problème quand tu m'as dit de cavaler. Je t'ai filé le train, mais tout ce bordel... Quelqu'un l'a buté sous nos yeux, raide comme balle... le cas de le dire ! Et puis le coup de l'otage... Et l'autre qui nous arrive derrière... J'ai cru que j'allais chier dans mon froc...

Hector retombait, peu à peu, du haut de son overdose d'adrénaline. Il avait même retrouvé le sourire.

– C'était vraiment trop bien !

– Content que ça t'ait plu.

Surgi de nulle part, Volont ricanait :

– T'as vraiment le chic pour te foutre dans la merde, non ?

– Je fais ce que je peux.

– Pour ton information, on a capturé Odeh en vie. On est sûrs que c'est lui.

– Parfait.

– Quelqu'un lui avait collé un pruneau dans la cuisse. Toi ?

– Probable.

– Dommage que tu lui aies loupé les roustons ! Celui que le sniper a éliminé s'appelait Cheeto, ou du moins, c'était le nom qu'il donnait. Odeh nous l'a déjà confirmé.

– C'était stupide de sa part, d'avoir brandi ce vieux fusil comme il l'a fait. Je croyais que tu le considérais comme le seul terroriste entraîné de toute la bande.

– Oh, il l'a été. Il l'est. Mais il ne roule pas encore dans le peloton de tête. Loin de là, si tu vois ce que je veux dire. Un de l'échelon moyen, en quelque sorte.

Volont jeta un bref coup d'œil alentour.

– Un peu comme Hawse par chez nous, conclut-il avec une satisfaction évidente.

Épilogue

En fait, huit jours auparavant, les « fils Heinman » avaient confié leur bagnole à un garagiste. La chaîne de distribution était cassée, et ils avaient dû relever le train arrière pour la remorquer, avec leur tracteur. Ça avait pris un peu de temps car il s'agissait d'une Dodge Dart de 1975 et les pièces détachées se faisaient de plus en plus rares. Odeh et Cheeto avaient tabassé Jacob parce qu'ils s'imaginaient que le vieux refusait de leur remettre les clefs de sa voiture. Deux raisons, mauvaises l'une et l'autre, leur avaient fait attribuer aux frangins la propriété de la Plymouth d'Hester. Une, elle arborait le même logo que le porte-clefs accroché dans la cuisine. Deux, ils n'avaient pas voulu croire que la Plymouth était une voiture de flic, parce qu'elle s'agrémentait d'une radio incluse dans la boîte à gants, invisible de l'extérieur et pourvue d'une antenne de modèle courant. La mienne, en revanche, était bel et bien une voiture patrouille banalisée. Identifiable à la commande au pied de la radio, clairement visible du dehors.

Grâce à mon conseil au jeunot de la Routière, Judy Mercer et son cameraman avaient été sur les lieux pour imprimer sur ruban magnétique la majeure partie de l'action, autour de la ferme Heinman. Apparemment, Judy avait pensé que ma déclaration de grosse fatigue était destinée à éloigner les autres charognards, et c'était elle en personne qui s'était accrochée à nos basques, après le barrage. Même si je ne l'avais pas fait exprès, elle avait son scoop. Ils nous avaient même filmés au zoom, Hector et moi, courant ventre à terre vers la grange et la porcherie adjacente. J'évoque cette séquence à chaque fois que quelqu'un m'accuse d'être lent.

Odeh, m'a-t-on dit, serait de plus en plus bavard. Je ne l'ai pas appris directement, car je ne l'ai jamais revu après la bagarre. Mais George m'a rapporté que c'étaient lui et Cheeto, les occupants du camping-car dont Hector m'avait parlé. Avec quatre autres comparses. Ils l'avaient garé à distance et rallié le hangar après qu'un de ceux qui y étaient déjà leur eut signalé, par téléphone portable, notre arrivée dans la grange.

Volont ne s'était pas trompé. Les bombes de ricin étaient bien à la vieille ferme, et notre première visite, à la suite du meurtre de Rudy Cueva, en avait retardé la répartition. Enfin, la présence des flics et des gars du labo les avait empêchés, à deux reprises, de venir les récupérer. Les techniciens du DCI n'avaient été qu'à une quinzaine de mètres de la petite cave à fruits dont l'entrée soigneusement camouflée leur avait échappé. À notre retour sur le terrain, ils venaient de rouvrir la cave à fruits et de transférer les bombes dans le hangar où ils avaient caché leur voiture. Odeh et compagnie devaient les y retrouver avec le camping-car mais, avertis de notre présence, les avaient rejoints à pied. Un risque pour Odeh, mais c'était ça ou renoncer à l'extension de la grande opération ricin projetée à l'échelle nationale.

Odeh avait évacué le site, en compagnie de Cheeto, sous le couvert de l'attaque-kamikaze contre l'ambulance. Ils comptaient repartir dans le van parqué à distance, mais le spectacle des premiers renforts déjà répartis à la ronde le leur avait interdit. Personne n'avait découvert la présence du véhicule sur le terrain, mais ni Odeh ni Cheeto n'étaient au courant de ce détail. Forcés de marcher au hasard, finalement mêlés aux gens des médias, qui ne se connaissaient pas tous entre eux, ils avaient piqué vers le nord, loin de la confusion générale. L'hélico ne les avait pas repérés, au FLIR, parce qu'ils étaient alors du côté des flics, en quelque sorte.

La destruction de l'ambulance n'avait eu d'autre objectif que de créer une diversion assez forte pour permettre au « big boss » de prendre le large. L'attaque-suicide avait été l'œuvre d'un nommé Aba, seul membre de la bande, avec Odeh, qui eût bénéficié d'une véritable formation terroriste. Il avait été réellement blessé à la jambe et l'explosif avait été caché à l'intérieur du bonnet qui lui servait de pansement. Dans la lumière chiche et l'agitation ambiante, il était passé inaperçu. Nous avons revu la vidéo. L'un des deux HRT victimes de cette tragique erreur avait bel et bien examiné le volumineux enveloppement de fortune. L'enregistrement vidéo réalisé montrait même qu'il l'avait soulevé. Mais l'explosif plastique n'avait pas été caché *sous* le pansement. Il avait *constitué* le pansement.

On avait retrouvé de nombreux restes, et du kamikaze, et des quatre victimes déchiquetées. Seul le chauffeur avait survécu à la destruction de sa cabine. Moins esquinté qu'on eût pu le croire. Ceux qui avaient été à l'intérieur au moment de l'explosion avaient été réduits en miettes. Nous n'avons jamais retrouvé la tête du kamikaze, mais on mit la main sur son torse, son abdomen déchiré et ses jambes. Terri avait été probablement penchée sur le blessé quand il avait déclenché la catastrophe, car on n'avait retrouvé ni sa tête ni la majeure partie de son torse. Une pensée qui me rendait malade. Ce type et ses complices avaient tenté de nous exterminer, et elle était là, prête à remplir son devoir humanitaire, lorsqu'il avait enfoncé le crayon-détonateur.

Il s'avéra que Cheeto avait été affilié aux FARC. Vrai terroriste, mais pas fanatisé comme l'était Mustapha.

Odeh plaida coupable d'agression, de tentative d'enlèvement et de menace à main armée. Contre moi, bien sûr. C'était loin d'être toute l'histoire, mais les Feds le voulaient, et l'État d'Iowa n'était que trop heureux de s'en débarrasser. Juste après son jugement, il avait été conduit en détention fédérale. Je ne sais pas du tout ce qu'il est devenu aujourd'hui. Volont ne nous tenait pas au courant des révélations qu'il leur faisait sans doute, au fil des interrogatoires.

Parlant de Volont, Hester, en sortant de son anesthésie, à Dubuque, avait trouvé sur sa table de nuit un énorme bouquet de fleurs entouré d'un ruban bleu qui disait en lettres d'or : « À madame l'agent ». Il provenait des bureaux du FBI de Cedar Rapids, mais George et Volont en étaient évidemment les promoteurs. Hester se déclara charmée.

Juan Miguel Alvarez, alias Hassan Ahmed Hassan, plaida coupable de complicité de meurtre sur la personne de Rudy Cueva. Après son jugement, lui aussi fut aussitôt transféré dans une prison fédérale.

Linda Moynihan avait décidé de plaider non coupable. Juste une pauvre innocente victime de mauvaises fréquentations. Avec une partie des témoins à six pieds sous terre, une autre en détention fédérale, elle aurait eu des chances d'obtenir un non-lieu. Mais Harriet-la-Vache, notre copine procureur, avait donné une conférence de presse où elle s'était engagée à obtenir, quand il le faudrait, le témoignage des condamnés détenus par les Feds. Vrai ou faux, Linda plaida alors coupable, et récolta cinq ans de réclusion. Elle sortirait sans doute au bout de dix-huit mois.

Skripkin se convertit rapidement en informateur-vedette, au profit de toutes les agences gouvernementales figurant dans l'annuaire national du téléphone. Il décrocha une sentence de quinze ans pour complicité, avant de repasser en jugement fédéral pour « terrorisme ». Je ne pense pas que ce soit encore fait, mais je le savais heureux dans son rôle de personnalité bichonnée par les Feds, en contrepartie de révélations dispensées au compte-gouttes.

Quand les informations précisèrent que l'usine de viande avait été victime d'un acte terroriste, leurs affaires prospérèrent, au lieu de s'effondrer. Ben était éberlué mais heureux. Moi aussi.

Bien que ma riposte fatale aux deux terroristes, sur les terres du vieux Dodd, eût été déclarée « justifiable » par la cour régionale, je n'y coupai pas d'un procès intenté par un cabinet d'avocats représentant les « intérêts familiaux » de mes deux victimes. Seule la cour connaissait les familles en question. Familles intéressées réclamant chacune cent millions de dollars à titre de dommages et intérêts. Originaires du Honduras, les chers regrettés avaient trempé, antérieurement, dans le trafic de la drogue. Durant les débats préliminaires, il s'avéra que les avocats avaient l'intention de soutenir que leurs clients, abattus alors qu'ils tentaient de recharger leurs armes, les *déchargeaient* au contraire avec l'intention de *se rendre.*

Que verra-t-on encore, quand on aura tout vu ?

Par bonheur, les Feds avaient autorisé Juan Miguel Alvarez à nous apporter son témoignage. Entièrement contradictoire dans la mesure où il décrivit les deux hommes « essayant de remplacer les chargeurs après avoir lancé des grenades et avant d'en lancer d'autres, prêts à se ruer vers la grange en tirant à l'arme automatique avec la volonté affichée de les tuer tous ». Il était bien placé pour le savoir, puisqu'il se tenait, alors, juste derrière eux.

Même en présence de cette autre version des faits, les débats traînèrent, durant lesquels s'allongea la note des avocats en exercice. J'espérais que les « familles » auraient les moyens de la casquer.

Juste pour la clarté des choses, je n'ai jamais regretté d'avoir descendu ces deux types. Je me suis demandé quelque temps pourquoi je n'en éprouvais aucun remords. Et finis par conclure que j'avais fait ce qu'il fallait, au moment où il le fallait, point final.

Ma balle dans la cuisse d'Odeh avait été déclarée « justifiable », elle aussi. Sans procès à la clef.

Le principal avantage d'être impliqué dans une fusillade entre flics et criminels, c'est de n'avoir pas à enquêter soi-même. Probablement des mois de boulot épargnés.

Tout bien considéré, on s'est plutôt bien tirés de cette affaire. Hester en a conservé une sorte de fossette que le chirurgien n'a pas pu totalement effacer, mais qui ne lui ôte absolument rien de son charme. Au contraire. Elle a gardé Grandes Oreilles et nous le ramène parfois, quand quelque formalité la rappelle dans le comté de Nation. Sally et les autres filles en sont positivement dingues.

Hector est toujours à Battenberg, plutôt satisfait du monde qui l'entoure. Il me sert toujours d'indic, mais léger. Et je le soupçonne d'en faire autant, vis-à-vis du FBI. J'espère qu'ils l'apprécient. Au fond, c'est un brave mec.

Notre intrépide Carson Hilgenberg s'est déclaré candidat au poste de procureur général d'État. Ses autocollants disent « Adversaire prouvé du terrorisme ». Sincèrement ! Il peut très bien passer, en l'absence de tout rival.

Lamar affirme qu'il va prendre sa retraite. J'y croirai quand ce sera fait. Pour ma part, je pense que je vais m'attarder encore un brin dans mes fonctions actuelles.

DANS LA COLLECTION AILLEURS
AU CHERCHE MIDI

JEFF ABBOTT
Panique
traduit de l'anglais (États-Unis)
par Fabrice Pointeau
Trauma
traduit de l'anglais (États-Unis)
par Fabrice Pointeau
Faux-Semblants
traduit de l'anglais (États-Unis)
par Simon Baril

STEVE BERRY
Le Troisième Secret
traduit de l'anglais (États-Unis)
par Jean-Luc Piningre
L'Héritage des Templiers
traduit de l'anglais (États-Unis)
par Françoise Smith
L'Énigme Alexandrie
traduit de l'anglais (États-Unis)
par Françoise Smith

LINDA FAIRSTEIN
Mausolée
traduit de l'anglais (États-Unis)
par Marie Dolan

DONALD HARSTAD
Onze jours
traduit de l'anglais (États-Unis)
par Serge Halff
Code 10
traduit de l'anglais (États-Unis)
par Gilles Morris-Dumoulin
-30°
traduit de l'anglais (États-Unis)
par Gilles Morris-Dumoulin
5 octobre, 23 h 33
traduit de l'anglais (États-Unis)
par Gilles Morris-Dumoulin

DAVID HEWSON
Une saison pour les morts
traduit de l'anglais par Diniz Galhos
Villa des mystères
traduit de l'anglais par Diniz Galhos
L'Héritage vénitien
traduit de l'anglais par Diniz Galhos

RICHARD MONTANARI
Déviances
traduit de l'anglais (États-Unis)
par Fabrice Pointeau
Psycho
traduit de l'anglais (États-Unis)
par Fabrice Pointeau
Funérailles
traduit de l'anglais (États-Unis)
par Fabrice Pointeau

KATHERINE NEVILLE
Le Huit
traduit de l'anglais (États-Unis)
par Évelyne Jouve
Le Cercle magique
traduit de l'anglais (États-Unis)
par Gilles Morris-Dumoulin
Un risque calculé
traduit de l'anglais (États-Unis)
par Gilles Morris-Dumoulin

ARTHUR PHILLIPS
L'Égyptologue
traduit de l'anglais (États-Unis)
par Édith Ochs

PETER WATSON
Un paysage de mensonges
traduit de l'anglais
par Gilles Morris-Dumoulin

RICHARD ZIMLER
Le Dernier Kabbaliste de Lisbonne
traduit de l'anglais (États-Unis)
par Erika Abrams
Les Sortilèges de Minuit
traduit de l'anglais (États-Unis)
par Gilles Morris-Dumoulin
Gardien de l'aube
traduit de l'anglais (États-Unis)
par Erika Abrams

Mis en pages par DV Arts Graphiques à La Rochelle
Imprimé en France par CPI Firmin Didot
Dépôt légal : novembre 2008
N° d'édition : 1171 – N° d'impression : 92292
ISBN 978-2-74910-1171-1